PENSE À MOI

LES FRÈRES ARROWOOD, TOME 3

CORINNE MICHAELS

BLURBS

Corinne Michaels, auteure de best-sellers au classement du *New York Times*, nous offre une nouvelle romance pleine de tendresse, quand l'amour succède à l'amitié, la troisième histoire en un seul tome de la série *Les Frères Arrowood*.

Devney Maxwell est ma meilleure amie depuis que nous avons six ans, mais elle ignore que je suis amoureux d'elle.

Même quand je suis en tournée en tant que joueur de baseball professionnel, elle est mon ancrage, le seul que j'aie jamais connu. Mais quand je retourne à Sugarloaf pour m'occuper de la ferme familiale, je découvre qu'elle essaie de s'installer malgré elle dans une vie de couple avec un homme qui ne lui convient pas... et je sombre dans le désespoir.

Il suffit d'un baiser parfait pour tout changer.

J'ai six mois pour tout arranger avec Devney, pour la convaincre de quitter cette ville et de donner à ce baiser une suite au goût d'éternité.

Ma mission est claire : entraîner l'équipe de baseball de son neveu, retaper la ferme et aimer cette femme de ton mon cœur. Enfin, notre relation semble stable, en bonne voie.

C'est alors que la tragédie frappe... et change sa vie pour toujours. Plus que jamais, sa place est ici. Quant à moi... je ne peux pas me permettre de rester.

Je ne cesse de penser à elle, mais je risque de devoir la quitter...

Les Frères Arrowood :

tome 1 : Reviens vers moi
tome 2 : Bats-toi pour moi
tome 3 : Pense à moi
tome 4 : Reste avec moi

CHAPITRE UN

— Je n'en peux plus !

Devney émet un petit ricanement avant de se couvrir la bouche.

Nous avons passé quatre heures dans sa grange à rire, à boire et à parler de la vie… J'avais oublié à quel point j'aimais être avec elle.

— Un autre verre, la pressé-je.

— Non, je dois voir Oliver demain.

Je lève les yeux au ciel. Je ne sais pas ce qu'elle peut bien lui trouver. Il est tout le contraire de l'homme dont elle a besoin. Devney est forte et rebelle ; pourtant, elle a beaucoup de faiblesses qu'elle ne montre pas aux gens. Par exemple, elle aimerait rendre tout le monde heureux au détriment de ses propres désirs. Lui ne voit pas ça, il ne sait pas réellement ce qu'il y a au fond de son cœur. Oliver est juste… gentil.

C'est la meilleure chose que je puisse dire de lui.

Il est gentil.

Elle n'a pas besoin d'un gars gentil. Elle a besoin de quelqu'un qui rivalise avec elle et qui fasse ressortir l'étincelle, la flamme qui l'anime. Il y a bien longtemps, elle l'embrasait totalement. Je ne pensais pas qu'elle pourrait s'éteindre un jour mais, il y a environ neuf ans, c'est arrivé.

Je ne sais pas pourquoi ni ce qui s'est passé, mais elle a changé.

Personne ne reste le même indéfiniment, je le sais. Je suis loin d'être le même homme qu'avant la nuit de l'accident qui a changé ma vie, mais Devney n'a pas de sombre secret. Elle me dit tout, à part cette seule histoire.

Oliver, cependant, ne connaît pas ses secrets.

— Comment va notre très gentil ami Oliver ? demandé-je.

Je suis presque suffisamment bourré pour n'en avoir rien à faire d'être un connard.

D'habitude, je masque tout ça. Les sentiments qui bouillonnent en moi sont capables de rester là où ils doivent être mais, ce soir, je m'en fiche.

— Il va me demander en mariage.

Je lève les yeux, et me retrouve à fixer ses iris couleur café, détestant ces mots qui sortent des lèvres que je rêve d'embrasser.

Elle ne peut pas l'épouser.

Pas quand… pas quand il y a tant de mensonges entre nous depuis tout ce temps. Je dois arrêter ça.

— Dev…

— C'est une bonne chose, cela dit. Oliver est… c'est vraiment quelqu'un de bien, Sean. Il s'occupe de moi, il est présent et il ne me repousse pas. Tu devrais être heureux pour moi et ne pas me regarder comme ça.

— Comme quoi ?

Elle remet une mèche de cheveux bruns derrière son oreille et hausse les épaules.

— Comme si je venais de te donner un coup de pied au visage. Tu sais, tu ressemblais à ça le jour où Debbie Sue a essayé de t'embrasser.

— Eh bien, Debbie Sue a aussi embrassé deux de mes frères.

— Elle était en mission pour tomber amoureuse des frères Arrowood.

On rit tous les deux.

— Oui, elle l'était.

Devney se déplace, appuie sa tête sur le dossier du canapé et incline son corps vers moi.

— Ce n'est pas différent des filles que tu fréquentes maintenant. Comment on les appelle ? Les Buteuses Dévergondées ?

Je lève les yeux au ciel.

— Tu n'as aucune idée de ce que je recherche.

— C'est vrai. Ohhh.

Devney lève la tête avec un sourire puis reprend :

— C'est vrai, ils les appellent les Garces de la Batte ! Ou peut-être les Lécheuses de Crampons ?

Elle se tapote le menton.

— Les Salopes du Retrait sur prises ? Les Chiennes du Circuit ?

— Chasseuses de crampons.

Je lui énonce l'un des nombreux surnoms que l'on donne aux filles qui veulent coucher avec un joueur de baseball.

— Pas aussi amusant que les miens. Et comment ça, je n'ai aucune idée de ce que tu recherches ?

Elle ne sait pas que je ne suis pas ce type qui essaie d'améliorer sa moyenne à la batte avec des femmes qui ne sont pas... eh bien, elle.

Devney est la fille que je continue à poursuivre, même si elle est juste en face de moi.

Mes frères m'emmerdent à ce sujet, et ils ont raison, mais on ne pourra jamais être ensemble. Pas à cause de la promesse que j'ai fait de rester célibataire et de ne jamais me marier, mais bien à cause du fait que je ne pourrai jamais épouser Devney. Elle ne supporterait pas le fait que je ne sois jamais là. Je voyage trop, je m'entraîne trop, je travaille toujours plus dur parce que sinon... je serai viré.

Le seul rêve que j'ai jamais eu, c'était de jouer au baseball. J'ai supporté les abus de mon père, la douleur de la perte de ma mère et l'inquiétude constante que je ressens pour mes frères parce que j'ai toujours eu le baseball dans ma vie.

Je ne pouvais pas abandonner ça. Pour personne.

Et Devney aurait besoin que je le fasse. Elle ne peut pas aimer à moitié, ce qui est exactement ce qu'impliquerait ma vie. Je suis marié au baseball, elle serait ma maîtresse.

— Rien, oublie ça, dis-je en prenant ma bière.

Je ne peux pas m'engager sur ce chemin avec elle. J'ai eu assez de pots cassés dans ma vie et cette amitié vaut la peine de prendre une autre voie.

— Non, je veux savoir.

— Je ne pense pas.

Elle m'enfonce un doigt dans la poitrine.

— Si, dis-moi.

J'ouvre la bouche et les mots s'arrêtent à la lisière de mes lèvres. Si je lâche le morceau, il n'y aura pas de retour en arrière possible.

Je prends son verre, le remplis à nouveau et le lui rends.

— Bois encore et on pourra recommencer à se moquer de mes frères, ou alors on pourra parler de la raison pour laquelle tu vis encore à Sugarloaf alors que tu rêvais de partir.

En général, ça suffit pour passer à autre chose.

Ce qui nous liait, c'était le désir d'avoir une vie meilleure. Devney allait devenir architecte, et je la voyais rarement sans un crayon et un carnet de croquis à la main, dans lequel elle griffonnait des bâtiments, des maisons et tout autre type de structure.

Puis, quand elle est revenue de l'université, tout est passé à la trappe.

— Sean, se plaint-elle, je suis déjà bien assez ivre. Oliver déteste quand je bois parce que je deviens trop imprévisible. Il préfère toujours que je me comporte bien, que je sois correcte, qu'il n'ait jamais à s'inquiéter pour moi.

J'éclate de rire.

— Alors Oliver ne te connaît pas.

— Oliver sait qui je suis maintenant.

— Eh bien, c'est une bonne chose que je sache qui tu es au fond de ton âme.

Nous levons tous les deux nos verres, les faisons tinter, puis buvons.

— Je vais vraiment le regretter demain matin, grince Devney tandis qu'elle renverse la tête en arrière.

Pas autant que moi.

— Eh bien, parle-moi d'Oliver et de son projet de demande en mariage.

Je ramène la conversation là où je le souhaite. Elle fixe son regard sur le mien et hausse les épaules.

— Je ne sais pas quoi dire à part qu'il a mentionné qu'il était temps que nous fassions avancer les choses. Il m'aime et il m'apporte beaucoup. C'est le genre de mec stable, tu vois ?

— Ça a l'étoffe d'un mariage parfait.

— Ne commence même pas. Je ne juge pas tes relations… enfin, pas lorsque tu en as.

Je souris en coin.

— C'est bien vrai !

Devney lève les yeux au ciel et soupire.

— Ne joue pas à ce jeu-là avec moi, Sean Arrowood, je te connais mieux que personne. Tu veux avoir une femme et des enfants. Tu l'as toujours voulu. Le problème, c'est que tu es stupide.

— Stupide ?

Elle acquiesce.

— Ouaip. S-T-U-P-I-D-E. Et débile.

— Ces deux mots veulent dire la même chose.

— Il me fallait de quoi réellement ponctuer ma phrase.

Mon Dieu, j'aime son côté espiègle, sans peur et décontracté. Il n'y a qu'avec moi qu'elle est comme ça. Ou du moins, c'est ce que j'aime à penser.

Ces dix dernières années ont mis notre amitié à l'épreuve. Nous sommes tous les deux partis à l'université, moi pour le baseball, elle pour des études plus classiques. Nous nous voyions pendant les vacances mais, après l'accident qui a changé la trajectoire de ma vie, je suis resté dans le Maine, et nous nous sommes rarement revus.

Cependant, quand j'avais une série de matchs à New York, Devney montait me voir. Si j'étais à Philadelphie, elle trouvait un moyen de venir et je lui ai fait prendre l'avion plusieurs fois pour me rejoindre à Tampa.

Sauf que, maintenant, je vais la côtoyer beaucoup plus souvent et je sais que mes sentiments ne vont pas disparaître, ils vont au contraire se renforcer.

Oui, j'imagine que je suis vraiment stupide.

— Je suis peut-être stupide, mais au moins je ne me contente pas du strict minimum.

Elle se redresse, frappant le coussin du canapé du plat de la main.

— Me contenter du strict minimum ?

— Oui. Peut-être que tu aimes Oliver, mais il ne te rend pas folle.

Devney se décale en arrière.

— Tu m'emmerdes, là.

— Bien.

— Tu es exaspérant !

Je hausse les épaules.

— Tu m'aimes.

— Ça aide bien que tu sois sexy.

Devney se couvre rapidement la bouche d'une main, puis se reprend :

— Ce n'est pas ce que je voulais dire.

Je souris et me penche vers elle.

— Tu me trouves sexy ?

— Je pense que tu es quelqu'un de médiocre. Dieu sait ce que ton harem de… peu importe comment tu les appelles… pense de toi.

Pendant si longtemps, j'ai lutté pour m'empêcher de lui dire ce que je ressentais, à quel point ces femmes n'ont pas de visage et ne signifient rien pour moi. C'est toujours elle. C'est toujours une brune que je cherche, espérant trouver chez elle un petit bout de quelque chose qui ressemble à Devney et auquel je puisse m'accrocher, mais je ne le lui révèle jamais.

Puis je me demande si ce n'est pas le moment idéal. Oliver va la demander en mariage. Il va l'épouser et je n'aurai rien à redire là-dessus parce que je ne le lui aurai jamais avoué.

En plus, elle est bourrée.

Peut-être qu'elle ne s'en souviendra pas.

— Peut-être, mais je ne leur pose pas la question. En plus, toutes les filles qui m'attirent te ressemblent.

Devney rit en secouant la tête.

— Ça doit être dur d'embrasser sa meilleure amie, non ?

Et à ce moment-là, je sais ce que je vais faire. Peu importe que ce soit mal ou stupide. Je me fiche soudainement de son petit ami ou de la façon dont cet instant va sans doute tout changer entre nous, parce qu'elle l'épousera après qu'il lui aura sa demande. Devney n'hésitera pas. Elle s'accrochera à la sécurité, ce que je ne peux pas lui apporter, même si je l'aime.

Je me penche plus près d'elle, alors qu'elle étudie mes mouvements. D'une main tremblante, je lui attrape le visage et passe mon pouce contre sa peau douce. Tout se fige autour de nous au moment où je sens la chaleur qui émane d'elle. Nos respirations se mêlent tandis que la distance se réduit entre nous.

— Je ne sais pas, mais j'aimerais bien savoir si c'est dur de t'embrasser.

J'attends, lui offrant une dernière chance de me repousser, mais, au lieu de ça, elle passa sa langue sur ses lèvres roses, ce qui est la seule invitation dont j'avais besoin.

Je m'approche, je pose mes lèvres contre les siennes, et je sais que ma vie n'a pas seulement changé, elle vient d'être totalement bouleversée.

CHAPITRE DEUX

— Est-ce que ça va ? me demande Oliver tandis que je joue avec la nourriture dans mon assiette.

— Ça va.

C'est un mensonge. En fait, je suis en vrac. Ça fait quatre jours que j'évite ses appels. Quatre jours à me repasser ce baiser dans ma tête, encore et encore. Ça n'a aucun sens.

Sean Arrowood m'a embrassée. Il m'a embrassée et j'ai aimé ça. Beaucoup.

— Tu sembles un peu à côté de tes pompes.

J'affiche un sourire sur mon visage et mets ma confusion de côté. C'est notre soirée mensuelle, je devrais être heureuse. Oliver est venu au bureau avec des fleurs et avec un air si chaleureux qu'il aurait pu faire fondre de la glace. Il est sécurisant et m'apporte beaucoup de bonnes choses. Je le sais et pourtant… je me sens mal.

Il mérite de savoir.

— Oliver, commencé-je prudemment. Je…

J'ai embrassé Sean.

— Je… Je ne sais pas trop quoi dire.

J'ai embrassé Sean, je suis une personne horrible.

— Parle-moi, Dev. Il n'y a rien que tu ne puisses pas me dire.

Je pose ma fourchette et relâche plusieurs expirations profondes. Je vis déjà avec des secrets, et ils suppurent, rongeant un peu plus mon âme chaque jour. Je ne peux pas supporter de vivre avec un autre secret sur le cœur. Bien qu'il puisse penser qu'il n'y a rien dont nous ne pourrions discuter, il y a des choses que personne ne veut entendre.

Pourtant, je ne lui ferai pas ça. Je n'accepterai pas une cachotterie de plus alors que tout n'est déjà que mensonge.

J'ai fait une erreur.

J'ai merdé et je dois l'assumer.

— L'autre nuit, quand j'étais avec Sean…

Je prends une longue pause, car je déteste savoir que je vais le blesser. Il ne le mérite pas mais, plus que tout, il mérite la vérité.

— Nous avons beaucoup bu.

Oliver sourit et secoue la tête.

— Si je me souviens bien, tu l'as payé le lendemain.

Je paie pour ça depuis que c'est arrivé.

— Oui, mais il y a autre chose…

Mon Dieu, j'ai envie de vomir.

— On était vraiment bourrés. On l'était tous les deux, enfin, on aurait dû arrêter de boire bien plus tôt. Je dois te dire ça parce que je t'aime. Je t'aime vraiment. Je t'aime, et j'aime notre relation.

— Devney, est-ce que… vous avez couché ensemble ?

Je recule brutalement, les yeux écarquillés par le choc. Pourquoi a-t-il pensé à ça si vite ?

— Non, précisé-je rapidement. Non, pas du tout. Mais on… eh bien, on s'est embrassés.

Oliver se rencogne dans son siège, ajustant la serviette sur ses genoux.

— Je vois. Pas comme vous le faites normalement quand vous vous saluez ?

Je secoue la tête.

— Non.

Il déglutit et boit une gorgée de vin.

— Je ne suis pas surpris.

Moi, je le suis.

— Pourquoi est-ce que tu dis ça ?

— Il s'est passé autre chose ? demande-t-il en secouant la tête. Je suppose que tu me dis ça parce qu'il y a autre chose.

— Non, je te le jure. C'était stupide, et je ne lui ai plus reparlé depuis, mais je voulais te le dire. Je suis tellement désolée. Je t'aime. Je déteste te faire du mal et détruire ce qu'il y a entre nous. J'aimerais pouvoir revenir en arrière et m'arrêter à temps. Je suis *tellement* désolée, Oliver.

Oliver, l'homme le plus gentil du monde, qui ne m'a jamais remis en question ni poussé à faire quelque chose que je ne voulais pas, celui qui m'a remise sur pied quand je m'effondrais et que personne d'autre ne le savait, va me détester. Et ce qui est triste, c'est qu'il en a tous les droits.

J'essuie la larme qui pend au bord de mes cils. Il n'y a aucune excuse pour le choix que j'ai fait.

— Est-ce que tu l'aimes ?

J'ai mal au ventre. Oui. Non. Je ne sais pas. Ce que je ressens pour lui est confus.

— Je l'aime depuis longtemps, mais je ne l'aime pas comme je t'aime.

— Je te demande si tu es amoureuse de lui. Pas si tu aimes Sean comme tu l'as toujours fait.

Il y a une tension dans sa voix que je n'avais jamais entendue auparavant. Je déteste avoir brisé sa confiance et son cœur.

— Je vois ce que tu veux dire, mais je n'ai jamais pensé à lui autrement que comme… Sean.

— Et comment ça se fait ?

Mon cœur bat à tout rompre. J'ai l'impression que tout s'écroule autour de moi, et je ne sais pas comment l'arrêter. Je pose une main sur mon cou, jouant avec le collier que Sean m'a offert quand j'avais seize ans. Et, pour une raison quelconque, ce seul mouvement inconscient me souffle la vérité.

— Parce que c'est mon meilleur ami.

Oliver acquiesce.

— Et c'est tout ce que j'ai toujours voulu être pour toi. Et ce n'est pas moins que ce qu'il mérite.

Je le regarde, déglutissant difficilement, mais son visage est un masque impossible à lire.

— Tu sais ce que ça signifie pour nous, hein ?

Une larme roule sur ma joue et je hoche la tête.

— J'ai brisé notre couple.

— Ce n'est pas le baiser. Je pourrais oublier le baiser, rit-il. Comme c'est triste. Je suis ici, en train de dire à la femme que je comptais demander en mariage la semaine prochaine que je pourrais lui pardonner d'avoir embrassé un autre homme.

J'ouvre rapidement la bouche pour essayer de dire quelque chose, n'importe quoi, pour arranger les choses.

— Ollie.

— Je ne peux pas m'infliger ça à moi-même, cependant. Je ne peux pas t'aimer alors que tu aimes un autre homme. Si je te demandais de choisir entre nous deux, tu le choisirais lui.

Je n'ai qu'une envie : tout nier, mais ce serait un mensonge. Je n'aime peut-être pas Sean comme il le croit, mais je l'aime suffisamment pour savoir que si Oliver me demandait de choisir, je ne laisserais jamais Sean derrière moi.

Ce qui nous emmène dans cette impasse.

Ollie pose sa main sur la table, paume vers le haut.

— Prends ma main, Devney.

Je m'exécute et il poursuit :

— Je ne vais pas te mentir et prétendre que je ne suis pas blessé. Ton amitié avec Sean a toujours été difficile pour moi, en particulier parce que je ne la comprends pas. Cela dit, je l'ai acceptée. Je t'aime et je veux t'épouser, mais je ne peux pas l'épouser lui aussi, tu comprends ?

Je hoche la tête.

— Je ne te demanderais jamais de faire une chose pareille.

— Pourtant c'est le cas. Tu l'aimes, même si tu ne t'es jamais permis de le ressentir ainsi. Peut-être pas jusqu'à maintenant. L'amitié que tu as avec lui est incassable, et je suis constamment en compétition pour avoir la première place dans ton cœur… celle qui lui appartient.

Sean est toujours l'homme à l'aune duquel je mesure les gens. C'est le gars vers qui je me tourne quand j'ai mal ou que je suis seule. Je ne sais pas pourquoi j'essaie de prétendre le contraire.

— Je voulais que ce soit toi, avoué-je, laissant les larmes couler librement. Je voulais que ce soit nous.

— Moi aussi.

La voix d'Oliver se brise à la fin de sa phrase, mais il reprend :

— Je savais que je menais une bataille perdue d'avance.

Mon Dieu, comme je suis horrible.

— Tu me crois quand je te dis que je ne le savais pas ?

Ses lèvres se muent en un sourire triste tandis qu'il passe son pouce sur le dessus de ma main.

— Je savais que tu étais amoureuse de lui depuis la première fois que je l'ai rencontré. Je savais que vous étiez tous les deux amoureux, et j'ai prié pour que tu réussisses à m'aimer.

Ma lèvre tremble.

— Je t'aime vraiment.

— Je sais.

— Vraiment ?

Oliver hoche la tête, mais retire sa main, me laissant là avec un sentiment de vide.

— Mais maintenant, tu as découvert autre chose, et je n'ai plus aucune chance. Donc, je vais faire ce qui est juste pour nous deux et prendre mes distances tant que l'on peut encore être amis.

— Ollie…

Il se lève, pose sa serviette sur la table et vient à côté de moi. Il presse ses lèvres au sommet de mon crâne.

— Je veux que tu sois heureuse. Je veux que tu guérisses et que tu trouves un moyen de surmonter ce qui te trouble tant.

Mon cœur bat fort dans ma poitrine tandis qu'Oliver s'éloigne.

Je viens de perdre le meilleur homme que j'ai jamais fréquenté.

Les erreurs ne cessent de s'accumuler.

— Alors, tu l'as dit à Oliver ? me demande Sydney alors que je suis assise près de son lit.

Elle a eu quelques fausses contractions donc Declan refuse de la laisser sortir du lit, à part pour faire pipi. Ce qu'elle fait souvent, apparemment.

— Et il a rompu avec moi.

J'ouvre le dossier que j'ai en main, prête à passer à autre chose, à laisser derrière moi le désastre qu'est ma vie personnelle, mais Sydney ne me suit pas.

— Il a rompu avec toi ?

Je soupire et referme le dossier.

— Oui, et je ne lui en veux pas non plus. Oliver devrait être avec quelqu'un qui l'aime à la folie. Pas quelqu'un qui ne veut pas lui donner son cœur.

— Pourquoi est-ce que tu ne veux pas ?

— Je ne peux pas, c'est tout.

Syd renverse la tête en arrière.

— Ça explique tout. C'est à cause de quelque chose dans ton

passé ? Quelque chose que tu essaies de cacher, sans vraiment y arriver ? Ou peut-être parce que tu as peur de quelque chose ?

— Je ne suis pas disposée à faire ça parce que ma patronne me pose trop de questions, rétorqué-je sur la défensive.

Sydney m'arrache les papiers des mains et les jette de l'autre côté du lit.

— Tu sais que je ne suis pas quelqu'un de patient. J'aime *savoir* les choses et aider les gens. Tu es contrariée par quelque chose qui n'implique pas de mettre ta langue dans la bouche de Sean. Raconte-moi.

Il y a des vérités qui ne peuvent pas être dites, celle-ci en est une.

Donc je lui révèle quelque chose d'autre, qui fait quand même partie de l'histoire.

— Il s'agit de savoir pourquoi je suis restée éloignée si longtemps.

— Tu veux dire de Sugarloaf, après l'université ?

— Oui, j'ai… aimé quelqu'un quand j'étais au Colorado. Je l'aimais beaucoup, mais je ne l'ai jamais dit à personne.

Elle sourit et attend que je continue.

— On n'aurait jamais dû être ensemble, c'est pour ça que je n'en parle pas. Christopher était plus âgé que moi et en position d'autorité. Quoi qu'il en soit, ces dernières semaines ont été difficiles parce que j'ai beaucoup pensé à lui, et maintenant avec Sean, c'est comme si je ne savais plus qui je suis.

Sydney pince les lèvres.

— Je ne peux pas te dire qui tu es, toi seule peux le faire. Mais ce que je peux te dire, c'est que tu es courageuse, belle, intelligente et une amie formidable. Tu n'avais pas besoin de parler à Oliver de ce baiser, c'était une soirée arrosée que personne ne t'aurait reprochée, mais tu l'as fait. Tu fais face à tes erreurs. Tu affrontes les conséquences de tes actes, et c'est quelque chose dont tu devrais être fière.

Oh, comme elle a tort. Je ne peux pas faire face à mes erreurs, je fuis. Dès que j'ai pu, j'ai fui l'université et tout ce qui la concernait. J'ai fui tout ça, et maintenant je fais aussi ça avec Sean.

— J'aimerais que ce soit vrai. Je n'ai toujours pas répondu aux appels ou aux textos de Sean.

— Tu dois lui parler. Fais-moi confiance. Ça ne s'en ira pas et il vaut mieux savoir où il en est avant qu'il ne revienne en ville et te tombe dessus.

Mon téléphone bipe, signe de l'arrivée d'un texto.

— Quand on parle du loup, dis-je en repoussant mon téléphone sans lire le message.

— Pourquoi tu ne rentres pas chez toi ? Declan n'arrête pas de faire les cent pas devant la porte, et je suis un peu fatiguée. Merci d'avoir apporté ça.

Elle tapote le dossier.

— Tu es sûre ?

— Positive. Je suis là si tu as besoin de moi.

Je serre la main de mon amie et me dirige ensuite vers le hall où, sans surprise, Declan répète les allers-retours.

— Tout va bien ? m'enquiers-je.

— Non. C'est de la folie. Je suis nerveux, furibond, et j'ai peur de quitter la maison pour aller faire les courses. Si elle fait un bruit, je me lève d'un bond.

Il se passe les mains dans les cheveux.

Je souris à mon ami de toujours, profitant quelque peu de sa misère.

— C'est pour se venger de toi, parce que tu as été si con ces derniers mois.

— J'ai le sentiment que je vais le payer pendant longtemps.

— Oui, je pense que ce sera le cas. On se voit plus tard.

Je commence à descendre, mais Declan m'appelle. Quand je me retourne, il semble hésiter à dire quelque chose.

— Je lui ai promis de ne pas m'impliquer, commence Dec, et je me crispe.

— Il te l'a dit.

Il acquiesce.

— Je connais Sean, et il ne fait rien sans y réfléchir. Je sais que vous avez une histoire tous les deux et que vous ne voulez pas compliquer les choses, mais pour ce que ça vaut, parfois les complications se transforment en miracles.

Il se retourne vers la pièce où se trouve Sydney.

— Et crois-moi, tu as envie de vivre des miracles.

— Sean et moi allons trouver une solution, dis-je seulement, car je ne veux pas en parler.

— J'en suis sûr.

— Appelle-moi si tu as besoin de quelque chose, terminé-je en me précipitant hors de la maison.

Une fois dans la voiture, je sors mon téléphone et consulte le texto.

· · ·

SEAN : *Dev, on doit parler. Je serai à Sugarloaf la semaine prochaine, et s'éviter l'un l'autre ne va pas fonctionner. Appelle-moi.*

MES DOIGTS SURVOLENT les touches parce que, même si je prétends que ce baiser était une erreur due à l'alcool, ce n'était pas le cas. Mais si c'était tout ce que c'était pour lui ? Je ne sais pas si je suis assez forte pour entendre ça. Sauf que ça pourrait être tout aussi bien être la bonne réponse.

Au lieu de lui répondre, j'appuie sur le bouton d'appel. Ce n'est pas le moment d'être une poule mouillée. Declan a raison, c'est compliqué, mais j'ai besoin de Sean dans ma vie. J'ai toujours eu besoin de lui, et je ne peux pas continuer à le repousser.

— Salut.

La voix profonde de Sean m'emplit les oreilles, envoyant un grondement jusqu'à mon estomac.

— Salut. Désolée de ne pas avoir répondu ou appelé, mais…

— Mais on a en quelque sorte franchi la ligne l'autre nuit.

J'imagine que nous allons aller droit au but. Je soupire en regardant par la fenêtre.

— Oui, en effet.

— Je suis désolée, Dev. Je ne sais pas ce qui m'a pris. Je n'aurais jamais dû t'embrasser. C'était une erreur. Une horrible erreur que je regrette tellement.

Ces quatre mots viennent de me briser le cœur. Je ferme les yeux pour arrêter les émotions qui me privent de souffle, puis je les laisse partir. C'était une nuit, nous avions trop bu et les choses se sont emballées.

— Ça l'était, confirmé-je.

Sean reste silencieux une seconde avant de dire :

— Ça n'arrivera plus.

Il y a une tension dans sa voix, je sais alors que je dois dire quelque chose pour sauver ce désastre.

— On était bourrés et… on a tous les deux beaucoup de choses sur les épaules ces derniers temps. Tu es mon meilleur ami, et je ne veux pas perdre ça.

— Tu ne me perdras jamais, promet-il.

— Bien. Alors c'est bon, on fera comme si de rien n'était et on reprendra les choses comme elles ont toujours été.

Sean éclate de rire, mais ça me semble forcé.

— Ça me paraît bien.

Pour moi, on dirait l'enfer, mais quel autre choix ai-je ? Lui dire que je veux quelque chose de plus alors qu'il pense clairement que c'était une « horrible erreur » ? Non. Ce serait stupide et téméraire. Sans compter que je ne peux pas quitter Sugarloaf. Il y a des choses ici qui comptent pour moi, plus que mon propre cœur. Je dois être intelligente et penser à ce qui est important.

Je regarde l'horloge et soupire.

— Je dois y aller. Je vais dîner chez mon frère et je dois me lever à quatre heures du matin pour assister au match de baseball d'Austin demain...

Et je mens parce que je ne veux pas te parler là tout de suite.

— Si tôt ?

— Oui. Son match commence tôt. Tu sais bien comment se déroule ce type de tournois.

Même s'il n'y en a pas, Austin fait toujours quelque chose en lien avec le baseball.

— Oui, je me souviens. L'autre jour, j'ai parlé à ton frère par rapport au fait de travailler avec les enfants individuellement. Ce sera bien de pouvoir donner un coup de main et de ne pas devoir rester coincé à la ferme à me tourner les pouces ou à essayer d'apprendre des choses sur ces fichues vaches.

Je souris, sachant qu'Austin va adorer. Il n'y a rien de tel que de passer du temps avec son idole. Il adore Sean, en particulier parce que c'est un joueur de baseball célèbre, ce qu'il espère être un jour.

— Je suis sûr que les enfants de Sugarloaf seront heureux.

— Au moins, quelqu'un sera au courant que je suis de retour là-bas.

Je reste silencieuse parce que j'étais tellement excitée quand j'ai appris qu'il reviendrait pour six mois. J'avais hâte de passer du temps avec lui, d'avoir mon meilleur ami à mes côtés. J'ai déjà Sydney et Ellie, mais ce n'est pas pareil.

Elles ne sont pas Sean.

Elles ne savent pas l'horreur que je subis à cause de ma mère ni à quel point j'aimerais faire quelque chose de différent de ma vie.

Depuis que Sydney m'a offert une augmentation, je suis un peu plus proche de cette liberté. Ça m'aide parce que plus vite je pourrai partir de chez mes parents, mieux ça sera. Je ne supporte plus d'être sous leur coupe, mais avec les prêts étudiants que j'ai accumulés après l'annulation de mes bourses, je n'ai pas pu faire autrement.

Tout ce temps et cet argent gaspillés. J'ai un diplôme d'architecte et, grâce à mes terribles décisions au sujet des hommes, je n'ai aucune chance de pouvoir m'en servir un jour.

— Tout va bien. Tout est OK entre nous ? demande Sean après mon silence.

— Tout est OK.

À part que je veux savoir si t'embrasser à nouveau me ferait ressentir les mêmes choses que cette nuit-là. Oh, et Oliver et moi avons rompu.

— À dans une semaine ! lance-t-il.

Vu les palpitations dans mon estomac, j'ai du mal à garder un ton égal, mais j'y parviens tout de même :

— J'ai tellement hâte.

Oui, les six prochains mois vont être un examen auquel je prie de ne pas échouer.

CHAPITRE TROIS

Devney

J'ai un nouveau compte à rebours dans ma tête.

Trois jours avant le jour S.

Le jour de l'arrivée de Sean.

Trois jours avant de devoir prétendre que je n'ai pas revécu ce baiser stupide et que je n'ai pas réalisé que je suis amoureuse de mon meilleur ami.

Super sympa.

Je me lève, me regarde dans le miroir, puis descends. Mes parents sont dans le salon, en train de regarder un article dans le journal. Maman lève les yeux.

— Où vas-tu si tôt ?

— Aux écuries.

Elle s'énerve.

— Tu n'es vraiment pas respectueuse. Tu te soucies soudain des animaux qui vivent ici maintenant, parce que ça t'arrange ?

Je ravale la réponse acide que j'ai envie de lui balancer.

Ma mère était autrefois une femme très aimante et douce. Nous passions des heures dans le jardin, à planter et à récolter des légumes. Elle m'emmenait aux écuries et me laissait passer du temps avec les chevaux. C'était l'endroit où je voulais passer tout mon temps.

Elle croit fermement à ses valeurs et a fait de son mieux pour me les inculquer.

Pendant des années, il semblait que je dépassais ses espoirs.

Jusqu'à ce que ça cesse.

— Lily, lance doucement papa. Elle ne fait rien de mal. Elle donne un coup de main les week-ends.

Je souris à mon père, à la tête pleine de cheveux gris un peu plus ronde qu'il aime à le croire. Il ne me regarde pas comme si j'étais une ratée, et je l'aime encore plus pour ça.

— Ça nous aide beaucoup la semaine, quand elle fait un travail indigne d'elle.

— J'aime travailler pour Sydney.

Elle pose sa main sur la couverture du livre qu'elle lisait.

— La ferme de ta famille a besoin de plus de bras. Ton frère vient travailler sur les machines, lui. On aurait mis la clé sous la porte, mais tu nous as incités à continuer quand tu as décidé de revenir vivre à la maison après l'université.

Oui, tout est de ma faute. À ses yeux, je suis celle qui a tout détruit.

— Je ne vous ai pas incités, Maman. J'ai dit que j'étais là et que si papa et toi ne vouliez pas vous débarrasser des animaux, je vous aiderais.

— Mais tu ne le fais pas, rétorque-t-elle.

Non, je fais tout ce que je peux pour rester loin de ses remontrances.

Papa pose une main sur la sienne.

— Ne rejetons la faute sur personne, s'il te plaît.

Il fait un signe de tête vers la porte, et je suis son indication silencieuse.

— Je reviens plus tard.

Ma mère agite sa main libre comme si elle ne voulait pas être dérangée, alors je me dirige vers la grange.

Ma famille est un peu éclectique en ce qui concerne la ferme. Nous avons un peu de tout et répondons à tous les besoins des gens. Nous avons du bétail parce que Sugarloaf est avant tout une ville laitière, mais nous avons aussi des chevaux, des chèvres, des poulets et des moutons.

Nous ne nous contentons pas de vendre des animaux, nous aidons également les agriculteurs locaux en achetant et en récupérant les animaux qu'ils ne peuvent plus garder pour une quelconque raison.

Cependant, le cheval devant lequel je me trouve est entièrement à moi. J'appelle mon magnifique hongre couleur avoine que j'aime depuis dix ans :

— Eh là, Simba !

Il lève son museau et se dirige vers la pomme que je tiens dans ma main.

— Bon garçon. Tu veux aller faire un tour ?

Il prend la nourriture et hoche la tête comme s'il était d'accord.

Après l'avoir sellé, nous partons dans les champs. J'aime quand je peux le laisser courir librement. Il vieillit et ne va plus aussi vite qu'avant, mais je lui donne les rênes et le laisse aller où il veut.

Je souris tandis que le vent me fouette les cheveux, que le soleil tape sur mon visage et que l'air frais m'emplit les poumons. La liberté que je ressens quand Simba et moi traversons la campagne est indescriptible. Pendant ce bref instant, je peux être qui je suis. Il n'y a pas de sourire forcé ou de pression à rendre ma vie meilleure. Je me contente… d'être.

Je suis cette fille qui a abandonné tellement de choses qu'elle ne pourra jamais récupérer.

Je suis cette femme qui essaie de trouver sa voie dans une mer d'incertitudes.

Je suis aussi cette personne qui travaille pour se pardonner à elle-même.

Et je le ferai. Je dois le faire.

Quand j'arrive à l'extrémité du champ, je traverse le ruisseau et me dirige vers la propriété de mon frère, Jasper.

Après avoir franchi sa clôture, je me dirige vers l'endroit où il travaille habituellement. J'attache Simba, lui caresse l'encolure et lui embrasse le museau, reconnaissante d'avoir pu passer du temps avec lui. Puis, je pars à la recherche de la seule personne au monde qui ne m'a jamais fait me sentir mal dans ma peau.

Je le trouve en train de bricoler quelque chose sur un vieux tracteur. Je m'éclaircis la gorge.

— Bonjour, grand frère.

Jasper se glisse hors de dessous le moteur.

— C'est une surprise !

Je prononce le seul mot qui nous lie.

— Maman.

— N'en dis pas plus.

Ma mère traite mon frère bien mieux qu'elle ne me traite, mais ça reste toujours… très peu agréable.

— Sur quoi travailles-tu ? demandé-je.

— J'essaie de réparer ça pour Connor. Il dit qu'il l'a réparé deux fois, mais…

— Connor n'est pas vraiment doué en mécanique.

Il rit.

— Non, je ne suis pas vraiment sûr de ce qu'il a réparé, mais je vais le faire suffisamment fonctionner pour qu'il puisse le vendre.

J'appuie ma hanche contre l'établi, jonché d'outils.

— Bien sûr que tu vas le faire.

— Alors, pourquoi est-ce que maman en avait après toi cette fois ?

— Qui sait, mais, un jour, je ne serai plus une telle déception pour elle.

Jasper m'a toujours compris. Ce n'est pas grave qu'il y ait sept ans entre nous car, quand nous étions enfants, nous étions inséparables. En grandissant, nous nous sommes un peu éloignés l'un de l'autre, car je ne savais pas comment gérer le fait qu'il soit un adulte, qu'il travaille à plein temps et qu'il épouse Hazel, alors que je n'étais encore qu'une enfant. Mais il a été gentil avec moi alors que ma mère était tout sauf ça, et il ne m'a jamais repoussée. Au contraire, il s'est montré reconnaissant de la relation que nous avons établie.

— Ne l'écoute pas. Elle est juste… elle-même. Tu as trouvé un endroit où vivre ?

— Non, je dois juste être patiente. J'ai tout juste assez d'argent pour louer quelque chose, mais le problème, c'est de savoir où déménager. Je ne veux pas quitter Sugarloaf. Je veux rester proche de toi et il n'y a pas vraiment une pléthore d'options de logements.

— As-tu parlé à Sean ? demande Jasper.

Ma gorge devient sèche à la mention de ce nom.

— À propos de ?

— Vivre avec lui pendant ces six mois sur place. Je veux dire, Connor et Ellie ont emménagé dans leur nouvelle maison, Declan vit avec Sydney, et Sean sera en ville. Tu pourrais facilement squatter dans la minimaison dans laquelle vivait Dec.

Il n'y avait aucune chance pour que je loge dans la grande maison, pas après ce baiser. Cependant, je n'avais pas envisagé de vivre dans la petite. Je pourrais totalement faire ça. Bien sûr, j'aurai besoin d'un terrain où la mettre, et je sais que ma mère ferait une crise si je lui demandais. Dieu lui interdit de devoir s'adapter à des changements pour moi.

Je pourrais toujours demander à Jasper, mais… ça pourrait se retourner contre lui, alors je préfère éviter.

— Je vais réfléchir à lui en parler. Merci pour l'idée.

Il sourit.

— Toujours au taquet.

— Ça, c'est sûr, tu es toujours au taquet pour tout.

— Hazel serait d'accord avec toi sur ce point.

— Eh, tu as décidé de prendre un autre mécanicien ?

Jasper se redresse et hausse les épaules.

— Je ne suis pas sûr de ce qu'il faudrait faire. Engager un autre employé dans l'entreprise impliquerait de devoir trouver plus de travail.

— Jasper, tu as beaucoup de travail. En fait, tu en as même trop.

Je l'encourage à développer son entreprise depuis un an. Il pourrait faire tellement plus s'il était capable d'accepter un peu d'aide. Avec tout l'argent qu'il dépense pour le baseball d'Austin, je sais qu'il a besoin d'une aide financière.

— Ton plan d'affaires était intéressant.

— Il était également détaillé et les projections étaient très prudentes.

Il essuie la graisse de ses mains et me regarde fixement.

— Tu crois que je gagnerais plus que ce que tu as mis dans ce graphique ?

J'acquiesce.

— En effet.

— Tu sais que je t'aime ?

— Oui. Comment pourrait-il en être autrement ?

Il m'offre un large sourire qui plisse sa peau autour des yeux.

— Ce que je veux dire, c'est que tu es bien trop intelligente pour ton bien. Si je faisais ça, j'aurais besoin de ton aide.

— Tu n'as même pas besoin de demander. Si tu le fais, je serai là à chaque étape du parcours.

Jasper me tire contre sa poitrine, et l'odeur de l'essence, de l'huile et du bois m'emplit les narines tandis que je serre mon frère dans mes bras.

— Bien. Maintenant, va me chercher des clients et engage quelques personnes.

Je ris et le repousse.

— Je n'ai pas dit que j'allais diriger ton entreprise.

— Vraiment ? Je jurerais avoir entendu ça.

— Tu dois aller consulter pour ton audition.

— Et tu as besoin d'une vie en dehors de cette famille.

C'est une conversation que je ne suis pas prête à avoir. Je regarde vers la maison, sachant qu'il n'y a qu'une seule chose qui le fera dévier de ce sujet.

— Hazel et Austin sont à la maison ?

Jasper acquiesce.

— En effet. Je suis sûr qu'ils seront heureux de te voir. Passe-moi cette clé à molette, veux-tu ?

Il y a six clés à molette sur la table, alors j'en choisis une. Je m'accroupis, embrasse mon frère sur la joue et pars à la recherche de ma belle-sœur et de mon neveu.

Avant que j'aie pu atteindre la porte arrière, le petit bout de chou de neuf ans passe la porte en courant.

— Tante Devney ! crie-t-il en se jetant sur moi.

Je l'attrape de justesse et éclate de rire lorsqu'il enroule ses bras autour de ma taille.

J'aime ce garçon.

Je l'aime plus que tout au monde, et je suis si reconnaissante de pouvoir passer du temps avec lui.

— Regarde-toi, tu as grandi ces derniers jours.

Je le serre un peu plus fort.

— C'est parce que maman me donne des légumes dégoûtants. Elle dit aussi qu'ils vont m'aider à mieux jouer au baseball.

Et Austin fera tout pour ce que ça devienne une réalité.

— Au moins, ça marche.

Il me relâche et sourit au moment où il aperçoit quelque chose derrière moi.

— Tu as amené Simba ?

— Oui.

— On peut retourner chercher mon cheval chez grand-mère et grand-père ?

Je préférerais manger des clous que de rentrer chez moi, mais pour Austin, je pourrais le faire.

— Peut-être. Tu dois t'entraîner aujourd'hui ?

Il gémit.

— Oui. Mais je peux toujours sécher !

Il n'y a pas la moindre chance que ça arrive. Hazel et Jasper lui accordent beaucoup d'attention, mais la somme d'argent qu'ils dépensent pour ses leçons privées, ses équipes et son équipement spécial implique une impossibilité totale pour lui de sécher.

— Je doute que tu le penses vraiment. Tu voudrais expliquer à ton coach ou bien à Sean quand il arrivera que tu as séché ?

Austin donne un coup de pied dans une pierre.

— J'imagine que non, mais on pourra monter bientôt ?

— Bien sûr, on va demander à tes parents et trouver un jour pour ça.

— Est-ce que Sean vient bientôt à Sugarloaf ? Hadley racontait à *tout le monde* à l'école comment son oncle célèbre allait débarquer en ville et à quel point il est cool. Et puis elle n'arrêtait pas de parler de sa stupide cabane et du fait que son oncle allait lui acheter un cheval. J'ai un cheval ! Je ne sais pas pourquoi elle pense que ça nous intéresse. C'est juste une fille comme les autres.

Je me mords la langue et essaie de ne pas sourire. C'est un garçon typique, plein dans la phase où il pense que les filles sont idiotes.

— C'est une fille, mais ta mère aussi, et moi aussi.

— Oui, mais tu n'es pas *Hadley*.

Il ricane en prononçant son nom. Je m'accroupis, prenant ses mains dans les miennes.

— Austin, tu aimais Hadley la semaine dernière.

— Oui, mais maintenant je vais devoir l'écouter parler tout le temps.

Cette fois, je ne peux m'empêcher de sourire.

— C'est ton amie, non ?

— Parfois.

— Eh bien, elle est aussi excitée que toi que Sean devienne ton coach. Tu ne penses pas qu'elle a le droit d'être contente elle aussi ?

Il lève les yeux au ciel et grogne.

— J'imagine.

— Bien. Il sera bientôt là, et vous pourrez tous les deux dire à quel point il est cool. Rappelle-toi juste que je l'ai connu quand il n'était pas aussi cool.

— Il l'a toujours été.

Il n'y a aucun moyen de faire éclater sa bulle. Lui raconter les histoires qui se sont passées quand nous étions plus jeunes ne fera probablement que consolider le statut qu'il a pour lui au lieu de démontrer qu'il est un simple mortel comme nous tous. Pour qui sait combien de garçons rêvent de jouer dans la cour des grands, c'est un Dieu.

— Quoi qu'il en soit, tu auras de quoi te réjouir dès que Sean arrivera et travaillera avec ton équipe.

Une lueur s'éveille dans les yeux d'Austin quand il sourit.

— Ça va être le meilleur. Je suis tellement content que tu le connaisses !

— Moi aussi.

Il y a beaucoup de raisons pour lesquelles je suis heureuse de connaître Sean Arrowood, et pas seulement parce qu'il fait sourire Austin comme ça. Des années d'amitié et de confiance et maintenant, qui sait quoi d'autre.

Trois jours avant que je doive trouver une solution.

Austin et moi faisons volte-face pour rentrer à l'intérieur pile au moment où Hazel ouvre la porte.

— Salut, toi.

— Salut, désolée de débarquer comme ça.

Elle lève les yeux au ciel.

— Comme si tu n'étais pas la bienvenue ici ? Cela dit... Je suis venue ici parce que j'ai trouvé quelque chose à la porte d'entrée qui pourrait t'intéresser.

— Moi ?

Elle acquiesce.

— Ouaip.

— Ici ?

Je n'envoie jamais rien chez mon frère.

— Oui, je pense que c'est une surprise.

À ce moment-là, une grande silhouette sort de la maison, et mes trois jours de répit tombent à zéro.

CHAPITRE QUATRE

Sean

Je ne sais pas si c'était la meilleure idée du monde, mais c'est trop tard pour revenir en arrière.

Quand je suis arrivé chez Devney, ses parents m'ont dit qu'elle était allée faire du cheval et qu'elle était probablement ici, je n'ai pas pu rester loin d'elle une minute de plus.

En la regardant, tout est à nouveau chamboulé dans ma tête. Pendant des jours, je me suis posé beaucoup de questions, j'ai pensé à elle, j'ai souhaité être ici pour essayer de trouver quoi faire. Embrasser Devney, c'était absolument tout sauf ce à quoi je n'aurais jamais pu me préparer.

Des années à écouter les gens nous dire que nous étions plus que des amis, à penser qu'ils étaient tous ridicules pour finalement réaliser que c'était des conneries.

Cependant, elle sort avec Oliver.

Le gentil garçon.

Celui qui est là pour elle, qui prend soin d'elle quand je... eh bien, quand je ne peux pas.

Mais quand même, je veux la voir. Peu importe comment, je veux l'avoir près de moi.

Elle est là, avec ses cheveux châtain foncé tressés et les plus beaux yeux bruns que j'ai jamais vus — des yeux qui me fixent. Elle ouvre la bouche, et je peux voir le pénible mouvement de sa poitrine.

— Tu es en avance, fait Devney en me regardant la dévisager.

— En effet.

— Sean !

Austin brise cet instant en se dirigeant vers moi.

— Salut, petit gars.

Nous nous faisons un check, et il est presque en train de sauter sur place.

— C'est trop cool. Trop cool. Je n'arrive pas à croire que tu sois là… Maman ! Maman ! Tu as vu qui est là ?

Hazel rit et me touche l'épaule.

— Je le vois. Il est réel. Qui l'aurait cru ?

Les enfants, c'est la meilleure partie de mon travail. J'ai toujours veillé à signer des ballons et des autographes, et j'essaie d'être un modèle pour eux. Si je n'ai pas eu de figure paternelle dans ma vie, j'ai eu de grands entraîneurs. Des hommes qui m'ont appris à grandir et à découvrir l'humilité dans un monde qui en manque cruellement.

Je suis un type normal qui joue au baseball.

Pour ces enfants, je suis un héros, quelqu'un qu'ils aspirent à être, ce que je ne prends jamais pour acquis.

Devney se dirige vers nous et, soudain, je ne sais plus quoi faire. Est-ce que je la serre dans mes bras ? Est-ce que je lui avoue que je la désire et lui demande de se débarrasser de l'idiot avec qui elle est ? Non, ce serait injuste et égoïste. Je dois faire ce que j'ai toujours fait. Je l'attire vers moi et lui dépose un baiser sur le sommet du crâne.

— Ça me fait plaisir de te revoir, dit-elle, la tête contre ma poitrine.

— À moi aussi.

— Tu es si petite, tante Devney, commente Austin.

— Oui, hein ?

— Je ne suis pas petite.

Elle se retrouve trop vite hors de mes bras et se tient là, à regarder Austin en essayant de paraître en colère.

Ce dernier incline la tête et je l'imite.

— Je pense qu'elle l'est, en effet.

Il acquiesce.

— Je suis d'accord.

— Super, alors maintenant vous vous liguez contre moi ?

— On dit la vérité, Crevette, dis-je en sachant qu'elle va s'énerver.

— Je vais te tuer ! crie-t-elle avant de se précipiter vers moi.

Je pars sur la gauche, elle sur la droite. Austin éclate de rire et nous poursuit tandis que je tourne en rond, faisant des zigzags pour leur échapper.

Impossible qu'elle m'attrape.

Après quelques minutes, je m'arrête et renverse la situation en m'avançant vers elle.

— Sean, me prévient-elle.

— Tu devrais courir, Dev.

— Ne fais pas ça.

Si je l'attrape, ce sera la guerre. Elle glousse et s'enfuit, attrapant Austin avant de le poser contre sa hanche tandis qu'il s'époumone.

— Je me rapproche.

Elle s'arrête de courir et tombe par terre. Sans réfléchir, je m'étends sur elle, et nous nous roulons tous dans l'herbe. Austin glisse sur le côté et me saute sur le dos au moment où je commence à chatouiller Devney.

— Rends-toi ! dis-je sur un ton goguenard.

— Jamais !

Il n'y a rien qu'elle déteste plus que d'être chatouillée.

— Reconnais ta défaite !

Devney rit si fort que des larmes s'échappent de ses yeux alors que je maintiens mon attaque.

— Je reconnais *ta* défaite ! rétorque-t-elle.

J'aime le fait que, quoi qu'il arrive, céder ne fait pas partie de ses prérogatives.

Je prends ça comme une trêve, version Devney, et nous nous allongeons tous les trois sur le sol, le visage levé vers le ciel. Je ne me souviens pas de la dernière fois où je me suis amusé comme ça. Chaque fois que je vois Connor, je passe du temps avec Hadley, mais elle me force généralement à goûter avec elle ou à jouer à la poupée dans la cabane que mon frère lui a construite.

Ce n'est pas juste… s'amuser en jouant comme ça.

— Je te déteste, fait Devney après quelques instants de silence.

— Tu t'en remettras. Comme toujours.

Je me tourne pour la regarder, et elle fait de même. Elle me sourit, l'air détendu. J'avais peur que, lorsque nous serions à nouveau ensemble, ce soit gênant. C'était la dernière chose que je souhaitais.

Il n'y a eu qu'une seule fois où nous avons cessé de nous parler : en

CM2, quand elle a dit à Marley Jenkins que je l'aimais bien. Ce n'était pas le cas, mais elle m'a couru après pendant des semaines.

— Je m'en suis remis parce qu'elle a commencé à apprécier Jacob et à l'emmerder.

Devney sourit, sachant exactement de quoi je parle.

— C'est moi qui ai lancé ce merdier.

— Tu crées un tas d'ennuis, Devney Maxwell. Un monde entier d'ennuis.

Austin se redresse.

— Tu vas venir à mon entraînement ce soir ?

J'avais oublié que le gamin était là. Bordel, comme il est facile de se perdre dans les yeux de Devney. Je me retourne vers lui.

— Tu veux que je vienne ?

— Bien sûr !

— Alors, considère que c'est bon.

Austin se lève d'un bond.

— Je dois aller le dire à papa !

Et maintenant, il n'y a plus que Devney et moi.

Elle remet derrière son oreille les mèches folles qui se sont défaites de sa tresse et s'appuie sur son bras.

— Tu n'as pas idée d'à quel point il t'adore.

— Je pense que c'est un truc, chez les Maxwell. Vous êtes tous attirés par mon charme indéniable.

— Oh, pitié, se moque-t-elle. La seule chose indéniable chez toi, c'est que tu penses être charmant. Attention spoiler : tu ne l'es pas.

— J'ai toujours été capable de dire quand tu mens. Ce que tu as fait il y a peu.

— Sur quoi ai-je menti ?

— Tu m'as dit que tu ne pouvais pas rester avec moi au téléphone parce qu'Austin avait un match.

Elle écarquille les yeux et laisse échapper un rire nerveux.

— Je voulais parler de son entraînement.

— Vraiment ?

Je pense qu'il y a plus que ça, alors je vais un peu insister.

— Évidemment.

Je lui souris.

— Ce n'était pas à cause du baiser ?

Devney lâche un long soupir.

— Non, Sean, ça ne l'était pas. On était tous les deux d'accord pour dire que c'était une erreur et ne pas en reparler.

J'imagine que c'est moi le menteur maintenant. Quand même, je dois la jouer cool.

— C'est vrai. C'est ce qu'on s'est dit.

— Pourquoi es-tu arrivé plus tôt ?

— J'avais besoin de te voir.

Les mots s'échappent de ma bouche si facilement. Mais la tension qui monte en moi me fait regretter de ne pas avoir réfléchi avant de parler.

— La dernière fois qu'on était ensemble, les choses ont dérapé. Je ne veux pas que ça se passe mal entre nous, Dev.

Elle se lève, retirant l'herbe de son jean.

— Tout va bien entre nous. Vraiment. On était bourrés. Je vais juste mettre ça sur la longue liste des choses que l'on doit expier.

Il y a beaucoup d'autres choses que j'aimerais ajouter à la liste, comme la prendre dans mes bras et l'embrasser jusqu'à ce qu'elle ne puisse plus réfléchir. Je l'allongerais dans l'herbe, sentirais chaque partie de son corps, utiliserais mes mains, mes lèvres, ma langue…

— Sean ? Tu es toujours là ?

Devney agite ses mains devant mes yeux.

— Oui, désolé… J'ai pris un vol très tôt, ça m'a fatigué.

Devney me tend la main et je la serre, luttant contre la décharge électrique qui se produit à son contact. Je me lève, la surplombant, et ne peux m'empêcher de la serrer contre moi, j'ai besoin de cette connexion que nous avons toujours partagée.

Elle enroule les bras autour de ma taille, glissa la tête sous mon menton.

— Il n'y a que deux choses qui rendront ces six mois supportables.

— Quoi donc ? demande-t-elle en me regardant dans les yeux.

Son doux sourire me fait croire que tout ira bien.

— Toi et passer du temps avec mes deux frères. Mais tu es le numéro un, Dev. Tu seras toujours mon numéro un.

Elle détourne le regard, puis recule.

— Tu ne me lâches pas, hein ?

C'est la phrase que nous nous répétons depuis que nous sommes enfants.

— Jamais.

Je prie juste pour ne pas finir par la laisser tomber.

CHAPITRE CINQ

Devney

— Il est absolument parfait, dis-je en tenant Deacon James Arrowood, aussi connu sous le nom de DJ, dans mes bras.

— Je l'aime déjà tellement.

Sydney sourit, allongée dans son lit après l'accouchement le plus facile de l'histoire.

Je vous jure, c'était comme si elle lui avait ordonné d'obéir et qu'il s'était exécuté. Au lieu de rester en travail pendant des heures, Sydney s'est réveillée, a dit à Declan que c'était le moment, puis ils sont allés à l'hôpital et, cinq heures plus tard, le petit était là. Vu la façon dont sa grossesse a été mouvementée, je pense que c'était un moment de vérité bienvenue.

— Bien sûr que oui. Il est magnifique.

Je me balance légèrement, appréciant l'air innocent et doux qu'il a.

— Où est Declan ? demandé-je.

— Il est allé avec ses frères sur la tombe.

Certains ne comprennent peut-être pas l'importance de tout ça, mais Sydney et moi, oui. Leur mère était une femme formidable qu'ils aimaient, tout comme nous l'aimions aussi. Quand elle est morte, rien n'a pu débarrasser cette maison de l'obscurité qui s'y est infiltrée.

— Je suis content qu'ils soient à nouveau ensemble. Enfin, presque.

Syd acquiesce.

— Ça a été dur pour eux, et même si je pense que leur père était un salaud, le fait qu'il leur ait imposé tout ça est une bonne chose.

— Eh bien, dis-je doucement en faisant rebondir Deacon, je connais au moins deux bonnes choses qui ont résulté de leur retour.

— Ellie désespère d'enfin accoucher.

— Je peux imaginer. Elle était mal quand je l'ai vue la semaine dernière.

Sydney bâille, puis grimace.

— J'ai si mal et c'est si… bizarre, de ne plus avoir cette pression.

— La pression est dans mes bras maintenant, hein ?

J'adore les bébés. Ils sont si parfaits et purs. Rien ne les a blessés ou désabusés. Ils sont simplement là et c'est merveilleux. Un jour, je pourrais avoir la même chose. J'y aspire, plus que quiconque ne pourra jamais le comprendre.

Je l'ai eu à portée de main une fois, mais ça a disparu en un claquement de doigts.

Pourtant, j'aimerais bien élever un enfant un jour.

Deacon se tortille un peu, et je resserre ma prise sur lui, me rappelant à quel point Austin aimait être tout emmailloté dans ses vêtements. Il s'agitait jusqu'à ce que quelqu'un l'immobilise dans son cocon.

— Dev ?

— Oui ?

— Vas-tu me dire ce qu'il se passe avec Sean ? Je me suis montrée patiente, mais tu me tues. Ça fait deux semaines que tu m'as dit qu'il t'avait embrassée.

Je soupire, en me déplaçant vers le bord de son lit.

— Ce n'est rien. Il a dit que c'était une erreur et voilà, il a raison. Donc on passe à autre chose.

Sydney me fixe pendant un moment.

— Ce n'est pas facile de passer à autre chose, pas quand on réalise qu'on est amoureuse.

— Je ne suis pas amoureuse de lui.

Du moins, je ne suis pas prête à l'être. Je ne peux pas être amoureuse de mon meilleur ami. Ça ne marche pas comme ça. D'autant plus qu'il a été la meilleure chose que j'ai dans ma vie depuis le CE1.

— Écoute, je ne vais pas te traiter de menteuse, mais tu n'es pas très honnête.

— Tu as un bébé à materner maintenant, Syd, tu n'as pas à faire ça avec moi.

Elle éclate d'un unique rire, puis soupire.

— Je ne te materne pas… du moins ce n'est pas ce que j'essaie de faire. Je dis juste que tout le monde sait que tu l'aimes plus que comme un ami, à part vous deux. Il va vivre encore cinq mois et demi ici et, ensuite, qui sait ce qui se passera ?

— Exactement ! m'exclamé-je dans un chuchotement. Il va partir et, si je me souviens bien, *quelqu'un* ne voulait pas s'engager avec un certain Arrowood pour la même raison. *Et*, souligné-je, j'ai zéro chance d'être enceinte de Sean. Donc prendre cinq mois et demi pour… sortir avec lui… ou peu importe ce que c'est, tout ça ne pourra se terminer qu'avec un cœur brisé à Sugarloaf et un Arrowood en Floride. Non merci.

— Peut-être que ce sera le cas, mais et si ça ne se passait pas comme ça ? Et si c'était le bon pour toi et que tu le laissais partir ?

— Et si, et si ? Je ne peux pas jouer à ces jeux-là, Syd. Je ne suis plus une enfant. J'ai des responsabilités et des désirs. Je veux me marier, avoir des enfants, avoir une vie…

DJ commence à s'agiter, alors je le remets dans les bras de sa mère.

— Je t'aime, et je sais que ce que tu dis vient du cœur. Je t'aime vraiment. Mais Sean est mon meilleur ami. Estomper ces limites ne détruirait pas seulement mon cœur, mais également mon âme. Si ça ne marche pas, on ne pourra plus jamais être amis. On était ivres et on s'est embrassés mais, dans quelques mois, il retournera à sa vie et moi à la mienne.

Sydney pose les yeux sur son fils, puis sur moi à nouveau.

— Oui, j'y ai pensé aussi. Bonne chance, mon amie.

Elle avait tort, et je suis certaine que moi aussi.

J'entre chez moi en tenue de combat, prête pour la guerre que ma mère s'apprête à déclarer. Je ne sais jamais comment je vais la décevoir, cette fois, mais ça arrive toujours.

— Te voilà, lance la voix chaude de mon père depuis le canapé. Tout va bien ?

— Oui, tout va bien. Sydney a accouché.

— C'est génial. Je suis sûr que leur famille est heureuse. Sean est de retour ?

Je m'assieds sur le canapé à côté de lui, puis pose la tête sur son épaule.

— En effet.

— J'imagine que ça veut dire qu'on va le voir souvent ?

Avec Jasper et Sean à mes côtés, peu de garçons osaient m'approcher. Jasper était terrible, mais Sean, c'était un vrai cauchemar. Un simple regard de sa part faisait fuir n'importe quel garçon. C'était gênant et désagréable, mais Sean prétendait que tout mec qui n'était pas prêt à le refouler ne valait pas une seconde de mon temps.

Papa était d'accord avec lui, ce qui a valu à Sean l'amour de mon père.

— Je ne sais pas. Il va travailler avec Austin et d'autres jeunes de l'équipe locale, faire quelque chose à la ferme avec les vaches, et je suis plutôt occupée alors…

— Donc on le verra hors de tous ces moments-là, glousse papa. Ce gars ne peut pas rester loin de toi, Crevette. Tu es tout simplement irrésistible.

— Oui, lâche ma mère d'un ton narquois en entrant dans la pièce. Les hommes, les garçons, aucune créature ne peut te résister, hein ?

J'ai baissé ma garde, et maintenant je dois payer.

— J'imagine que non, Maman.

— Ce n'est pas ce que je disais, et on le sait tous, la corrige mon père. Sans compter que quand Sean était là, Devney souriait plus.

— Oui, on a tous un peu besoin de ça, j'imagine.

En d'autres termes, elle s'en fiche complètement.

La sonnette retentit, mettant un terme à cette conversation très intéressante avant qu'elle ne tourne mal. Quand j'ouvre la porte, mon cœur s'arrête presque.

— Oliver ?

— Dev.

Il me sourit chaleureusement et reprend :

— Comment vas-tu ?

Je jette un coup d'œil à mes parents, puis je sors avec lui. Je ne veux pas qu'ils entendent quoi que ce soit.

— Je vais bien, et toi ?

— Ça va.

— Je ne m'attendais pas à te voir, avoué-je alors que nous nous dirigeons vers les chaises de l'autre côté du porche.

Oliver a l'air différent. Même si ça ne fait que deux semaines, quelque chose a changé chez lui. Comme s'il était… plus guilleret.

La culpabilité m'envahit car je me demande si c'est notre relation qui l'a accablé. Je sais que je ne suis pas une personne facile à aimer. Je suis têtue, obtuse et peu confiante par nature. Il a fallu qu'Oliver m'invite à sortir pendant presque quatre mois d'affilée pour que j'accepte. Il était persistant et m'a eue à l'usure.

Je l'ai aimé de la seule manière que je pouvais, mais ce n'était pas suffisant.

Je l'ai laissé entrer dans des recoins de mon cœur que j'ai choisis avec soin, mais ce n'était jamais assez profond pour qu'il ait la capacité de vraiment me blesser.

Quelqu'un m'a appris à faire ça avant lui.

Nous nous asseyons tous les deux et il soupire.

— Je voulais déposer quelques-unes des affaires que tu as laissées chez moi, mais je voulais aussi t'apprendre quelque chose.

— Oh ?

— Il y a un mois, on m'a proposé une opportunité au sein de l'entreprise de mon père. J'ai hésité à l'accepter.

— À cause de moi ?

Il sourit et acquiesce.

— Je savais que tu ne quitterais pas Sugarloaf, et je n'allais pas te le demander puisque je connaissais déjà ta réponse.

Mon Dieu, quelle salope j'étais !

— C'est… horrible.

— Horrible ?

— Oui, Ollie, c'est horrible que tu aies voulu passer ta vie avec moi sans pouvoir me demander de déménager avec toi. Je n'aurais jamais dû te faire ressentir une telle chose. C'était injuste pour toi. Je suis vraiment désolée de t'avoir fait hésiter à accepter une offre d'emploi qui aurait fait évoluer ta carrière.

— Stop. S'il te plaît. Je ne voulais vraiment pas de ce travail, et je pense que j'ai utilisé notre relation comme raison pour le refuser. Je savais que mon père ne me forcerait jamais à choisir entre les deux. Mais, maintenant que nous ne sommes plus ensemble, j'ai en quelque sorte perdu ce moyen de pression. Je ne suis pas aussi respectable que tu aimerais le croire.

C'est là qu'il a tort.

— Non, je pense que tu l'es réellement.

Il rit.

— Eh bien, au moins l'un d'entre nous y croit.

— Quand même, je te dois beaucoup.

— Je vais accepter le poste dans le Wyoming.

— Si loin ? soufflé-je.

— Il a acheté une quantité inimaginable de terres pour développer notre activité bovine. C'est une décision intelligente et, si je pars, je prendrai la tête de cette ferme.

Il avait raison de dire que je ne l'aurais pas suivi. Je ne serais jamais allée aussi loin. Ma famille habite ici, et j'ai besoin de rester proche d'elle pour des raisons égoïstes. Mes parents sont peut-être difficiles, mais ils m'ont aidé quand j'étais perdue.

— C'est une bonne opportunité pour toi.

Oliver me prend la main.

— Je pense que c'est une bonne chose pour nous deux. Si je pars, on n'aura pas à s'inquiéter de se croiser ou de se sentir mal.

Le plus triste, c'est que je ne me sens pas gênée avec lui. Je ne me sens pas triste ou blessée. Il y a toujours eu de l'amitié entre nous. Mon seul regret, c'est de l'avoir laissé penser que notre vie ensemble pourrait passer à un niveau supérieur. Alors je vais lui offrir tout le réconfort que je peux.

— Tu as peut-être raison. Je ne sais pas comment je me sentirais si je te voyais avec quelqu'un d'autre.

— Je ne peux pas rester tout en sachant que Sean est là, Dev. Je peux te laisser partir parce que je t'aime assez pour vouloir que tu sois heureuse, mais je ne peux pas le voir.

Je plonge mon regard dans ses yeux bleu intense et j'y découvre de la souffrance.

— On n'est pas…

— Peut-être pas maintenant. Peut-être pas dans les six prochains mois, mais un jour, vous vous mettrez en couple, et je ne peux pas rester pour voir ça. Donc je suis venu te dire au revoir.

— C'est mal de dire que je déteste tout ce qui se passe ?

Oliver glousse.

— C'est mal que je sois content que tu détestes tout ça ?

Je souris.

— Non.

— Alors on n'a pas tort.

Nous nous levons, et il me prend dans ses bras en une douce étreinte. Il va me manquer. Oliver m'a apporté énormément de bonnes choses. Il n'avait pas de secrets ou de mensonges pour moi. Pas de rencontres sordides dans des coins paumés ou de baisers volés ici ou là.

Il m'aimait sans honte, publiquement.

Il m'aimait pour ce que j'étais.

Et maintenant, je dois le laisser partir pour de bon.

Je me mets sur la pointe des pieds et presse mes lèvres contre les siennes.

— Merci, Ollie.

Il me tire contre lui pour m'offrir un étroit câlin.

Au moment où nous nous lâchons, je me retourne et vois Sean remonter l'allée. Il a les mains dans les poches et ses cheveux châtain clair lui tombent légèrement dans les yeux. Il affiche un sourire détendu, mais je vois bien ses yeux plisser lorsqu'il monte les escaliers.

— Oliver, fait Sean en tendant la main.

Oliver, toujours gentleman, la lui serre et se racle la gorge.

— Prends soin d'elle, Sean.

Il s'en va ensuite sans un mot, me laissant là avec un Sean au regard empli d'un million de questions.

CHAPITRE SIX

— **D**evney ?

J'ai besoin de savoir ce que c'était que ça. Est-ce qu'elle lui a dit ?

— Oliver part dans le Wyoming.

Je ne devrais pas être heureux d'apprendre ça. Non, je devrais être triste parce que Devney a l'air d'être sur le point de fondre en larmes. Ses doux yeux couleur café brillent. Quand elle pleure, je perds les pédales. Il n'y a rien qui me brise plus le cœur que ça.

— Tu lui as dit ?

Elle acquiesce.

— Je lui ai dit avant que tu ne reviennes, en fait. On a rompu à ce moment-là.

— Putain, grogné-je. J'aurais dû…

— Tu aurais dû quoi ?

Aucun moyen de répondre à cette question parce que je ne sais pas ce que j'aurais dû faire, en réalité. Si ça n'était jamais arrivé, elle serait toujours avec lui, et je mentirais si je disais que je ne suis pas heureux de ce résultat.

Pendant des semaines, j'ai essayé de me convaincre qu'il serait stupide de tenter d'avoir une relation avec elle. Je ne suis toujours pas sûr que ce soit intelligent, mais à chaque fois que je m'en dissuade, je me retrouve ici, devant elle.

Je suis venu ici aujourd'hui parce que j'avais besoin d'elle. L'autre jour, lorsque j'étais avec mes frères sur la tombe de ma mère à les écouter lui raconter leur vie, je me suis sentie vide. Je n'avais rien à lui dire.

Declan, celui qui était le plus déterminé à éviter le mariage, les enfants et à s'enraciner à Sugarloaf, a acheté une putain de ferme et a fondé sa famille. Connor, qui a probablement connu le pire et a eu le plus de mal à revenir ici, est marié et sa femme est sur le point d'avoir un autre bébé.

J'étais là. Sans enfant, sans femme et avec l'impression de patauger dans la vie, ce qui n'a aucun sens. Je suis celui qui a tout.

J'ai la carrière dont tous les enfants rêvent.

Un magnifique *penthouse*.

Une voiture sur laquelle les autres hommes bavent.

Mais tout ça m'a semblé sans importance au moment où ils lui parlaient de leurs trésors.

Et maintenant, je suis là, à la regarder, à me demander si j'ai eu pendant toutes ces années quelque chose d'infiniment plus précieux sans être capable de le voir.

— Je ne sais pas, j'aurais pu m'excuser auprès de lui au moins.

— Il n'était pas en colère, répond-elle à voix basse. Il n'était même pas surpris.

Eh bien, putain, moi je le suis.

— Sérieusement ?

— Non, Oliver l'a accepté de bonne grâce, bien plus qu'il n'aurait dû, puis il m'a laissé partir.

Je fais un pas de plus vers elle.

— Et comment tu prends tout ça ?

Ses yeux bruns croisent les miens et cherchent, sondent au plus profond de moi, jusqu'à ce que je sois tout crispé.

— Je vais bien. Je suis triste parce qu'Oliver m'aimait vraiment et que je l'ai blessé.

Elle ne m'a pas dit une seule fois qu'elle l'aimait plus que sa vie, cependant. Je pourrais — et j'en ai envie — la rappeler à l'ordre, mais ça ne rendrait pas cette conversation plus facile. Je dois à Oliver bien plus que des excuses. Il était aussi mon ami, même si c'était seulement parce qu'il sortait avec Devney, mais quand même. Il me faisait confiance, et je l'ai brisée.

— Alors, pourquoi part-il dans le Wyoming ?

— Pourquoi, à ton avis ?

— Parce que je suis là, et qu'il pense…

Devney hausse les épaules et s'installe sur le rocking-chair.

— Oui, j'imagine qu'il ne veut pas voir ce qui ne se passera jamais entre nous.

Je ne rate pas l'accent mis sur le mot *jamais*.

— Je vois.

Elle s'assied et commence à se balancer d'avant en arrière tandis que je m'installe à côté d'elle. Après quelques secondes de doux silence, elle tend sa main pour prendre la mienne. Nous avons toujours été affectueux l'un envers l'autre mais, cette fois, c'est différent, plus intime, plus proche de ce que ferait un couple.

— Pourquoi es-tu venu ici ? Parce que vous êtes allés sur la tombe de ta mère ?

Elle me connaît si bien.

— Oui.

— Tu n'y es pas allé depuis que tu as enterré ton père, hein ?

La honte me submerge. Perdre ma mère a été dure pour nous tous. Je ne peux pas dire que l'un de mes frères l'a vécu plus mal ou mieux que les autres. Nous avons tous fait notre deuil. Nous avons tous subi son absence, ce qui nous a détruits. Elizabeth Arrowood était la femme la plus belle et la plus parfaite du monde.

Et elle me manque encore plus quand je suis ici.

— Quelle est la chose la plus importante qui soit à propos des flèches ? fait Devney d'une voix douce et caressante.

Je la regarde, ressentant une myriade d'émotions. Je ne veux pas répondre. Je ne veux pas dire les mots que ma mère me forçait à prononcer chaque fois que j'étais dans l'allée menant à notre maison.

Devney me serre la main.

— C'est bon, Sean. Je suis là pour toi.

Les mots qu'on s'est dits tant de fois au fil des ans me serrent la gorge. Être de retour ici est un putain de supplice.

Pas à cause de mon père, mais à cause de tout ce que j'ai perdu.

Je ferme les yeux, laissant le réconfort qu'elle me communique me donner la force de prononcer ces paroles que je n'ai pas dites depuis presque deux décennies.

— Ce n'est pas parce qu'on ne met pas dans le mille que les autres tirs ne comptent pas.

— On ne gagne pas toujours, Sean. Parfois on perd. Parfois on ne touche pas la cible, mais au moins on a essayé, non ? demande Devney.

Je pense qu'elle a plus besoin de cette réponse que moi. Maintenant, j'ai un peu plus de cinq mois pour décider si le tir que j'ai fait il y a quelques semaines était raté ou non. Nous avons le temps de creuser les sentiments que nous avons et ceux que nous avons ignorés pendant des années.

— Tu veux savoir ça pour moi ou pour toi ? m'enquiers-je.

Quand elle tente de retirer sa main, je resserre ma prise, car je ne veux pas la laisser s'en tirer comme ça.

— Tu as perdu aussi, Dev. Tu t'es battue pour te relever. Je ne sais pas ce que tu me caches, mais j'aimerais que tu me le dises.

— Je ne cache rien.

Elle se lève, je la suis. Elle ment.

— Alors qu'est-ce qui se passe ? Pourquoi es-tu si distante ?

— Je ne suis pas distante, Sean. Beaucoup de choses ont changé ces dernières semaines. J'ai rompu avec mon copain, un nouveau type a commencé à travailler au bureau, Sydney a eu son bébé, Ellie va avoir le sien…

— Et je t'ai embrassée.

Elle se frotte les yeux et refuse de me regarder.

— Oui, il y a ça aussi.

— Pourquoi as-tu laissé Oliver partir ?

Devney se tourne, son regard perçant le mien.

— Tu crois que j'ai envie d'être cette fille-là ? Tu crois que je me marierais avec un homme après l'avoir trompé ?

— Non.

— Alors pourquoi me poses-tu cette question ?

Je m'avance vers elle et elle recule. Mon cœur bat plus fort au fur et à mesure que je me rapproche d'elle. Ces deux dernières semaines, j'ai refoulé, juré et tout fait pour ne pas ressentir ça. Pour ne pas la désirer, parce qu'elle n'était pas libre. Maintenant, elle l'est. J'ai besoin de savoir si ce baiser n'était rien de plus que le mensonge que je me suis raconté ou si mon cœur en sait plus que ma tête.

— Parce que je pense que si c'était juste l'erreur de deux ivrognes, tu te serais battue pour lui.

— Sean, ne fais pas ça.

— Quoi donc ?

Il y a tellement de choses qu'elle pourrait me demander. Ne m'embrasse pas. Ne dis rien que tu ne puisses regretter. Ne me brise pas le cœur. J'ai besoin de savoir ce qu'elle veut.

— Ne fais pas quelque chose que l'on ne pourra pas effacer ou dont on ne pourra pas prétendre que ça n'est jamais arrivé.

— Jamais, lui promis-je avant de la tirer dans mes bras.

Je lui laisse encore quelques secondes pour être sûr qu'elle comprenne que ce baiser ne sera pas l'erreur de deux personnes saoules. Ni quelque chose que l'on pourra oublier ou excuser. Ce sera parce que je veux l'embrasser plus que je n'ai envie de respirer.

Elle pose les mains sur ma poitrine et de longs cils s'étendent en éventail sur ses joues ; puis, lentement, elle lève ses yeux vers les miens. Je vois de la ferveur, de l'étonnement et de la peur s'y attarder. Je ne veux pas vivre avec encore plus de honte parce que je n'aurais pas fait ce qu'il fallait, parce que je ne l'aurais pas embrassée plus tôt.

Et je ne vais pas attendre plus longtemps.

CHAPITRE SEPT

Devney

Oh, mon Dieu.

Oh mon Dieu, oh mon Dieu, oh mon Dieu.

Cette litanie se répète dans ma tête. Il m'embrasse. Pour de vrai, sans alcool, sans excuse, sans mensonge que l'on pourra se raconter demain, il m'embrasse.

Et c'est tout.

Ses lèvres sont douces et enjôleuses. Chacun de nos souffles, qui passe de l'un à l'autre, ressemble à une conversation.

Tu me veux ?

Oui.

Est-ce que c'est vraiment en train d'arriver ?

Oui.

Devrions-nous nous arrêter ?

Oui.

Mais je ne le fais pas. Je ne peux pas m'arrêter. J'ai désiré ça chaque seconde pendant un peu plus de deux semaines. Maintenant que je ressens son ardeur et sa force, je ne veux plus jamais que ça s'arrête.

Ça prouve que je suis complètement idiote.

Je remonte les mains le long de sa poitrine et de sa mâchoire. Les poils de sa barbe piquent ma peau sensible quand je descends sur son cou. Je passe les doigts dans ses doux cheveux ; j'aime la façon dont ils glissent à travers sans résistance. Et puis il gémit.

Il me fait reculer vers le côté de la maison, là où personne ne peut nous voir à travers les fenêtres. Il me tient fermement dans ses bras et je me presse contre sa poitrine.

Toutes mes pensées sont centrées sur lui. Je l'ai tellement désiré, je n'ai pensé à rien d'autre, et maintenant nous nous embrassons à nouveau. C'est comme si le monde que j'avais toujours connu était sens dessus dessous. C'est Sean.

Sean.

Il n'est pas censé m'embrasser. Je ne suis certainement pas censée avoir envie qu'il me fasse bien plus.

Et puis, comme de la glace jetée sur ma tête après une chaude journée, je me souviens que Sean ne restera pas à Sugarloaf. Il va retourner à sa vie de luxe, tandis que je demeurerai ici.

Je tourne la tête et il recule.

— On ne peut pas faire ça, dis-je une fois que j'ai pu reprendre mon souffle.

Je sens son regard sur moi, que je croise alors.

— Devney, te faire du mal, c'est la dernière chose au monde que je veux faire.

Oh, comme il a tort !

— Tu es le seul homme au monde qui pourrait me détruire.

Il se passe les doigts dans les cheveux et commence à faire les cent pas. Je le connais si bien. Là tout de suite, il réfléchit à tous les moyens d'obtenir ce qu'il veut. Il fomente un plan, crée des plans de secours, analyse les résultats et cherche à attaquer de la meilleure façon qui soit.

Seulement, le résultat final sera toujours le même.

Il se dit sans doute qu'il y a un million de raisons qu'il pourrait me donner pour partir, mais il y en existait bel et bien une qui me pousserait à rester et qu'il ne pourrait jamais concurrencer.

— Pourquoi ? demande Sean alors qu'il se déplace sur le plancher.

— Parce que tu connais tout de mon cœur et de mon âme. Je t'ai donné plus de moi-même que je n'en ai jamais donné à personne d'autre. Tu connais toutes mes faiblesses, Sean, et si tu voulais les utiliser contre moi, je serais incapable de t'arrêter.

— Ça veut simplement dire qu'on pourrait faire en sorte que les choses fonctionnent.

— Oh, s'il te plaît. Arrête ça. Je te connais et je sais que tu es un romantique, mais je sais aussi que tu te tenais sur cette tombe avec tes frères et que tu t'es rendu compte de tout ce que tu n'avais pas.

Sean lève les yeux et croise mon regard au moment où nous réalisons tous les deux la vérité. Il me connaît peut-être, mais je le connais tout aussi bien.

— Ce n'est pas pour ça que je t'ai embrassée.

— Non, tu n'es pas cruel. Tu es inquiet, tu traverses beaucoup de choses, et moi je t'apporte du réconfort, ce que je ferai toujours.

Il se rapproche, puis s'arrête.

— Je ressens quelque chose, Devney.

— Et moi aussi, mais on est amis depuis près de vingt ans et on n'a jamais rien ressenti jusqu'à maintenant, alors pourquoi ? Ça n'a aucun sens.

Je resserre un peu plus ma veste autour de moi alors que l'air froid nous fouette.

— Peut-être pas, mais ça ne veut pas dire que ce n'est pas réel.

— Non, mais ça ne veut pas dire que c'est une bonne chose.

Il se force à souffler.

— Je vois.

Je suis content qu'il le fasse parce que je n'ai aucune idée de ce que je raconte. Je ressens aussi quelque chose : la peur. J'ai peur de tomber éperdument amoureuse de lui et de finir brisée, au sol quand il partira — ce qu'il fera. Ce n'est pas une question de si, mais bien de quand il partira. Sa vie entière tourne autour du baseball, la mienne non.

Mes insécurités vont bien au-delà de ce qu'il pourrait essayer de deviner. Je ne peux pas vivre avec quelqu'un qui veut le beurre et l'argent du beurre.

— Nos situations ne changeraient pas, ajouté-je.

— Non, en effet.

— Je ne veux pas quitter cette ville.

Il se passe la main dans ses épais cheveux bruns.

— Et je ne reviendrai pas. Même si je le voulais, ce qui n'est pas le cas, mon contrat m'oblige à rester en Floride.

— C'est vrai. Et… du coup, on en est là.

— Dans une impasse, il semble.

Au début et à la fin d'une relation qui ne devait pas durer.

— Je t'aime, Sean. Je t'aime vraiment, alors s'il te plaît, ne faisons pas ça et ne gâchons pas l'amitié que nous partageons, d'accord ?

Il soupire et me tire contre sa poitrine.

— OK, Crevette. On ne change rien et je ferai de mon mieux pour ne pas t'embrasser.

Je ris.

— Je suis sûr que tu trouveras un moyen de te débrouiller pour éviter ça.

Les bras de Sean retombent, et je fais un pas en arrière.

— On peut au moins sortir ? Je vis dans cette… maison… et je suis tout seul.

— Tu vis seul en Floride !

— C'est différent.

— Comment ça ?

Il hausse les épaules.

— Il n'y a personne que j'aime là-bas, et il se trouve que je t'aime bien.

— Oui, ouais. J'apporterai un film d'horreur demain, et on pourra s'en moquer.

Le sourire qui illumine son visage est si beau.

— Parfait. Rendez-vous pris.

Amis. Nous sommes amis. Les amis ne sortent pas ensemble.

— D'accord.

— Salue tes parents pour moi, conclut Sean en descendant les escaliers.

Je le regarde partir et me demande comment nous allons retrouver notre équilibre. Chaque fois qu'il m'embrasse, une partie de ma détermination fond comme neige au soleil. Ça fait si longtemps que je n'ai pas ressenti une telle intensité avec un homme.

Et je sais où ça m'a mené.

Une fois de retour à l'intérieur, mes parents sont dans la cuisine installés autour de la petite table.

— Tout va bien avec Oliver ? me demande papa.

— Oui. Il… il déménage.

Ma mère croise mon regard.

— Il quoi ? Tu vas y aller ? A-t-il fait sa demande ?

Oh, ça, ça va faire des vagues. Ma mère pense qu'Oliver est un vrai soleil. Son seul espoir de se débarrasser de moi.

— Oliver et moi avons rompu, Maman.

— Excuse-moi ?

— Il y a quelques semaines, on a mis fin à notre relation. C'était très amical, on s'entend beaucoup mieux en tant qu'amis.

Papa change de position.

— Il t'a fait du mal ?

— Bien sûr que non, intervient rapidement ma mère. On sait tous qui est fautive ici. C'était ta chance, Devney. La première fois que tu as retrouvé le bonheur depuis… depuis toutes les erreurs que tu as faites.

— Oliver et moi n'étions pas heureux.

Elle lève brutalement les mains en l'air.

— Tu crois que ça se passe comment, la vie ? Que ce sont juste des arcs-en-ciel et des licornes ? Sors ta tête des nuages, ma petite ! Il n'y a pas beaucoup d'hommes comme Oliver Parkerson.

Non, en effet. Et Oliver mérite une femme qui tombera à ses pieds. Une qui ne rêvera pas d'un baiser si singulier et qui aurait des papillons dans le ventre. Je ne suis pas cette fille. Je suis celle qui pense à lui comme à une tasse de lait chaud, stable et fiable.

C'était attirant, et ça m'aurait suffi si je n'avais pas pris une autre gorgée dans un autre verre après lui. Une gorgée qui m'a embrasé les veines et provoqué une douleur dans ma poitrine.

Similaire à celle que j'avais goûtée avant, sauf que celle-là a presque détruit ma vie.

Papa se penche en avant, face à ma mère.

— Ce n'est plus une petite fille. Devney a fait des erreurs, mais on n'est pas des saints non plus. Il est temps de laisser ça derrière nous.

— Des erreurs ? C'est comme ça qu'on va nommer son choix ? gronde ma mère en se levant. Oui, j'ai fait des erreurs, mais ce n'est pas moi qui ai couché avec mon professeur marié et qui ai dû en assumer les retombées.

Enfin. *Enfin*, elle a balancé ces foutus mots.

— Oui, j'ai couché avec mon professeur marié, Maman. Quelle méprisable salope je suis, hein ? Pas qu'il ait profité d'une fille de dix-neuf ans, qu'il m'ait *menti*, qu'il *se soit servi* de moi, puis qu'il m'ait jetée, hein ? C'était *ma* faute. Il fallait que ce soit moi parce que je suis une vraie honte à tes yeux.

— Je t'ai mieux élevée que ça ! crie-t-elle en me tournant le dos.

— J'étais *jeune* ! Je l'ai cru et c'est moi qui ai été blessée par tout ça !

— Lily, lance papa, mais elle se contente de le fixer en retour.

— Je ne suis pas celle qui a tort, ici. J'ai fait de mon mieux avec elle ! Tous les maux que cette famille a endurés parce qu'elle n'a pas réussi à être la fille que j'ai élevée.

Elle doit avoir des douleurs dans le cou à force de regarder aussi bas, du haut du piédestal sur lequel elle est perchée.

— Je suis cette fille. Je crois en toutes les valeurs et croyances que j'ai toujours eues. Je l'aimais, et je pensais qu'il m'aimait. Il m'a menti en prétendant ne pas être marié. Il a juré qu'il allait quitter l'université et m'épouser. Tout cela m'a brisée, mais le pire, c'est bien la façon dont tu me traites depuis. Je n'étais pas fière de ce que j'ai fait. J'étais mortifiée et honteuse, mais tu as passé les six dernières années depuis que j'ai fini l'école à me faire revivre ça. J'ai changé d'école. Je me suis éloignée de lui et de mes erreurs. Pourquoi ne peux-tu pas te mettre à ma place ?

— Tu agis comme si on pouvait oublier tout ça.

— De quoi as-tu souffert, bordel ?

— Des mensonges ! crie-t-elle.

C'est vrai. Quand elle va à l'église le dimanche, elle doit prétendre que je suis une enfant parfaite. Que Dieu l'en garde.

— Tu crois que les femmes dont tu es si proche n'ont pas de squelettes dans leurs placards ? Le pardon et l'acceptation ne sont-ils pas abordés dans les sermons que tu écoutes le dimanche matin pendant que vous êtes toutes là à discuter de la façon dont vous allez sauver la ville ?

Ma mère soupire et détourne le regard. Papa secoue la tête.

— Il faut que ça cesse.

Elle croise mon regard.

— Si tu veux être pardonnée, tu dois expier tes erreurs, ce que tu n'as clairement pas fait. Tu as juste rejeté la faute sur ton professeur, comme si tu n'étais pas impliquée là-dedans.

— Je ne le blâme pas lui uniquement ! Je dis juste la réalité. J'étais une adolescente surprotégée qui cherchait désespérément son premier petit ami et il m'a accordée de l'attention, m'a fait croire que j'étais spéciale !

— Tu as toujours été spéciale, Devney, répond-elle avec une pointe de tristesse. On le savait tous, mais tu étais tellement absorbée par les frères Arrowood, tu courais tellement dans tous les sens avec eux que tu n'avais pas de rendez-vous amoureux.

La fille aux yeux de biche qui a quitté Sugarloaf à dix-sept ans n'avait aucune idée de la réalité du monde. J'étais tellement habituée à ce que les choses soient unidimensionnelles et là, il y avait cette toute nouvelle vie qui s'offrait à moi. Personne pour me dicter ce que je désirais ou ne devais pas faire. Je me sentais libre et vivante. Des possibilités qui ne m'avaient jamais semblé concevables s'étalaient devant moi et un homme qui n'aurait jamais regardé dans ma direction en Pennsylvanie me couvrait d'attention.

Christopher était charmant au-delà de toute mesure et j'étais crédule à l'excès.

— On ne sera jamais d'accord sur ce point, Maman. Tu ne cesseras jamais de me voir comme la salope de l'histoire, et je ne te pardonnerai jamais de ne pas m'avoir simplement compris.

Elle se détourne en s'essuyant le visage.

— Je ne pense pas que tu sois une salope.

J'entends sa voix se briser.

— Eh bien, tu fais tout pour me donner l'impression d'en être une, rétorqué-je.

Elle secoue la tête, les épaules affaissées, tandis que sa voix résonne encore dans la pièce :

— Qu'il soit marié ou non, tu couchais avec un professeur. Tu le savais.

Quand elle se tourne, je vois la tristesse remplacée par le dégoût et toute chance d'une conversation où nous aurions pu trouver un terrain d'entente s'envole. Elle continue :

— Un homme qui avait presque l'âge de ton père. C'était mal. Tu le savais, il le savait, et l'école aussi. Je ne peux même pas imaginer ce qu'il se serait passé si tu étais allée dans l'université du coin.

— Oui, alors la honte aurait été publique, m'esclaffé-je.

— Ça l'était déjà bien assez, continue ma mère en se frottant les yeux avant de soupirer. Tu aurais pu prendre un nouveau départ avec Oliver. C'est un homme bien, qui a su passer outre tes fautes et t'aimer. Et maintenant, quoi ? Tu vas rester dans cette maison jusqu'à notre mort à te gâcher la vie ?

Je pense à l'état actuel des choses, et ce n'est pas génial, mais je ne gâche rien. J'ai un bon travail grâce auquel j'aide les gens, des amis qui me soutiennent, et ma famille, dont j'aime tous les membres, surtout mon neveu. Les choses ne sont pas parfaites, mais ma mère continue d'aggraver la situation. Je suis tellement fatiguée.

J'en ai fini avec tout ça.

— Je comprends que tu ressentes ça, alors je vais y aller.

Papa fait un pas vers moi.

— Aller où ?

— Loin d'ici, où je ne suis clairement pas désirée.

Les yeux de mon père papillonnent entre ma mère et moi.

— Qu'est-ce que tu dis ?

— Je préfère être sans abri et dormir dans ma voiture plutôt que de vivre ça. Je suis désolée de t'avoir déçue.

Je regarde ma mère, qui me tourne le dos, et poursuis :

— Je suis désolée que la douleur que tu as ressentie ait été si grande. Ce n'est pas toi qui as vécu tout ça, mais qu'est-ce que j'en sais, après tout ? Je m'en vais.

Je me dirige vers ma chambre, des larmes plein le visage tandis que j'emballe tout ce que je peux. Puis, je me barre d'ici.

CHAPITRE HUIT

Devney

— Quelle est la chose la plus importante qui soit à propos des flèches ? me demandé-je au moment où je m'arrête au bout de l'allée de la maison de Sean.

Je suis là depuis dix minutes, à essayer de faire cesser les larmes, mais elles ne veulent pas. Pendant des années, j'ai refoulé mon passé, je l'ai forcé à rester en moi, mais, maintenant, tout est à découvert. J'ai aimé un menteur. Un menteur marié, infidèle et stupide.

Le pire, c'est que j'ai dû quitter l'école après être passée devant le conseil de discipline, et lui n'a eu aucun problème. Sa femme ne l'a probablement jamais découvert, sa carrière n'a pas été ruinée. Je ne l'ai jamais dit à personne en dehors de ma famille, et je sais qu'en me présentant à la porte de Sean, je ne pourrai pas lui mentir.

Je pense à sa mère et à ce qu'elle penserait. La vérité ? Je ne sais plus quelle est la vérité. Je n'étais peut-être pas un frère ou une sœur Arrowood, mais j'avais droit à mon propre dicton.

— JE N'AI PAS besoin d'une flèche, moi, dis-je à Sean tandis que je me tiens à l'arrière de sa moto.

— Dis-le ou je t'abandonne ici.

Je lève les yeux au ciel. Il n'oserait pas parce que je lui botterais les fesses. Je me fiche d'être une fille, je n'ai pas peur de lui.

— Si tu le fais, tu meurs.

— Pourquoi es-tu toujours aussi relou ?

— Parce que tu détestes ça.

— Je vais retirer les repose-pieds si tu ne le dis pas, et ma mère ne te donnera pas de cookies.

Il pourrait bien le faire, et j'adore les cookies que fait madame A. Elle met des pépites de chocolat supplémentaires.

— Bien, me plains-je. Oublie la dernière flèche car seul le prochain tir compte.

— C'était si dur que ça ?

— Non, mais je ne sais pas pourquoi tu veux que j'aie un dicton comme tes frères et toi.

— Parce que tu es ma meilleure amie, Devney.

— Et tu es le mien. Tu le seras toujours.

Sean me regarde par-dessus son épaule.

— Bien. On ne regarde jamais en arrière.

Comme j'aimerais que ce soit le cas. Nous étions trop jeunes pour savoir que le passé définit l'avenir. Chaque action a une réaction et, une fois que tout est lancé, ce n'est pas facile à arrêter. Je ne serai jamais capable de complètement oublier cette relation.

Maintenant, je dois trouver un moyen d'aller de l'avant et d'oublier ma dernière erreur.

Quand je gare la voiture, Sean sort de la petite maison blanche autour de laquelle toute la ferme semble s'être construite.

— Qu'est-ce qui ne va pas ?

Sa voix déborde d'inquiétude.

Je me précipite vers lui, mes larmes coulant plus fort qu'avant. Il m'enveloppe de ses bras et me serre contre lui. En cet instant, je me sens si sûre de moi et pourtant si vulnérable. Je ne veux pas lui parler de Christopher. Je ne veux pas prononcer son nom, mais Sean est mon roc. Il n'agira pas comme ma famille l'a fait, je dois lui faire confiance. Non, je veux lui faire confiance.

— J'ai besoin d'un endroit où loger, lui dis-je d'abord. J'ai quitté la maison et je n'ai nulle part où aller.

— Tu auras toujours un endroit où aller, tu le sais.

Je savais qu'il ne me repousserait pas. Oui, Sean et moi sommes un peu dans le flou et je ne voulais pas m'imposer, mais… il ne me lâchera pas. Jamais.

— Merci.

— Que s'est-il passé ?

Il prend ma valise, puis passe les doigts de sa main libre entre les miens tandis que nous montons les marches.

— Ma mère et moi avons eu une énorme dispute. On a dit beaucoup de choses. Des choses qu'on ne peut pas retirer et… Je ne peux pas rester là-bas.

— Tu resteras avec moi.

Je lâche un soupir tremblant. Peut-être que c'est stupide. Je devrais juste rentrer ou voir si Jasper ne pourrait pas me loger quelques nuits. Impossible de rester là-bas trop longtemps, mais une nuit ou deux, ça irait. Merde.

— Sean… commencé-je à dire, mais il lève une main.

— Non, ne fais pas ça. Tu pourras discuter des raisons pour lesquelles c'est une mauvaise idée une fois que tu auras arrêté de pleurer. Pour l'instant, allons mettre tes affaires à l'intérieur. Il y a trois chambres vides, et j'ai de la bière. On était amis bien avant de s'embrasser, alors mettons tout le reste de côté et soyons les Devney et Sean que nous avons toujours été.

Je ne suis pas sûre d'avoir la force de lui expliquer pourquoi il n'y a pas moyen de mettre tout ça de côté, mais j'ai besoin de mon meilleur ami. Sean était vraiment la seule personne vers qui je voulais me tourner, et j'ai besoin d'un ami.

— De la bière, ça me semble bien, dis-je en me résolvant à rester.

Nous entrons, déposons les valises dans l'entrée, puis nous nous dirigeons vers le salon. Je connais cette maison aussi bien que la mienne, mais elle est si différente. Ellie et Connor ont fait beaucoup de rénovations, et la morosité ambiante qui régnait ici a disparu. La peinture est fraîche, les armoires ainsi que les sols ont été refaits dans une belle couleur de bois foncé, et l'éclairage offrait des tons plus doux à l'ensemble. Ils ne se sont pas contentés de refaire un élément, mais bien le tout.

— Je vais chercher la bière, mets-toi à l'aise.

Je m'assieds et regarde autour de moi, me forçant à ne pas revivre la dispute avec ma mère. Pendant si longtemps, je l'ai écoutée me cracher sa haine, comme si je n'étais pas une jeune fille de dix-neuf ans sans amour-propre qui cherchait à être plus que la meilleure amie.

Je n'ai pas voulu partager ce fardeau avec qui que ce soit, même avec Sean, car j'avais l'impression d'avoir échoué. Pendant si longtemps, on m'a considérée comme intelligente et forte, mais j'ai prouvé que je ne l'étais pas. Je voulais oublier tout ça, prétendre que ce n'était jamais arrivé, mais ma mère l'a refusé. Je sais que ce n'était pas de ma faute de bien des façons. Je peux rationaliser ça, mais je ne peux pas m'empêcher d'avoir l'impression d'être une abrutie.

Sean entre dans le salon et me tend une bouteille.

— Assieds-toi, on va parler.

J'obéis au premier ordre, m'asseyant sur le nouveau canapé avant de passer une main contre le tissu doux.

— Je ne veux pas parler.

— Dommage.

Je lève les yeux au ciel et prends une longue gorgée à la bouteille. Une partie de moi a peur de lui dire. Non pas parce qu'il en aurait quelque chose à foutre que je sorte avec un homme marié, mais parce que je ne lui ai jamais dit. Pendant tout ce temps, j'ai gardé pour moi mes expériences universitaires.

Quand nous en avons parlé, c'était pour des trucs superficiels. Les soirées. Les amis. Les examens. Jamais de mes relations. Même si je ne savais pas que Christopher était marié, je savais que me mettre en couple avec mon professeur était mal. Mais s'éloigner de lui me semblait tellement impossible.

Il paraissait venir d'un autre monde. Intelligent, sophistiqué et audacieux. Le charme qu'il m'a jeté était intense et impossible à briser. Je désirais être sous son charme. J'avais besoin d'entendre chacune de ses incantations et me sentir ensorcelée.

J'étais stupide.

Ce n'était pas de la magie, c'était de la folie.

— Sean, il y a des choses… des choses que tu ne sais pas. Des choses dont je ne suis pas fière, et ma mère aime me les renvoyer en pleine figure.

Il se penche en arrière, le bras posé sur le dossier du canapé.

— Et tu penses que je ferais ça ?

J'ancre mon regard à ses yeux verts et secoue la tête.

— Non.

— Alors pourquoi ce secret, Crevette ?

— Parce que toutes les filles en ont.

Il sourit et m'effleure la nuque.

— Je ne te lâcherais pas, Devney. Je ne te laisserai pas tomber. Je ne l'ai jamais fait et je ne prévois pas de le faire. Alors, fais-moi confiance, laisse-moi être là pour toi.

Une larme se forme et j'acquiesce. C'est parti.

— En deuxième année d'université, j'ai commencé à sortir avec quelqu'un. Il était… plus âgé et c'était clairement une relation interdite. Il y avait cette connexion, et aucun de nous n'était capable de s'éloigner de l'autre, même si on savait qu'on ne devait pas.

— C'était ton professeur, devine Sean.

— Oui, et ça a duré toute l'année. On était… j'étais… amoureuse.

— Et il t'a brisé le cœur.

Je joue avec le papier sur la bouteille, incapable de le regarder.

— J'ai découvert qu'il était marié. J'étais tellement stupide. J'étais l'autre femme, et je n'étais même pas vraiment une femme. J'étais jeune, stupide, et prête à faire tout ce qu'il demandait. J'étais la salope, comme le dit si bien ma mère, hein ? Quand j'ai appris qu'il était marié, tout s'est terminé instantanément. Mais ça m'a rongée. Je me suis demandé s'il y avait des nuits où elle restait debout, à l'attendre. Est-ce qu'elle savait pour moi ? Se fiche-t-il d'avoir gâché ma vie ? Je me suis détestée de ne pas l'avoir interrogé quand il se trouvait des excuses pour rompre avec moi. C'était si facile de le croire sur parole. De plus, comment aurais-je pu savoir qu'il mentait ? C'était un adulte, il avait une vie, un travail exigeant, et tout faisait toujours un sens.

Mais Jessica Wilkens méritait mieux qu'un mari baisant ses étudiantes.

Sean se déplace et je sens son doigt sous mon menton, qu'il soulève pour me pousser à le regarder. Ses iris vert émeraude mouchetés d'or et cerclés du noir le plus épais qui soit me regardent.

— Tu le savais depuis le début ?

— Non.

— Tu as activement courtisé cet homme ?

— Non.

Son pouce m'effleure le menton.

— Et quand tu l'as découvert, tu l'as quitté ?

— Oui.

J'ai fui. Je ne me suis pas permis de remonter à cette époque, et je ne le ferai pas, mais cette honte était si intense que je n'arrivais pas à fonctionner.

J'ai pleuré et j'étais tellement horrifiée par le niveau de tromperie de Christopher que je me suis rendue malade. *Des mois* de mensonges et de doutes m'entouraient, et je n'ai jamais rien vu.

Bien sûr, avec le recul, tout est clair. J'ai perçu tous les petits signes, ai eu envie de me gifler d'avoir été si crédule. J'étais tellement en colère et déçue de moi-même. Puis, lorsque j'ai demandé de l'aide à ma famille, j'ai été confrontée aux mêmes émotions de leur part.

Mais le regard de Sean n'est rempli d'aucune de ces choses.

Non, il me regarde avec un autre sentiment dans les yeux.

— Pourquoi tu ne m'as rien dit ?

— Qu'est-ce que je pouvais dire ? Eh, salut, j'ai couché avec mon professeur marié et je me suis fait virer de l'université. Alors bien sûr tout était de ma faute, et j'ai vraiment honte de moi.

Il lâche un gros soupir.

— Pourquoi donc était-ce de ta faute ? Il a profité de toi. Il a utilisé sa position d'autorité pour obtenir ce qu'il voulait. Tu n'as rien à te reprocher. Rien du tout. Tu m'entends ?

Une larme coule et Sean l'essuie. Pendant si longtemps, j'ai rêvé que quelqu'un me dise ça. J'ai essayé de voir les choses sous différents angles, mais tous les chemins me menaient à ma bêtise, à ma faute.

Je savais que toute relation intime avec mon professeur serait mauvaise.

Je savais que je pouvais perdre ma bourse et être renvoyée de l'école.

Il n'y avait pas *un seul* avantage à avoir une relation avec lui.

— Ne pleure pas. Tu sais que je ne supporte pas ça. Je deviens tout nerveux et je panique. Alors, je t'en supplie, pas de larmes.

Je souris et essaie de ne pas rire tandis que les larmes continuent de couler.

— Tu es vraiment un mec.

— Oui. Vraiment.

Je fais ce que je peux pour arrêter de pleurer, mais il y a un tel sentiment de soulagement dans mon cœur que c'est inutile.

— Je voulais te parler, mais c'était compliqué entre nous, Sean.

Il se penche un peu en arrière et prend une gorgée de son verre.

— Comment ça ?

Le cadre de notre amitié a beaucoup changé. Mon meilleur ami m'a manqué, mais il est parti et, d'une certaine manière, moi aussi. Si je l'avais appelé, il serait venu. Peu importe qu'il soit à l'université dans le Maine, il aurait pris l'avion pour le Colorado et aurait probablement défoncé Christopher. Cependant, la dynamique de notre relation s'est modifiée quand nous avons tous les deux quitté Sugarloaf. Aucun de nous ne peut le nier, que l'on souhaite que ce soit vrai ou non.

— Quand on est tous les deux partis à l'université, on savait que les choses seraient différentes, mais je n'étais pas préparée à ce qu'elles changent à ce point.

— On était chacun à l'autre bout du pays.

— Oui, on n'avait pas juste quelques champs à traverser.

Mon cœur souffre de voir à quel point il m'a manqué.

— Après le début de cette histoire, c'était comme si, au fond de moi, je savais que c'était mal. Si je te l'avais dit, tu aurais dit que ça l'était, et je ne voulais pas l'entendre.

Sean acquiesce.

— Oui, je l'aurais fait.

— Je ne voulais pas te décevoir, Sean. C'était la première fois que tu n'étais pas là pour me protéger et regarde les choix que j'ai faits.

— Dev...

— Non, s'il te plaît, laisse-moi dire ça, l'imploré-je. J'avais l'équivalent de cinq frères qui ne laissaient personne m'approcher. Entre Jasper, toi et tes frères, je n'avais aucune chance qu'un gars dans cette ville essaie même simplement de me parler. Vous faisiez comme s'ils avaient tous trop peur, mais vous avez une idée d'à quel point vous étiez intimidants, bande d'idiots ?

Il sourit, et j'ai envie de le gifler.

— Bon, donc j'ai eu un avant-goût de ce que c'était que de sortir avec quelqu'un. J'étais dans ce nouvel endroit, sans protecteurs, et il y avait cet homme qui savait manier les mots. J'étais faible, stupide et... bordel, je suis en train de m'embrouiller. Je veux dire que je ne voulais pas que tu penses que je n'étais pas quelqu'un de bien.

Je ne sais pas si ce que je viens de dire a un sens, mais quand je repense à cette époque, je me déteste. La fille que j'étais n'est pas celle que j'avais envie d'être. Sean m'a mise sur un piédestal et une partie de moi voulait y rester. Lui raconter cette histoire n'aurait rien changé.

Sean mêle ses doigts aux miens.

— Je voulais que tu trouves quelqu'un qui soit assez bien pour toi.

— J'ai compris et je te crois, mais je n'arrivais pas à y croire de moi-même.

— Je déteste que tu ne m'aies pas fait confiance à ce propos, Dev.

— Moi aussi.

— Pourquoi lui ?

Combien de fois me suis-je posé cette question ? Une centaine. Un million. Peut-être plus. La seule chose qui me vient à l'esprit est une réponse qu'il ne va pas aimer.

— Je pense que c'est parce que je n'ai pas appris à repérer et me débarrasser des connards au lycée.

— Flash info : c'étaient tous des connards.

— Toi y compris ? demandé-je en haussant les sourcils.

— Surtout moi.

Il peut aller raconter toutes ces conneries ailleurs. Je le connais mieux que ça. Sean a toujours été quelqu'un de bien. Quand il était enfant, il ne courait pas après les filles. Il était soit au terrain de base-ball, soit avec moi.

— En tout cas, il savait quoi dire et comment cibler des filles naïves et stupides. J'ai appris après mon renvoi que je n'étais pas la première avec laquelle il s'était comporté de manière inappropriée.

Sean lâche un lourd soupir tandis que ses doigts se resserrent sur la bouteille en verre.

— Si tu me dis son nom, je serai heureux de le tuer.

J'appuie la tête contre son épaule avec un sourire.

— Je t'aime quand tu dis ce genre de chose, soupiré-je. Le fait est que ma mère pense que c'est une erreur dont je suis responsable. Elle a passé les neuf dernières années à me le rappeler.

Il s'enfonce plus confortablement dans le canapé, m'entraînant avec lui. Je me blottis contre sa poitrine, glisse les jambes sous mes fesses et me détends. Le battement long et régulier de son cœur m'emplit les oreilles, et son odeur musquée me calme.

Sean est comme un foyer. Un vrai réconfort, le soleil qui perce les nuages. Un rire sous la pluie, la constante dans une mer d'incertitudes.

Je n'ai jamais eu à me demander si je pouvais m'appuyer sur lui.

— Ta mère est en colère contre elle-même, et elle n'a jamais su gérer ça.

— Certes, mais je suis fatiguée de l'entendre.

— Je suis désolé de ne pas avoir été là pour toi.

Je lève la tête pour croiser son regard.

— Tu es là maintenant.

Il presse ses lèvres contre mon front.

— Et même quand je suis loin, je suis toujours là pour toi.

Au moins, ce temps passé ensemble va me permettre de retrouver cette amitié qui me manque cruellement. Et j'en suis reconnaissante.

CHAPITRE NEUF

— **V**as-y, Austin ! crié-je en tapant dans mes mains quand il s'apprête à frapper.

— Sean attire la foule, fait Hazel en me tapant sur l'épaule.

J'ai essayé de me concentrer sur tout sauf sur lui. C'est comme si quelqu'un avait posté une annonce pour que les femmes célibataires et désespérées viennent au match de la ligue d'hiver des garçons de neuf ans.

— Qui aurait pu dire que le baseball pour enfants était si populaire hors saison ?

Le sarcasme est lourd dans ma voix.

— C'est vraiment dégoûtant.

— Quoi ?

— Ça !

Je montre du doigt les cinq femmes coiffées, maquillées et les seins en évidence. Hazel éclate de rire.

— Il a l'air de bien le prendre. En plus, ça fait un mois qu'il est revenu, et elles ont gardé leurs distances.

Je jette un nouveau coup d'œil au troupeau de femmes au foyer désespérées, à qui Sean lance l'un de ses éblouissants sourires. C'est exactement ce pour quoi je ne pourrais jamais ne serait-ce qu'imaginer sortir avec lui. Ça fait partie de son travail d'être charmant. Il excelle dans ce domaine, et impossible de supporter de savoir que c'est ainsi qu'il passe ses nuits loin de moi.

— Oui, il s'en délecte.

— Je n'irais pas jusque-là. Je ne l'ai pas vu faire quoi que ce soit d'encourageant ou pour flirter avec elles. Je dis qu'il les repousse mieux que ne le ferait Jasper ou tout autre homme.

Je lève les yeux au ciel.

— Denise la désespérée est de loin la plus insistante.

Je la regarde enrouler ses doigts autour de la clôture métallique, levant un pied en l'air en gloussant. Hazel se déplace pour mieux voir.

— Vraiment ? Je pense que Sara la psychopathe est assez mauvaise. Elle n'arrête pas de baisser sa chemise pour en révéler plus.

Je ris.

— Et Karen la collante ? Elle a vraiment l'air d'en mettre plein la vue.

Nous acquiesçons toutes les deux lentement tandis qu'elle écarte Denise pour se rapprocher.

— Est-ce qu'elles pensent qu'il est revenu à Sugarloaf pour se marier, comme ses frères ?

— Peut-être.

— Je ne pensais pas qu'il avait envie de se caser, dit-elle avec désinvolture.

Mais je connais ma belle-sœur, et sa question n'est pas innocente.

— Je veux dire, je ne sais rien de plus sur lui que ce que tu m'as raconté. Il n'a pas eu beaucoup de relations, hein ? reprend-elle.

— Non, Sean a toujours été marié au jeu.

— Penses-tu que quelque chose pourrait changer ça ?

Maintenant, je la fixe avec un sourire en coin.

— Tu essaies de me demander quelque chose ?

— Évidemment.

Hazel me tape gentiment sur le bras.

— Tu m'as parlé du baiser et, maintenant, tu vis avec lui…

— Ça ne fait que deux semaines. Deux. Je ne vis pas avec lui, je suis juste… en train de réfléchir à mes options en essayant de trouver un plan.

— Il t'a embrassée à nouveau ?

Je n'ai vraiment pas envie de répondre à cette question. Alors je me tourne vers l'endroit où Austin joue et me concentre dessus.

Hazel glousse.

— Tu évites la question, Dev, mais ton silence en dit long.

— Oui, il m'a embrassée à nouveau. La nuit où il s'est présenté sur le pas de ma porte, mais ça ne voulait rien dire. C'était aussi la dernière fois que ses lèvres ont touché les miennes. Tu vois ça ? dis-je en tournant la tête vers les filles. Hors de question de tenter ma chance comme elles.

— Pourquoi pas ? Si je n'étais pas mariée, je serais juste à côté d'elles, et tu pourrais m'appeler Hazel la salope, pour ce que ça m'importe.

Je ris dans ma barbe et secoue la tête.

— Tu es perchée.

— Oui, mais toi aussi. Tu as des sentiments pour lui et, vu la façon dont il te regarde, je dirais que c'est réciproque.

Je n'ai pas besoin de dire à Hazel toutes les raisons pour lesquelles laisser mes sentiments décider à ma place serait une mauvaise chose, mais peut-être a-t-elle besoin de ce rappel.

— La dernière fois que j'ai laissé mon cœur mener la danse, j'ai fini au bout du rouleau.

— Il y a du bon dans cette expérience, Devney.

— Oui, mais aussi beaucoup de douleur.

Elle prend ma main dans la sienne.

— Ne laisse pas le passé dicter ton avenir. Si Sean et toi pouvez juste vous amuser un peu, alors amusez-vous. Tu vas avoir trente ans cette année, et tu ne t'es pas autorisée à vivre. Je ne parle pas de ta relation tiédasse avec Oliver ou de ce qui s'est passé quand tu étais à l'université.

Elle n'a pas tort, mais j'ai mes raisons, et nous le savons toutes les deux. J'aime la sécurité et la cohérence. Je veux savoir qu'à la fin de la journée, ma petite vie ne sera pas bouleversée et que les choses seront comme elles doivent être.

— Avec Oliver, je me sentais en sécurité.

Ce ne serait pas la même chose avec Sean.

Sa vie ne lui appartient pas. Il vit et meurt selon son emploi du temps. Et je le comprends.

C'est comme ça qu'il gagne sa vie.

— Oui, et la sécurité peut être ennuyeuse. Tu as un temps limité pour t'amuser.

— Et quand il partira ? demandé-je à Hazel.

— Tu le laisses partir.

— Juste comme ça ?

Elle hausse les épaules.

— Ça me paraît assez simple, non ?

— Sean m'a embrassée et regarde ce qui s'est passé. Oliver est parti dans le Wyoming, je vis dans la maison de Sean parce que ma mère et moi avons fini par nous disputer et je n'ai aucun plan pour la suite. Aucun. Qu'est-ce que je vais bien pouvoir faire, Hazel ?

— Tu vas survivre, et je prie pour que tu aies une petite aventure en le faisant.

Le bruit de la balle contre la batte en métal nous fait tourner la tête pile au moment où Austin s'élance. Nous nous levons, l'applaudissons et crions alors qu'il atteint la troisième base et que l'équipe se précipite vers lui.

Austin a marqué le point décisif.

Ils l'entourent, bondissent autour de lui et je ne peux m'empêcher de sourire. C'est un si bon garçon, si affectueux et heureux quand il joue au baseball qu'il est clair que c'est là qu'est sa place.

Une fois les réjouissances terminées, Hazel et moi nous dirigeons vers l'endroit où se tiennent Jasper, Sean et Austin.

— Eh bien, regarde-toi, mon doux et merveilleux garçon ! dit Hazel en ébouriffant ses cheveux.

— *Maman !*

— Quoi ? Je ne t'ai pas embrassé.

Austin gémit et baisse la tête.

— Tu me gênes.

Il regarde Sean, et Je ris.

— Donc, tu ne veux pas que Sean nous voie t'embrasser et te faire des câlins ?

Il écarquille les yeux de peur et je me mords la lèvre supérieure pour m'empêcher de rire.

— Un jour, intervient Sean, tu espéreras que les filles te prennent dans leurs bras et t'embrassent après avoir gagné le match.

— Pas pour tout de suite, prévient Hazel.

— C'est vrai. Pas avant que tu aies… disons trente ans.

Je ne peux pas résister à l'envie de le taquiner.

— L'âge que tu vas atteindre dans… douze jours ?

Sean me lance un regard noir et hausse les épaules.

— Et tu vas y passer juste après moi.

— Hum, je les aurai neuf mois après toi, mon chou.

Il rit.

— Oui, mais ça arrive plus tôt que tu ne le penses.

— Je vais avoir dix ans ! ajoute Austin. Et ensuite, je passerai en ligue supérieure.

— Tu sais, tu pourrais probablement être promu maintenant, l'encourage Sean. Je pense que ton niveau est bien supérieur que celui de n'importe quel enfant de l'équipe maintenant, et peut-être même meilleur que celui de certains enfants de l'autre ligue.

Austin a l'air à deux doigts de s'évanouir devant cet éloge.

— Vraiment ?

— Vraiment.

Jasper pose ses mains sur les épaules d'Austin.

— Tout ça demande du temps et de la patience, Austin. On veut aussi que tu profites de ton enfance. Le baseball, c'est génial, mais peu de gens parviennent à atteindre les ligues majeures comme Sean.

Ce dernier sourit et acquiesce.

— Il a raison. L'école passe avant tout, mais si tu continues à t'entraîner et à jouer comme tu le fais, je peux t'imaginer faire ça pendant longtemps.

Je me demande si Sean voit à quel point Austin est comme lui quand il était plus jeune. Sean joue depuis qu'il a six ans. Toute l'année, il était soit en train de jouer, soit en train de parler de baseball. Il s'est inscrit dans toutes les ligues qu'il a pu, s'est entraîné tout le temps et m'a fait apprendre à lancer pour qu'il puisse s'entraîner à taper quand il le souhaitait, puisque sa mère a refusé de lui acheter une cage de frappe. Je jure qu'il dormait avec son gant la plupart des nuits, et je sais qu'Austin le fait aussi.

— Tu sais, comme je vis ici, je vais voir un ami qui vit près d'ici ce week-end. J'aimerais beaucoup que toi et quelques amis veniez avec moi, propose-t-il.

— Tu veux que mes amis et moi traînions avec toi ? demande Austin avec de grands yeux.

J'ai l'impression que cet ami est également quelqu'un du monde du baseball.

— Bien sûr. On pourrait même jouer un peu.

Il regarde Jasper et Hazel, qui sourient tous les deux et hochent la tête.

— Ça nous va.

— Peut-être que ta tante Devney peut venir ? ajoute Sean.

— Oh. Je ne sais pas…

Hazel se rapproche.

— Ce serait génial, Sean. Je sais que tu es proche de Devney et tout, mais on se sentirait tellement plus à l'aise si elle y allait. Ça ne te dérange pas, Dev ?

Je vais tuer ma belle-sœur. Elle se fiche que je parte, elle veut juste me forcer à passer du temps avec Sean.

— J'allais chercher des appartements ou autres choses.

— Pourquoi ? s'enquiert Sean. Tu restes avec moi, pourquoi voudrais-tu partir ?

— Parce que tu vas rester ici encore cinq mois et… eh bien, parce que.

Jasper plisse légèrement les yeux.

— Tu vis avec lui… dans la propriété principale ?

— Non ! Je reste chez lui jusqu'à ce que je trouve mon propre logement, mais je ne vis avec personne, rétorqué-je avec exaspération.

Ce n'est qu'une petite partie de l'enfer que j'ai enduré avec les hommes de ma vie quand j'étais au lycée. Ils sont tellement curieux et pensent que j'ai besoin d'être protégée. Mais maintenant, il semble que mon frère inclue Sean dans tout ça.

— D'accord, mais tu vas rester là-bas toute seule ?

Je soupire et prie les Dieux de me donner la force nécessaire pour tout ça.

— Jasper, je suis une femme adulte et je ne suis pas seule.

— Non, vu que tu loges avec un homme adulte.

Sean souffle légèrement.

— Tu vois ? *Il* le voit.

— Quoi donc ?

— Que je suis une menace. Tu pourrais tomber amoureuse de moi.

Je lève les yeux au ciel et regarde mon frère.

— Alors c'est une bonne chose que tu sois sur le point de proposer gracieusement de squatter la minimaison le temps que je trouve un endroit où vivre.

Sean faillit s'étouffer avec son verre.

— Je vais faire ça ?

— Oui, c'est très gentil de ta part de me l'avoir proposé, et j'apprécie que tu sois un si bon ami. Je sais que mon frère et mon père ne pourraient pas être plus ravis de ta gentillesse. Bien sûr, j'ai moi-même proposé d'aller vivre la minimaison, mais tu ne supportais pas cette idée.

— Quel gentleman je suis.

Je souris.

— Oui, en effet. Tu vois, Jasper ? Tout va bien. Je loge là-bas toute seule. Pas besoin de s'inquiéter.

Jasper regarde Sean, puis moi à nouveau.

— C'est vrai. Aucune raison du tout.

CHAPITRE DIX

Sean

— **C**omment as-tu pu vivre dans ce truc ? demandé-je, alors que Declan me tend les clés avec un sourire en coin.

— Oh, c'est amusant.

— Mon cul oui.

Ça... ne durera pas. Pas une seule chance que je laisse passer ma seule occasion d'être près d'elle. Si elle veut des faux-semblants, elle en aura.

— Et pourquoi exactement dois-tu vivre ici ?

Je dépose le sac sur le lit et tente de me retourner sans me cogner contre quoi que ce soit — et j'échoue.

— Devney loge à la maison.

— Et tu ne peux pas rester avec elle ?

Declan s'appuie contre le comptoir, les bras sur la poitrine en attendant une réponse.

— Son frère n'était pas très content quand il a découvert qu'elle squattait ici, alors elle lui a dit que je vivais ici.

— Donc, tu as seulement fait ce qu'elle a demandé ? Juste comme ça ?

— À peu près.

Son sourire est éclatant lorsqu'il rit.

— Putain, je le savais ! Je le savais.

— Tu ne sais rien.

— Bien sûr que si. Tu as enfin sorti ta tête de l'eau et tu as réalisé que tu es amoureux d'elle.

Bordel. Il a perdu la tête.

— Personne n'a parlé d'être amoureux. Je l'ai embrassée, deux fois. C'est tout. On s'est embrassés. Il n'y a eu aucune déclaration ni quoi que ce soit. Je ne sais pas ce que je ressens pour elle, d'accord ?

— Alors tu l'as encore embrassée, et je vais supposer que tu n'avais pas bu. Alors, comment c'était en étant sobre ?

Ce deuxième baiser était… Je n'ai pas vraiment de mots pour le décrire. Elle était si parfaite dans mes bras. C'était comme si tout ce que j'avais nié s'était avéré exact. Ses lèvres s'adaptaient aux miennes comme si elles étaient faites pour moi. Il y avait de la passion, de la tendresse et du désir qui transpiraient entre nous. J'avais tellement peur que la prochaine fois que nous nous embrassions, ça ait presque un goût familial. Ce n'était clairement pas le cas.

J'aurais pu l'embrasser toute la journée.

J'en avais envie.

Et maintenant, sachant qu'il n'y a pas d'Oliver et qu'elle est si proche de moi, je suis déterminé à partager plus que ça avec elle, ce qui est absolument stupide.

— C'était un baiser.

Il glousse.

— C'était bien plus que ça, mon frère.

Putain de Declan et toutes ses conneries de toujours vouloir tout savoir sur tout.

— Je suis content que tu aies tout compris.

— Mec, si c'était juste un baiser, tu ne serais pas dans ce truc. Tu serais là-dedans, à câliner ta meilleure amie sur le canapé.

Je lui fais un doigt d'honneur.

— Je lui donne de l'espace pour régler ses problèmes.

— Oh, c'est comme ça que tu appelles ça ?

— Declan, je vais te casser la gueule si tu ne la fermes pas.

Il rit et se dirige vers la porte.

— Oui, tu pourrais essayer.

— Tu n'as pas une femme et un bébé à retrouver ?

— Si, mais c'est tellement plus amusant.

Je grogne.

— Parlons de toi et du bébé. Comment ça se passe ?

Declan semble vouloir en dire plus sur Devney, mais il ne le fait pas, ce qui signifie que je ne ferai pas de Syd une veuve aujourd'hui.

— C'est incroyable, Sean. Comme si toutes les peurs que j'ai étaient enveloppées dans ce petit corps. Je ferais n'importe quoi, me battrais contre n'importe qui, tuerais des dragons pour lui et combattrais chacun de mes instincts si ça pouvait rendre sa vie meilleure. Je m'inquiète pour tout. S'il émet un nouveau son, je le regarde pour m'assurer que tout va bien. Et ne me lance pas sur le sujet de sa respiration. Je te jure, je passe plus de temps la nuit à mettre mon doigt sous son nez qu'à dormir.

Je lui donne une tape dans le dos avec un sourire.

— Tu es son père.

— Oui, et c'est effrayant comme pas possible !

J'ai toujours su qu'il serait un bon père. Il a été un bon frère, toujours prêt à nous protéger tous les trois, et je suis ravi qu'il soit heureux. Il a lutté contre ça pendant si longtemps, il s'est éloigné de tout ce dont il avait besoin tant que ça signifiait que nous pourrions avoir une meilleure vie.

Mon frère est un idiot parfois, mais son cœur répond toujours présent quand il faut.

— Et avec Syd ?

— J'aimerais avoir des mots pour décrire ce que je ressens pour elle. C'est comme si mon cœur avait retrouvé le chemin de ma poitrine. Je m'inquiète aussi pour tout en ce qui la concerne. Elle dort à peine, travaille parce qu'elle ne peut pas s'en empêcher, et j'ai l'impression d'avoir une sorte de syndrome post-traumatique après l'enfer qu'elle a traversé. Sydney est tout pour moi, ils le sont tous les deux. Je sais que ça me fait passer pour une sacrée mauviette, mais je te le dis, l'aimer a été un véritable cadeau pour moi. C'est comme si toutes les parties mortes et pourries de mon âme avaient repris vie.

Je souris, j'aime bien plus ce côté de mon frère habituellement grincheux.

— Qui aurait cru que tu avais une âme de poète ?

Il souffle.

— Je n'irais pas aussi loin.

— Je n'ai pas dit que c'était de la bonne poésie.

— Je vais te montrer de la poésie : allons à l'arrière pour que je puisse te montrer comment pomper l'eau, si elle ne gèle pas, et vider les toilettes sèches.

— Attends, je dois *vider* les toilettes ?

Il se frotte les mains et me fait un sourire bizarre.

— Oh, oui, Devney a intérêt à valoir tout ça, mon frère. T'es dans la merde maintenant.

Il n'y a pas de question de savoir si elle en vaut la peine, c'est le cas. Seulement, je ne sais pas comment nous allons supporter les possibles retombées, si ça ne marche pas.

Il fait plus froid qu'au pôle Nord dans cette stupide boîte sur roues. Je roule hors du lit, emportant les couvertures avec moi, et allume le chauffage. Il n'y a pas beaucoup de place ni de commodités ici, et je vais devoir trouver un moyen de retourner dans la maison principale — rapidement.

J'enfile un pantalon de survêtement et prépare un petit sac pour pouvoir prendre une douche. Il n'y a aucune chance pour que j'essaie de le faire ici. Declan m'a montré tout ce que je dois faire pour rendre la maison habitable. J'ai tout bien entendu, mais je n'étais pas d'humeur à aller chercher le générateur pour le recharger hier soir, et j'ai oublié d'allumer la bobine pour empêcher les choses de geler.

Donc, je n'aurai pas d'eau, encore moins chaude.

Je mets ma veste et cours jusqu'à la maison.

— Dev ?

Pas de réponse.

Sa voiture est toujours devant, donc je sais qu'elle est là.

— Devney ? réessayé-je, car je ne veux pas l'effrayer.

Peut-être qu'elle dort encore. Honnêtement, ce serait probablement mieux.

La porte de sa chambre est fermée, alors je l'ouvre doucement pour voir si elle dort, mais c'est vide.

— Devney ? appelé-je à nouveau, mais il n'y a toujours pas de réponse.

J'ouvre les portes des deux autres chambres, mais il n'y a aucun signe d'elle. Qu'est-ce qui se passe ? A-t-elle soudainement commencé à aller courir le matin ?

Peu importe. Je dois récupérer quelque chose dans ma chambre. Je descends et, quand je l'ouvre, je la trouve blottie dans le lit, les cheveux en éventail sur l'oreiller sur lequel j'ai dormi et mon cœur fait un bond.

Elle est si belle.

Et elle est là, dans ma chambre, allongée sur les draps dans lesquels j'ai dormi avant qu'elle ne me jette dehors. J'entre doucement, car je ne veux pas la réveiller, et me penche, pressant mes lèvres contre ses cheveux, respirant le parfum fleuri.

Comme je me sens un peu comme un sale type, je sors et entends alors sa voix.

— Sean ?

Merde.

— Eh, je t'ai appelée, mais tu n'as pas répondu.

— Qu'est-ce que tu fais ici ?

Elle se redresse, laissant le drap tomber en tas autour de ses hanches et me donnant une vue délicieuse de ses tétons à travers le débardeur.

— Euh, je suis… Je dois prendre une douche et il n'y a pas d'eau chaude dans ce truc que tu me forces à utiliser comme lieu de vie.

Elle écarquille un peu les yeux.

— Oh. Je n'ai pas… vraiment ? Pas d'eau ?

Je hoche la tête.

— Oui, donc, je vais avoir besoin d'utiliser ma maison.

Elle mord sa lèvre inférieure.

— Bien.

— Ne joue pas à t'excuser maintenant, Crevette. Pas après m'avoir poussé à bouger là-bas avec une technique de manipulation si parfaite.

— Peu importe. On sait tous les deux que vivre ensemble n'est pas une bonne idée.

Je jette un coup d'œil à sa poitrine une fois de plus, sans pouvoir m'en empêcher.

— Pourquoi ça ?

— Parce que tu continues à me regarder comme… enfin… comme ça !

— Comme quoi ? insisté-je.

— Comme si tu voulais grimper dans ce lit avec moi.

Elle ne sait pas à quel point elle a raison.

— Et ce serait une mauvaise chose ?

Les yeux de Devney s'agrandissent.

— Oui ! Oui, ce serait une mauvaise chose.

— Mais, tu *es* déjà dans mon lit.

Ses yeux bruns s'agitent pendant qu'elle glisse hors du lit, et je suis foutu. Elle porte le short le plus court que j'ai jamais vu. Je ne suis même pas sûr que ce soit un short, on dirait des sous-vêtements. Elle se retourne pour attraper quelque chose et je me demande si mes genoux vont lâcher. À l'arrière, il est écrit : embrasse-les.

Oh, mon cœur, demande-le-moi.

Elle grogne quand elle ne trouve pas ce qu'elle cherche, et je regarde ses longues jambes musclées se diriger vers moi. Je passe en revue tous les insectes, poissons et odeurs désagréables que je connais pour ne pas me ridiculiser devant elle.

— Je peux aller loger là-dedans.

— Aucune chance.

— Pourquoi pas ?

— Parce que je ne vais pas te laisser dormir là-dedans tant que je serais ici. Soit tu viens là-bas avec moi, soit tu restes ici.

Devney se mord la lèvre inférieure.

— Je vais me trouver un appartement tout de suite.

— Non. Tu resteras ici aussi longtemps que tu le voudras.

Elle pose une main sur sa hanche.

— Tu n'es là que pour cinq mois.

— Et ?

— Et ensuite tu t'en vas.

— Certes. Mais tu peux rester dans cette maison jusqu'à ce qu'on trouve une solution. Declan et Connor ne te mettraient jamais dehors, et Jacob aura besoin de la surveillance d'un adulte quand il viendra. Tout va s'arranger.

Elle passe ses doigts dans ses longs cheveux bruns, les attrape et courbe son dos de façon à ce que ses seins ressortent vers l'avant.

Bordel de merde.

Je m'éclaircis la gorge et recule, pas moyen d'arrêter mon érection cette fois.

— J'ai besoin d'aller prendre ma douche maintenant.

— Je vais préparer le petit-déjeuner.

Je hoche la tête et commence à sortir, mais ensuite je m'arrête.

— Hey, Dev ?

— Oui ?

Je me tourne, laissant mon regard parcourir son corps une fois de plus avant que ma bouche ne gâche la vue.

— Habille-toi, à moins que tu essaies de me tuer. Si c'est le cas, alors tu as réussi.

Je lis la surprise dans ses yeux avant qu'elle ne baisse les yeux.

— Oh merde !

Elle se couvre la poitrine et je sors de la pièce avant de me ridiculiser.

Je prends une douche rapide, me glissant sous l'eau dès que possible, en espérant que le froid m'aidera, mais ce n'est pas le cas.

En fait, c'est pire parce que là, dans ma douche, il y a toutes les affaires de Devney. Son shampoing floral et son gel douche à la vanille. Comme un imbécile, je le porte à mon nez, inhalant l'odeur au moment où elle est la plus intense qui soit tout en souhaitant pouvoir vérifier si Devney en est encore parfumée la nuit venue.

Ce qui me pousse à vouloir faire beaucoup plus avec elle.

C'est un sacré gâchis. Un mois ici seulement et je la convoite tellement que même une douche froide ne me débarrasse pas de mon érection. Je suis bien pire que ce que j'essayais de me convaincre. Non seulement j'aime Devney, mais je la désire également. J'ai besoin d'elle. Je dois voir si ce que je ressens est un tant soit peu réciproque.

Alors oui, elle m'a embrassé. Oui, elle avait vraiment l'air d'aimer ça, mais est-elle consumée par la passion ? Est-ce pour ça qu'elle m'a reclus dans cette masure ?

Il n'y a qu'un seul moyen de le savoir.

Et ça commence maintenant.

CHAPITRE ONZE

Devney

Dormir dans ce lit était la pire erreur de ma vie, mais je me sentais seule. Tout ce que je souhaitais, c'était me sentir proche de lui, et puis je me suis faire prendre sur le fait par l'homme que j'essaie d'éviter.

Je suis toutefois une femme forte et déterminée. Je ne faiblirais pas devant les ruses masculines qui menacent de me faire plier. Je ne referais pas la même erreur, donc Sean et moi retournerons au stade d'amis. C'est tout ce qu'il y a à dire.

Je retourne les pancakes une fois de plus avant de les mettre dans l'assiette et de me tourner vers la salle à manger.

Sauf que je suis incapable de bouger. Une statue.

Mes os sont en granit, mon cœur s'est arrêté.

Sean se tient là… tout humide.

Des gouttes d'eau roulent au ralenti le long de sa poitrine, glissent sur les aplats, les creux et les bosses de son corps très, très musclé, avant de s'accrocher à la serviette qu'il porte à la taille.

Mes yeux suivent le chemin de chacune d'elles, pendant que je rêve de poser les doigts sur sa peau, de pouvoir sentir moi-même ce que ça fait de descendre comme ça le long de son corps.

Son profond raclement de gorge m'arrache à cette contemplation et, quand je croise le regard de Sean, j'y vois de la malice.

— Tu m'as entendu ?

Il a parlé ?

— Non. Désolée, j'étais… en train de réfléchir.

— À propos de ?

Ton corps.

— Petit-déjeuner.

— Eh bien, puisque c'est lié à la question que je t'ai posée… on a de la chance.

Pas d'erreur, sa voix est taquine. Il sait très bien ce qu'il fait et que je ne pensais certainement pas à notre petit-déjeuner. Je dois reprendre le contrôle sur cette situation et nous remettre sur des bases communes.

Seulement, je ne peux pas m'empêcher de regarder l'eau tomber en cascade sur sa peau.

— Tu as l'intention de prendre ton petit-déjeuner vêtu d'une serviette ? demandé-je, ma gorge se serrant un peu plus sur ce dernier mot.

— D'habitude, je le prends tout nu.

— Nu ?

Sean sourit.

— Je me suis dit que c'était un bon compromis.

Oui, quel prince il fait !

Je ferme les yeux, lâche un soupir et me concentre.

Je peux le faire.

Il essaie de m'ébranler, de me faire avouer à quel point je le désire, ou peut-être même de me pousser à faire quelque chose de stupide au lieu de simplement le penser. Je me rappelle à nouveau à quel point je suis forte et absolument pas attirée par cet homme. C'est un mensonge. Je suis très attirée, mais je ne suis pas intéressée. Oui, parce que l'intérêt mène à l'envie et l'envie mène aux mauvais choix. Et les mauvais choix mènent aux regrets de toute une vie, ce que j'ai déjà suffisamment.

Sean Arrowood ne sera pas un regret car il ne sera rien d'autre qu'un ami.

— Tu peux manger nu si tu préfères. C'est ta maison après tout.

— Tu veux que je me déshabille ?

Je lève les yeux vers lui.

— Je n'ai pas dit ça. J'ai juste dit que c'est ta maison.

— J'ai entendu : Sean, déshabille-toi.

— Tu dois aller faire vérifier ton audition.

Et j'ai besoin d'une lobotomie.

— Je vais mettre ça dans mon emploi du temps.

Sean prend place à table, et je pose l'assiette avant d'à nouveau me précipiter dans la cuisine pour chercher le bacon.

Ma peau picote au moment où je pose mes deux mains sur le comptoir. C'est Sean. C'est le type qui ne s'est jamais intéressé à moi auparavant. Nous avons dormi dans le même lit une centaine de fois, et je ne l'ai jamais imaginé nu.

Sauf que maintenant… Bordel, maintenant, je ne peux rien faire d'autre que l'imaginer. Si cette serviette glissait juste un peu, j'en aurais le cœur net. J'ai le cœur qui palpite lorsque mon esprit commence à inventer ce qui aurait pu se passer si je m'étais avancée vers lui, si j'avais pressé ma main contre sa poitrine dure, et laissé la chaleur de son corps m'envelopper.

Je m'agrippe au rebord en granit, m'accrochant au moment où je me sens glisser.

Puis, quelqu'un presse une main contre mon dos.

— Devney.

La voix de Sean est profonde, rauque. Je ne réponds pas, mon pouls s'accélère.

— Tu vas bien ?

Non. Je ne vais clairement pas bien. En fait, je suis tellement à l'opposé d'une personne qui va bien que je ne me souviens pas à quoi ça ressemble.

Il remonte sa main le long de mon dos, puis resserre sa prise lorsqu'elle atteint mon épaule.

— Ça va.

— Non, pas du tout.

Je dois mettre un terme à tout ça. Nous devons créer de nouvelles limites, dont je ne savais pas que nous aurions besoin un jour, mais ça ne marche pas. J'ai besoin d'un endroit où rester, au moins un peu plus longtemps, alors je ne peux pas partir.

Je me tourne vers lui, me sentant si profondément attirée par lui que j'en ai la tête qui tourne. J'ouvre les lèvres pour lui dire tout ça, mais rien ne sort.

Il y a quelque chose dans ses yeux. Ses iris sont plus larges, le désir brûle entre nous, s'embrase plus encore.

Je m'éclaircis la gorge.

— J'ai fait du bacon.

Ses lèvres s'étirent lentement en un sourire.

— Ah oui ?

— Oui. Du bacon. J'en ai fait.

— Bien. J'aime le bacon.

Il se rapproche, mais je ne peux aller nulle part car le bas de mon dos est contre le comptoir. Sean se penche, pose une main à côté de moi tandis que l'autre serpente près de l'assiette derrière moi.

— Sean, dis-je en guise d'avertissement.

Mais il a déjà pris un morceau de bacon et fourré dans sa bouche.

— *Mmm*, gémit-il et mon estomac se retourne. C'est bon.

Je cligne rapidement des yeux, essayant de toutes mes forces de ne pas penser à lui produisant de tels sons en faisant quelque chose… d'autre.

— Tu devrais t'habiller.

Il regarde à nouveau la serviette, puis moi.

— Est-ce que je te mets mal à l'aise ?

S'il veut dire par là que je veux faire des choses qui ne ressemblent pas à ce que font des amis, alors oui. Il n'y a pas une seule chance que je l'avoue, cependant. Sean en tirera bien trop de plaisir.

— Absolument pas.

Depuis deux semaines, j'ai réussi à éviter tout ce qui est sexuel, mais là, j'ai envie de lui arracher cette serviette et de coller mes lèvres aux siennes. Il se rapproche, l'odeur du bacon toujours sur ses lèvres, me donnant envie de le goûter — le bacon, pas lui.

— Tu sais, ton œil fait ce petit truc quand tu mens, il tique. Juste ici.

Son pouce effleure le coin de mon œil gauche, et je me force à ne pas bouger. Les lèvres de Sean s'étirent en un sourire décontracté et il tend la main pour prendre un autre morceau de viande.

— Recule pour que je puisse apporter le bacon et que tu puisses continuer à manger sur la table.

Il éclate d'un unique rire et reprend une bouchée.

— Je te donne deux semaines.

— Deux semaines ?

— Ouaip.

Il me tapote sur le nez avec le bacon.

— Deux semaines avant que tu admettes enfin que tu veux me sauter dessus et que tu ne puisses plus me résister.

Oh, quel idiot ! J'ai peut-être envie de lui sauter dessus, mais j'ai bien plus de self-control que lui.

— Pari tenu.

Il fait un pas de plus, la chaleur de son corps m'attirant dans un cocon très dangereux.

— Tu ne veux pas connaître les termes du pari ?

Je lâche un rire sarcastique.

— Pitié, je n'ai pas besoin de savoir, vu que j'ai l'intention de gagner quoi qu'il arrive.

— Je vais quand même te le dire, pour que tu ne puisses pas te plaindre des résultats. Si tu es capable de tenir les deux semaines, alors je logerai dans la minimaison et tu seras la bienvenue ici jusqu'à ce que tu veuilles partir.

— Et si tu gagnes ?

— Eh bien, si *tu* finis par perdre, je ferai exactement ce que je veux… tout nu. Totalement nu, trésor.

J'essaie de ne pas intégrer ça. Sean a pratiquement admis qu'il voulait coucher avec moi. Ça ne devrait pas me surprendre puisque c'est un mec — un mec très sexy, et on s'est embrassés deux fois, mais quand même. Après ça, c'est redevenu de l'amitié entre nous. C'est comme ça qu'on est. Devney Maxwell et Sean Arrowood. La fille étrange qui était un peu garçon manqué, un peu chic et très maladroite, et le sportif que toutes les filles essayaient d'embrasser. Tout ça… pourrait être une catastrophe. Je ne suis pas prête à en arriver là. Embrasser, c'est une chose, mais faire l'amour avec Sean, ce serait un tout autre niveau de choses auxquelles je ne peux faire face.

— Je ne perdrai pas.

Il sourit.

— C'est ce que tu dis, mais après cette fantastique et époustouflante partie de jambes en l'air, je reviendrai ici… où je prévois d'avoir beaucoup plus encore de ces ébats dont je viens de parler. Et toi et moi passerons le reste du temps que je dois passer ici en tant que couple. On finira par comprendre ce dont il s'agit et ce qu'on devra faire.

— Je n'ai pas besoin de faire quoi que ce soit de tout ça.

— Eh bien, moi si. Donc tu n'as plus qu'à tenir deux semaines.

Je pousse un lourd soupir et lève le menton.

— Pari tenu.

Sean fait un pas en arrière.

— Tu veux sceller ça avec un baiser ?

Je le fixe, mais je suis légèrement impressionnée par la fourberie dont il fait preuve. Je me penche en avant comme si j'allais le faire. Nos bouches se rapprochent de plus en plus, puis je laisse échapper un petit rire, en tournant la tête à la dernière seconde.

— Bien essayé, Arrowood.

Ses lèvres m'effleurent la joue, je peux sentir son sourire.

— Tu ne tiendras même pas quatre jours.

— Pari tenu.

Sean a l'air le moins inquiet du monde. Il se tourne et commence à se diriger vers la salle à manger, s'arrête, puis laisse tomber sa serviette, m'offrant une vue directe sur ses fesses.

Je vais perdre.

CHAPITRE DOUZE

Sean

Hadley fait des bonds alors que nous attendons la livraison de son cadeau. Elle montait avant ça un cheval que Declan a récupéré de la famille de Devney, mais c'est celui-ci que nous voulions.

— Papa, je peux l'appeler comme je veux ?

Connor soupire.

— Bien sûr que tu peux.

— Je suis tellement excitée. J'aime mon cheval, mais comme ça il aura un ami et tu pourras venir faire du cheval avec moi et ce sera tellement amusant. J'ai pensé à tellement de noms. Je pensais que si je l'appelais comme oncle Declan, il adorerait. Tu crois que ça lui plairait ?

— C'est clairement un âne, soufflé-je dans ma barbe.

— C'est sûr, approuve Connor avant de se tourner vers Hadley. Chérie, tu peux l'appeler comme tu veux.

Mon petit frère est devenu père et je n'arrive toujours pas à m'en remettre. Son univers tourne autour d'Hadley, et je suis vraiment heureux pour lui. On dirait qu'il a tout. Deux enfants incroyables et la vie que je l'ai toujours imaginé avoir, même quand il ne le savait pas encore.

Et je suis là, à chercher ce que je vais bien foutre de moi.

— Tu ne te demandes jamais comment tu as pu finir par vivre à Sugarloaf avec des chevaux et une ferme ? lui demandé-je.

— Pas du tout. Je sais exactement pourquoi.

— Ellie.

Il acquiesce.

— Et moi ! intervient Hadley.

— Évidemment.

Connor se penche et prend sa fille dans ses bras.

— Toi et ta sœur.

Hadley rit et enroule les bras autour de son cou.

— Ça a été le meilleur mois de tous les temps. J'ai une sœur et un nouveau cheval !

— Lequel tu préfères ? m'enquiers-je

Elle penche la tête sur le côté.

— Le cheval, je crois. Bethanne pleure… beaucoup. Et elle a toujours des trucs qui sortent de sa bouche.

— Je comprends, minus. J'ai deux petits frères, et à chaque fois que l'un d'eux arrivait, je priais pour avoir un cheval à la place.

Connor lève les yeux au ciel.

— Les frères et sœurs plus jeunes rendent les choses intéressantes.

Je me rapproche de son oreille et chuchote :

— Mais les grands frères et sœurs peuvent les obliger à faire des trucs.

Son visage s'illumine et elle murmure en retour :

— Comme quoi ?

— Toutes sortes de corvées, et on peut généralement mettre toutes les bêtises sur leur dos.

Connor s'énerve.

— N'y pense même pas.

Je lui fais un clin d'œil et elle sourit.

— Je t'aime bien, oncle Sean.

— Je t'aime encore plus.

— Mais oncle Declan m'a acheté un cheval.

Elle mène les frères Arrowood à la baguette. Entre l'humble demeure que son père lui a construite et qui ressemble à une cabane dans les arbres, les chevaux que Declan lui a offerts, et le quad que je lui ai offert à Noël, elle n'aura jamais besoin de rien. Dieu sait que lorsque Jacob arrivera, il voudra tous nous surpasser. Elle finira probablement avec un bateau.

— Il est plutôt cool, mais si je n'étais pas là, il n'aurait pas pu trouver le meilleur cheval du monde, donc ça veut dire que je t'ai acheté ce cheval moi aussi.

Hadley lève les yeux vers Connor, puis les repose sur moi.

— J'imagine que tu as raison. Est-ce que Devney et Austin vont venir ?

Je hoche la tête.

— Oui, elle est allée chercher Austin et passer du temps avec ta mère. Après avoir mangé et que le cheval se soit un peu habitué à son nouvel environnement, ils arriveront pour qu'on puisse aller faire un tour.

Elle pousse un cri et m'entoure de ses bras.

— Tu es le meilleur.

- Et je l'ai emporté sur Declan. Tu vois, c'est ce qui arrive quand tu as un bébé et que tu ne peux pas être là quand ta nièce reçoit son cadeau. C'est bien fait pour lui.

— N'oublie pas de le dire à oncle Declan.

Elle sourit.

— Promis ! Mais où est ton ami ? Je suis tellement excitée.

Zach Hennington a appelé il y a environ vingt minutes pour me dire qu'il ne tarderait pas. Ça fait presque quinze ans que je ne l'ai pas vu. J'étais dans un camp de vacances d'été et des étudiants venaient pour être nos mentors. Zach a été assigné à mon groupe, nous nous sommes tout de suite entendus.

Même s'il avait six ans de plus que moi, nous sommes devenus amis et, à la fin du camp, Zach et moi sommes restés en contact. Quand il a été temps pour moi de choisir une université, il m'a aidé à choisir la meilleure, celle qui me donnerait une chance d'entrer dans l'élite. Et ensuite, quand il a été sélectionné, je l'ai encouragé. Après qu'une blessure à l'épaule ait détruit sa carrière, il est rentré chez lui, mais il semble heureux.

— Il devrait arriver d'une minute à l'autre.

Hadley regarde la route et couine quand elle aperçoit quelque chose.

— Je peux aller près de la clôture ?

Il acquiesce. Alors qu'elle s'enfuit, Connor et moi la suivons paresseusement.

— Comment va Ellie ?

— Bien. Elle est épuisée, mais ça va. J'apprécie que Devney soit allée là-bas pour que je puisse être ici avec Hadley.

Je souris.

— Je suis sûr qu'elle est heureuse d'être là.

— Pourquoi ce sourire ?

— Je suis heureux pour toi, Connor. Tu as une vie de rêve ! Tu as une maison, des enfants, une femme, tout ça. En plus, tu te lances dans ce projet d'entreprise de sécurité, je veux dire, ce sont de belles choses.

Quand je suis arrivé ici il y a deux mois, mon frère m'a appelé pour me demander si je voulais investir dans une entreprise qu'il envisageait de créer. Un de ses amis possède une agence de sécurité et cherche à étendre ses activités à la sécurité technologique, ce dont Connor s'occupait quand il était SEAL. Donc il pourra travailler de chez lui, être avec sa femme et ses enfants, et il a déjà un contrat. Declan, Jacob et moi avons tous investi et sommes des partenaires commerciaux discrets.

Même s'il n'y aura probablement pas beaucoup de moments de silence entre nous quatre.

— Oui, il y a eu beaucoup de changements l'année dernière. Je fais du mieux que je peux, mais il y a des jours où j'ai l'impression de ne pas réussir à suivre.

Je regarde Hadley qui est debout sur la barrière à nous faire signe.

— Elle en vaut la peine cependant, hein ?

Connor rit.

— Tu n'as pas idée. Hadley et Bethanne sont tout pour moi.

— Tu sais, j'apprécie que tu lui aies donné le nom de maman.

— Eh bien, ce n'est pas tout à fait ça. C'est pour la mère d'Ellie et la nôtre. Je suis content qu'on ait pu les honorer toutes les deux.

Il lâche un long soupir, je sais à quoi il pense.

— Tu sais qu'elles seraient fières. Surtout maman. Elle aurait aimé te voir vivre comme ça, et je pense que la mère d'Ellie aussi. Sa fille est vraiment heureuse grâce à toi.

— Merci, mec. Un jour, cette culpabilité disparaîtra. J'attends juste que ça arrive. Ellie ne blâme aucun d'entre nous, mais il y a une part de moi qui se demande si parfois elle ne pense pas à la façon dont sa famille a été emportée par notre père dans l'accident.

Je sais ce qu'il veut dire par là. Je me demande souvent si Ellie nous associe à la mort de ses parents quand elle nous voit. J'espère que non.

— Je ne sais pas si la culpabilité s'en ira un jour, mais on trouvera un moyen de vivre avec.

Connor acquiesce.

— En attendant, on avance. Au fait, comment ça se passe entre Devney et toi ? J'ai entendu une histoire…

Je m'arrête et le fixe.

— Quelle histoire ?

— Oh, que tu continues à mettre ta langue dans sa bouche.

C'est vrai.

— J'aimerais le faire bien plus souvent.

Il rit et nous nous remettons à marcher.

— Tu devrais lui dire ce que tu ressens.

— Je l'ai fait.

— Et qu'est-ce que tu lui as raconté exactement ?

Je soupire.

— Je lui ai dit que je voulais plus, mais elle est réticente.

— Pourquoi ? demande-t-il comme si je le savais.

— Aucune idée, mec. Elle dit que ça va changer notre relation, ce qui sera le cas. Et aussi qu'elle ne peut pas se permettre de me perdre, ce qui n'arrivera pas.

Il lève une main.

— Tu ne peux pas le promettre. Si votre relation se finit mal, ça pourrait être le cas.

Il a raison. Si je m'autorise à l'aimer et que nous arrêtons tout, je ne sais pas comment nous pourrions redevenir les amis qu'on a toujours été.

— Peut-être qu'on ressent tout ça parce que je suis de retour et qu'elle est là, tu vois ? Et si c'était une manière de faire pénitence du passé ? Si je laisse passer cette chance aujourd'hui, alors tout pourra revenir à la normale et on ne gâchera pas notre relation.

— Sean, tu es le meilleur d'entre nous, vraiment, mais tu es un crétin quand il s'agit de Devney. Tu te mens à toi-même depuis si longtemps que je doute que tu saches ce que tu ressens.

Je ne me suis pas menti à moi-même. Ils semblent tous croire que ce que nous ressentons est là depuis le début, mais ce n'est pas le cas. J'ai toujours aimé Devney, mais ce n'est que lorsqu'elle m'a dit qu'Oliver avait l'intention de la demander en mariage que j'ai réalisé que j'étais amoureux d'elle.

Tout ce que j'ai vu, c'est elle en robe blanche, debout devant l'autel, mais ce n'était pas la main d'Oliver qu'elle tenait, c'était la mienne.

A cet instant, j'ai su que je ressentais pour elle quelque chose que je ne comprenais pas réellement.

— Je sais que je veux savoir ce qu'il en est.

— Et si tu découvres que tu veux passer ta vie avec elle ?

Je regarde l'allée, en priant pour qu'une voiture arrive et que je ne puisse pas terminer cette conversation. Il me donne un coup de coude.

— Alors je devrais trouver un moyen de la faire venir en Floride avec moi. Contrairement à Declan et toi, je ne peux absolument pas rester à Sugarloaf.

Et c'est vraiment le plus gros des obstacles. Devney ne veut pas déménager. Je ne sais pas pourquoi ni ce qui la retient ici, mais c'est une chose que nous allons découvrir.

— Tu sais, ce qui est drôle, c'est que ni Declan ni moi n'en avions non plus envie mais, quand tu trouves la personne qui est faite pour toi, des choses qui étaient impossibles semblent soudain réalisables.

Il a peut-être raison, mais je n'ai pas le même luxe qu'eux.

— Peut-être, mais personne ne dit que Devney est celle qu'il me faut.

Connor grogne dans sa barbe.

— Et, pourtant, tu ne prétends pas l'inverse non plus.

Je laisse ces derniers mots nous envelopper quand je vois enfin la terre se soulever dans l'allée. Nous avançons tous les deux en silence vers Hadley, qui sautille dans tous les sens. Le camion s'arrête, et Zach ainsi qu'un autre gars, qui est sûrement son frère, en sortent.

— Zach Hennington, dis-je en tendant la main.

— Mon Dieu, ça fait une éternité.

— C'est vrai, mais tu as l'air en forme. Vieux, mais en forme.

Il lève les yeux au ciel.

— Si je me souviens bien, tu n'es pas beaucoup plus jeune que moi.

— Je vais avoir trente ans cette année, et toi, tu as quoi ? Cinquante ans maintenant ?

Le gars à côté de lui éclate de rire et lance :

— J'aime bien ce mec.

Zach sourit.

— Normale. Voici mon frère, Wyatt.

Je lui serre également la main.

— Enchanté de vous rencontrer.

— De même, j'ai entendu dire que tu étais un joueur de baseball plutôt génial ?

— J'aime à penser que je le suis. J'ai beaucoup appris en jouant avec ton frère. C'était un lanceur génial et il m'a montré les ficelles du métier.

Zach rit.

— Ça m'a fait beaucoup de bien.

— Comment va ton bras ?

Il fait rouler son épaule et hausse les épaules.

— Ça va. Honnêtement, j'ai dépassé tout ça. J'ai eu ma chance, ça n'a pas marché, et maintenant je suis de retour à la maison et les choses vont bien.

— Parfait. Tu es déjà marié ? Une famille ? Des enfants ?

Le sourire de Zach reflète celui que mes frères idiots arborent.

— Oui, en fait, durant ces derniers mois, les choses ont changé pour moi, et je suis avec la fille dont j'étais amoureux à l'époque.

Elle avait un nom qui sonnait comme celui de Devney… J'essaie de me rappeler…

— Presley, lance alors Wyatt. Ils étaient ensemble alors qu'ils étaient encore dans l'utérus de leur mère et maintenant tout se déroule à la perfection.

Mon frère me tape sur l'épaule et glousse.

— On dirait que c'est un truc de joueur de baseball, hein ?

Puis il leur tend la main à tous les deux.

— Je suis son petit frère, Connor. Et c'est ma petite fille de huit ans que tu vas rendre très heureuse.

L'enfant en question n'en peut plus et se rapproche de plus en plus du van.

— Tu es prête à voir ton cheval ? demande Zach.

— Oui !

Elle se précipite vers moi et me passe les bras autour de la taille.

— Je t'aime, oncle Sean.

Je la serre dans mes bras en souriant, car même si c'est Declan qui lui a acheté le cheval, je suis le héros qui a mis la main dessus.

— Je t'aime aussi !

— Très bien, vous êtes tous prêts ? demandé-je alors que nous nous apprêtons à partir.

Devney arrive à ma hauteur sur son cheval et Austin la suit de près.

— Oui !

Il se redresse un peu plus et acquiesce.

— Je suis prête aussi !

Hadley bondit pratiquement sur place.

Zach monte le nouveau cheval pour nous montrer son tempérament avant qu'Hadley ne prenne sa place. Connor reste derrière avec Wyatt, alors je vais m'assurer qu'elle passe un bon moment. La meilleure partie de tout ça, c'est que je ne suis pas à cheval — j'ai chopé le quad. Ça fait bien trop longtemps que je n'ai pas monté, et il est hors de question que ma première fois en selle se fasse devant Devney.

J'essaie de la courtiser, ce qui serait impossible à faire si j'étais occupé à tomber.

— Tu es sûr que ça ne te dérange pas de passer un peu plus de temps ici ? Je sais que tu as une longue route à faire pour rentrer, demande-je à Zach en me mettant en selle.

— Tu plaisantes ? C'est mon travail. En plus, j'ai aidé les fils de Presley quand ils apprenaient à monter. Je suis heureux de m'en occuper, puisque tu as trop peur de te mettre en selle.

Devney éclate de rire.

— C'est une poule mouillée.

— Tu l'as dit, chérie, fait-il en me lançant un sourire malicieux.

Devney lui sourit en retour et se tourne vers lui.

— Il faut lui pardonner. Mais je suis curieuse, tu viens de dire que tu as aidé les enfants de ta petite amie à apprendre à monter à cheval ?

Zach sourit.

— Oui.

— Comme tu l'as fait avec moi, Tatie, lance Austin en souriant à Devney.

— Et j'ai aimé chaque minute de cet apprentissage.

— Je parie que je monte mieux que toi, lâche Hadley à Austin, alors que je lève les yeux au ciel.

— Même pas vrai !

— Si !

— Très bien, vous deux, dit Dev avec exaspération. Vous montez tous les deux très bien, et on est très excités de faire ça ensemble. Si quelqu'un ne l'est pas, alors qu'il aille sur le quad avec Sean, qui a peur. Vous voulez être une poule mouillée comme lui ?

Je lui lance un regard noir.

— Très drôle.

Elle hausse les épaules.

— Sean n'a pas peur, le défend Austin. C'est un joueur de baseball professionnel et un receveur qui est obligé de s'inquiéter des balles qui arrivent si vite sur lui qu'elles pourraient lui casser la main.

Je souris devant son respect évident pour ma virilité.

— Ouaip. Tout comme il a dit.

Devney secoue la tête.

— Bref, on va bien s'amuser, mais il faut qu'on s'entende.

Les enfants se calment et nous partons. La promenade est agréable et je suis très heureux de ne pas être à cheval. Devney, Zach, Austin et Hadley montent devant moi et nous nous dirigeons vers les champs qui longent le ruisseau.

Sur le chemin du retour, nous passons devant un vieux bâtiment qui me hante encore, et je m'arrête.

Les autres continuent, mais j'ai l'impression d'avoir été transporté ailleurs.

Ce bâtiment contient une voiture.

Une Camaro rouge de 1973 qui a presque détruit ma vie.

Une vie que j'ai essayé d'arpenter malgré tout et un passé dont j'ai lutté pour oublier.

Mais tout est là, prêt à me prouver que l'on peut enterrer ou déterrer les secrets.

— Sean !

J'entends la voix de Devney qui roule vers moi. J'appuie sur l'accélérateur et me dirige vers elle.

— Tout va bien ?

— Oui, dis-je avec un sourire.

Elle me regarde avec curiosité.

— Tu es sûr ?

C'est une histoire que je compte lui raconter, mais pas maintenant et pas ici.

— Oui. Les enfants vont bien ?

— Ils sont pires que nous à cet âge.

Je ris.

— Tu sais ce qu'on dit sur la frontière ténue entre l'amour et la haine.

Devney lève les yeux au ciel.

— On sait tous que tu m'as toujours aimée.

— J'avais aussi envie de te frapper à la gorge plusieurs fois par semaine. Tu étais toujours si compétitrice. C'était ennuyeux.

Elle me fait un sourire en coin.

— Oui, ennuyeux parce que tu as toujours perdu contre moi. Eh, Sean ?

— Oui ?

— On fait la course !

Elle s'enfuit avant même d'avoir fini de lancer son défi et, une fois de plus, je dois courir après la fille qui a toujours été trop rapide pour être rattrapée.

CHAPITRE TREIZE

Devney

Je vole dans l'air froid, le laissant brûler mon visage et mes poumons. J'aime l'hiver. L'odeur de la neige et la fraîcheur qui flotte dans l'air.

Ce que je préfère au monde, c'est chevaucher Simba alors que les flocons virevoltent autour de moi. Le sol est recouvert de la promesse d'une terre vierge. C'est beau et empli d'espoir.

J'entends le quad qui arrive derrière moi et me penche pour accompagner le galop de mon cheval.

— Allez, Simba, l'enjoignis-je à avancer.

Je me rapproche de l'endroit où j'ai laissé Zach et les enfants, mais j'entends le moteur du quad forcir derrière moi.

Merde. Je ne peux pas perdre. Sean est un mauvais perdant, mais c'est encore pire quand il gagne. Je ne me le pardonnerais pas, et je suis sûr qu'il trouvera un moyen de me le faire payer.

Au moment où j'atteins Zach et les enfants, je pousse Simba à accélérer et je passe devant eux, un sourire sur le visage, laissant des rires flotter dans l'air derrière moi.

Je me retourne et les enfants gloussent également.

— Tu l'as battu, tante Dev.

— Évidemment.

— Je parie que je pourrais te battre ! fait Hadley pour narguer Austin.

— Pas du tout. Je suis un meilleur cavalier que toi. J'ai toujours eu un cheval et toi tu es une *fille*.

Austin ricane le dernier mot comme si c'était une malédiction.

Oh, ces deux-là vont soit follement tomber amoureux l'un de l'autre, soit s'entretuer.

Hadley refuse de laisser passer l'insulte.

— Tu es un garçon stupide et tu ne sais pas à quel point je suis douée à cheval. Je suis la meilleure cavalière qu'il y ait, pas vrai, oncle Sean ? Tu penses que je monte à cheval mieux qu'Austin, hein ? Toutes les filles sont bien meilleures que les garçons.

Je regarde Sean, qui semble avoir du mal à traverser ce champ de mines.

— Sean, qu'est-ce que tu en penses ? Les filles sont-elles meilleures que les garçons ?

— Hum.

— Ne réponds pas à ça, l'ami, prévient Zach.

Sean recommence alors à parler, puis s'arrête.

— Je pense que l'on va tous rentrer, non ?

— Mais c'est tellement agréable. Et mon cheval est si heureux, rétorque Hadley avec une moue boudeuse.

Ce n'est pas agréable, l'air est glacial. Je m'éclaircis la gorge.

— J'aimerais bien, mais Austin a son grand tournoi demain et on ne peut pas sortir trop tard. Sans compter que nos doigts pourraient bientôt tomber avec ce froid.

Sean s'entraîne avec Austin demain. Enfin, il l'aide, peu importe comment ils appellent ça.

— Quel sport ? s'enquiert Zach.

— Je joue au baseball comme Sean. Je suis aussi receveur.

— Vraiment ? Logan joue également, mais en tant que lanceur. Comme moi.

— Quel âge a-t-il ?

— Il a presque onze ans, il est très doué.

Je souris.

— Austin a les mêmes aptitudes. Il aura dix ans dans quelques mois, mais sa ligue est composée d'enfants de douze ans, et il a été entraîné pour jouer avec eux.

Sean s'approche de mon cheval et tapote l'encolure de Simba.

— Il a un vrai talent, même à cet âge.

— Ça te rappelle quelque chose, hein ? demande Zach.

Seigneur. Les garçons et leur baseball. Toute mon enfance semblait tourner autour de Sean et de ses matchs. Si je voulais être près de lui, c'était le sacrifice que je devais faire. Personne ne pouvait savoir que ça le mènerait à la vie qu'il a aujourd'hui.

— Je ne me souviens que trop bien être obligée de traîner au terrain quand je désirais te voir. C'était amusant, puisque j'aimais te regarder jouer.

— J'aimais que tu sois là, admet-il. Pendant longtemps, j'ai cru que tu étais mon porte-bonheur. Je ne peux pas dire combien de fois j'ai souhaité que tu sois dans le stade les soirs où tout partait en vrille. Si j'avais pu te voir…

Nous nous fixons et mon cœur s'emballe. Il dit des choses que je ne comprends toujours pas. Comment se fait-il que ce soit le même garçon qui me disait à l'époque que j'étais stupide ? Maintenant, il dit qu'il aurait aimé que je sois là quand il passait une mauvaise journée. C'est comme si deux mondes entraient en collision et déséquilibraient tout.

Quand mon monde s'est écroulé, j'avais envie qu'il soit là avec moi donc, mine de rien, je comprends son sentiment.

Zach regarde Sean, puis moi.

— Vous êtes… ensemble ?

— Non.

— Bientôt, répond Sean en même temps.

Zach glousse.

— Eh bien, ça clarifie les choses.

Sean passe une main de haut en bas le long de l'encolure de Simba, tout en me regardant.

— Tu vois, je l'ai embrassée et ça lui a fait peur. Devney veut que les choses restent en l'état, mais il y a très peu de chances que ce soit le cas puisque j'ai décidé qu'on allait bientôt recommencer.

Je suis surprise.

— Vraiment ? T'es vraiment con. Oui, on s'est embrassés, mais je n'ai *rien* senti, et il ne peut pas supporter ça.

— Rien, hein ?

Je croise les bras sur ma poitrine et me redresse sur la selle.

— Nope.

— Alors c'était quoi, la deuxième fois, quand tu essayais de me grimper dessus comme à un arbre ?

Zach tourne la tête vers moi. Je vais le tuer.

— Je n'ai pas essayé de te grimper dessus ! J'essayais de t'éloigner de moi.

— En m'attrapant par les cheveux et pressant tes lèvres contre les miennes ?

Je fixe l'endroit où Hadley et Austin promènent leurs chevaux et lui lance un regard furieux, reprenant sans élever la voix :

— Tu es un porc et tu te fais des illusions.

— J'aurais aimé avoir filmé ça pour que vous puissiez voir ce que je vois, lâche Zach dans un souffle.

Eh bien, je suis certaine de ne pas le vouloir, mais je ne peux pas lui répondre ça. Non, j'ai besoin de retourner la situation.

— Seulement pour que Sean puisse voir que je n'ai pas de sentiments pour lui, que je ne veux pas l'embrasser à nouveau et que je n'ai pas l'intention de changer l'amitié qu'il y a entre nous. Il me reste une semaine pour le lui prouver.

Une semaine sans souhaiter le pousser contre le mur, le monter comme un cheval et lui faire des choses sales. Ça a été une torture absolue jusqu'à présent, et ça n'aide pas qu'il se pavane nu dans la maison dès qu'il le peut. Pourtant, j'ai tenu bon. Je peux continuer à le faire.

Peut-être.

Sean le regarde avec un sourcil levé comme pour dire : *Tu vois, elle dit n'importe quoi.*

— Je vais aller voir les enfants, Crevette. Continue à avaler tes couleuvres.

Je le fixe tandis qu'il s'en va en sifflotant. Un connard si magnifique et irrésistible.

Je soupire et me tourne vers Zach.

— Désolée pour ça.

Il rit.

— Pas de souci. Tu me rappelles un peu Presley et moi.

— C'est la fille dont tu as parlé plus tôt ?

Il acquiesce.

— Il y a environ dix-sept ans, je me suis éloigné d'elle. C'était... c'était la plus grosse erreur que j'avais jamais faite. On était ensemble depuis le lycée et tellement amoureux l'un de l'autre qu'il semblait que rien ne pouvait nous séparer. C'était ma meilleure amie.

— On dirait Declan et Sydney.

Zach plisse les yeux.

— Désolée, Declan est le frère de Sean et ils étaient amoureux au lycée… blablabla.

Zach éclate doucement de rire.

— Tu parles comme mon frère.

— Il semble être un bon gars.

— C'est le cas, mais c'est ce qu'il ressent quand on parle de moi et de Presley. C'est une histoire vieille comme le monde, hein ? Deux personnes qui se comprennent et ont besoin de sortir la tête hors de l'eau.

Je regarde vers Sean.

— Oui, et parfois ils ne le font pas.

— Les histoires tragiques finissent comme ça.

— Est-ce une histoire tragique ?

— Ça dépend du point de vue, répond Zach.

Super. Je n'ai vraiment pas besoin d'entendre une autre version d'une relation amicale qui tourne mal, même si ça se termine bien, tant que la partie centrale de l'histoire n'est pas heureuse. C'est ce qui m'empêche de lui coller à nouveau ma langue dans la gorge. Je préfère lutter contre l'envie de toute une vie plutôt que de souffrir en la réalisant.

— Raconte-moi le point de vue de ta meilleure amie et toi.

Zach une fois hoche la tête.

— Eh bien, d'abord, j'ai détruit notre relation.

C'est tout ce que je crains.

— Je vois.

— Sauf que rien de ce qui a été cassé n'était irréparable. Tout ce dont tu as besoin, c'est d'un lien, d'amour, et de beaucoup de patience. Elle m'a appris ça. On a dû passer dix-sept ans à tout comprendre avant de pouvoir avoir la relation que nous avons maintenant. Il n'y a rien au monde que je ne ferais pas pour elle, pour nous. Tu vois, c'est ça, l'amitié. Au plus profond de tout ça, elle est, et a toujours été, ma meilleure amie.

La façon dont il parle d'elle me donne une lueur d'espoir : je me dis que l'amitié que Sean et moi avons construite est assez forte pour résister à n'importe quelle tempête.

— Et tu penses que cette amitié est suffisante ?

Zach sourit et son regard se dirige vers Sean au moment où il revient vers nous.

— Je pense que, sans elle, il n'y a aucune chance pour que votre relation évolue. Il t'aime, peu importe les défauts que tu penses avoir. Bordel, je dirais même qu'il t'aime encore plus grâce à ces défauts.

Ça résume presque entièrement ce que je ressens pour Sean. Il peut se montrer lunatique, stupide et têtu, mais je l'aime plus que tout au monde. Nous avons traversé ensemble des moments de joie et des jours très sombres. Je ne sais pas si ça signifie que nous pourrions être plus qu'amis. C'est la grande inconnue de l'équation.

Pourtant, il a parié que je ne tiendrais pas deux semaines et il n'y a aucune chance que je gagne. Chaque jour, il est de plus en plus difficile de résister à l'attraction qu'il exerce sur moi. J'ai envie de lui. Pas comme je l'ai toujours fait, mais de manière beaucoup plus profonde et significative. Je n'ai pas beaucoup de temps pour découvrir ce dont il s'agit, et c'est ce qui me fait peur. Si c'est juste de l'attirance, je peux le gérer. S'il y a plus, je ne sais pas si je pourrais m'éloigner de lui.

Le temps est tout ce dont j'ai besoin. Une semaine de plus, c'est tout ce qu'il me reste avant que notre pari arrive à échéance et qu'il cesse de se comporter comme il le fait actuellement.

— Quoi qu'il en soit, il reste une semaine durant laquelle je ne serai que sa meilleure amie, rien de plus.

Le gloussement de Zach emplit l'air froid.

— Ah, les mensonges que l'on se raconte…

— Quels mensonges ? demande Sean en s'arrêtant à côté de nous.

— Je parlais de sentiments avec Devney.

Sean sourit, la malice dansant dans ses yeux verts.

— Ne t'inquiète pas, Zach. Elle peut essayer de le nier en son for intérieur, mais j'ai toujours été capable de voir plus loin que ça. Elle a des sentiments pour moi, seulement elle n'est pas prête à les accepter.

— Bonjour, trésor.

Je sursaute et me retourne : Sean est debout dans l'entrée de la cuisine, torse nu.

— C'est quoi cette aversion que tu as pour les vêtements ?

Il sourit.

— Je n'en ai pas. Je sais juste que ça te perturbe quand je n'en porte pas.

Ça fait deux jours que Zach est parti et, depuis, Sean s'est donné pour mission de me faire perdre la tête. La nuit dernière, il a dit qu'il devait faire une lessive, ce qui impliquait d'enlever tout ce qu'il portait à part ses sous-vêtements.

J'espérais vraiment qu'à présent, j'arrêterais de baver sur son corps incroyable, mais il semble que plus je le vois, plus je le désire.

Il va donc être d'autant plus difficile de lui résister ces cinq prochains jours.

— Je ne suis pas perturbée, prétends-je avant de me retourner pour finir de préparer mon sandwich.

— Non ?

— Non.

J'entends ses pas qui se rapprochent et mon corps devient rigide.

— Même pas quand je fais ça ?

Il glisse ses mains de mon poignet à mes bras, déclenchant la chair de poule dans leur sillage. Un frisson me parcourt et son petit rire me résonne dans l'oreille. Chaque partie de moi a envie de se retourner dans ses bras, de l'embrasser sans raison et de se perdre dans ses caresses.

Sérieusement, il y a quelque chose qui ne va pas chez moi.

Je ne veux pas de ça.

Non. Non. Non. Je veux qu'il prenne du recul et qu'il redevienne mon connard d'ami sarcastique pour lequel je n'avais pas de sentiments.

C'est le fait de ne pas avoir de chemise. Ça doit être ça. Je suis frappée par le pouvoir de ses abdos.

Au lieu de me laisser aller contre lui, je redresse le dos et me rappelle notre pari.

Je ne céderai pas alors qu'il ne reste que cinq jours.

— Excuse-moi, dis-je avec autant de détachement que possible. Je crois que nous avons besoin de règles supplémentaires concernant ce pari.

La chaleur de son haleine glisse contre mon cou, faisant s'y hérisser mes poils.

— Quelles règles ?

Je me tourne, repoussant sa poitrine pour gagner de l'espace.

— Rien de tout ça. Tu ne peux pas venir derrière moi et commencer à me toucher. Ce n'est pas juste.

Les lèvres de Sean s'étirent en un sourire effronté.

— Je n'ai jamais dit que je me battrais à la loyale.

— On ne se bat pas !

— Non, trésor, en effet… c'est toi. Tu te bats contre tout ça, contre moi et contre ce qu'on pourrait être.

Je souffle et secoue la tête.

— Non, je me bats pour *sauvegarder* notre amitié.

— Et je me bats pour que l'on soit *plus* qu'amis.

C'est impossible. Je ne peux pas faire ça avec lui parce que ça va finir en désastre et j'en ai déjà eu assez.

— Tu ne sais pas si on peut être plus qu'amis. Ça pourrait être… la fin de notre relation. Ça pourrait être le coup de grâce et je préférerais ne jamais vivre ça.

Il fait un pas en arrière, passant les doigts dans ses cheveux.

— Je ne le sais pas plus que toi, mais je ne veux pas rester là à ne rien faire, terrorisé.

J'éclate d'un unique rire.

— Tu n'as jamais assez aimé une femme pour savoir ce qu'on éprouve en ayant peur de la perdre.

La colère brille dans ses yeux.

— Tu crois que je ne sais pas ce que c'est, le deuil ?

— Ce n'est pas ce que j'ai dit. Tu as perdu des gens que tu aimes, mais c'est différent quand tu donnes ton cœur. Perdre ta mère n'est pas la même chose, et tu le sais.

— Non, mais je sais ce que ça fait de ne pas avoir le courage d'essayer. Quand tu m'as dit qu'Oliver allait te demander en mariage, j'ai cru que j'allais péter les plombs. C'était comme si toutes les choses dans ma vie dont j'étais si certain changeaient du tout au tout. J'ai tout vu, Dev. J'ai regardé nos vies entières se dérouler comme dans un film.

Il se rapproche.

— Tu étais là, dans une robe blanche, au bras de ton père, mais ce n'était pas moi au bout de cette foutue allée. Non, c'était Oliver, et je ne pouvais pas laisser ça se passer.

— Pourquoi pas ?

Sean lève la main, repoussant la mèche de cheveux tombée de ma queue de cheval.

— Parce que c'est moi qui devrais t'y attendre. Ça devrait être moi qui me tiens debout sur une plage, l'océan derrière moi, tandis que tu marches dans ma direction.

J'écarquille les yeux.

— Pourquoi on est sur une plage ?

Il se penche, dépose un doux baiser sur ma joue et mon corps tout entier frissonne.

— Parce que c'est ton rêve, non ? C'est ce que tu m'as dit il y a longtemps, je ne l'ai jamais oublié. Il n'y a pas de règles parce que je ne joue pas à un jeu avec toi et j'utiliserai tous les moyens nécessaires pour gagner ton cœur.

— Et si mon cœur n'est pas prêt ?

— Alors je t'attendrai, Devney. J'attendrai que tu réalises qu'il ne s'agit pas d'un pari ou de quoi que ce soit d'autre, excepté le simple fait que l'on est fait l'un pour l'autre. Je veux qu'on soit ensemble, je te veux toi et tout ce qui va avec. Je veux t'embrasser pour te souhaiter bonne nuit, me réveiller à tes côtés et t'aimer comme tu le mérites. Alors, j'attendrai que ton cœur soit prêt, car le mien l'est suffisamment pour nous deux.

Sean se tourne, me laissant là, à essayer de trouver n'importe quelle raison pour nier qu'il vient de voler mon cœur et que je ne le récupérerai jamais.

CHAPITRE QUATORZE

Devney

— **D**onc ce que tu dis, c'est qu'il a des sentiments pour toi, que tu as des sentiments pour lui, mais que tu ne sortiras pas avec lui ? demande Sydney en me fixant.

Je suis venue ici pour obtenir des conseils et mettre de l'ordre dans mes idées, car elles sont très confuses.

— Je dis que Sean veut plus que de l'amitié.

— Et pas toi ?

— Je ne sais pas. D'un côté, oui. C'est le meilleur homme du monde.

— Et de l'autre ?

Je soupire.

— De l'autre, il y a le fait que l'on sait qu'une relation longue distance ne tiendra pas. J'ai peur que sa célébrité soit un problème et que je sois terriblement jalouse.

Elle s'affaire avec Deacon dans le parc à bébé puis s'assied à côté de moi sur le canapé.

— Tu as peur et tu es stupide.

— Je ne suis pas stupide. Il y a beaucoup de choses en jeu, là.

— Oui, c'est vrai. Il y a aussi beaucoup de choses en jeu si vous ne prenez pas ce risque.

Je grogne et laisse tomber ma tête en arrière.

— J'ai besoin d'une vraie vie, bordel ! J'ai besoin de quelque chose. N'importe quoi d'autre que ça. Tu me manques au travail parce que tout est lent et je n'arrive même pas à m'échapper de ces foutues montagnes russes dans ma tête.

Elle hausse les épaules.

— Il n'y a pas d'échappatoire à l'enfer Arrowood. Je te le promets. J'ai essayé pendant des années, puis je me suis fait engrosser et marier.

— On peut parler d'autre chose ?

— Pas question, tu ne vas pas t'en sortir comme ça. Dis-moi une chose, pourquoi es-tu là ?

Je plisse les yeux et l'étudie pendant une seconde.

— Tu m'as demandé de te déposer quelques dossiers.

— Je ne parle pas de chez moi. Je veux dire à Sugarloaf. Pourquoi es-tu toujours là ? Tu es intelligente, jolie et tu as un diplôme d'architecte. Je suis sûre que tu aurais pu trouver un travail n'importe où. Au lieu de ça, tu es ma cheffe de bureau surqualifiée. Je ne comprends pas.

Elle ne comprendrait pas et ce n'est pas quelque chose que j'ai l'intention d'expliquer parce que cette raison m'appartient.

— Je ne veux pas en parler.

Sydney me touche la main.

— Je ne te jugerai jamais.

C'est drôle, je me souviens que ma mère a dit ces mêmes mots quand je l'ai appelée. Je ne voulais pas lui dire la vérité, mais elle continuait à dire qu'elle m'aimait et qu'elle ne me jugerait pas. C'est exactement ce qu'elle a fait et elle le fait *toujours*.

— Écoute, il y a longtemps, j'ai fait des choix stupides et j'ai fait confiance à quelqu'un alors que je n'aurais pas dû. Ça a changé beaucoup de choses en moi et à propos de ce que je veux.

— Qu'est-ce que tu veux, Dev ?

Il y a tellement d'empathie dans sa voix que j'ai envie de lui révéler tous mes secrets et de me décharger enfin, mais je ne peux pas.

Trop de vies sont en jeu.

Trop de gens seraient blessés si je le disais à voix haute.

— Je veux être heureuse, dis-je avec honnêteté. Je veux aller de l'avant et avoir une vie comme la tienne.

— Ce qui signifie ?

Je pense à combien elle était brisée et comment, seulement

quelques mois après, elle est plus heureuse que jamais. Sydney a tout ce qu'elle pourrait désirer.

— Je veux qu'on m'aime.

Elle me serre la main.

— Alors, laisse Sean t'aimer.

— Et si tout ça n'était qu'une erreur ?

— Alors tu y survivras. Il partira et ne te rendra probablement visite que lorsqu'il verra ses nièces et ses neveux. Ça va craindre, mais tu pourras le supporter. Ce ne sera pas vraiment différent d'avant son retour, hein ?

Mon cœur commence à souffrir du tableau qu'elle vient de me peindre. Sean revient ici et j'essaie de me cacher de lui pour ne pas souffrir. Je ne veux pas de ça.

— Sauf que je saurai ce que ça fait d'avoir une relation avec lui, comme toi avec Declan.

Sydney se penche en arrière, se mordant la lèvre inférieure.

— Je sais que c'est difficile. Crois-moi, je comprends. Je sais aussi que peu importe les horribles chemins sur lesquels on est perdu, j'ai été retrouvée par l'homme qui était destiné à être à mes côtés. La vie est dure, l'amour n'est pas facile. C'est terrible parfois.

Elle rit doucement.

— C'est la peur et l'excitation enfermées dans une boule d'émotions qui, je te le jure, peut tout retourner chez nous.

— Tu es vraiment en train de me convaincre, dis-je avec sarcasme.

Elle hausse les épaules.

— C'est aussi le désir le plus humain qui soit. Sean et toi, vous vous aimez déjà. Ça ne changera pas. Je crois vraiment que, quoi qu'il arrive si vous sortez ensemble, vous réussirez à maintenir une relation. Vous êtes… plus liés que Declan et moi ne l'étions.

Mes sourcils se haussent en signe de surprise.

— Quoi ?

— Oui, Declan et moi étions amoureux au lycée. On a toujours été en couple, on n'a jamais été amis comme vous deux. Donc quand on s'est éloigné, on s'est perdu. Sean et toi êtes plus forts que ça. Vous aurez des défis à relever en essayant de construire votre couple, mais séparés, vous resterez toujours les mêmes personnes. Et c'est juste le pire des cas, Dev. Tu as cette incroyable possibilité d'avoir une belle et heureuse vie, si vous faites en sorte que ça fonctionne. Vous auriez des vacances, du temps en famille, et personne n'est aussi lié que ces frères, donc on serait toujours proches, toi et moi. Je pense que tu es en train de tomber dans ce piège où tu t'es imaginé ce futur horrible pour t'empêcher d'accepter ce que tu sais déjà : que c'est une inévitable conclusion.

Tout ça est si confus.

— Je ne comprends pas pourquoi ça doit changer.

— Laisse-moi te poser cette question : disons que si tu ne poursuis pas et que tu ne prends jamais ce risque, penses-tu vraiment que votre amitié sera la même ? Oliver et toi, c'est fini, et tu vis avec Sean… enfin, tu vis plus ou moins avec lui. Et maintenant, il y a cette… chose entre vous.

Dans mon cœur, je sais qu'elle a raison. Quand il partira, je ne serai plus la même et notre amitié non plus. Je sais ce que c'est que de sentir ses lèvres sur les miennes et j'ai entendu les bruits qu'il fait quand je lui attrape les cheveux. Rien de tout ça ne peut être effacé.

— C'est difficile de penser quand je suis avec lui. Quand il est là, je me bats contre moi-même comme je ne l'ai pas fait depuis des années. Ces sentiments, le malaise et l'incertitude, me donnent envie de m'enfuir.

Sydney expire lentement.

— Tu ne m'as jamais dit grand-chose de ton passé et ça ne me dérange pas, mais j'imagine que tu as eu une histoire avec un gars et que ça a mal tourné. Ce qui s'est passé à l'époque n'est pas en train de se répéter.

— Je le sais.

— Vraiment ?

J'ai envie de répondre que oui. Punir Sean pour ce que Christopher a fait n'est pas juste, mais ce sont les sentiments qui me terrifient. Je pourrais tomber amoureuse de Sean à tel point que ça me détruirait complètement si ça ne marchait pas entre nous.

— Je connais la fin de cette histoire, Syd.

Elle lève les yeux au ciel.

— Tu aurais dû mettre « médium » sur ton CV, ça t'aurait vraiment aidé pour les affaires.

— Abrutie !

— Je suis sérieuse, tu n'en sais rien. Rien. Aucune de nous ne peut deviner le futur quand il s'agit d'amour ou de relations. Regarde Declan. C'est le plus idiot de tous. Il *savait* ce qui allait se passer. Il *savait* que ça ne marcherait pas entre nous. Il. N'en. Savait. *Rien.*

J'éclate de rire parce qu'elle a raison à cent pour cent.

— Il savait qu'il t'aimait assez pour refuser de te faire de mal.

— Et n'était-ce pas la plus grosse blague, dans toute cette histoire ? Je l'aime assez pour guérir ce qui est cassé chez lui. Sean et toi n'êtes pas cassés, Dev. Vous avez déjà un avantage. Vous n'avez pas de passé torride duquel vous dépatouiller. Rien d'autre qu'une chance. Saisis-la parce que, si tu ne le fais pas, tu seras cette femme au fond de l'église, qui voit l'homme que tu aimes en épouser une autre. Et ce serait la pire fin de cette histoire que tu aurais pu modifier.

— Quel film veux-tu regarder ce soir ? demande Sean en s'installant sur le canapé.

— Je veux quelque chose qui me fasse rire, contrairement au gore et au sang que tu m'as fait endurer dernièrement.

Il met un morceau de pop-corn dans sa bouche et sourit.

— Poule mouillée.

— Je ne suis pas une poule mouillée.

— Je parie que tu as fait un cauchemar la nuit dernière.

Je le fixe, en partie parce qu'il a raison et en partie parce que cet homme stupide, une fois de plus, ne porte pas de vêtements et est assis beaucoup trop près de moi.

— Mon seul cauchemar, c'est toi en ce moment.

— Trésor, je suis un fantasme.

Je ravale un juron.

— Tu es une terreur.

— Tu dis terreur et je dis angélique.

— Si tu es un ange, alors je suis une sainte.

Sean sourit.

— Et on sait que ce n'est pas possible.

— Oh s'il te plaît ! me moqué-je. Je suis bien plus sainte que toi. Je vais à l'église tous les dimanches depuis… enfin, depuis toujours.

Sean se rencogne dans le canapé, posant ses talons sur l'ottoman avec insouciance.

— Les femmes appellent Dieu quand elles sont avec moi. Tu veux voir Dieu, Dev ?

Je laisse tomber ma mâchoire et le fixe.

— Tu es complètement idiot ?

— Quoi ?

Quoi ? Je jure que les hommes sont complètement cons. Je lui donne une claque sur la poitrine.

— Premièrement, tu me parles des autres femmes avec qui tu as couché, ce qui n'est jamais une bonne idée quand on essaie de faire la cour à une fille. Deuxièmement, dis-je en baissant la voix pour imiter la sienne, « tu veux voir Dieu, Dev ? » C'était une phrase destinée à me draguer ? Ou es-tu vraiment un crétin à l'ego surdimensionné ?

Sean s'avance si rapidement vers moi que je recule par réflexe.

— D'abord, je ne te parlais de rien du tout. Je faisais simplement une blague, mais si tu es curieuse de savoir si j'exagère, je serai plus qu'heureux de te le prouver. Deuxièmement, je ne suis pas un crétin et tu le sais. En fait, je suis plutôt désirable.

Quand il a fini de parler, je suis presque couchée sur le canapé et il est clairement sur moi.

Mon cœur bat si fort qu'il pourrait se blesser, j'ai l'impression que chaque respiration pourrait être la dernière. La chaleur de son corps et l'odeur de son eau de Cologne animent de désir chaque cellule de mon corps.

— Sean, lancé-je à la fois en guise d'avertissement et comme une supplique.

— Qu'est-ce que tu veux, Devney ?

Son regard se pose sur mes lèvres, puis revient sur mes yeux.

Je veux qu'il m'embrasse. *Bordel, pas encore.*

Je secoue la tête.

— Tu veux mes lèvres ?

Oui. Je garde la bouche fermée, car je ne veux rien dire qui puisse conduire à une erreur.

— Dis-le, insiste-t-il. Dis que tu as envie de moi.

Le vertige que je ressens est si puissant que mon esprit et mon cœur partent en guerre l'un contre l'autre. Je le désire. Il me désire. Ça devrait être quelque chose de si simple, pourtant il y a toujours quelque chose qui me retient.

— Je, je ne sais pas… Je ne sais pas.

— Ferme les yeux, ordonne-t-il.

Je les ferme, et mes autres sens s'intensifient.

— Et maintenant ? demandé-je en collant mes mains au canapé.

Je ne peux pas le toucher. Si je le fais, je sais exactement ce que je vais dire.

— Respire.

Sa voix est basse et enjôleuse.

Les secondes passent, l'anxiété liée à ce qui va suivre monte en

moi. Les émotions s'empilent comme des briques à chaque tic-tac de
l'horloge.

Puis, alors que je suis sur le point d'ouvrir les yeux parce que je
n'en peux plus, je sens ses lèvres effleurer les miennes. Le baiser est si
doux, si léger, que j'ai presque peur qu'il ne soit pas réel, mais il l'est
bel et bien. Il reste là, nos respirations se mêlent, accélèrent à mesure
que la douleur en moi s'intensifie.

Je le désire.

J'ai envie de ça, de nous et de tout ce que nous pourrions être.

J'ai besoin de ses lèvres sur les miennes plus que de toute autre
chose.

C'est fou et irresponsable d'autoriser une chose pareille, mais je
sais que je ne l'arrêterai pas. Je ne peux pas.

— Ressens ce que ça fait d'être ensemble, insiste-t-il. Ressens ce
que ça fait d'être avec moi.

Mes doigts se soulèvent d'eux-mêmes et le bout de mes doigts
touche la peau tendue de son dos.

— Oui, fait Sean d'une voix est douce. Comme ça. Ressens-moi,
Devney.

Mon dos se courbe, j'ai besoin du contact de sa poitrine, qu'il a
gardé éloigné. Je fais courir mes mains le long de sa colonne vertébrale, lentement, en essayant de mémoriser chaque vallon et chaque
sommet. Ses lèvres se déplacent vers mon cou, embrassant et suçotant
doucement la peau sensible.

— Sean, dis-je doucement.

— Dis-le. Dis-moi ce que tu veux de moi. Tout ce que tu veux,
trésor, je te le donnerai.

Je ne laisse pas ma raison interférer. Je ne fais que ressentir les
choses et lui dire exactement ce que je veux.

— Embrasse-moi.

Il ramène ses lèvres sur les miennes, et il n'y a pas de douceur cette
fois. Il m'embrasse comme un homme fou, affamé. Nos bouches
bougent en rythme, et il s'allonge enfin de tout son poids sur moi. Il
n'y a plus de tendresse dans mes caresses, mes ongles lui griffent le
dos tandis que j'essaie de le serrer plus fort.

Tout dans ce moment me paraît juste.

Lui. Nous. Le fait que nous fassions ça.

Je promène mes mains sur son corps, je sens combien il est puissant et je me réjouis de ce qui est en train de se passer. Sean et moi

nous embrassons à nouveau. Au lieu de me donner un million de raisons de ne pas faire ça, je me laisse plus profondément aller à ce moment.

— Bordel, tu es si belle, dit-il avant de revenir me faire taire de ses lèvres.

Entendre ces mots de sa part me fait quelque chose. Il ne m'a jamais menti. Nous nous sommes toujours dit les pires choses parce que nous n'avions pas peur que l'autre se dérobe. Alors, quand il l'exprime, je sais que c'est vraiment ce qu'il veut dire.

Il se retire, les yeux brillants de désir alors qu'il peine à reprendre son souffle. Il se penche, son front touche le mien.

— Pourquoi t'es-tu arrêté ? demandé-je.

— Parce que si je ne le faisais pas, tu serais nue et je serais en toi.

Je ne sais pas si c'est parce que je suis plus excitée que je ne l'ai jamais été, mais je n'y vois pas de problème. Je prends sa joue, appréciant qu'il se soit éloigné car il sait que, sinon, je le regretterais probablement.

— Merci.

Nos regards se croisent au moment où il tente de sourire.

— Ne me remercie pas. Je suis toujours allongé sur toi avec une furieuse érection, tes lèvres sont gonflées et je n'ai jamais rien désiré de plus que ça.

— Sean… tu dis ça, mais…

— Non, tu ne comprends pas. C'est toi, Devney. C'est toi et moi, et je ne sais pas comment j'ai mis si longtemps à le voir, mais on est destinés à être ensemble. Quelque part, on est devenus plus proches l'un de l'autre.

Je dégage la mèche de cheveux qui est tombée sur son visage.

— J'ai peur. Je ne veux pas te perdre.

Il m'embrasse doucement puis roule sur le côté, me tirant avec lui pour que nous soyons face à face sur le canapé. Je pose les mains contre sa poitrine et son pouce m'effleure la hanche.

— Je ne veux pas te perdre non plus, mais je ne peux pas prétendre que je veux qu'on soit juste amis. Pour la première fois, aucun de nous n'est avec quelqu'un d'autre. Il n'y a pas de complications ou de raisons d'éviter ça.

Oh, comme il a tort.

— Il y a une tonne de raisons.

— Comme quoi ?

— Tu vis à Tampa, et je vis ici. Tu es riche et je vis dans la ferme de ta famille parce que je n'ai pas assez d'argent pour avoir mon propre appartement. Tu as un travail que tu aimes et moi… je suis reconnaissante d'en avoir un. Tu es célèbre et moi je suis juste une fille d'une petite ville qui ne sera jamais capable de supporter ta vie.

Il lâche un profond soupir.

— D'accord, prends chaque chose séparément. On vit séparément. Eh bien, tu peux emménager avec moi, ce qui règle le deuxième problème concernant ta vie dans la ferme de ma famille. Quant au travail, si tu viens à Tampa, il y a plein d'entreprises qui ont besoin d'un architecte. En fait, Milo, le copain de Declan, dirige une société immobilière avec son frère, et je suis sûr que tu serais la bienvenue dans leur équipe. Quant au dernier point de ta liste… tu es une fille d'une petite ville avec un gars d'une petite ville qui veut t'aider à traverser tout ça.

Je grogne, ma tête tombe en avant et se pose sur sa poitrine. J'aurais dû savoir qu'il trouverait un moyen de me faire passer pour une folle.

— On ne peut pas être plus qu'amis.

— On l'est déjà.

Il glisse un pouce sous mon menton et incline mon visage vers le sien.

— J'attends juste que tu le voies. On ne peut pas revenir à la relation qu'on avait avant, on n'a que deux choix. On peut céder à ce qu'on désire ou on peut s'en aller chacun de son côté, et je ne peux pas faire ça.

— Et si ça ne dépend pas que de toi ?

— C'est à nous deux de décider. Maintenant, regardons ce film avant que je ne recommence à t'embrasser.

Il déplace nos corps de façon à ce qu'il soit positionné en cuillère, au lieu que nous soyons face à face. Je le regarde par-dessus mon épaule.

— Tu sais que ça ne veut pas dire que j'ai perdu le pari. Tu m'as embrassée.

Sean glousse contre mon oreille.

— Bien. Dans tous les cas, je gagne tout : ton cœur, ton corps et les mots. Si je ne le faisais pas, alors notre amitié n'est pas ce que j'ai toujours pensé qu'elle était.

Je ne sais pas ce qu'il veut dire par là. Notre amitié a toujours été forte. Si je ne couche pas avec lui, ce n'est pas par manque d'envie, mais par excès d'instinct de conservation. Quel connard prétentieux !

— Donc tu dis que soit je te donne ce que tu veux, soit on n'est plus amis ?

Il m'embrasse dans le cou, puis s'installe derrière moi, me tenant fermement par le bras.

— Non, trésor. Je dis juste que je veux plus et je pense que toi aussi tu le veux. Notre amitié ne changera jamais.

Et je sais qu'il dit la vérité.

Il y a une libération dans tout ça.

De ne pas avoir à me demander si c'est un jeu ou s'il veut juste profiter de moi.

C'est la confiance.

Et la confiance est tout.

Cependant, si elle se brise, elle pourrait tout détruire au-delà de toute possibilité de réparation, et lorsque je ne pourrai plus cacher tous mes secrets, je ne suis pas sûre qu'il me pardonnera un jour.

CHAPITRE QUINZE

Sean

— Comment as-tu convaincu Ellie de sortir avec toi ?

Connor crache sa bière et me fixe.

— Je suis désolé, quoi ?

— J'imagine que tu as dû lui faire un tour de passe-passe des SEAL-Jedi ou quelque chose comme ça. Personne ne sortirait volontiers avec un looser comme toi. Alors, qu'est-ce que tu as fait ?

Il lève les yeux au ciel.

— Je me suis comporté comme quelqu'un de bien. J'étais là pour elle. Je ne l'ai pas convaincue de faire quoi que ce soit, elle m'a aimé instantanément.

— Oh, bien sûr, je te crois.

— Crois ce que tu veux, c'est toi qui es célibataire et qui convoites ta meilleure amie, alors que je suis marié et père de deux enfants.

— Je ne la convoite pas.

— Évidemment que non, rit Connor.

J'ai dépassé le stade de la convoitise. Je suis en train de crever, putain. Ce matin, Devney a préparé le petit-déjeuner dans ma vieille chemise de la fac qui lui descendait à peine jusqu'aux fesses. Ses sous-vêtements — ou le short comme elle l'appelait — ne cachaient rien non plus. Je me suis appuyé contre le comptoir, à regarder, à prier pour qu'elle se soulève juste un peu plus et que je puisse en voir davantage.

Je n'en ai jamais assez. Je ne peux pas rester loin d'elle. Je dors dans cette minimaison en faisant tout ce que je peux pour m'empêcher de grimper dans son lit. Pas que je le ferais, mais j'y pense.

Je la veux, mais elle me résiste, et il doit y avoir une raison à ça.

— Je fais du mieux que je peux.

Il penche la tête sur le côté.

— Et comment ça se passe ?

— C'est putain d'horrible.

Connor éclate de rire et se rencogne sur sa chaise.

— Tu sais, je me souviens combien c'était difficile, sans jeu de mots, quand Ellie et moi vivions sous le même toit. Je la désirais tellement, mais elle souffrait et il était hors de question que je sois « ce » type.

— Alors quel type étais-tu ?

— Le genre patient. Celui qui a fait face à la situation, sachant que quand elle serait prête, elle reviendrait.

Je secoue la tête et soupire.

— Je ne sais pas ce que Devney attend ni si elle reviendrait vers moi.

Connor hausse les épaules.

— C'est important ?

— Eh bien, n'est-ce pas la plus triste bande d'idiots que j'ai jamais vue ? lance Declan en montant les marches.

— Sois gentil, fait Sydney. Ça me fait plaisir de vous voir, les gars. Joyeux anniversaire, Sean.

Ce soir, c'est le dîner de mon putain de trentième anniversaire, mais mon véritable anniversaire n'est que demain. Mes frères et moi n'avons pas été réunis pour un anniversaire depuis des années. Nous aurions pu nous en tenir à notre tradition, qui consiste à envoyer un message ou à l'ignorer complètement, mais les femmes de nos vies ne voulaient pas se contenter de ça.

Sydney, Ellie et même Devney ont exigé que nous agissions comme des frères, ce que nous pensions faire depuis le début. Quand nous leur avons dit ça, Sydney a parlé de maman.

C'était un coup bas et ça a piqué.

Maintenant, nous sommes là, à s'obliger à passer un petit moment en famille avant la grande soirée.

— Merci, trésor, dis-je en l'embrassant sur la joue avant de poser les yeux sur un Deacon très satisfait dans ses bras. Ça fait plaisir de te voir. Et toi, petit homme, tu es l'Arrowood le plus chanceux du monde.

Je lui touche la joue et souris.

— C'est un si bon garçon, dit Syd.

— Rien à voir avec son père alors.

— Clairement pas, en convint Declan. Dieu merci.

Nous éclatons tous de rire, et elle resserre la couverture un peu plus fort autour de lui.

— En parlant de Dieu, n'oubliez pas que le dîner de Noël se déroulera chez nous cette année et que le petit-déjeuner se fera chez Connor.

Noël est proche, mais après la dispute que Declan et Connor ont eue à ce sujet l'autre jour, je me demande ce que Syd a fait pour arriver à ses fins.

— Tu es sûre ? Je pensais qu'Ellie organisait le dîner, repris-je en sachant que ça va faire exploser la tête de ma belle-sœur.

— Fais attention, Arrowood. Fais attention.

— Sérieusement, tu essaies de me faire tuer ? demande Dec.

— J'ai juste besoin d'un peu de divertissement.

Elle nous montre du doigt tous les trois.

— Je vais voir Ellie et Devney, ne restez pas trop longtemps dehors et évitez de tomber malade.

— Oui, Maman, rétorqué-je avec sarcasme.

Syd part, et Connor tend une bière à Declan.

— Ça aide avec le froid.

Il rit et l'ouvre.

— Et ça aide d'être avec vous, bande d'idiots.

Même si notre père était alcoolique et nous battait à mort, nous nous sommes forcés à apprendre la retenue. Nous buvons, mais nous ne nous saoulons jamais. Nous nous battons, mais jamais physique-ment, et nous aimons, mais jamais suffisamment pour être blessés. Ce dernier point semble toutefois être un concept défaillant.

Declan et Connor aiment leurs femmes au point d'en perdre la raison.

— Sean veut savoir comment convaincre Devney d'abandonner.

— Vraiment ? s'enquiert Dec. D'abandonner quoi ?

— Son cœur, dis-je sans interruption.

J'attends que les commentaires intelligents fusent. Ce sont mes frères après tout, ils vont forcément se moquer de moi.

— Bonne réponse, fait Connor en hochant la tête.

— Quoi ?

Declan est également d'accord.

— Il a raison. C'est la seule réponse qui t'aurait permis d'obtenir notre soutien. Nous aimons Devney et puisque tu n'as pas l'intention de rester ici, ce serait à nous deux de gérer les conséquences de cette merde. Si ça ne fonctionne pas entre vous, on devra être là pour la voir souffrir et la réconforter. Pour que vous puissiez rester ensemble, il faut qu'elle parte avec toi.

— Ça va fonctionner.

Connor prend la parole.

— Les gars, vous avez discuté de tout ça ?

— Pas vraiment. Je sais qu'elle ne veut pas de relation longue distance.

— Tu lui as demandé si partir avec toi était une option pour elle ?

— Ce n'est pas le cas.

Pour une étrange raison, Devney ne veut pas quitter Sugarloaf. Je ne comprends pas. Je ne l'ai jamais vraiment comprise. Elle était heureuse, ou semblait l'être, alors la raison pour laquelle elle restait ne me regardait pas. Mais maintenant, je dois insister.

Sa famille la traite comme une merde, donc ça ne peut pas être eux.

Si c'est la peur qu'un autre homme lui fasse du mal, alors il me reste très peu de temps pour lui prouver que je suis différent.

Declan plisse un peu les yeux tandis qu'il réfléchit. C'est un homme d'affaires et il voit les choses très différemment du reste d'entre nous. Connor a toujours été très déterminé. Il découvrait ce qu'il voulait, puis il allait le chercher. Quand il m'a appelé pour me dire qu'il avait été accepté pour apprendre la démolition sous-marine, je n'ai pas été surpris. Le jour où il s'est engagé, il a dit qu'il voulait devenir un SEAL, et c'est ce qu'il a fait. Jacob a un esprit libre et artistique, ce pour quoi il excelle en tant qu'acteur. Chacun de nous a ses forces et, ensemble, nous formons une unité plus forte.

— À quoi tu penses ? me demande Connor après une minute.

— De toutes les personnes que j'imaginais déménager de Sugarloaf, Devney était en tête. Elle était plus intelligente que tout le monde et avait une telle volonté. Quand elle a obtenu une bourse pour cette université du Colorado, je pense que personne n'a été surpris.

— Je ne l'étais clairement pas, dis-je à Dec.

— C'est vrai. C'est pour ça que je suis confus.

— Son frère et son neveu sont là, rétorqué-je en guise d'explication. Elle et Jasper ont toujours été proches. Il l'a suivie dans le Colorado quand elle était l'université et a vécu là-bas. Maintenant que j'y pense, il a débarqué là-bas à peu près au même moment où toute cette merde est arrivée avec son professeur.

— Oui, mais… rester ici pour Jasper ? C'est ça. On sait tous les quatre ce que c'est que d'être proche de ses frères et sœurs, et je ne resterais pas près de ce genre de connards, se moque Connor.

— Et pourtant, on est tous les trois ici aujourd'hui, fais-je remarquer.

Declan et Connor haussent tous les deux les épaules. Peut-être qu'il y a un autre gars dont Devney ne me parle pas et que c'est pour ça qu'elle reste. Bien que ça aurait encore moins de sens parce qu'elle était avec Oliver.

— Peut-être que son père ne va pas bien. Elle a toujours été proche de lui, propose Declan.

Ça pourrait être le cas. Autant elle déteste sa mère, autant son père est comme un phare dans la tempête. S'il se passe quelque chose avec lui dont personne n'est au courant, ça expliquerait tout.

— Je ne sais pas, peut-être.

— Leur a-t-elle parlé depuis qu'elle a quitté la maison ? s'enquiert Connor.

Je secoue la tête.

— Elle y a beaucoup réfléchi, mais je ne pense pas qu'elle l'ait fait.

— C'est une décision difficile à prendre.

Nous trois, nous n'avons aucune raison de juger quelqu'un qui aurait coupé le contact avec un parent. Nous sommes partis il y a neuf ans sans un regard en arrière pour notre père. Mais, oui, c'était un ivrogne qui nous battait à mort.

— Tu crois que papa se serait excusé si on lui en avait donné l'occasion ?

Connor éclate d'un unique rire.

— C'est peu probable. Il pensait que nous frapper était un moyen de nous apprendre à être des hommes. Tu te souviens quand il a pris le bâton pour frapper Jacob ?

Je serre la mâchoire quand la colère me traverse.

— Oui.

— Oui, tout ça parce qu'il a pleuré quand il s'est cassé le bras. Alors ce cher vieux papa s'est dit qu'il devait prendre un putain de bâton pour le frapper afin de lui donner une bonne raison de pleurer. Il pensait qu'on était faible et que ses coups étaient un moyen de nous endurcir.

Chaque fois qu'une once d'un autre sentiment que de la pure haine envers cet homme surgit, elle est vite étouffée. Il n'y avait aucune bonté en lui. Pas après la mort de maman, en tout cas. C'est comme si elle avait pris toute la bonté qui existait en lui et l'avait enterrée avec elle.

— C'était une merde sans nom.

J'acquiesce et repousse ma bière.

— C'est pourquoi je ne crois pas qu'il ait eu des remords. Si c'était le cas, il aurait eu de nombreuses occasions de nous tendre la main. Au lieu de ça, il nous a niqués en nous forçant à revenir ici.

— Jusqu'à présent, on s'en est tous bien sortis, fait Connor. J'ai trouvé Ellie, tandis que Syd et Dec se sont finalement mis ensemble. Regarde-toi, Sean, tu admets enfin tes sentiments pour Devney. Je ne dis pas que je suis d'accord avec les méthodes que tu utilises, mais si ça ne s'était pas passé comme ça, nos vies seraient totalement différentes.

Declan rit.

— Oui, tu vivrais sur mon canapé, essayant de trouver quoi faire maintenant que tu n'es plus dans la Marine.

Il sourit et lève sa bière.

— C'est sûr.

— Ou avec moi, à vivre sur la plage.

— Une autre option prometteuse.

Je lève les yeux et réponds :

— Et regarde-toi aujourd'hui.

— Oui, je ne suis pas en train de me languir d'une fille tout en espérant que mon frère puisse me conseiller un tour de passe-passe que je pourrais utiliser pour l'avoir. À la place, j'ai déjà la fille.

Mon majeur se lève dans sa direction. Declan ajoute son grain de sel :

— Moi aussi, mon frère.

— Oui, vous menez tous la grande vie.

— Eh bien, peu importe ce qui la retient, tu dois le découvrir et faire tout ce que tu peux pour l'aider.

Connor offre enfin un conseil qui en vaut la peine.

— Les gars ! crie Ellie. C'est l'heure de manger !

Connor pose une main sur mon épaule en se levant.

— Rentrons pour qu'on puisse te voir partir en fumée.

Qui sait, peut-être que je vais devoir allumer un feu pour l'embraser. Il est temps d'allumer l'allumette en lui disant la vérité sur mon passé et en espérant qu'elle me dira tout ce qu'elle garde pour elle. Nous pouvons laisser le passé tomber en cendres et mettre notre avenir sur les rails, si elle veut bien essayer.

CHAPITRE SEIZE

Devney

Le dîner était amusant. C'était génial d'être avec mes frères et mes amis et de profiter les uns des autres. Et puis il y avait les bébés. Mon Dieu, ils sont si mignons.

J'ai tenu Bethanne et Deacon dans mes bras dès que je pouvais. J'ai adoré les sentir si à l'aise dans mes bras, à faire leurs petits bruits de bébés. Chaque minute plus précieuse que la précédente. Un jour. Un jour, j'aurai ça.

Un jour, je tiendrai un enfant dans mes bras, je le protégerai, je le câlinerai et je respirerai ce doux parfum jusqu'à ce qu'il soit gravé dans ma mémoire.

— Tout va bien ? demande Sean de sa voix grave depuis l'entrée de ma chambre. Je t'ai appelée, mais tu n'as pas répondu.

— Oui. Désolée. J'étais… en train de rêvasser, j'imagine.

Je prends le pyjama que j'allais mettre et le jette sur le lit. Il n'est pas question que je me déshabille maintenant.

— Qu'est-ce qui te préoccupe le plus ?

Je lui offre un sourire circonspect.

— Nous.

— C'est la même chose pour moi.

Je regarde Sean, me demandant si ce que nous ressentons tous les deux est le fruit de notre imagination ou la réalité. Une partie de moi sait que c'est réel. Chaque nuit, je me retrouve à tendre la main pour le toucher. Pas comme le feraient normalement les meilleurs amis que nous avons toujours été, mais plus profondément. Quand nous avons parlé des enfants pendant la promenade à cheval, il m'a regardée d'une façon que je n'avais jamais vue auparavant.

Puis, quand nous regardons un film, nous nous asseyons un peu plus près l'un de l'autre. Chaque fois que nous sommes ensemble, quelque chose grandit en moi, me donnant envie d'en avoir toujours plus. Ces derniers mois m'ont montré que Sean *était* plus. Il est… tout. C'est le gars qui rend tout ça agréable.

— Et toi, à quoi tu penses ? demandé-je.

Il se rapproche.

— C'est mon anniversaire, et j'ai un souhait.

Mon cœur commence à s'emballer, ma respiration devient plus lourde.

— Ah oui ?

Sean acquiesce en faisant un pas de plus.

— Tu sais ce que c'est ?

Les mots ne sortent pas, alors je secoue la tête.

— Toi, Devney. J'ai souhaité que tu sois là. J'ai souhaité que tu arrêtes de lutter et que tu me laisses t'aimer. J'ai souhaité que tu voies à quel point je te veux, dans tous les sens du terme.

Je ferme les yeux, sentant le picotement des larmes et de la douleur dans mon cœur. Je ne peux pas lui faire ça. Il va m'aimer et je vais tomber désespérément amoureuse de lui. Et dans quatre mois il partira et moi je resterai là.

Il ne comprendra jamais.

Je vais devoir lui dire la vérité sur ce qui me pousse à rester ici, sauf que je ne peux littéralement pas.

C'est un secret que je dois emporter dans ma tombe.

— J'aimerais que ce soit le cas, mais je ne ferais que nous faire du mal.

— Pourquoi ?

Je regarde dans ses yeux vert émeraude, ceux qui m'ont vu traverser presque tout, et je déteste ne pas pouvoir partager ça avec lui.

— Je ne peux pas venir avec toi.

— Dis-moi pourquoi.

Il m'effleure la joue, la caresse, tandis que son pouce y décrit un arc lent.

— Ce n'est pas à moi de révéler ce secret.

— Tu crois que tu es le seul à avoir des secrets, Dev ? Sais-tu pourquoi je suis partie il y a tant d'années et pourquoi j'ai juré de ne plus jamais remettre les pieds dans cette ville ?

Je relâche une profonde inspiration, puis pose les mains sur sa poitrine.

— Ton père.

— Ce n'était pas seulement lié à mon père.

— Non ?

Il ferme les yeux et je sens la douleur irradier de son corps.

— Non.

Je n'ai jamais été assez stupide ou naïve pour penser qu'il n'avait pas de secrets. On en a tous — je suis la pire, mais j'ai toujours eu l'espoir que Sean n'en avait peut-être pas, qu'il m'avait tout dit et que c'était seulement mes péchés qui avaient besoin d'être confessés.

De toute évidence, ce n'est pas le cas.

— On n'est pas obligé de faire ça ce soir, proposé-je. C'est ton anniversaire dans deux heures, et j'ai un cadeau pour toi.

Il sourit doucement, mais il y a un air de détermination dans ses yeux.

— Je l'ai gardé pour moi pendant longtemps, je n'en ai parlé qu'à mes frères, et même à ce moment-là, on n'en a pas vraiment discuté. Tu vois, le truc, c'est que je veux une vie avec toi. Je veux être l'épaule sur laquelle tu pleures, comme tu as toujours été la mienne, mais je me suis retenu.

Je me concentre sur ma respiration, mais elle faiblit quand il pose sa tête contre la mienne.

— C'est fini, Devney.

Je me tiens dans ce cocon de chaleur et de sécurité, tandis que nous nous serrons l'un contre l'autre. Ici, alors qu'il n'y a que nous deux, c'est presque comme si le monde qui nous entoure ne pouvait pas briser la relation que nous construisons. Il est facile de croire que tous les soucis sont superficiels, et j'aimerais que ça reste ainsi.

Lorsqu'un orage éclatait, Sean courait jusqu'à chez moi, passait par la fenêtre et s'allongeait à côté de moi, me tenant la main pendant que le tonnerre me faisait trembler. Je détestais les orages et j'avais peur qu'il traverse les champs alors qu'il y avait un risque pour qu'il se blesse, mais il savait que j'avais encore plus peur qu'il ne vienne pas, alors il ne m'a jamais fait défaut.

Maintenant, il semble que la tempête ne fait pas rage dehors. Elle est dans cette pièce.

Je lève la tête.

— Tu sais que rien de ce que tu diras ne changera jamais ce que je ressens pour toi.

Il éclate d'un unique rire.

— J'espère que ce n'est pas le cas.

— Pourquoi ?

— Parce que je veux que tu m'aimes. Pas comme ton meilleur ami, mais comme une personne qui est plus que ça pour toi. Je ne sais pas ce qui s'est passé le soir où on s'est embrassés, mais ça m'a changé. Ça a changé la façon dont je te vois et ce que je veux dans la vie. Ce n'est pas juste de la luxure. Ce n'est pas une chose éphémère qui va passer. C'est toi et moi. Je ne te lâche pas, Devney, et je ne pourrais jamais te laisser partir.

— Oh, bordel, dis-je en laissant ma tête tomber contre sa poitrine. Tu me dis des choses comme ça et je ne sais pas comment gérer. Tu es mon meilleur ami. Tu es le gars qui a toujours été là, et si je te perdais…

— Alors, aime-moi.

Mon cœur commence à battre si fort que je sais qu'il doit l'entendre.

— Quoi ?

— Si tu ne veux pas me perdre, alors aime-moi.

— Je t'aime réellement.

Il repousse mes cheveux en arrière et sourit.

— Tu ne me perdras jamais, quoi qu'il arrive. Enfin, tu ne me perdras pas si tu veux toujours de moi après tout ça. J'ai envie de tout te dire et te laisser choisir. Je ne veux pas attendre quelques jours, semaines ou mois pour que tu découvres tout ça et risquer que tu sois déçue.

Je lève les yeux et une légère peur m'envahit car il a l'air si inquiet.

— Pourquoi penses-tu ça ? J'ai été déçue quand j'ai découvert que c'était toi qui avais mangé le dernier cupcake à ma fête d'anniversaire quand j'avais neuf ans.

Il sourit.

— C'est pire que de voler le dernier cupcake.

— Tu es sûr ? J'aime vraiment beaucoup les cupcakes.

Sean relâche un peu la tension.

— J'en suis sûr.

— OK.

Il me relâche et s'assied sur le lit.

— Ça remonte à la nuit où Connor a été diplômé.

— J'étais dans le Colorado.

Sean acquiesce.

— Je sais. Tu es restée là-bas cette année-là. C'était notre deuxième année d'université.

Oui. Cette année-là, je suis restée loin de tout le monde.

— Tout ce dont je me souviens de cette époque, c'est que tu m'as appelée.

— J'étais si mal en point.

— Je me souviens. Je ne sais pas si je t'ai déjà entendu autant en colère.

Sean m'a appelé le lendemain de la remise des diplômes de son frère ; je pensais qu'il serait heureux et qu'il me parlerait de tout le plaisir qu'ils ont ressenti tous les quatre, mais ce n'était pas du tout cette conversation que l'on a eue. Il était… tellement différent de d'habitude. Je ne savais pas trop quoi en penser, je savais juste que son père avait dû mal prendre la nouvelle du départ de Connor pour la Marine.

Il prend ma main dans la sienne, enlaçant nos doigts ensemble.

— Cette nuit-là, je n'avais jamais été aussi incontrôlable que je l'ai été. Mon père était ivre, comme d'habitude. Il était en colère contre nous, comme d'habitude. Mais cette fois, il est monté dans une voiture, ma voiture.

— Ta voiture ?

Sa respiration est longue et régulière.

— Il a tué deux personnes cette nuit-là. Il les a fait sortir de la route alors que mon frère et moi le suivions. Il a détruit une famille.

— Sean…

— Non, tu vois, il n'a pas seulement détruit la mienne, continue-t-il. C'est la famille des gens qu'il a tués qui a supporté toute cette douleur. Les Arrowood étaient déjà bien trop défaits. Mais cette famille, elle ne méritait rien de tout ça. Il a pris ma voiture, les a tués et a ensuite menacé de nous rejeter la faute si on ne se taisait pas. Les gens en ville savaient que c'était ma voiture…

Je claque mon autre main sur mes lèvres. Tout le monde connaissait la voiture de Sean. Elle était bruyante à cause de son satané pot d'échappement. Il croyait aussi que c'était super sympa de conduire comme un idiot.

— Alors il a dit qu'il te mettrait ça sur le dos ? Je ne comprends pas…

— Après les avoir tués, il a fui l'endroit de l'accident et il n'y avait rien que l'on ne pouvait faire. Ils étaient morts et on devait l'empêcher de conduire. On a tous les quatre quitté les lieux pour essayer de le trouver et, quand on l'a fait, il était à la maison, déjà évanoui. Le lendemain matin, on lui a dit qu'il devait se rendre, alors il nous a menacés, et… j'aurais tout perdu. On aurait tous tout perdu. S'il nous avait mis ça sur le dos, on n'aurait jamais… Je ne peux pas m'excuser. On a eu tort, on aurait dû se défendre, mais quand je te dis qu'on était tous les quatre horrifiés, tu ne peux pas comprendre.

— Mais cette famille… commencé-je, mais j'ai instantanément envie de reprendre mes paroles.

— Elle nous a pardonné.

Je croise son regard.

— Quoi ?

— Voilà où mon histoire s'empire, c'était les parents d'Ellie.

Je me lève, serrant mon estomac d'une main sous le coup de l'horreur. Ellie m'a parlé de la perte de ses parents et d'à quel point ça avait été horrible. C'est ce qui a mis sa vie sur la voie d'un mari violent.

— S'il te plaît, dis-moi que c'est une blague. Que tu te fous de moi ou quelque chose comme ça parce que…

— Ce n'est pas une blague. C'est pour ça qu'on est partis tous les quatre sans jamais revenir. On n'a jamais reparlé à mon père.

— Je suis venue voir comment il allait ! J'ai accompagné Sydney sur la tombe de ta mère, je lui ai apporté des œufs et je l'ai aidé avec les vaches. Je ne savais pas qu'il avait fait ça ! Je pensais que… Je ne sais pas, je pensais que tu voudrais que je m'assure qu'il aille bien, au moins, mais… Bordel, il a tué les parents d'Ellie !

Sean se lève.

— Tu ne savais pas.

Une larme tombe de mes cils, glisse contre ma peau.

— Pourquoi tu ne m'as rien dit ?

Il nettoie les pleurs sous mon œil.

— Parce que j'avais honte. Je le détestais. Je détestais que l'on soit si faible. Je détestais qu'on ait eu si peur de ce qu'il ferait et de ce à quoi ça aurait ressemblé. Je ne pouvais pas te le dire, Dev. Mais maintenant, maintenant que je veux un futur avec toi… Maintenant que je vois que je tombe amoureux de toi…

Quel enfer ! Je lui saisis le poignet pour l'éloigner.

— Arrête de me dire que tu es en train de tomber amoureux de moi.

— Arrête de prétendre que tu ne ressens pas la même chose.

Je relâche une respiration tremblante et tente de me détourner, mais il m'attrape, me tirant contre sa poitrine.

— Dis-moi que j'ai tort.

— Tu as…

Il n'a pas tort.

Il n'a pas tort du tout.

Je suis tellement dans la merde.

— J'ai quoi ?

Les mots sont juste là. Ils sont si proches que je peux les sentir sur ma langue. Je pourrais tout lui dire, lui avouer que mes sentiments pour lui sont si forts que c'en est effrayant. Si j'étais courageuse comme lui, je l'admettrais, ça et tout le reste. Sauf que je ne suis pas courageuse. Je suis une menteuse terrorisée et brisée.

Sean me soulève le menton, me forçant à fixer ses yeux verts.

— Je vais te le dire, et ensuite, si tu ressens la même chose, tu n'auras pas besoin de parler, embrasse-moi simplement. D'accord ?

Mon cœur bat la chamade. J'ouvre la bouche, mais il pose un doigt dessus.

— Embrasse-moi si je suis celui qu'il te faut car, Devney, tu es celle qu'il me faut.

CHAPITRE DIX-SEPT

Sean

J'attends qu'elle fasse un mouvement. Je ne bouge pas d'un poil et prie pour qu'elle ne me repousse pas.

Je sais qu'elle a peur. Je le vois dans ses yeux couleur café, mais je vais la protéger. Je ferai tout pour qu'elle voie que je ne la laisserai pas tomber.

Sa poitrine se soulève et s'abaisse au fur et à mesure qu'elle se rapproche.

Elle se met sur la pointe des pieds, sans détacher son regard du mien, et pose ses lèvres sur les miennes.

Tout le poids du passé s'efface et l'espoir commence à naître. Nous allons avoir beaucoup de choses à gérer, mais pour l'instant, rien de tout ça n'a d'importance. La seule chose qui existe, c'est nous.

Je la serre dans mes bras tandis que je prends le dessus sur notre baiser. J'ai besoin d'elle. J'ai besoin qu'elle me guérisse, qu'elle me fasse renaître, parce que je ne vivais qu'à moitié.

— Devney…

Je soupire son nom et l'embrasse plus fort.

Elle glisse ses doigts dans mes cheveux, s'y agrippant un peu, mais ça ne fait que m'exciter davantage. Nos langues se caressent, s'entraînant dans un bras de fer.

Je n'ai jamais désiré une femme autant que je la désire en cet instant.

Nous commençons à reculer vers le lit.

Ses jambes le heurtent, stoppant notre progression alors je me penche, et nous tombons dessus.

Elle rit et ce bruit provoque quelque chose dans mon cœur. Devney est dans mes bras, dans mon lit. C'est une chose à laquelle j'ai tant pensé tout en essayant de ne pas y penser. C'est une chose que je ne voulais pas envisager parce qu'elle était hors de ma portée.

J'ai été tellement stupide de laisser autant de temps se mettre entre nous.

Je passe ma main sur sa peau douce.

— Tu es si belle.

— Je me sens belle quand tu me regardes.

Je déteste la personne qui lui a fait croire le contraire.

— Tu as toujours été à couper le souffle.

Je lui prends le visage, fixant ses yeux qui me tiennent captif.

— Toujours.

— Embrasse-moi. S'il te plaît.

Je le fais.

Mes lèvres rencontrent les siennes et nous nous perdons l'un dans l'autre. Je me redresse alors qu'elle se lève pour me rejoindre, m'embrassant aussi fort que moi.

J'ai tellement envie de la toucher, de la sentir, d'être en elle, que je dois me battre pour garder le contrôle.

Elle ne mérite pas un type qui ne tient pas sur la longueur, je veux que ce soit parfait pour elle.

Je nous change rapidement de position pour qu'elle soit à cheval sur moi. Son sourire grandit alors qu'elle me regarde.

— Pourquoi tu souris ? demandé-je.

— Parce que c'est toi et qu'on va vraiment le faire.

— Oui, en effet. Si tu comptes rétropédaler ou regretter, je te supplie de le faire maintenant. Avant que je ne te voie, ne te touche et ne te goûte.

Ma poitrine se soulève et s'affaisse un peu plus.

— Et si c'est toi qui le regrettes ?

— Aucune putain de chance que ça arrive.

Elle se penche, ses cheveux bruns créant un voile autour de nous.

— Tu es sûr ?

— Totalement.

Devney m'embrasse et je remercie Dieu qu'elle le fasse. Je ne veux pas parler de rétropédalage ou de regrets. Je veux de la passion et beaucoup de vêtements en moins.

Comme si elle pouvait lire dans mes pensées, elle se redresse et enlève sa chemise.

— Enlève ton soutien-gorge, lui dis-je.

Ses mains tremblent un peu et sa lèvre inférieure est coincée entre ses dents, mais elle le fait quand même. Son soutien-gorge tombe. Je la vois pour la première fois.

Seigneur.

Ouah.

Oui.

Putain.

Je ne peux réfléchir en la fixant. Combien de fois ai-je imaginé ça ? Mon fantasme n'était en aucun cas proche de la réalité.

Elle ramène ses cheveux bruns sur le côté, me permettant d'avoir une vue complète sur elle.

— Tu es éblouissante.

Je lève les mains, mes doigts effleurent le dessous de ses seins.

— Un homme pourrait mourir rien qu'en te regardant.

— Sean...

— Non, dis-je sans lui laisser la possibilité de répliquer. Tu es ce sur quoi les hommes fantasment, ce qu'ils voient quand ils ferment les yeux, ce à quoi ils rêvent.

Je glisse les doigts autour de ses tétons et elle ferme les yeux.

— Je ne verrai jamais rien dans ce monde de plus beau que toi.

Elle m'agrippe les poignets, remontant mes mains plus haut.

— Touche-moi.

Je caresse ses deux seins, les pétris, mémorise leur poids. J'en veux plus.

— Approche-toi de moi, trésor, et laisse-moi t'embrasser.

Devney pose les mains de chaque côté de mon cou, sa poitrine tombant juste devant moi. Je porte un sein à mes lèvres, léchant le mamelon et le faisant glisser sur ma langue. Le gémissement qui lui échappe est grave, guttural. Je fais de même avec l'autre avant de le prendre dans ma bouche et de le suçoter avec force. Je continue avec des pressions et des mouvements différents et, quand son dos se courbe, je suce plus vigoureusement, puis je la retourne sur le dos.

Je suis avide. Je veux goûter sa peau, graver son parfum dans ma mémoire. Plus que tout, j'ai l'intention de la faire crier.

Je retire le short qu'elle portait, le jette à travers la pièce et arrache ma chemise.

Elle me regarde, sa langue glissant sur ses lèvres pendant qu'elle admire la vue.

— Tu aimes ce que tu vois ?

Elle rougit légèrement.

— Tu sais que tu es sexy. Ne prétends pas que tu ne le sais pas.

Oui, on me l'a déjà dit, mais pour une étrange raison, je n'y ai jamais cru. Je suis riche et célèbre, un homme à conquérir pour la plupart des femmes, mais ce n'est pas ce qu'elle voit. Bordel, je ne pense pas qu'elle se rende compte de l'étendue de ma fortune ou du montant de mon dernier contrat. Non, au contraire, elle a essayé de me convaincre de la laisser me payer un loyer contre la possibilité de loger ici. Elle a acheté ses propres courses, même quand j'avais déjà rempli les placards, et elle ne parle jamais de mon travail.

Pour Devney, je ne suis pas qu'un salaire ou un bon parti. Je suis plus que ça. Et son opinion compte beaucoup pour moi.

— Ce que les autres pensent n'a aucune importance. Je veux savoir ce que toi tu vois.

Elle se décale sur le côté, de sorte que nous soyons face à face, tandis que ses doigts se déplacent vers ma poitrine.

— Eh bien, je vois le garçon qui a sauvé mon chien quand il est tombé dans le puits et que j'avais trop peur d'y descendre. Je vois le garçon qui m'a laissé conduire sa voiture de sport rouge alors que ses frères n'avaient même pas le droit de s'asseoir dedans. Je vois l'homme qui était à l'entraînement de baseball de mon neveu il y a deux jours et qui a laissé les enfants le harceler des heures durant sans jamais en remballer un. Je vois l'homme que je désire. Je vois l'homme qui, pour une étrange raison, me désire également. Tu es celui qu'il me faut.

Je ne peux plus respirer, putain. Je prends son visage entre mes paumes et approche sa bouche de la mienne. Si je pouvais me déverser en elle en ce moment même, je le ferais.

Je ferais tout pour la rendre heureuse. Je vais tellement l'aimer qu'elle n'aura pas d'autre choix que de partir avec moi à la fin de toute cette histoire.

Elle ne pourra pas me quitter, pas si j'arrive à lui montrer ce qu'elle représente pour moi.

Elle est allongée sur le dos, alors mes lèvres se dirigent vers son cou et je l'embrasse en descendant jusqu'à l'endroit où j'ai vraiment envie d'aller. Je prends quelques secondes de plus pour vénérer ses seins, puis je vais encore plus bas. Comme l'anticipation grandit entre nous, sa respiration devient laborieuse.

Je retire ses sous-vêtements et manque ma charge. Elle est nue, complètement exposée et vulnérable et, pourtant, j'ai tellement envie d'être sans défense.

— Je vais te faire hurler, trésor, la préviens-je avant de mettre ses jambes sur mes épaules et de goûter au paradis.

Elle s'agrippe à mes cheveux alors que je lui fais perdre la tête. Toutes les techniques que j'ai essayées, je les utilise maintenant. Mon seul objectif est de lui donner autant de plaisir que possible. Ma langue effleure son clitoris, puis je le suce et le lèche encore et encore jusqu'à ce qu'elle se tortille contre mon visage.

— Je ne… halète-t-elle.

J'y vais plus fort, à répétition. Je prends son clitoris en bouche, la mordillant juste assez pour qu'elle resserre les doigts autour des mèches de cheveux auxquelles elle s'agrippe.

Elle est proche de la jouissance.

Je le sens.

Je m'échine encore plus, insérant un doigt en elle, avant d'effectuer des va-et-vient tandis que je bouge la tête pour continuer de la lécher et de la suçoter.

Ses muscles se contractent et elle hurle au moment où elle perd le contrôle. Je continue, car je veux que ça dure, puis je sens son corps se relâcher.

Devney frissonne lorsque je dépose des baisers partout sur elle.

— Tu ressembles à un ange quand tu jouis.

Elle rit légèrement.

— Tu es un Dieu d'avoir rendu ça possible.

— Je te l'avais dit.

Elle lève les yeux au ciel, puis les couvre d'un bras.

— Oh pour l'amour de tous les saints.

— Comme tu dis, trésor.

Elle tend les mains et me touche le visage. Je me penche et l'embrasse doucement, l'incitant à se remettre dans l'ambiance de nos ébats.

Ses doigts glissent le long de mon corps et sa langue se mêle à la mienne. Mes abdominaux se contractent lorsque ses ongles me touchent la peau et qu'elle baisse mon caleçon.

— Je veux te voir, Sean.

Je me lève, le retire et le balance plus loin. Ma verge se tient droite et fière. La légère lueur d'inquiétude dans ses yeux fait enfler mon ego masculin.

Elle tend une main vers moi, puis m'attrape rapidement avant de faire des mouvements de haut en bas. Je ferme les yeux. Je n'ai jamais rien connu de tel que la sensation d'être touchée ainsi par cette femme.

— Devney.

Je prononce son nom comme une prière.

— J'ai envie de toi.

Sa voix est rauque et empreinte de désir.

— J'ai envie de toi. J'ai besoin de toi.

— Alors, prends-moi.

Je me baisse lentement pour pouvoir l'embrasser. Cette fois, c'est doux et tendre. Nous nous embrassons comme si nous avions tout le temps du monde devant nous — et c'est le cas. Je veux qu'elle sache que ce n'est pas juste un coup d'un soir pour moi. Elle compte bien plus que ça pour moi, ce que nous faisons signifie quelque chose.

— Merde. J'ai besoin d'une capote, lâché-je en me penchant vers ma table de nuit en priant pour que la boîte soit là et qu'un de mes idiots de frères ne les ait pas prises.

J'en trouve une et la lui montre.

— On va avoir besoin de plus.

Elle sourit.

— Oui, oui, en effet.

Je la fais rouler et aligne nos hanches. Nos regards restent connectés au moment où je la pénètre. Elle me regarde avec confiance tandis que je m'introduis plus loin en elle.

Je ne me suis jamais senti aussi bien.

De toutes ces années, je n'ai jamais été aussi lié à quelqu'un.

Elle enroule ses jambes autour de moi et s'agrippe à mes biceps lorsque je m'enfonce plus profondément, sans m'arrêter avant d'avoir atteint le fond.

— C'est tellement bon.

— Tu n'as pas idée, dis-je en hochant la tête.

Elle passe le bout du doigt sur ma joue.

— Fais-moi l'amour, Sean. Fais-moi tienne.

— Tu as toujours été mienne, trésor, et tu le seras toujours.

Après ça, je commence à me mouvoir et ma capacité de parler disparaît.

CHAPITRE DIX-HUIT

Devney

Le son des battements du cœur de Sean résonne dans mon oreille comme d'habitude et, pourtant, tout est différent. C'est comme si c'était un nouveau rythme et que tout ce que j'ai connu jusque-là n'est plus réel.

Sean Arrowood et moi sommes ensemble. Du genre, vraiment ensemble. Nous sommes en couple, j'imagine. Nous n'en avons pas vraiment parlé ni mentionné quoi que ce soit depuis que nous avons fait l'amour. Seigneur, même le fait de penser aux mots « faire l'amour » en ce qui concerne Sean ne me semble pas naturel. Mais lorsque nous l'avons fait, c'était juste et parfait.

— À quoi penses-tu ? demande-t-il alors qu'elle passe une main le long de ma colonne vertébrale.

— Au fait que c'est surréaliste.

— Tu regrettes ?

Je n'entends pas de peur dans sa voix, mais je sens que son corps est tendu. Je lève la tête, posant le menton sur ma main.

— Pas du tout. Et toi ?

— Même pas en rêve.

— Bien.

— Bien, répète-t-il en souriant.

— Quand même, tu ne penses pas que c'est bizarre ?

Le mouvement de sa main ralentit, et je sens qu'il hausse les épaules.

— Oui et non. Si tu demandais à mes frères, ils te diraient que c'était couru d'avance. Pas nos ébats de ce soir, ajoute-t-il rapidement, mais le fait que l'on finirait ensemble. Ils savent que je suis amoureux de toi depuis bien plus longtemps que moi.

Les mots qui sortent si facilement de sa bouche me font l'effet d'un coup de massue.

— Tu m'aimes ?

Sean se redresse un peu, me soulevant avec lui.

— Je t'ai toujours aimé, Dev.

— Non, ça, je le sais, dis-je en le frappant avec ma main. Ça, je comprends. Je veux dire que tu *m'aimes*. Tu es amoureux de moi ?

— Parce que tu ne ressens que de l'amour fraternel pour moi ?

Je recule légèrement, puis reprends :

— Bien sûr que non. Je t'aime. Je t'ai toujours aimé.

Et puis ça me frappe.

Je l'ai toujours aimé d'une manière différente de celle dont j'aimais Declan, Jacob ou Connor. Bien plus que j'aimais les gens qui n'étaient que mes amis. Je ressentais ce pincement au cœur dérangeant quand il parlait d'une fille qu'il aimait. J'étais jalouse, mais je m'en fichais, comme si c'était idiot de penser qu'elle pourrait me le prendre.

Je n'ai jamais envisagé la possibilité d'être autre chose que ça. Si je l'avais fait, j'aurais dû admettre que je le désirais.

Je croise son regard et laisse échapper un léger soupir.

— Je t'aime.

Sean passe son pouce sur mes lèvres.

— Redis-le.

— Je t'aime. Je t'aime autrement que comme un frère ou un ami. Je crois que je t'ai toujours aimé.

Il rapproche ses lèvres des miennes dans le plus doux et tendre baiser que j'ai jamais eu.

— Viens te blottir contre moi, encourage Sean. J'ai besoin de te serrer dans mes bras.

Nous nous installons à nouveau sur le lit. Je suis calée tout contre lui. Nous sommes face à face.

— C'est agréable.

— C'est une bonne chose.

Je vais avoir mal aux joues à force de sourire ce soir. Je regarde l'horloge et vois l'heure qu'il est.

— Sean ?

— Oui ?

— Joyeux anniversaire.

Il me regarde avec tant d'affection que je pourrais pleurer.

— Tu es le meilleur cadeau que j'ai jamais reçu.

J'éclate d'un unique rire.

— Mieux que la batte que je t'ai offerte ?

J'ai économisé pendant des mois pour lui acheter la batte dont il rêvait. Elle était en aluminium et avait un truc spécial dessus ou quelque chose comme ça. Il en parlait sans cesse, mais il était hors de question que son père la lui offre, alors je l'ai fait. L'expression de son visage quand il l'a ouverte valait chaque seconde que j'ai passée à faire des corvées supplémentaires.

— Tu es définitivement bien mieux que n'importe quelle batte au monde.

— Hmm, dis-je tout en déplaçant mes doigts le long de sa poitrine. Je suis heureuse d'entendre que l'équipement de baseball ne te fait plus d'effet.

— Non, mais je parie que tu aimerais voir comment je suis équipé.

— Ah oui ?

Il remue les sourcils avec un sourire.

— Très certainement.

— Je te jure, tu peux salir n'importe quelle conversation.

— C'est une de mes compétences.

— Une que tu as bien affinée.

— J'aimerais affiner autre chose.

Je lève les yeux au ciel et tape doucement sur sa poitrine.

— On devrait se reposer.

— Ce n'était pas ce que j'avais en tête.

Je soupire en pensant à l'épuisement que je vais ressentir demain. Nous allons fêter son anniversaire avec style. Et par style, je veux dire que je vais lui enseigner quelques trucs au sujet des vaches. Nous allons nous emmitoufler dans nos manteaux à cinq heures du matin pour aller déplacer le bétail vers un autre pâturage. Ses employés se sont bien débrouillés, mais Sean doit en savoir assez pour les diriger.

— Oui, eh bien, on va chevaucher pendant des heures, déplacer les vaches et je dois m'assurer que tu comprennes pourquoi tout ça est important.

Il rit.

— Je m'en fiche.

— Et c'est bien là le problème. Tu dois aider tes frères. Connor s'est bien débrouillé à réparer certaines choses, enfin, les réparer… en quelque sorte, tout ça dans le but de rendre cette ferme plus facile à vendre pour toi et Jacob. Et Declan a financé la plupart des travaux…

— Moi aussi !

Je soupire.

— J'ai dit la plupart des travaux. Ce que je veux dire, c'est que tu récupères la tâche de t'occuper des vaches, et que tu as un peu moins de quatre mois pour y arriver.

Je ne laisse pas ce chiffre m'envahir l'esprit. Je me force à ne pas me concentrer sur le temps qu'il nous reste, car pour le moment, il est là.

— Bien, dit-il en me serrant un peu plus fort. J'ai besoin d'un verre d'eau. Tu as faim ?

Mon estomac grogne et je pose la tête sur sa poitrine.

— J'imagine que ça répond à la question.

Sean se décale et je tire les couvertures sur ma poitrine en regardant ses fesses presque parfaites sortir de la chambre sans aucune pudeur.

— Prends des chips ! crié-je. Et des cookies ! Peut-être aussi du gâteau qu'on a ramené !

Ma tête retombe sur l'oreiller, je soupire.

Est-ce que tout ça est réel ? Ça doit l'être parce je ressens une petite douleur très distincte dans mes extrémités inférieures et j'éprouve cette petite sensation de picotement sur ma peau que l'on ne ressent qu'après des ébats vraiment fantastiques. Et ils l'étaient. Aucune chance que mon esprit soit aussi imaginatif. Je me touche les lèvres, me rappelant les mots qu'il a prononcés, souhaitant pouvoir les mémoriser.

Il m'a dit que j'étais belle, qu'il tenait à moi, qu'il voulait plus et qu'il avait besoin de moi.

Après quelques secondes, je me retourne et le vois debout dans l'embrasure de la pièce, nonchalamment appuyé contre la porte, nu comme un ver, à m'observer.

— Quoi ? demandé-je, gênée.

— Toi.

— Moi ?

Il hoche la tête et s'approche.

— Tu pensais à nous, hein ?

La chaleur qui m'embrase les joues est suffisante pour que je me demande si mon visage n'est pas en feu.

— Pourquoi tu me demandes ça ?

— Parce que tu avais ce regard doux et que tu souriais sans cesse.

Sean pose le bol de chips et se glisse ensuite sur le lit, tirant le drap loin de moi.

— Tu pensais à nous et à ce qu'on a partagé, non ?

Ses yeux parcourent mon corps et je hoche la tête.

— En effet.

— Et tu étais heureuse.

— Oui.

Il se penche, ses lèvres planent au-dessus des miennes.

— Je le suis aussi.

Je passe les doigts dans ses épais cheveux bruns et fixe ses yeux verts.

— Bien.

— Tu as encore faim ?

— Pas de nourriture.

Il sourit comme s'il savait que j'allais répondre ça.

— Pareil.

Il y a quelque chose de lourd et de chaud autour de moi. Je tourne la tête sur le côté, à la recherche d'un peu de fraîcheur, mais je ne peux aller nulle part.

— Et où penses-tu aller ? s'enquiert une voix masculine très profonde que je ne connais que trop bien.

Tout ça était réel.

Oui, ce n'était pas un rêve. Juste une nuit d'enfer.

— Hey.

Il presse le nez dans mes cheveux.

— Bonjour. Je pense que je pourrais m'habituer à ce genre de réveil.

Je passe un bras autour de sa taille et gémis quand il promène une main dans mon dos.

— Moi aussi.

— Je sais que tu voulais te lever tôt pour sortir, mais je préfère ça de loin.

Je ris.

— Tu es un terrible fermier.

— C'est parce que je ne suis pas fermier.

— Heureusement que tu es bon au baseball.

— Je ne sais toujours pas comment tu as fait pour me convaincre de travailler aujourd'hui.

Je lève la tête pour le regarder dans les yeux.

— Qu'aurais-tu fait aujourd'hui, sinon ?

Il met ses deux mains derrière sa tête et soupire.

— Je me réveillerais bien plus tard que ça, j'allumerais la chaîne de sport en prenant mon café et j'irais courir.

— Courir ? En hiver ?

— J'habite en Floride, trésor, on n'a pas vraiment d'hiver comme ça là-bas.

D'accord, il marque un point, là.

— Et ensuite ?

— Je me doucherais, retrouverais quelques gars pour déjeuner, ce qui est à peu près l'heure à laquelle tu m'appelles d'habitude.

Chaque année, je l'appelle à la minute exacte où il est né. C'est notre truc depuis que nous sommes enfants, et peu importe ce qui se passe dans nos vies, nous nous y tenons toujours.

— Eh bien, cette année, je n'aurais pas besoin de t'appeler.

Il sourit.

— Non, en effet.

— À la place, je pourrais t'embrasser à treize heures huit.

— J'ai hâte d'y être.

— J'en suis ravi.

Je me penche plus près et l'embrasse.

— Maintenant, j'ai un cadeau pour toi, et ensuite nous irons au pâturage.

Sean sourit et je vois une lueur diabolique dans ses yeux.

— Un cadeau ?

— Ferme les yeux.

Il s'exécute.

Je me glisse hors des draps, attrape l'objet sous le lit, puis le place en travers de ses genoux avant de m'asseoir à côté de lui.

— Bien, rouvre les yeux.

Devant lui se trouve une batte en aluminium recouverte de marques d'usure, car elle a été utilisée pendant des années, et de ruban adhésif autour de la poignée, qu'il a ajouté quand elle a commencé à s'user ; sans compter les initiales S. A. gravées à l'extrémité du pommeau. Il la fixe, puis la retourne en secouant la tête.

— Dev ?

— Il y a longtemps, une fille a rencontré un garçon et elle lui a donné une batte. Ce garçon est devenu un homme fort et merveilleux et, quelque part en chemin, elle est tombée amoureuse de lui. Quand il est parti à l'université, il n'a pas emporté la batte avec lui, mais elle, oui.

— Tu as gardé ça ?

J'essuie les larmes qui se forment dans mes yeux et acquiesce.

— La dernière nuit que l'on a passée ensemble avant de partir tous les deux, je l'ai vue dans le coin de ta chambre. Je ne me souviens pas de la dernière fois où tu as utilisé cette batte puisque tu en avais tellement, mais elle était là.

Je pointe du doigt le coin en question.

— Je ne pouvais pas m'en débarrasser.

— Pourquoi ?

Il s'approche, glissant son pouce contre ma joue.

— Je pense que tu sais pourquoi.

En effet. C'était plus qu'un cadeau pour lui. C'était le premier cadeau que je lui ai réellement offert ; il a adoré que j'ai cette idée et ce que ça signifiait pour moi de lui offrir quelque chose qui venait du cœur. Ça signifiait quelque chose pour nous deux, un signe d'amour et d'affection. Peut-être que, durant tout ce temps, c'était ce que j'espérais. Peut-être que nous luttions contre nous-mêmes et que ce n'était pas le bon moment.

— C'est pour ça que je l'ai prise.

— Tu t'es accroché à ça pendant neuf ans.

— C'était la tienne, dis-je en guise d'explication, en espérant qu'il comprenne.

Sean presse ses lèvres contre les miennes.

— Je me suis raccroché à toi pendant vingt ans alors, Dev, je ne t'abandonnerai plus jamais.

Nous nous embrassons à nouveau, il roule sur moi, son poids me protégeant de l'air froid. Je m'accroche à lui tandis que le baiser s'intensifie.

J'étais en train de voir à quel point ça devenait normal. Ma vision du futur s'éclaircit. Je nous vois, Sean et moi, vivre comme ça, rire, et devenir bien plus que tout ce dont j'avais rêvé. Mais que se passe-t-il quand cette vision s'estompe ou se déchire si nos vies se compliquent ? J'ai peur que ça ne dure pas. Il y a des choses que je ne suis pas prête à partager avec lui et, après tout ce qu'il m'a dit, je ne sais pas si nous supporterons le moment où mon secret sera révélé.

CHAPITRE DIX-NEUF

Sean

— OK, donc tu dis que je dois trouver un nouveau contremaître ? demandé-je à Zach pendant que nous discutons de toutes les conneries que Devney m'a montrées à la ferme l'autre jour.

Il y a des problèmes avec les clôtures, ce pour quoi nous avons perdu du bétail. Nous ne pouvons pas déplacer les vaches correctement et elle a constaté des problèmes dans la zone de traite des vaches laitières.

Bordel, des putains de vaches.

Ce n'est pas quelque chose que nous souhaitions tous les quatre faire. Jamais. Je ne rêvais pas de reprendre la ferme de mon père. Non, je voulais la brûler.

Puisque deux d'entre nous quatre ont gardé une part de la propriété, autant tirer le meilleur parti des actifs que nous prévoyons de vendre. Personne ne va venir ici pour acheter un plus petit terrain et des vaches de mauvaise qualité.

— Je dis que tu as des problèmes. Et n'oublie pas que je possède un ranch de chevaux, pas une ferme laitière. Les informations que je te donne ne sont que des connaissances agricoles.

L'accent du sud de Zach s'épaissit sur la fin de sa phrase.

— Si tu as ce genre de problèmes, c'est la tête du contremaître qui doit tomber. Wyatt s'occupe de la ferme de Presley depuis des années, et s'il avait fait la moitié de ces conneries, il serait déjà au chômage.

— Alors, de quoi s'occupe le contremaître ?

Zach rit.

— Sean, tu es vraiment dépassé.

— Sans blague. Devney m'a fait faire le tour de la ferme il y a deux jours et je ne sais toujours pas par où commencer.

— Je commencerais par l'épouser, puis je réparerais la ferme.

Je glousse.

— Ce n'est pas si facile.

— Pas du tout.

— Si c'était le cas, pourquoi n'as-tu pas épousé Presley ? demandé-je, lui balançant la question à la figure.

Il lâche un gros soupir.

— Ce n'est pas faute d'avoir essayé.

Je ris, l'imaginant supplier aussi stupidement que moi la femme qu'il aime pour qu'elle s'ouvre à lui. Les femmes sont toutes des casse-pieds, mais je ne voudrais pas qu'il en soit autrement.

— Eh bien, je te ferai savoir si c'est plus facile de mon côté.

— Très bien.

— Parlons de la ferme, puisque tout ça est réparable…

Pendant l'heure qui suit, Zach et moi faisons une liste des choses qu'il ferait s'il était moi. Elle est longue, et je ne suis pas sûr de pouvoir en accomplir la moitié, mais je vais essayer. La première chose à faire est de recruter un nouveau contremaître, puis je vais devoir embaucher des aides supplémentaires et parler à nos distributeurs.

Nous devons réduire les coûts, réparer la ferme, et produire plus de produits… quel l'enfer !

Je m'avance jusqu'à la maison de mon frère et l'attrape pile au moment où il sort de la grange.

— Salut.

— Salut, sourit Connor. Qu'est-ce qui se passe ?

Je lui raconte tout ce que j'ai appris et il acquiesce sans faire de commentaires jusqu'à ce que j'aie terminé.

— Ça fait beaucoup de travail, on dirait.

— Oui, et c'est quelque chose que tu veux faire, alors dis-moi pourquoi.

Connor s'assied sur une botte de foin et me fait signe de l'imiter.

— Cette ferme est peut-être remplie d'horribles souvenirs pour tous les quatre, mais ça ne doit pas être cet héritage que l'on retire de notre propriété.

— Ce qui signifie ?

— Ce qui signifie que Declan et moi vivons avec nos familles à Sugarloaf, et j'espère que toi et Jacob ferez de même. On peut faire mieux que notre père. On peut faire prospérer cet endroit, pas parce qu'on a besoin d'argent, mais parce que je pense qu'on en a tous les quatre besoin. Et je pense que c'est ce que maman aurait voulu.

Je m'accorde quelques secondes pour laisser le souvenir disparaître avant de réagir. Cette terre renferme beaucoup de souvenirs, mauvais pour la plupart, mais il a raison au sujet de maman. Elle aurait souhaité de meilleures choses pour nous. Même si on a souffert ici, il y avait aussi du bon.

Il y avait de l'amour.

Et du pardon.

— C'est ce que tu veux ? demandé-je à mon frère.

— Je ne sais pas. Ça fait un an que j'essaie de comprendre ce que je veux faire de cet endroit. Je n'ai pas besoin de la ferme pour vivre correctement. J'ai souscrit un prêt très abordable, le terrain ne m'a rien coûté et mon entreprise marche déjà très bien. Le travail d'Ellie est super, donc ce n'est pas une histoire d'argent, mais ensuite, je pense à Hadley, Bethanne, et Deacon. J'ai envie qu'ils héritent de quelque chose quand on sera partis.

— C'est beaucoup de travail, Connor. Ce n'est pas quelque chose que je peux faire en un jour. Ça va demander un putain de temps et beaucoup d'efforts. Ça implique de virer et d'embaucher des gens qui ne pourront pas régler tous les problèmes en trois mois et demi.

Il acquiesce.

— Je sais. Et tu ne peux pas rester vivre ici. Je comprends ça.

— Vraiment ?

Ce qui m'inquiète, c'est qu'ils essaient de me piéger ici d'une manière ou d'une autre. Je veux vendre mon terrain. Je n'ai aucune envie de rester à Sugarloaf. Ma vie est en Floride. Mon travail est là-bas, donc même si je voulais rester, je n'aurais pas le luxe de le faire, comme Connor et Declan.

— Bien sûr que oui.

Il se lève et reprend :

— Je ne te demande pas de rester ici et de devenir producteur de lait. Je te demande juste de faire ce que tu t'es *proposé* de faire. Je suis le premier à être venu ici et j'ai dû tout rénover, ce que je fais toujours, et Declan s'occupe de la partie immobilière. Toi, tu as les vaches, Jacob va récupérer ce qui restera.

— Du calme, abruti. Je m'assure juste que personne ne se fait de grandes illusions sur mon emménagement ici.

Connor laisse échapper un petit rire.

— Je n'exclus rien. Bien que, si ça arrivait vraiment, on risquerait tous de s'entretuer.

— C'est possible.

— Declan m'agace déjà suffisamment en me demandant constamment ce qu'il en est de ma start-up et si je réinvestis correctement dans l'entreprise.

Je ne peux pas prétendre que je n'apprécie pas qu'il l'irrite ainsi.

— Bien.

Il me fait un doigt d'honneur.

— Des partenaires discrets qui ne savent pas comment l'être. Tous les deux.

— Eh, je n'ai rien dit.

Je lève les mains.

— Non, mais tu as envoyé un e-mail.

Oui, et c'était très amusant puisque c'était un effort coordonné après que Declan lui ait parlé. Parfois, le seul divertissement que l'on a consiste à s'en prendre au maillon faible. Jacob n'est pas là, donc c'est Connor.

— Je me renseignais simplement sur le statut de mon investissement.

— Bien sûr que oui. Tu m'as envoyé un e-mail décrivant les choses auxquelles je dois penser, y compris ce que je dois vous donner, à toi et à Declan, c'est-à-dire un rôle plus important dans une entreprise dans laquelle vous avez dit que vous resteriez *discrets*.

Je hausse les épaules.

— C'est une histoire de business, pas de fraternité.

Connor détourne le regard, marmonnant dans sa barbe.

— Ellie a dit que Devney et toi étiez ensemble maintenant, comment ça se passe ?

— Ce ne sont pas tes affaires.

Il arque un sourcil.

— Vraiment ? Comme si tu en avais quelque chose à foutre de respecter mes limites quand il s'agit de ma vie ?

— Touché.

— Devney et moi sommes ensemble, on essaie de faire en sorte que ça fonctionne et je suis heureux.

— Je suis ravi pour vous. Vraiment. Devney est une personne adorable qui a toujours été là pour nous. Ne fiche pas tout en l'air.

— Parce que tu es une autorité en matière de femmes ?

Connor éclate de rire.

— Je suis heureux en ménage avec deux enfants. Je dirais que je gagne sur ce terrain.

— Peut-être, mais ce week-end, j'ai de grands projets pour nous…

— C'est-à-dire ?

J'ai un large sourire, car j'ai tiré quelques ficelles pour rendre tout ça possible.

— Tu le sauras plus tard, mais disons que ta couronne est sur le point de tomber.

— Où est-ce qu'on va ? s'enquiert Devney pendant que je lui tiens la main dans la voiture.

Nous allons à l'aéroport d'Allentown. Seulement, je ne le lui dis pas.

— Ne t'inquiète pas pour ça.

— Tu es vague.

— Je suis romantique.

Elle rit.

— Oh, tu t'en sors bien alors.

— Les sarcasmes ne sont pas les bienvenus dans cette voiture.

Devney se penche vers moi et m'embrasse sur la joue.

— Je m'excuse, ô grand romantique, je n'ai jamais connu ce côté de toi, je ne savais pas trop de quoi il s'agissait.

— Hum. Continue à raconter des conneries, tu vas être époustouflée par la manière que j'ai de courtiser ma copine.

Elle tire un peu sur sa robe pour la baisser et se décale.

— C'est vrai ? Tu sais, tu m'as dit de porter une robe et d'apporter quelque chose de confortable pour plus tard, mais rien d'autre. J'ai un peu de mal avec les surprises.

C'est exactement pour ça que je ne lui ai rien dit. C'est amusant de la laisser deviner. J'ai appelé Sydney il y a quelques jours pour avoir un aperçu de tout ça. Dev et moi sommes les meilleurs amis du monde, mais il y a des choses que les filles ne disent qu'aux autres filles. Donc j'avais besoin d'être discret. Bien sûr, Syd était plus que prête à m'aider.

Maintenant, il est temps d'impressionner Dev.

J'ai le sentiment qu'aucune des personnes avec qui elle est sortie n'a jamais pris le temps de penser à elle et seulement à elle.

J'ai l'intention de changer ça.

— Eh bien, je n'ai pas de mal à les organiser, dis-je sans me sentir le moins du monde coupable.

Nous entrons dans l'aéroport et elle regarde autour d'elle.

— Quoi ? Pourquoi on est là ?

— Patience, trésor.

Je sens ses yeux sur moi tandis que je me gare et que je me glisse hors de la voiture pour pouvoir lui ouvrir sa portière.

— Prête ?

Elle me regarde avec un million de questions dans ses yeux bruns.

— Qu'est-ce que tu fais, Arrowood ?

Je lui tends ma main libre.

— J'ai raté ma cible tant de fois auparavant, mais j'ai enfin fait mouche avec toi, Devney. Laisse-moi t'offrir ce que j'ai remporté.

Elle sourit lentement tout en plaçant sa main dans la mienne.

Le froid mordant nous transperce pendant que nous trottinons vers le bâtiment.

— Monsieur Arrowood, dit l'homme derrière le comptoir en se retournant. Je m'appelle Thomas, je serai votre pilote.

— Ravi de vous rencontrer, voici Devney Maxwell, ma petite amie.

Elle croise mon regard au moment où que je donne avec désinvolture au pilote le petit nom sur lequel nous n'étions pas d'accord. Elle s'appuie contre moi et je la serre. Nous n'avons pas besoin de dire quoi que ce soit, le moment est suffisamment fort comme ça.

— Enchanté de vous rencontrer tous les deux. Votre avion sera prêt dès que vous le serez.

— Nous sommes prêts.

Devney lève les yeux vers moi.

— Où est-ce qu'on va ?

— Dîner.

— Dans un avion ? s'alarme-t-elle.

— Oui et non. Allez, on perd du temps.

Elle secoue la tête, mais suit le mouvement.

Nous montons à bord et sa mâchoire se décroche. Il y a un canapé sur le côté droit où nous pouvons nous asseoir tous les deux et des sièges de l'autre côté séparés par une table.

— On va manger dans l'avion ?

Je ris.

— Non, on arrivera à destination avant qu'il soit l'heure de manger.

Elle me regarde par-dessus son épaule et me lance un sourire qui arrête mon cœur.

— Où est-ce que je m'assieds ?

Est-ce que répondre *sur mon visage* serait trop ? Probablement.

— À côté de moi, dis-je en la tirant vers le canapé.

— Sean, c'est… ça fait beaucoup.

Je suis sûr que ça en a l'air, mais, dans ma vie, ce n'est pas le cas. Je gagne des millions de dollars chaque saison, j'ai des amis qui en gagnent autant, et parfois nous faisons des trucs impulsifs comme ça. Le baseball m'a offert beaucoup de privilèges et je m'échine pour ne pas en abuser. Je ne conduis pas ma voiture comme un connard. Je n'utilise pas mon nom pour obtenir des choses que les autres ne peuvent pas avoir. Après chaque match, je signe une balle pour chaque enfant que je croise, parce que c'est ce que nous devons faire.

Je joue pour eux.

Sans mes fans, je ne serais rien, et je ne l'oublie pas.

Ce soir, j'ai décidé que, pour elle, j'allais faire un peu plus dans l'extravagance. Devney est sortie avec un type à la fac qui ne l'a jamais emmenée nulle part. Puis, elle est sortie avec Oliver, qui ne l'invitait qu'au bar de Sugarloaf en guise de rendez-vous. Elle devrait avoir le monde à ses pieds, et si je peux être celui qui le lui offrira, alors je le ferai.

J'embrasse son visage, passant doucement mon pouce sur ses lèvres.

— C'est une faveur d'un ami. C'est son avion, il me devait quelque chose, alors je le lui ai rappelé. Le fait est que, même s'il ne l'avait pas fait, il n'y a rien au monde que je ne ferais pas pour te rendre heureuse. Je veux te faire sourire, t'offrir des choses, te couvrir d'affection, et te gâter. Pas parce que tu le demandes, mais justement parce que tu ne le demandes pas. Je ne m'inquiète pas que tu m'aimes pour mon argent ou parce que je joue au baseball. En fait, je pense que tu préférerais que je n'aie ni l'un ni l'autre.

Sa joue se réchauffe sous mes doigts.

— Je déteste que tu sois riche et célèbre, mais je t'aime.

— Et je t'aime aussi. Donc tu vas devoir accepter qu'il me reste trois mois pour te rendre si désespérément amoureuse de moi que tu déménageras en Floride avec moi. Je vais utiliser toutes les ressources dont je dispose, alors sois prête, Devney, parce que je vais gagner.

Peu importe le prix, je ne peux pas perdre.

CHAPITRE VINGT

— Tu m'as amenée à La Nouvelle-Orléans pour dîner ?

Je regarde par la fenêtre tandis que nous traversons le quartier français dans une élégante berline noire.

Mon Dieu, c'est de plus en plus impressionnant.

— Il y a un restaurant ici qui fait les meilleurs fruits de mer que j'ai jamais mangés. Mon pote le possède, donc on va manger, et ensuite tu dégusteras les meilleurs beignets que cette ville peut offrir.

Je regarde les lumières et les gens passer devant nous. C'est incroyable et la ville est plus vivante que dans mes rêves les plus fous. La Nouvelle-Orléans est une ville qui m'a toujours fascinée pour la simple raison qu'elle me semblait magique.

— C'est si joli.

— C'est un endroit sympa. Ces rues recèlent beaucoup d'histoire et de culture.

Je lui serre la main.

— Merci. Merci d'avoir pensé à tout ça. C'est un peu… beaucoup… mais ça représente tellement pour moi.

Il sourit et me tire vers lui. Ils posent ses lèvres sur les miennes et je me blottis contre lui. Ce baiser est tout ce qu'il faut pour que j'oublie le monde qui m'entoure. Sean aspire mon souffle, ce qui me permet en réalité de respirer plus profondément. C'est ahurissant de voir à quel point je suis tombée amoureuse de lui en si peu de temps. Une fois que ça a commencé, ça ne nécessitait aucun effort, tout comme c'était inévitable.

— Je t'avais dit que j'étais doué pour faire la cour, répond-il avant de se carrer dans son siège.

Oui, oui, oui, il me l'a dit et il avait raison. Je ne vais pas l'admettre, cependant.

— Alors, un dîner ?

— Et puis un dessert.

— Est-ce qu'on sera de retour ce soir ? Je n'ai pas fait de sac, je ne savais pas que je pourrais en avoir besoin.

— Oui, dès qu'on aura fini, on appelle le pilote et on rentre.

— Bien parce qu'il y a le tournoi d'Austin la semaine prochaine et qu'il t'attend à l'entraînement demain.

— Je sais. J'ai parlé de l'équipe à Jasper hier. Ils s'améliorent vraiment. J'ai hâte d'être au tournoi.

— Moi aussi. Il est si adorable quand il joue.

Il sourit.

— Il n'y a rien de plus fort que l'amour d'un garçon pour un sport. Surtout quand il est bon à ça.

— Je m'en souviens.

— De toute façon, ce tournoi est très important, et je ne manquerais son entraînement pour rien au monde. Je sais à quel point ces enfants ont hâte de jouer devant des recruteurs et, dans cette ligue, c'est ce qui compte le plus.

J'aime qu'il s'en soucie autant. J'aime qu'il pense à Austin et aux enfants de l'équipe comme si c'étaient les siens. Il s'est montré si adorable à l'entraînement quand il a commencé à courir avec eux, à leur montrer toutes ses techniques.

La voiture s'arrête devant un vieux bâtiment dont la façade est ornée de sculptures très complexes. Quand nous sortons et que l'air chaud nous frappe, je suis heureuse d'avoir enfilé cette robe. En Pennsylvanie, j'avais froid, mais ici, la nuit est presque douce. Les gens ne portent qu'une veste légère au lieu des vêtements de neige que nous aurions mis si nous étions chez nous.

— Cet endroit est magnifique, dis-je en admirant la vue.

Mon talon s'accroche à une fissure de la route, mais Sean me maintient en équilibre. Il y a tellement de choses à voir en même temps que j'en ai le souffle coupé. Les bâtiments sont peints dans des couleurs vives et des plantes vertes sont suspendues aux balcons. Les néons donnent l'impression que tout est vivant et chaleureux.

Il y a de la musique partout, des trompettes et des cors, les gens dansent et rient sur les trottoirs.

Ça n'a rien à voir avec chez moi.

— C'est l'une des villes que je préfère.

Je peux comprendre pourquoi.

— Tu sais, j'ai toujours aimé le Sud. Les gens semblent plus gentils, le rythme de vie est plus lent, et il fait toujours chaud. Je ne sais pas, c'est juste que je me verrais bien profiter de cette version de l'hiver au lieu de la merde qu'on doit supporter.

Les prunelles de Sean dansent de joie.

— Tu aimes des températures plus douces ?

Oh, pitié. Il ne va pas me piéger comme ça. J'ai toujours aimé l'été.

— Tu sais que oui.

— Il fait chaud en Floride.

Il remonte la main jusqu'à mon cou, jouant avec les cheveux dans mon dos.

— C'est ensoleillé, on a Mickey et plein d'autres qualités très attrayantes.

— Comme les insectes ?

Il rit.

— Je pensais surtout à moi…

Oui, il est très attrayant et pourrait me donner envie de déménagement, mais pour certaines raisons, je ne quitterai absolument jamais Sugarloaf.

— Il y a aussi des alligators.

Il lève les yeux au ciel.

— Je n'en ai pas encore vu un seul se balader dans le complexe. Je vis dans un domaine fermé et sécurisé.

— Tu mens. Ces satanées choses sont partout.

— Je te protégerai. Aucun alligator ne s'approche de moi. Je suis un répulsif.

Je préfère me concentrer là-dessus et pas sur la conversation sérieuse qui va pointer le bout de son nez, alors Je ris.

— Bien. Au moins, je n'ai pas à m'inquiéter que tu sois dévoré.

Sean ouvre la porte et, immédiatement, quelqu'un se précipite vers lui, les bras écartés et le sourire jusqu'aux oreilles.

— Sean !

Je fais un pas sur le côté pendant qu'ils se prennent dans les bras.

— François, c'est bon de te revoir.

— Toi aussi, mon ami.

Son accent français est épais.

— François, cette belle femme, qui est beaucoup trop bien pour moi, s'appelle Devney.

Je tends ma main pour serrer la sienne, mais il la porte à ses lèvres et embrasse mes articulations.

— Enchanté de vous rencontrer.

— De même.

— François et moi nous sommes rencontrés il y a quelques années quand il est…

Sean s'arrête, mais François prend la parole :

— Sorti avec un de ses coéquipiers, qui était un horrible amant.

J'éclate de rire.

— Je vois.

Sean secoue la tête.

— Bref, quand il a ouvert cet endroit, je suis venu le soutenir. Tu vas découvrir pourquoi c'est le meilleur restaurant de toute La Nouvelle-Orléans.

François s'éclaircit la gorge.

— Du monde entier, mon ami.

— Ai-je mentionné à quel point il est humble ?

Je ris.

— J'attends le dîner avec impatience, plus que jamais.

— *Fabuleux !* Venez.

Nous le suivons jusqu'à une petite table qui se trouve juste en face de la fenêtre, ce qui nous donne une vue sur la rue, et il nous verse à tous les deux un verre de vin ; puis nous nous retrouvons seuls.

— Qu'est-ce que tu en penses ? demande Sean.

— C'est magnifique et il est hilarant.

— C'est un type génial. Mais assez parlé de lui et de tout le reste.

Sean lève son verre.

— Ce soir, c'est à propos de nous.

Je fais de même et les verres délicats s'entrechoquent.

— À notre santé.

Nous buvons tous les deux une gorgée sans cesser de nous regarder par-dessus le rebord des verres. Il me fixe comme si j'étais la raison pour laquelle il respire. Nous sommes assis dans un petit restaurant après avoir voyagé en jet privé. Rien ne me semble réel, mais si c'est un rêve, j'espère vraiment ne jamais me réveiller.

— Tiens, prends une bouchée.

Je clos mes lèvres autour de la pâte frite et gémis de plaisir.

— Ouah.

— Bien.

— C'est incroyable.

— Tu as du sucre, fait Sean.

Mais quand je lève une main, il la repousse.

— Je vais l'enlever.

Il approche ses lèvres des miennes dans un doux baiser qui n'a rien à voir avec le dessert. Après une minute, je m'éloigne avec un sourire.

— Je pense que tu as tout enlevé.

— Je devais être minutieux.

Le dîner était super, nous avons parlé de ses projets de baseball, de certains de ses amis et du fait que j'aime travailler pour Sydney. Je voyais son regard interrogatif mais, heureusement, il n'a pas insisté.

La soirée a tout simplement été magique.

— Avant de retourner à l'aéroport, je voulais qu'on marche un peu.

Quelques personnes sont debout autour de nous, chuchotant et regardant Sean.

— Est-ce que c'est normal ? demandé-je.

— Quoi ?

Je tourne la tête vers la foule.

— Ils sont tous en train de nous fixer.

Il hausse les épaules.

— Oui. On s'y habitue au bout d'un moment. Je suis jeune, je suis apparu dans les journaux et, apparemment, je suis un célibataire très convoité.

Oh bordel.

— Donc c'est parce que tu es sexy ?

— Tu dois arrêter de me faire des compliments, Crevette. Si tu ne le fais pas, je vais t'enlever devant tous ces gens et on sera dans les journaux.

Je le repousse, ne sachant pas s'il plaisante ou non.

— Stop.

— Je te trouve irrésistible quand tu me dis à quel point je suis sexy.

— Je n'ai pas dit que tu étais sexy.

Il penche la tête sur le côté.

— Non ? Parce que si je me souviens bien, tu as dit : « C'est parce que tu es sexy. »

— Il y avait un point d'interrogation à la fin.

— Je n'ai pas entendu ça.

Je l'aime vraiment en dépit de son ego, qui a la taille du Texas.

— Tu es un vrai connard.

— Mais un connard sexy. Dis-le.

Il me donne un petit coup de coude.

— Tu es sympa à regarder.

— Juste sympa ? Je pense que tu peux faire mieux que ça.

Il se rapproche de moi, un sourire espiègle bien ancré sur ses lèvres.

— Ne m'oblige pas à te dévorer dans la rue, ma chérie.

— Bien. Tu es très attirant.

Je fais un pas en arrière, sachant que ça ne fera aucune différence.

— C'est mieux, mais pas tout à fait ça.

J'essaie de reculer, mais il est plus rapide et m'attrape dans ses bras. Il me serre contre lui, et je pose les mains sur ses épaules.

— Tu es parfait.

L'espièglerie de Sean s'estompe tandis que ses mains serpentent dans mon dos.

— Non, ça c'est toi. Tu es parfaite pour moi et maintenant tout le monde va le voir.

Et puis il m'embrasse, là, au milieu de la rue, sans se soucier le moins du monde que les gens nous regardent.

CHAPITRE VINGT-ET-UN

— **M**on Dieu, comment puis-je être aussi épuisée et fonctionner encore ? demande Syd en sortant de son bureau. Je te jure, j'en ai fini avec ce post-partum de merde.

— Ça fait presque trois mois.

— Trois mois de merde totale ! rétorque-t-elle en prenant un dossier sur mon bureau. Je suis prête à revenir au travail et à dormir toute la nuit.

Elle a perdu la boule. La plupart des mères veulent plus de temps à la maison, alors qu'elle, elle supplie de retourner travailler.

— Tu sais qu'il y a quelque chose qui ne va pas chez toi, hein ?

— Oui, apparemment, il me manque une partie de mon cerveau qui devrait me dire de me reposer et de câliner mon bébé. Declan me le fait remarquer tous les jours.

Syd soupire et s'affale à côté de moi avant de reprendre :

— Comment se passe le travail ? Troy gère ça bien ?

Troy est l'avocat remplaçant qui s'occupe des affaires qu'elle n'a pas pu reporter. Il est rarement au bureau puisqu'il habite à près d'une heure de route, mais il a l'air gentil, ne demande pas grand-chose et ne cesse de répéter à quel point je l'aide.

— Il se débrouille très bien.

— J'ai vu qu'il a gagné le procès contre monsieur Dreyfus.

— Je sais que madame Dreyfus était très heureuse.

Ils ont plus de quatre-vingts ans et, il y a un an, elle a décidé de divorcer. C'était étrange, car les Dreyfus semblaient être le couple le plus mignon et le plus heureux de tout Sugarloaf, mais apparemment, il n'était pas un mari fidèle. Après son badinage, et Dieu seul sait ce qu'il a pu badiner exactement, avec madame Kutcher, qui est également mariée, madame Dreyfus a voulu s'en aller. Elle est donc allée voir Sydney, qui a tout fait pour qu'ils se réconcilient. Comme ça n'a pas fonctionné, Syd s'est occupé du divorce. Madame Dreyfus est maintenant heureuse avec monsieur Kutcher.

C'était un très grand drame à Sugarloaf.

— J'ai toujours l'impression d'avoir gâché Noël ou Pâques.

— Pourquoi ?

— Parce qu'ils étaient le couple mignon qui soit, ils distribuaient des barres chocolatées à Halloween. Elle faisait des cookies pour ton anniversaire et, lui, c'était le vieux monsieur qui apprenait à toute la ville à changer un pneu. Ils étaient censés *mourir* ensemble, pas… sortir avec leur voisin.

Je souris face au désespoir évident de Syd.

— Tu as fait ce qu'il fallait pour madame Dreyfus.

— Et si elle épouse le vieux Kutcher ? On échangera juste leurs noms ? Oh, bordel.

Elle balance son bras en travers de ses yeux.

— Je ne peux l'imaginer.

— C'est troublant, dis-je.

— Très.

— Eh bien, étant l'une de tes meilleures amies, je t'interdis de coucher avec mon petit ami ou le mari d'Ellie.

Sydney écarquille les yeux.

— Stop ! Non seulement c'est une idée sinistre de bien des manières, mais en plus c'est dégoûtant. Ils sont… beeeerk !

Je ris.

— Eh bien, c'est pareil pour eux.

— Au moins, aucune de nous ne changerait de nom, ajoute-t-elle.

— Oui, c'est mieux comme ça.

Nous éclatâmes toutes les deux de rire.

— J'avais besoin de ça. Eh, comment s'est passé ton grand rendez-vous ?

— C'était bien. Je veux dire, vraiment bien. Tu sais quand c'est si chouette que ça t'inquiète ?

Elle glousse et secoue la tête.

— Pas vraiment. Pas à ce moment-là, en tout cas. Souvenons-nous de ce que la dernière année m'a réservé.

— Et regarde-toi maintenant.

— Oui, après que j'ai failli mourir !

— Personne n'a dit que les hommes étaient très intelligents, lui rappelé-je.

— C'est vrai, mais, si je peux te donner un conseil ?

Je hoche la tête.

— Ne réfléchis pas trop. Tu vis quelque chose qui peut sembler trop beau pour être vrai, mais c'est le cas parce que c'est comme ça que ça devait être.

Les trois derniers mois ont été un vrai tourbillon. Je veux dire, rien que cette semaine, il m'a littéralement fait voyager en jet privé, m'a emmenée dîner dans une ville que je rêvais de visiter et a été parfait en tout point.

Mon téléphone sonne, et je regarde le numéro.

— C'est mon père.

Syd pose une main sur mon poignet.

— Tu devrais répondre.

Puis elle se lève et entre dans son bureau.

Elle sait que je ne lui ai pas parlé, à lui ou à ma mère, depuis que j'ai quitté leur maison, mais c'est la première fois qu'elle me donne son avis sur ce que je dois faire.

Ma mère est peut-être horrible, mais elle n'a pas toujours été comme ça. J'ai déjà vu une famille s'effondrer et je ne veux pas être comme ça avec elle.

— Bonjour, Papa, dis-je, me sentant nerveuse.

— Salut, Devney. Ça fait longtemps que je n'ai pas entendu ta voix.

Je ne sais pas pourquoi il appelle, mais il me tend la main, alors je devrais lui donner une chance. En plus, il me manque.

— Je sais. Je suis désolée de ne pas avoir appelé.

Il soupire.

— On est tous têtus.

C'est très vrai.

— Comment vous allez, maman et toi ?

— On va bien. Et toi ?

— Ça va.

Papa se tait pendant une minute.

— Tu loges chez Sean ?

Je sais que mon frère le lui a déjà dit.

— En effet, mais tu le savais, n'est-ce pas ?

— Oui, Jasper me l'a dit le jour de ton départ. Je suis content que tu aies un endroit sûr où rester.

Je me carre dans ma chaise et soupire.

— Papa, tu sais que Sean ne me laisserait pas dans la rue. Ni Jasper. Ni Sydney.

Il glousse.

— J'imagine que oui. Je ne te laisserais pas partir de la maison sans demander autour de moi.

— Je sais. Tu as appelé juste pour prendre des nouvelles ?

— Non, j'ai appelé parce que j'aimerais que ta mère et toi vous retrouviez pour parler de tout ça. Je vous aime toutes les deux et ça me détruit, chérie. Je sais que vous avez un lourd passé, mais tout ça doit s'arrêter.

Ça n'a pas dû être facile pour lui de dire tout ça. Nous avons traversé beaucoup de choses en tant que famille et papa a eu des problèmes de santé ces dernières années. Il veut juste que sa famille se réconcilie et que tout redevienne comme avant. Je ne sais pas si c'est possible. C'est ma mère qui a des problèmes. Pas moi. Je me suis pardonné mes erreurs. Elle s'y accroche toujours et rend impossible de passer à autre chose. Quand même, pour lui, je ferai ce qu'il me demande.

— D'accord, Papa. Sean et moi pourrons passer à la maison ce week-end après le tournoi d'Austin.

J'entends le long soupir qu'il pousse à l'autre bout du combiné.

— Merci, ma douce fille.

— Ne me remercie pas encore, dis-je avec un petit rire.

— Est-ce que Sean et toi…

— Êtes ensemble ? demandé-je, sachant que c'est ce à quoi il fait allusion. Oui, tout à fait.

— Il était grand temps que ce garçon se sorte les doigts.

— Papa !

— Quoi ? Tu es la meilleure personne qui soit, Devney Jane Maxwell. J'ai toujours espéré que vous vous retrouviez tous les deux.

Eh bah, maintenant, j'aurais tout entendu.

— Tu es genre la dixième personne à me le dire.

— Ce qui te montre combien de temps on a tous attendu.

Je souris.

— Je serai là samedi en fin de journée.

— Très bien.

— Je t'aime, papa.

— Je t'aime encore plus.

Lorsque je raccroche le téléphone, je me sens un peu plus légère que je ne l'ai été depuis longtemps. Tout va bien se passer. D'une manière ou d'une autre, nous allons régler ça. Si j'arrive à arranger les choses avec ma mère, alors peut-être que je ne me sentirai pas coupable de suivre Sean en Floride. Peut-être que je pourrai commencer à vivre ma propre vie sans essayer de rattraper mes erreurs passées. J'ai peut-être un avenir avec l'homme dont je suis éperdument amoureuse. Mais d'abord, je dois aller chercher son cadeau de Noël.

— Il faudra un peu de travail pour qu'elle soit comme tu veux.

Je regarde la voiture, la même que celle qu'il avait quand nous étions petits.

— Mais tu peux le faire ?

Jasper semble presque offensé par la question.

— Bien sûr que je peux, mais je n'ai pas beaucoup de temps…

— J'en ai besoin.

— Pourquoi veux-tu *cette* voiture ? Je veux dire, elle est magnifique. Elle l'est vraiment. Je n'arrive pas à croire à quel point cette Camaro est belle.

— Parce que Sean a besoin d'avoir le cadeau parfait. Surtout après le voyage qu'il vient de m'offrir.

Ça doit être cette voiture. Elle n'est pas de la même couleur, mais c'est la même marque et le même modèle que celle qu'il conduisait.

Jasper grommelle un peu en passant sa main sur le capot.

— Un avion privé. Ce type fait passer le reste d'entre nous pour des idiots.

Je ris.

— Hazel n'a pas à se plaindre de toi.

— Je n'irais pas si loin, Crevette. Je suis juste bien dressé et elle ne veut pas recommencer toute mon éducation.

— Tu es un peu un chien, c'est vrai.

Il secoue la tête.

— Tu es une emmerdeuse.

— C'est vrai, mais tu vas la réparer pour moi ? Faire en sorte qu'elle soit parfaite ?

Jasper laisse échapper un très long soupir.

— J'imagine. Les choses que je ne ferais pas pour ma petite sœur.

Je lui fais un gros câlin je souris.

— Tu es le meilleur grand frère du monde.

— Je sais. Maintenant, laisse-moi en obtenir un prix approprié.

Nous parlons au propriétaire, un homme beaucoup plus âgé, qui possède la voiture depuis longtemps et la conduit à peine. Il a baissé le prix au point que Jasper a failli s'étouffer. Et même si je viens de claquer tout l'argent que je gardais pour un logement, je suis plus qu'heureuse.

Sean a besoin de guérir et je veux être son baume.

— Tu vas me suivre dans ma voiture, d'accord ? dit Jasper en récupérant les clés de la nouvelle voiture de Sean.

— Marché conclu.

Le trajet dure environ deux heures, j'écoute les chansons de mon frère et apprécie le fait que, quel que soit son âge, il aimera toujours le rock classique. Des CD de Led Zeppelin, Guns N' Roses et Warrant trônent toujours sur le tableau de bord, car mon frère refuse d'utiliser son téléphone pour écouter de la musique, même si sa voiture n'est pas assez moderne pour ça de toute façon. Il conduit toujours la voiture qu'il a eue à la naissance d'Austin. Elle est vieille, fiable, et comme il dit… gratuite.

Nous nous garons à l'arrière, là où se trouve son atelier, et il la monte sur le pont élévateur.

— La conduite était-elle agréable ?

— C'était un super trajet. Rien ne fumait ou ne faisait trop de bruits bizarres. En réalité, c'est criminel la somme que tu as dépensée pour cette voiture.

— Il était vraiment sympa.

Il acquiesce.

— Et le fait que tu sois jolie et que tu souries beaucoup a bien aidé.

Je lui tape sur le bras.

— Ce n'était pas pour ça.

— OK.

— Quelle que soit la raison, il va être si heureux !

Jasper rit et me donne un coup de coude.

— Il a intérêt à l'être ! Tu viens d'offrir à cet homme un cadeau des dieux de la mécanique.

Il est tellement stupide. Les garçons et leurs voitures.

— Sean est toujours reconnaissant.

— Il a intérêt.

— Tu parles comme un grand frère.

Jasper sourit et s'appuie sur l'établi, les bras sur la poitrine.

— Es-tu heureuse, Dev ?

Je hoche la tête.

— Tu sais que si tout va mal, tu auras toujours une place ici.

Je l'aime.

— Je sais.

— Il n'y a rien qu'on ne ferait pas pour toi.

Je me dirige vers lui, pose une main sur son bras.

— Je sais.

Jasper a toujours été là pour moi. Je l'aime, j'ai confiance en lui et, même s'il est parfois désagréable avec les hommes de ma vie, je sais qu'il aime Sean. Pourtant, il n'a jamais été aussi... protecteur avant.

— Pourquoi n'étais-tu pas comme ça quand je sortais avec Oliver ?

— Parce que je savais que ça ne durerait pas avec Oliver.

Je sursaute à ce moment-là.

— Quoi ?

— Il était gentil et tout, mais il n'était pas fait pour toi. Quand même, il était inoffensif.

— Et tu penses que Sean va me faire du mal ?

— Putain non, dit Jasper en riant. Je pense qu'il se couperait le bras avant de faire ça, mais il va ravir ton cœur et...

Je n'ai pas besoin qu'il finisse cette phrase. Nous ne nous mentons pas l'un à l'autre, et ce qui se passera quand Sean partira est clair comme de l'eau de roche.

— Et moi-même ?

Son épaule se soulève puis retombe légèrement.

— C'est le bon, hein ?

— Je pense que oui.

Je secoue la tête et reprends :

— Non, je suis sûre que oui.

— Qu'est-ce que ça signifie pour toi ?

Mon cœur souffre à l'idée que Sean parte sans moi. Être séparée de lui après avoir su ce que c'est que de l'avoir à mes côtés c'est... impossible.

— Que je l'aime et que je ne peux pas vivre sans lui.

Les yeux de Jasper s'emplissent de compréhension tandis qu'il me fixe.

— Tu devrais aller avec lui, Devney. Tu devrais t'ouvrir à lui et tout lui dire.

Ma poitrine se serre à l'idée de faire ça.

— Tu penses que je devrais lui raconter toute l'histoire ?

Il acquiesce.

— Si tu l'aimes, tu lui racontes tous tes fardeaux, sœurette. Tu les as portés toute seule, il est temps de t'autoriser à être heureuse. Aime-le et va en Floride, où tu pourras prendre un nouveau départ.

— Mais qu'en est-il de tout ce qui est ici ?

— On sera toujours là. On n'ira nulle part, mais toi, Dev, tu devrais déménager. Tu mérites le bonheur, l'amour et d'avoir une vie.

Ma lèvre inférieure tremble lorsque je le dévisage.

— Vous allez tellement me manquer, toi, Hazel et Austin.

Il me tire vers lui.

— Tu vas nous manquer aussi, mais maintenant on aura une excuse pour aller en Floride, non ?

Je hoche la tête, en le serrant une dernière fois. Jasper a toujours été là pour moi. Nous avons grandi en étant très proches et nous avons maintenu cette relation. Je déteste l'idée de ne pas être près de lui, d'Hazel et d'Austin. Il n'y a rien au monde qui puisse supplanter mon rôle de tatie. Je peux profiter de lui, être son amie, pendant que ses parents font la partie la plus difficile du travail.

— Je ne veux pas le dire à Austin.

Jasper me relâche, ses épaules s'affaissent un peu.

— Il ne le prendra pas bien. Tu es sa meilleure amie.

— Je sais.

Ses yeux bruns sont pleins de chaleur et de compassion.

— Pourtant, tu devrais partir. Tu mérites de fonder ta propre famille. Une dans laquelle tu pourras aimer un homme qui est bon pour toi et élever un enfant qui verra à quel point tu es extraordinaire.

Une larme coule sur ma joue.

— Merci, Jasper.

Il fait un clin d'œil.

— Ne me remercie pas. Maintenant, mettons-nous au travail sur cette voiture.

CHAPITRE VINGT-DEUX

Devney

— C héri, je suis rentré ! lancé-je en ouvrant la porte.

— Je pourrais m'y habituer, que tu rentres à la maison tous les jours.

Le visage souriant de Sean m'accueille quand j'entre.

— C'est exactement ce que je me disais.

Il enroule les bras autour de ma taille et me tire vers lui.

— Tu as passé une bonne journée ?

— Oui, Syd est venue au bureau, j'ai eu un coup de fil intéressant, puis je suis allée chercher des pizzas.

— Un coup de fil ? demande Sean.

— Mon père.

— Et ?

Je joue avec un des boutons sur le devant de son polo.

— Il veut qu'on vienne parler avec ma mère.

— Que veut ta mère ?

Je hausse les épaules.

— La paix dans le monde.

Sean laisse échapper un gloussement guttural.

— Oui, je n'y crois pas.

— Je ne sais pas, mais papa me l'a demandé et je n'ai jamais vraiment été douée pour lui dire non.

Il me caresse la zone du bas du dos du pouce.

— Je ferai tout ce que tu veux. Si tu veux lui parler, alors tu devrais.

— Est-ce que quelqu'un a déjà voulu lui parler ? Non. Mais je pense que ça fait assez longtemps, et si on continue à sortir ensemble, j'aimerais avoir la bénédiction de mes parents.

Sur le chemin du retour de chez Jasper, j'ai beaucoup réfléchi à ce coup de fil et à ce qu'il implique. Ma mère et moi étions proches. Elle croyait en moi et j'ai perdu cette confiance. J'ai fait des erreurs mais, pour elle, elles sont impardonnables. Je suis fatiguée d'essayer de rendre la vie plus facile à tout le monde. Les erreurs ont été faites, les dégâts aussi, et nous avons tous trouvé le moyen de continuer nos vies, alors il est temps qu'elle fasse de même.

— J'ai vécu avec le fait de ne pas avoir eu mon mot à dire pendant longtemps. Il y a tellement de choses que j'aurais aimé dire à mon père. Je sais que ça n'aurait rien changé, mais ça m'aurait peut-être permis de me sentir mieux dans ma peau et vis-à-vis des choix que j'ai faits. Je suis content que tu dises ce que tu as besoin de dire.

Je pose une main sur sa joue.

— Je t'aime, Sean Arrowood. Toi et tes frères avez fait de belles choses. Tu as fait tout ce qu'il fallait. Je sais que tu aurais aimé pouvoir lui parler, mais il ne t'aurait jamais écouté.

— Je t'aime aussi. Je le sais. Donc je vis pour que ma mère soit fière de moi.

— Elle le serait. Je le sais au plus profond de mon âme.

Tout ce qu'elle a toujours voulu, c'est qu'ils soient proches les uns des autres et qu'ils se montrent gentils avec autrui.

Il m'embrasse et sourit.

— Je pense qu'elle le serait aussi, c'est pourquoi je pense que tu devrais faire amende honorable auprès de la tienne. La vie est trop courte et le regret est le fardeau du survivant. Je ne voudrais pas qu'il arrive quelque chose à ta mère et que tu doives le porter, ou vice versa.

Je suis d'accord avec lui.

— Tu as raison.

Sean sourit.

— Redis-le.

— Peu probable.

— Pourquoi ? C'est facile, tu dis juste : Sean, tu as raison… comme d'habitude.

— Sean, tu es un idiot, dis-je.

— Pas tout à fait correct, mais je vais laisser passer pour cette fois.

Je lève les yeux au ciel.

— Quelle magnanimité de ta part !

— Maintenant, puisque tu es d'humeur à donner aux autres, discutons de l'avenir, puisque tu en as parlé.

Mon cœur s'accélère et je fais un pas en arrière, mais il saisit mon poignet avant que je puisse aller trop loin.

— Ne fais pas ça, ne t'éloigne pas.

— Je ne le fais pas.

— Si.

Il penche sa tête sur le côté et me regarde.

— Je te connais, Dev. Je comprends que tout ça t'effraie et que tu es restée dans cette ville pour une bonne raison. Cependant, les choses changent et je ne peux pas faire ce que mes frères ont fait en restant ici. Je le ferais si je pouvais.

— Je le sais, et je ne te le demande pas.

— Alors, qu'est-ce que tu veux ? Tu veux qu'on fasse ça à distance ? Je le ferai si c'est le seul moyen de t'avoir, mais après avoir su ce que c'est que de se réveiller à tes côtés…

Sa voix devient plus grave et s'approche un peu plus.

— Pouvoir te serrer contre moi et enfouir mon visage dans ton cou le soir ou te faire l'amour le matin n'est pas quelque chose dont je veux me passer. Je veux que l'on dîne ensemble et que l'on sorte ensemble. Je veux pouvoir rentrer à la maison et t'y trouver, mais je ne pourrai pas si tu restes là.

Je veux toutes ces choses aussi, mais je sais aussi que lorsque la saison bat son plein, il n'est jamais chez lui. Avant de dire à Sean où est mon cœur, j'ai besoin de toutes les informations en ma possession.

— Et pendant la saison ? Qu'est-ce que je ferai ?

Sean me tire vers le canapé et nous nous asseyons tous les deux.

— Que veux-tu faire ?

Je soupire et entrelace nos doigts, ayant besoin de me sentir liée à lui.

— J'ai besoin de travailler.

— Eh bien, si on est ensemble, tu ne le feras pas vraiment.

— Je ne serai jamais d'accord avec ça, dis-je rapidement. J'ai toujours subvenu à mes besoins et je ne commencerai pas notre relation en te prenant quelque chose.

— Devney, fait doucement Sean, ce n'est pas toi qui prends, c'est moi qui donne.

— Et c'est génial, mais je ne veux pas être ton trophée. Je ne le serai pas.

Il sourit.

— Très bien. Je ferai tout ce que je peux pour te trouver un travail.

Maintenant, le point sur lequel il va discuter :

— Pendant la saison, j'aimerais venir ici autant que je le peux. Je veux voir mes amis et ma famille. Je ne veux pas être coincée en Floride où je ne connais personne.

— D'accord… J'aimerais que tu assistes à quelques matchs.

J'acquiesce. Ce n'est pas vraiment une concession.

— Marché conclu.

C'est sur cette partie que Sean va grimacer, mais je dois le faire :

— Mais je ne veux pas qu'on en parle à qui que ce soit avant les trois dernières semaines avant ton départ.

Je l'aime et j'ai bien l'intention de le suivre. Nous sommes vraiment ensemble. Je sais, sans l'ombre d'un doute, que c'est le bon. Je n'ai jamais ressenti ça pour quelqu'un d'autre. Il y a toujours eu un sentiment au fond de mon esprit qui disait que ce n'était pas bien, un sentiment que je ne ressens pas en ce qui nous concerne. Pourtant, j'ai besoin de temps. J'ai besoin d'être sûre. Je ne veux pas prendre de décision hâtive et cette *nouvelle* relation avec lui est très jeune.

— Quoi ? dit-il en reculant d'un bond. Tu te moques de moi ?

— Non, dis-je en resserrant ma prise sur nos mains. Écoute-moi, on est en couple depuis quoi ? Quelques semaines ? Un mois ?

— Et on est amis depuis une éternité.

— Oui, mais c'est différent, et tu le sais. Je veux qu'on sorte ensemble sans que tout le monde nous donne des conseils non sollicités. Je t'aime. Je veux être avec toi plus que tout, c'est pourquoi on a besoin de ce temps ensemble sans aucune pression supplémentaire de nos amis ou de nos familles.

Sean est mon éternité et je veux que ça reste ainsi.

— Je n'ai pas besoin des trois prochains mois pour savoir que ça ne changera pas.

Sa voix est assurée, il n'y a pas de doute dans ses yeux.

— Je sais ce que je veux, Sean, mais je ne pense pas que prendre une décision qui change autant notre vie alors qu'on est bêtement heureux soit un bon choix. On va se disputer parce que tu es idiot. Tu vas t'énerver contre moi parce que je peux être flemmarde. Pour l'instant, on est dans ce moment d'oubli parfait. Leur dire va juste ajouter plus de… problèmes. Je n'en veux pas. Je te veux juste toi, nous, et ce qu'on vit maintenant.

— Tu veux te disputer ? demande Sean avec un sourire en coin.

C'est un tel abruti.

— Non, mon point de vue, c'est qu'on va le faire. Je sais que je veux venir vivre avec toi. Je sais que c'est ce que tu désires. Mais il est trop tôt pour faire un choix comme celui de déménager en Floride avec toi. Donc, faisons comme si on n'avait pas pris cette décision, d'accord ?

Il soupire.

— Donc tu sais que c'est ce que tu veux ? Je sais que c'est ce que je souhaite, mais on va juste garder ça secret.

— Basiquement, c'est ça.

— Ça a l'air stupide.

Je dois faire en sorte que ça ait du sens.

— J'ai passé les dix dernières années de ma vie à entendre comment mes décisions irréfléchies ont causé la chute de ma vie. J'ai peur que ce soit encore le cas. On n'a pas à nous précipiter dans une décision maintenant.

— Non, mais…

Je lève la main.

— Tout ce que je demande, c'est de passer les neuf prochaines semaines à vivre ensemble et à réfléchir à notre vie. Puis, trois semaines avant ton départ, on annoncera notre décision ensemble. Je préfère qu'on garde ça pour nous pendant un moment. Si rien ne change, alors personne ne sera blessé.

Sean se penche en arrière, me tirant avec lui pour que je me repose sur sa poitrine.

— Très bien. On n'officialisera rien d'ici là, mais on va devoir le planifier. On va devoir discuter de la façon dont les choses seront quand tu viendras avec moi. Ce qui veut dire, quoi qu'il arrive, que je ne peux pas vivre sans toi. OK ?

Je souris et me blottis contre lui.

— Je pourrai survivre à ça.

— Bien, parce que je ne peux pas vivre sans toi. Alors concentre-toi sur mes merveilleuses qualités et pardonne mes défauts.

Je ris et lève les yeux vers ce magnifique regard vert.

— Je vais essayer.
— Bien, maintenant essaie de ne pas m'embrasser.
Aucune chance pour que ça arrive.

CHAPITRE VINGT-TROIS

Sean

— Très bien, Austin, je veux que tu déplaces ton poids d'avant en arrière et que tu sois prêt à frapper à tout moment.

Il acquiesce rapidement et se met en position.

— Je suis prêt.

— Quand je lancerai cette balle, je veux que tu te lèves et que tu vises vers la seconde base. Le tir doit être bas et précis.

Quand il fixe ses yeux bruns sur les miens, il n'y a rien d'autre que de la détermination dedans.

— Je comprends.

Je me tourne vers le coureur, lui fais un signe de tête pour lui indiquer qu'il devra s'élancer dès que la balle quittera ma main, puis je jette un œil à l'arrêt-court.

Tout le monde est prêt.

Je lève la jambe et laisse partir la balle.

Austin récupère avec vivacité ce lancer que j'ai volontairement envoyé largement vers lui et, lorsqu'il la redirige vers la seconde base, elle s'envole de sa main comme un boulet de canon. Elle finit sa course un peu trop bas et le coureur est sauf.

— Je ne sais pas ce qui s'est passé ! hurle-t-il. Je l'ai lancée comme tu me l'as dit.

Pauvre enfant.

— C'est bon. On va le faire jusqu'à ce que ça fonctionne. Je sais que lancer de cette façon est nouveau pour toi, on a juste besoin de ta mémoire musculaire pour que ça marche.

Je déteste la façon dont il détourne le regard, mais ensuite je l'entends souffler du nez et il se remet en position, accroupie. C'est l'attitude que j'avais quand j'étais enfant. Je travaillais et travaillais jusqu'à ce que je ne puisse plus en supporter davantage. Mes jambes étaient douloureuses et mon bras était en feu, mais je m'en fichais.

— Sais-tu que, quand j'avais ton âge, je m'asseyais comme ça pour lire ou même pour dîner ?

Austin sourit.

— Moi aussi ! Maman me crie de m'asseoir à la table, mais je sais que je dois être prêt, sur la pointe des pieds.

— C'est la vie d'un receveur. Ça conduit aussi à avoir des problèmes de genoux et à des articulations douloureuses. Tu t'assures de mettre de la glace et de les frictionner ?

Il secoue la tête.

— Je ne m'en souviens pas toujours.

— Assure-toi de le faire, je sais que c'est stupide et que tu es jeune donc tu penses que ce n'est pas grave, mais quand tu auras mon âge, ça craindra.

Je suis l'un des plus jeunes receveurs de la ligue et je ne sais pas comment je me sentirai dans dix ans. Je fais beaucoup de massages, de thérapie par la glace, de grattage, de succion — bref, tout ce qu'ils peuvent pour essayer pour me soulager. Après la première année en ligue majeure, je me souviens qu'un jour, après un programme double, je pouvais à peine tenir debout le lendemain.

C'est dur pour nos corps et, si j'avais été plus intelligent étant enfant, peut-être que ce ne serait pas si terrible aujourd'hui.

— Donc, de la glace sur mes genoux ?

— Oui, et étire-toi. Ça te donnera beaucoup plus de force plus tard.

— Si tu veux, Sean. Je vais le faire. Je veux juste jouer au baseball pour toujours.

C'est la partie de mon travail que j'aime. Regarder les enfants qui vont un jour me remplacer. Je pense à l'admiration que j'avais pour mes idoles, qui sont maintenant celles qui me donnent des conseils pour rester en jeu. C'est une sorte de fraternité bizarre, mais que je chéris.

Si ce n'était pas pour les grands joueurs qui étaient là avant moi, je ne serais pas ici aujourd'hui.

— Très bien, tu es prêt à réessayer ?

— Oui !

Pendant l'heure qui suit, nous continuons. Nous les répétons encore et encore jusqu'à ce qu'il se sente à l'aise. En tant que receveur, je veux protéger ses genoux et son épaule, car ce sont les deux endroits où il y a les blessures les plus courantes, et la façon dont il lançait avant risquait de lui causer des déchirures ou des élongations. La façon dont je l'ai fait corriger sa position est un peu étrange, mais elle va diminuer la charge sur ses muscles.

Enfin, il lance une vraie fusée qui atteint parfaitement la cible.

— Je l'ai fait !

La joie d'Austin est immense.

— Tu as été incroyable. C'était un lancer parfait.

Ses quatre coéquipiers qui sont restés pour l'entraînement se précipitent vers lui, lui tapent dans le dos et rient. Les gars célèbrent sa réussite tandis que je regarde autour de moi ; les parents applaudissent et commencent à descendre des gradins, mais je continue à scanner la foule du regard jusqu'à ce que je voie un sourire qui fait s'arrêter mon cœur.

Devney a un sourire sur le visage alors qu'elle se dirige vers moi.

— Mon Dieu, tu es magnifique, dis-je quand elle est devant moi.

— Tu es partial.

— Peut-être, mais ça ne rend pas ça moins vrai.

Elle secoue la tête en regardant son neveu.

— J'ai dit à Jasper que je le ramenais à la maison il y a une heure, mais je ne voulais pas lui gâcher l'entraînement.

— Je suis content que tu ne l'aies pas fait. Il s'est bien débrouillé et je voulais qu'il ait ça en tête avant le tournoi dans quelques jours.

Devney sourit tandis qu'Austin et les autres enfants se poursuivent autour des bases.

— Eh bien, tu es un héros de lui avoir appris, Sean Arrowood.

— Alors, tu es ma récompense ?

Elle rit doucement.

— Tu penses que tu en mérites une ?

— Comme tous les héros, non ?

— Peut-être.

— Si on commence à faire des requêtes, alors je te veux totalement.

Devney se penche et m'embrasse sur la joue.

— Tu m'as déjà.

Dieu merci pour les miracles.

— Et ce soir, j'ai vraiment l'intention de t'avoir à moi.

— J'aime cette idée.

Oh, moi aussi. Je vais l'avoir de tant de façons.

— Et si on ramenait Austin à la maison pour que je puisse avoir ma récompense ?

— Marché conclu.

Nous installons Austin dans la voiture et nous dirigeons vers chez lui. Tous les trois, nous parlons du tournoi, pour lequel nous devons partir à cinq heures du matin, comme il se déroule à deux heures d'ici.

— Tu vas venir avec nous, tante Devney ?

Elle me regarde et je hausse les épaules.

— Si tu as de la place.

— Oui ! On va faire de la place. On peut laisser maman à la maison s'il le faut.

Je ris.

— Mec, ne laisse jamais ta mère derrière toi. C'est elle qui te fait à manger et planifie les choses. Si tu dois laisser quelqu'un derrière, ça ne devrait jamais être elle.

Il acquiesce avec insistance, puis incline la tête.

— Qui doit-on laisser derrière alors ?

— Ta tante. Toujours.

— Eh !

Elle me tape sur la poitrine.

— Ne me lâche jamais comme ça. Je suis indispensable à la mission.

— Vraiment ? répliqué-je. Qu'est-ce que tu apportes à l'équipe ?

Devney se redresse sur son siège.

— Eh bien, je suis utile en cas de crise, donc vous n'aurez pas à vous inquiéter de ce qu'il faut faire. J'ai une bonne capacité de construction, alors si à un moment on doit survivre, je pourrais fabriquer un abri. Et puis il y a le fait que je suis très drôle, ce qui aide à faire passer le temps.

Je jette un regard en arrière à Austin.

— Tu crois à tout ça ?

— Pas la partie où elle dit qu'elle est drôle.

Sa mâchoire en tombe.

— Vous êtes méchants !

— Chérie, on te demande de nous vendre la raison pour laquelle on devrait t'amener, pas pourquoi tu serais bonne en cas d'apocalypse.

— Et pourquoi devrait-on t'amener, *toi* ? demande-t-elle, les bras croisés sur sa poitrine.

— Parce que c'est Sean Arrowood ! Le plus grand receveur de tous les temps ! l'informe Austin avec beaucoup d'enthousiasme.

— Exactement.

— Et ça implique quoi dans une situation d'urgence, niveau valeur ? Va-t-il réussir à rattraper les boules de neige qui nous tomberaient dessus ?

Austin rit.

— Non !

— Eh bien, je ne suis pas convaincue qu'on ne devrait pas l'abandonner derrière nous. Il a très peu de compétences, et je le sais grâce au nombre de fois où j'ai dû le sauver quand on était enfant. Il n'est définitivement pas drôle. Je ne me souviens pas de la dernière fois où il m'a fait rire, à moins que tu ne comptes les fois où je me suis moqué de *lui*. On sait déjà qu'il ne peut pas planifier les choses parce qu'il a dit qu'il avait besoin que sa mère lui prépare ses goûters, et il est facile de deviner qui le fait pour lui maintenant ?

Elle lève les yeux et se montre du doigt avant de reprendre :

— Je veux dire, si on doit parler de la personne qu'on devrait laisser derrière nous, il est très clair que ce serait lui.

J'aime cette femme. J'aime son humour, son cœur et à quel point elle essaie de me vendre en ce moment. Austin secoue la tête comme si l'idée était inconcevable pour lui, ce qui est le cas pour un passionné de baseball de neuf ans.

— Je ne peux pas le laisser derrière nous, tante Devney.

— Et pourquoi pas ?

Il écarquille les yeux et baisse la voix.

— Parce que c'est Sean *Arrowood*.

— Je sais, mais je vote pour qu'il ne soit pas dans la voiture.

— Tu n'as pas le droit de vote, l'informé-je.

— Et pourquoi pas ?

Je lui souris en garant la voiture.

— Parce que je ne t'abandonnerais jamais nulle part. Je resterais en arrière si ça voulait dire que tu y as une place.

— Eh bien, maintenant, tu as ruiné mon combat. Comment puis-je penser à te quitter quand tu dis des choses aussi gentilles ?

Je fais un clin d'œil et je me tourne vers Austin.

— Et c'est pourquoi tu ne me quitteras jamais. Je suis un charmeur.

Ils éclatent tous les deux de rire. Devney lève les yeux au ciel.

— Rentre, mec. Je te verrai samedi matin aux aurores.

— Je t'aime, Tatie.

— Je t'aime encore plus.

— Merci, Sean. Je te vois demain à l'entraînement.

Je lui donne un coup de poing.

— Tu gères, mec.

Il se précipite vers Hazel, qui l'attend dans l'embrasure de la porte. Nous la saluons et Austin nous rend la pareille avec enthousiasme.

— Il t'admire vraiment, fait Devney en regardant Hazel faire glisser le sac d'Austin sur son épaule.

— C'est un grand garçon avec beaucoup de talent. S'il s'y tient, je te le dis, il a vraiment du potentiel.

Elle penche la tête en arrière, l'inclinant pour pouvoir me regarder.

— J'espère qu'il trouvera ce qui le rendra heureux. Si c'est le baseball, alors tant mieux, mais j'espère qu'il trouvera également une passion à l'école. J'ai peur qu'il soit l'un de ces gars qui aient du mal à s'en sortir. Ça le détruirait.

Elle parle d'Isaac Withers. J'ai joué au football à l'université avec lui et il avait tout… le talent, la discipline et l'ambition qu'il fallait, mais il n'a jamais pu passer au-delà les ligues secondaires. Ces sportifs ne gagnent presque rien, voyagent, s'entraînent et ne voient jamais leur famille. Ça lui a fait beaucoup de mal et il s'est suicidé il y a un an.

Devney est venu me rejoindre.

Elle était là, me tenant la main pendant que je luttais contre la douleur du deuil. Isaac venait de se marier et sa femme était enceinte.

Je glisse ma main dans la sienne.

— Il lui reste encore tellement de temps pour trouver une solution, sans compter qu'il est entouré par des gens qui l'aiment et qui le guideront.

— Je l'espère.

— Même s'il ne joue pas au baseball pour toujours, le sport occupe une place si importante dans la vie de ces enfants… il n'oubliera jamais ce qu'il a ressenti sur le terrain. Pourtant, je ne l'encouragerais jamais si je ne pensais pas qu'il puisse y arriver.

Elle me fait un sourire triste.

— J'espère que l'on n'aura jamais à avoir cette conversation dans quelques années.

Dans quelques années. Les mots s'entrechoquent dans ma tête et j'essaie de ne pas suranalyser tout ça. Nous sommes amis depuis si longtemps que ça peut vouloir dire n'importe quoi, mais j'espère vraiment que c'est plus que ça. J'espère que le reste de nos vies se déroulera comme ça.

J'abandonnerai tout si ça implique de pouvoir finir avec elle.

Ma plus grande inquiétude est qu'elle change d'avis à la dernière minute. Qu'elle veuille rester ici, alors je fais des plans alternatifs dans ma tête. Je ne le lui ai pas dit, mais si c'est la seule option, alors je me retirais du monde du baseball. J'ai plus qu'assez d'argent pour que nous puissions vivre le reste de notre vie sans avoir à nous inquiéter. Oui, j'aurais d'énormes pénalités à rembourser et ce ne sera pas la vie que je m'étais promise, mais si Devney choisit de ne pas déménager avec moi, alors je n'aurai pas d'autres choix.

Ce n'est pas ce que je souhaite et ce serait le choix le plus stupide que je ferais, mais je ne peux pas la perdre.

Je dépose un baiser sur le dessus de sa main.

— J'espère aussi.

— Maintenant, reprend-elle, à propos de cette récompense…

CHAPITRE VINGT-QUATRE

Devney

Jamais rien ne m'a paru aussi bon.

— Sean, je gémis quand sa langue glisse à nouveau contre mon clitoris.

Il recommence, tout se tend et frissonne en moi. Je pourrais me réveiller comme ça tous les jours et ne jamais m'en plaindre.

Il y a quelques heures, nous avons fait l'amour. C'était doux, sucré et ça m'a rempli de tant de bonheur que j'aurais pu éclater. Nous nous sommes endormis dans les bras l'un de l'autre, et ce que je croyais être un rêve érotique s'est avéré être Sean qui m'écartait les cuisses et me faisait jouir dans mon sommeil.

Il n'y a pas de lumière dans la pièce après les fragments de lune qui filtrent par la fenêtre. Je ne peux pas le voir, mais je le sens partout.

— S'il te plaît, bébé, je ne peux pas attendre plus longtemps, dis-je entre deux respirations lourdes.

— Voyons si c'est vrai.

Je ferme les yeux et me concentre sur l'immense plaisir. Sean me fait monter plus haut, au point que je peux voir le sommet, mais il s'arrête, embrassant l'intérieur de ma cuisse.

Je me force à ne pas me plaindre, car la dernière fois que je l'ai fait, il m'a fait attendre encore plus longtemps.

Je ne veux pas attendre.

Heureusement, il n'en fait rien. Il reprend et lèche plus fort, sa langue décrivant des cercles qui font monter le plaisir plus vite qu'avant. C'est comme un train qui fonce vers moi si vite qu'il ne pourra pas s'arrêter avant de me renverser.

Mon cœur s'emballe et tous les muscles de mon corps se tendent. Tout en moi est crispé, désagréable, avant que son doigt ne glisse profondément en moi et que j'explose.

Je crie son nom, mon dos se soulève du lit alors que je suis emportée par le plaisir le plus intense que j'aie jamais ressenti.

Et puis il est au-dessus moi, glissant en moi, effectuant des va-et-vient à un rythme brutal et impitoyable. J'adore ça. J'aime sa puissance, sa force et la façon féroce dont il se donne à moi.

J'accueille tout ça, désireuse qu'il m'offre tout ce qu'il est.

— Sean ! crié-je alors qu'il s'enfonce plus fort.

— Je t'aime.

— Je t'aime.

— Putain, j'ai besoin de toi, grogne-t-il.

— Je suis à toi.

Sean me saisit par les hanches et incline mon corps pour pouvoir aller plus loin. Je m'agrippe à ses épaules, j'ai besoin de m'accrocher à lui, car j'ai l'impression que je vais m'effondrer. C'est trop. La pression, sauvage et chaotique, commence à monter à nouveau.

— Je ne peux pas en gérer un autre.

Ma voix est tendue tandis que je lutte contre un autre orgasme. Mon corps est déjà trop épuisé. Ça va me tuer.

Il raffermit encore la cadence de ses coups de bassin au moment où son doigt trouve mon clitoris.

— Si, tu peux.

L'odeur musquée de nos ébats amoureux remplit la pièce. Il me pénètre plus fort.

— S'il te plaît, c'est trop.

— Ce n'est jamais trop, Devney. Jamais. J'ai besoin de toi. Donne-toi à moi, laisse-moi te rattraper.

Le besoin profond que j'entends dans sa voix me fait perdre le fragile contrôle que j'ai sur moi. Il augmente la pression de ses doigts et recommence ses va-et-vient.

Un.

Deux.

Trois autres coups de hanches, j'explose. Je vole en éclats, incapable de m'accrocher à la réalité plus longtemps. Ma tête se balance d'un côté à l'autre, mes ongles creusent et marquent la chair de son dos, j'ai besoin de lui pour m'ancrer dans ce monde.

Sean hurle en se laissant aller à sa propre jouissance, puis il s'effondre sur moi, créant un enchevêtrement de bras, de jambes et de lourdes respirations.

— C'était... haleté-je.

— Oui.

— Oui ?

— Ça l'était.

Sean tourne la tête vers moi et sa main se fraie un chemin jusqu'à l'amas de cheveux sur ma nuque.

— Je ne peux pas te laisser partir, Devney.

Je me blottis contre sa poitrine alors que ses bras se resserrent autour de moi.

— Je ne veux pas que tu le fasses.

— Bien.

— On a besoin de dormir. On doit être chez Jasper dans deux heures.

Il lâche un profond soupir, nous bordant sous les lourdes couvertures.

— Il neige depuis des heures. Il n'y a aucune chance qu'ils puissent jouer.

Je regarde par la fenêtre, voyant les flocons qui tombent.

— J'aime la neige... Tant que je suis à l'intérieur et près du feu.

Sean glousse.

— Je me souviens.

— Tu penses qu'ils vont annuler ?

— Le bulletin météo a annoncé entre dix et vingt-cinq centimètres. Ils devraient l'annuler.

Je hoche la tête, la chaleur supprimant toute sensation d'éveil de mon corps.

— Bien.

Il presse ses lèvres contre le sommet de mon crâne.

— Dors. On se réveillera dans deux heures pour s'en assurer.

Dormir, quelle bonne idée !

Mes yeux se ferment et je m'endors, un sourire aux lèvres, en imaginant vivre le reste de ma vie avec cet homme.

J'ouvre les yeux, il fait clair dans la pièce.

— Bonjour. Merde !

J'essaie de bouger, mais les bras de Sean sont serrés autour de moi.

— On a fait la grasse matinée !

Il me relâche et se frotte les yeux.

— Je croyais qu'on avait dit que c'était annulé.

Je me penche pour trouver mon téléphone, mais il n'est pas sur la table de nuit. Merde. Je l'ai laissé dans mon sac à main.

— Tu as dit que ça devrait être annulé.

Je prends la couverture du lit et l'enroule autour de moi. Il fait un froid de canard ici.

Je me précipite pour trouver mon téléphone, pour constater que j'ai cinq appels manqués et six SMS. Je les ouvre et lis les deux premiers.

JASPER : *Hey, Austin demande si tu vas venir.*

Jasper : *Si tu ne peux pas, c'est bon, mais dis-le-moi.*

PUIS JE LIS LA SUITE, les messages proviennent de ma belle-sœur.

HAZEL : *On prend la route, dis-nous si tu viens avec Sean puisque tu n'es pas venue ce matin.*

Hazel : *S'il te plaît, dis-nous si tout va bien. Le tournoi va commencer maintenant.*

MON CŒUR EST BRISÉ. J'aurais dû être là. Je devrais y être, mais ce n'est pas le cas.

JASPER : *Ça ne te ressemble pas, et j'espère que tu vas bien. On est sur place et le premier match va commencer, mais les routes sont assez dangereuses, donc ne venez pas à moins d'avoir un 4x4. Je m'occupe d'Austin.*

DES LARMES me montent aux yeux lorsque je vois le dernier message.

• • •

AUSTIN : *J'imagine que tu ne viens pas.*

— EH.

La voix de Sean me fait lever les yeux.

— Est-ce que tu pleures ?

À la seconde où il me rejoint, il me prend dans ses bras.

— C'est bon.

— Non, pas du tout. Je n'ai jamais manqué un tournoi. Jamais. J'ai assisté à chacun d'eux et il était si excité de jouer pour toi.

Sean me frotte le dos, puis s'éloigne un peu.

— On peut y aller maintenant. Il n'est même pas huit heures. On verra au moins deux matchs.

— Jasper a dit que les routes sont dangereuses.

— On peut prendre le pick-up de Connor. Il a mis des pneus neige dessus hier.

Je lâche un soupir, luttant contre moi-même pour savoir si nous devons y aller ou pas.

— Tu es sûr ?

— Oui. Préparons-nous, j'appelle mon frère pour qu'il prenne son pick-up, on y va. On ne laissera pas tomber Austin. Et je voulais être là pour lui, moi aussi. Je te jure que j'ai programmé un réveil, mais on va y aller et voir autant de matchs que possible. OK ?

Je hoche la tête.

— D'accord.

Il m'embrasse et me lâche.

— Va prendre une douche, je m'occupe de tout le reste.

Ça compte beaucoup pour moi, qu'au milieu d'une tempête de neige, il sache que ce que je veux vraiment, c'est y aller. Austin est tout pour moi et j'ai besoin d'être là pour lui. Je veux qu'il sache que, quoi qu'il arrive, je le soutiendrai toujours.

Tout comme Sean me soutiendra toujours.

Je prends mon téléphone et envoie un message à Jasper.

MOI : *On arrive. On a loupé le réveil, mais dis à Austin qu'on est en chemin !*

CHAPITRE VINGT-CINQ

Sean

J e ne sais pas comment nous sommes arrivés en un seul morceau à
ce tournoi. Même avec le déneigement, le sablage et le sel, les
routes étaient glissantes. J'ai voulu faire demi-tour au moins deux
fois, mais je me suis souvenu du regard de désespoir sur le visage de
Devney et des larmes dans ses yeux, et je n'ai pas pu m'y résoudre.

Dieu merci, nous avons le pick-up de Connor et j'ai eu la chance de
passer derrière un chasse-neige sur l'autoroute.

Rentrer à la maison, ce sera une autre histoire.

Nous sortons tous les deux du pick-up et nous dirigeons vers l'intérieur.

— Tu as réussi ! lance Hazel en prenant Devney dans ses bras.

— À peine, dis-je, mes mains tremblant encore un peu.

— Je sais, je ne peux pas croire qu'ils n'ont pas annulé ça, mais il
n'y a que deux garçons qui ne sont pas venus. Deux. De toutes les
équipes. C'est le dernier tournoi avant Noël, donc j'imagine qu'ils
étaient tous déterminés à jouer.

Oui, parce qu'ils savaient devant qui ils allaient jouer. Sur les
gradins qui séparent les terrains de baseball se trouvent les recruteurs.
Ils ont sorti leurs tablettes et téléphones, prenant des notes et faisant
leurs trucs de recruteurs.

Je ne m'en souviens que trop bien. Je me souviens aussi avoir supplié qu'on me conduise aux matchs et aux tournois où je savais qu'ils allaient venir en repérage.

Devney me prend la main.

— On est désolés, on a fait la grasse matinée.

Hazel baisse les yeux sur nos doigts entrelacés et sourit.

— Je vois.

— C'est ma faute, dis-je pour essayer d'atténuer la gêne occasionnée. J'ai dû oublier de mettre une alarme.

— Et mon téléphone était dans le salon, fait Dev avant que je puisse en dire plus.

— C'est difficile d'entendre le téléphone quand on a d'autres choses en tête.

Le sourire d'Hazel en dit long.

— Et elle est assez bruyante quand elle est occupée, ajouté-je.

Devney me tape sur la poitrine.

— Sean !

— Je ne l'ai pas dit devant ton frère.

Hazel incline la tête avec un sourire.

— Et je ne le ferais pas si j'étais toi. Je ne voudrais pas que ton joli visage soit abîmé ou que mon mari soit jeté en prison.

Je ricane et attire Devney à mes côtés.

— Elle vaut toutes les peines que je dois endurer.

— Ohhh, fait Hazel avec ses mains jointes devant elle. Vous êtes si mignons. Je suis si heureuse que vous soyez ensemble et dans un tel état de béatitude. Vraiment, il était temps.

Le nombre de fois que nous allons devoir entendre ça va être exponentiel.

— Eh bien, je l'aime. Je l'ai toujours aimée et, maintenant, je dois juste la convaincre que la vie en dehors de Sugarloaf vaut le coup.

Hazel écarquille les yeux et elle jette un coup d'œil à Devney.

— Tu penses déménager ?

— Je pense à mon avenir et à ce à quoi il va ressembler, tu comprends, n'est-ce pas ?

Elle sourit.

— Bien sûr que oui. Il est temps que tu trouves ta propre voie. Jasper et moi avons toujours voulu que tu aies un bel avenir. Je sais ce qui t'a retenue ici, et je t'aime tellement pour ça, mais… je veux que tu vives *ta* vie.

Je n'ai pas la moindre idée de ce dont ils parlent, mais je me sens gêné de rester là.

— Je vais aller voir l'équipe.

Elles acquiescent toutes les deux.

Très bien, alors je me faufile et descends vers le banc de touche.

— Salut, lance Jasper en me tapant dans la main.

— Salut, désolé d'avoir manqué à mon devoir ce matin. On a loupé le réveil.

— Ma sœur a toujours été paresseuse le matin. J'y suis habitué. Content que vous ayez pu venir, quand même, c'est un sacré temps qu'on a.

Je frissonne un peu.

— On a failli se planter plusieurs fois.

— J'imagine.

— On devrait probablement prendre un hôtel près d'ici, suggéré-je.

Aucune chance que nous rentrions en voiture si les routes sont dans cet état. Jasper hausse les épaules.

— La neige devrait s'arrêter de tomber d'ici une heure environ et, s'ils salent les routes, ça devrait aller. On est piégés ici pour au moins les sept prochaines heures.

C'est vrai.

— On va improviser.

— Sean !

Austin me repère et bondit dans ma direction.

— Tu es là !

— On est là, oui. Désolé d'être en retard, mais on a dû aller chercher le pick-up de mon frère.

— C'est cool. Je savais que tante Devney ne manquerait pas ça.

Je souris à l'immense confiance qu'il lui porte.

— Non, elle serait venue à pieds s'il fallait.

— Elle assiste toujours à mes matchs.

— C'est ton porte-bonheur ?

Il pince les lèvres.

— Je ne pense pas.

— Tous les joueurs de baseball ont quelque chose qui leur porte chance. Tu dois trouver ce que c'est et toujours l'avoir près de toi.

Elle écarquille les yeux.

— C'est quoi le tien ?

Je mets la main dans ma poche arrière et en sors une photo.

— Elle m'a accompagnée à chaque match, entraînement, tournoi et test de recrutement.

Austin prend la photo très usée et la regarde.

— Qui est-ce ?

— Elle, dis-je en désignant la première personne sur la photo, c'est ma mère. Elle est morte quand j'avais à peu près ton âge. Cette personne, continué-je en montrant l'enfant à la gauche de ma mère, c'est mon frère Declan, et moi je suis à côté de lui.

Je passe aux autres personnes.

— Ça, c'est Jacob, qui est acteur.

— Ton frère est le nouveau super-héros en vogue, hein ?

— Oui.

L'année dernière, Jacob a obtenu un rôle qui a changé sa vie. Après avoir joué dans des films à petit budget, il est devenu un nouveau phénomène du box-office, et son producteur, Noah Frazier, affirme que ce sera le rôle de sa vie. Il est le personnage principal d'une toute nouvelle saga de super-héros qui comptera au moins quinze films. Tous les héros se rencontreront et le premier opus, sorti il y a quatre mois, devrait être le film le plus rentable de l'année.

— C'est trop cool. Toute ta famille est géniale ! Un de tes frères était SEAL et c'était apparemment un grand héros parce que Hadley parle tout le temps de lui. Tu es un joueur de baseball célèbre. Ton autre frère possède tout New York et l'autre est un super-héros !

Je ris parce que, pour un garçon de neuf ans, c'est ce à quoi ça ressemble.

— Eh bien, ils sont plutôt cool, mais tu vois cette personne juste là ?

Austin regarde par-dessus son épaule, pour mieux voir.

— C'est ma personne porte-bonheur. C'est pour elle que je porte cette photo.

Austin louche, puis ses yeux s'illuminent.

— C'est tante Devney !

— Oui. On était tous ensemble ce jour-là et cette photo représente tous les gens que j'aime le plus. Ce sont eux qui sont toujours là pour moi, qui me poussent à m'entraîner plus fort pour que je les rende fiers et qui me donnent de la force quand j'en ai besoin. Ils sont donc mon porte-bonheur et, même s'ils ne peuvent pas assister physiquement au match, ils sont toujours avec moi.

Il regarde Jasper, puis moi.

— Mes parents et ma tante Devney sont mon porte-bonheur.

— On a de la chance d'avoir des gens comme ça, non ?

Sa tête oscille de haut en bas.

— Maman, papa et tante Devney sont toujours là. Ils m'aiment plus que tout.

Jasper pose sa main sur l'épaule d'Austin.

— Ta mamie et ton papi, aussi.

— Mais ils ne viennent pas à mes matchs comme eux.

— C'est vrai, cède Jasper lorsque les coéquipiers d'Austin l'appellent.

Une fois qu'il est hors de portée, Jasper se tourne vers moi.

— Merci pour ça.

— Pour quoi ?

— Lui donner quelque chose à quoi se raccrocher. Tu connais les tenants et les aboutissants de tout ça, alors que moi je tâtonne. Je construisais des voitures quand j'avais son âge, le sport n'a jamais été mon truc. Devney en sait probablement plus qu'Hazel et moi réunis.

Dev détestait le sport quand elle était petite. Je suis sûr qu'une partie d'elle le déteste toujours, mais elle était toujours avec moi, alors elle a dû apprendre ou s'ennuyer.

— Je suis juste heureux d'être ici pour les enfants. Je sais combien il est difficile à leur âge d'avoir de grands rêves. S'il y a quelque chose que je peux faire pour aider, je veux y arriver.

— Le tour que tu lui as appris avec son bras, il le répète tous les jours. Il m'a fait nettoyer une partie de l'étable pour pouvoir y mettre un lance-balle. Il fait exactement ce que tu lui as dit et il y travaille au moins une heure par jour.

C'est le genre d'état d'esprit qui lui permettra d'aller loin.

— Il a de grandes chances de jouer sur le long terme s'il continue comme ça.

— Tu peux déjà le dire ? A son âge ?

— Il a un niveau bien supérieur à celui qu'il devrait avoir. Je sais que c'est difficile à comprendre, mais la plupart des enfants ne peuvent pas lancer comme il le fait ou frapper la balle aussi loin. Il a un talent et des capacités naturelles. S'il les affine, il ira loin.

Jasper sourit et me tape dans le dos.

— Tu es quelqu'un de bien, Sean. Merci.

— Heureux de t'aider.

— Cela dit, si tu fais du mal à ma sœur, je te brise les genoux.

J'ai envie de rire, mais je ne doute pas une seconde qu'il ne mettrait pas sa menace à exécution. Si Dieu avait donné une fille à ma mère, mes frères et moi l'aurions protégée, aurions menacé tous les hommes qui s'approcheraient d'elle, et aurions fait bien pire s'ils lui faisaient du mal. Devney était en quelque sorte notre sœur en grandissant et je comprends ce qu'il veut dire. Il aime sa sœur, il a déjà vu un homme la blesser auparavant et il ne veut pas qu'elle revive ça.

Je me redresse et le regarde dans les yeux.

— Je l'aime. Je ne lui ferai jamais de mal intentionnellement, et si par une quelconque bêtise, je fais quelque chose qui lui brise le cœur, tu n'auras pas à me trouver pour tenir ta promesse.

Jasper hoche une fois la tête.

— Comme je l'ai dit, tu es quelqu'un de bien, et j'espère que ça n'arrivera jamais.

— Moi aussi. Elle est tout pour moi.

Il regarde vers l'endroit où Hazel et Devney sont assises.

— Elle m'a offert la lune, je lui dois tout.

Je me tourne vers lui, essayant de savoir s'il parle de Devney ou d'Hazel, mais avant que je puisse lui poser la question, le match commence et le baseball devient notre unique centre d'intérêt.

CHAPITRE VINGT-SIX

Devney

Nous nous dirigeons vers l'hôtel après une grosse dispute sur l'état de la route. Ce n'est *pas* si terrible que ça, mais mon petit ami ne veut prendre aucun risque. Même si tout le monde, sauf lui, veut rentrer à la maison, il a appelé un hôtel et réservé deux chambres, insistant pour que nous passions la nuit ici.

— Je sais que tu es en colère, mais ce n'est pas la fin du monde.

— Je n'ai jamais dit que ça l'était, dis-je en croisant les bras. On était juste censés aller chez mes parents ce soir pour leur parler. Il n'est que quatorze heures, les routes sont dégagées, et nous nous rendons dans un hôtel sans raison.

Il soupire, passant sa main sur son visage.

— Pourquoi est-ce si important d'aller là-bas ?

Parce que je voulais parler d'autre chose que de mes parents.

Il est temps de tout dire à Sean sur mon passé. Il mérite de savoir et je suis enfin prête à le lui dire.

— Parce que je voulais te parler avant qu'on y aille.

— Alors pourquoi tu ne peux pas faire ça maintenant ? Il n'y a que nous, trésor.

— C'est juste que… Je ne peux pas faire ça dans un hôtel ou dans la voiture.

— Pourquoi pas ?

— Il n'y a pas vraiment de raison particulière, mais… Je veux que l'on soit seul et chez nous. Où les murs n'ont pas d'oreilles.

— Tu commences à me faire peur. De quoi s'agit-il ?

Bon, ce n'est pas comme ça que je vais lâcher le morceau, mais je dois lui dire la vérité, dans une certaine mesure.

— Tu m'as demandé il y a un moment ce que je ne te disais pas.

— Bien.

— Le fait est que je te fais confiance. Je l'ai toujours fait, mais je n'avais pas confiance en moi. Je n'ai pas été capable de te dire certaines choses parce que j'avais trop peur, mais je t'aime d'une façon que je n'imaginais pas possible. Je veux te raconter toute cette partie de mon passé. Mais je ne peux pas le faire dans un hôtel.

Sean prend ma main dans la sienne.

— C'est vraiment si important qu'on fasse ça ce soir ?

— Oui, mais j'ai peur, avoué-je.

Il soupire et s'arrête à la station-service.

— Tu as peur de moi ?

— Non ! Non, pas du tout.

— Alors quoi ? demande-t-il après que je sois restée silencieuse quelques secondes.

Comment lui expliquer ce dont j'ai peur ? Ce n'est pas que je pense qu'il ne comprendra pas, car il comprendra. Il ne me blâmera pas pour tout ça. Ce que Christopher m'a fait est horrible et personne ne me le reproche — enfin, personne à part ma mère.

Pourtant, j'ai gardé ce secret, j'en ai fait mon talisman pour me protéger du passé et je me suis battue pour que personne ne le découvre.

Je le regarde dans les yeux, qui sont remplis d'inquiétude.

— Devney…

— J'ai peur de prononcer ces mots.

La voiture de Jasper se gare à côté de nous et Sean jure dans sa barbe. La fenêtre se baisse et la voix de mon frère brise le silence.

— Vous allez bien ?

— Oui. Vous êtes à l'aise pour rentrer en voiture ou vous voulez rester à l'hôtel ?

— Les routes me semblent dégagées. Je préfère rentrer. Les chevaux ont besoin d'être nourris et je dois vérifier la bâche que nous avons mise sur le toit de la grange.

Sean regarde la route, puis revient sur lui.

— Très bien. Devney veut rentrer, elle aussi. Elle avait prévu de voir vos parents.

— Eh bien, c'est une raison suffisante pour ne pas rentrer, plaisante-t-il.

Je me penche.

— Il s'agit de tout dire, Jas. Il est temps.

Il y a quelques semaines, il a dit qu'il était temps, et il a raison. Sean est la première personne que j'aime suffisamment pour avoir envie de tout lui dire. Il ne m'est même pas venu à l'esprit de le dire à Oliver, ce qui me montre à quel point Sean compte pour moi.

Le regard de Sean passe de Jasper à moi.

— Il est temps ?

Jasper sourit.

— Ce n'est pas une mauvaise chose. Je suis content qu'elle s'ouvre enfin à toi.

— Eh bah, j'imagine que moi aussi.

Sean secoue alors la tête.

Je déteste qu'on soit délibérément obtus, mais je ne mentais pas quand j'ai dit que je ne pouvais pas le faire maintenant. Il y a des choses qu'on dit à quelqu'un dans une voiture et d'autres qu'on ne dit pas. Ça, ça tombe dans la dernière catégorie.

— OK, fait Jasper en se raclant la gorge. On va s'arrêter pour manger quelque chose, mais on t'appellera quand on sera rentrés.

— Ça me va.

Sean remonte la vitre et nous leur faisons un signe de la main en reprenant la route.

— On va d'abord rentrer chez nous pour parler, puis on ira chez tes parents.

— Très bien.

Le retour en voiture est tendu et calme. Sean se concentre sur la route et moi sur mes sentiments. Chaque heure me paraît être une journée entière et j'ai un nœud de la taille du Texas dans l'estomac qui grossit à chaque kilomètre qui nous rapproche.

Pendant tant d'années, je me suis empêchée de ressentir ça pour Sean, et c'était tellement stupide de ma part. J'aurais dû voir combien il est incroyable et combien nous sommes parfaits l'un pour l'autre. Je l'aime tellement plus que je ne l'aurais jamais cru possible.

Nous arrivons à l'entrée de l'allée et Sean met la voiture en stationnement.

Il fixe le panneau, les mains serrées sur le volant.

— Quelle est la chose la plus importante qui soit à propos des flèches ?

Je dis ce que je sais qu'il a besoin d'entendre et qu'il déteste en même temps.

— Ce n'est pas parce qu'on ne met pas dans le mille que les autres tirs ne comptent pas.

Il y a une nuance dans sa voix, qui ressemble un peu à de la peur. C'est de ma faute, mais c'est pourtant moi qui le ressens plus qu'il ne pourra jamais l'imaginer.

Sean se tourne vers moi, les yeux pleins de questions.

— Quelle est la chose la plus importante qui soit à propos des flèches, Dev ?

Mon Dieu, comme ma vérité convient bien à mon adage. Je lève la main pour effacer les rides d'inquiétude entre ses sourcils.

— Oublie la dernière flèche, car seul le prochain tir compte.

— Ce qui est dans ton passé n'est rien de plus que ça… la dernière flèche.

Comme j'aimerais que ce soit vrai.

— Sean…

— Non, j'ai juste besoin de te dire ça avant que tu me racontes ce que c'est.

Il fait une pause, je hoche la tête, puis il reprend :

— Je t'aime. Peu importe ce que tu as à me dire, ça ne changera pas ça. Je sais qu'il y a plus que l'histoire de ton ex. Tu n'aurais pas vécu comme tu l'as fait si ce n'était pas le cas. Je ne peux pas promettre que je ne serai pas en colère, mais pas contre toi, plutôt pour ton honneur. Compris ?

Mon cœur bat la chamade et une larme roule sur ma joue. Il dit ça, mais le ressentira-t-il encore après que je lui ai tout avoué ? Est-ce qu'il m'aimera encore ? Bordel, je l'espère, car le perdre serait impossible à vivre.

Me voilà, pour la première fois, amoureuse de la bonne personne au bon moment, et les secrets que j'ai gardés pourraient changer sa façon de voir les choses. Je lui ai menti pendant si longtemps.

— J'espère que tu le penses vraiment.

Il se penche et m'embrasse doucement sur les lèvres.

— Je ne te lâche pas, Devney. Je ne t'ai jamais lâché et ça continuera.

C'est comme s'il connaissait le code pour atteindre mon cœur. Il réussit à se connecter à tout ce dont j'ai besoin et est ensuite capable de me le donner.

— Rentrons et parlons.

Alors que nous arrivons au bout du chemin, mon téléphone sonne. Je baisse les yeux et découvre le numéro de ma mère. Je ne peux pas faire ça maintenant. Si je lui parle, je ne surmonterai jamais ce moment avec Sean et il est impératif que nous parlions avant tout.

— Qui est-ce ?

— Ma mère.

Je m'apprête à remettre mon téléphone dans mon sac, mais la sonnerie retentit à nouveau.

— C'est le numéro de mon père cette fois, dis-je à Sean.

— Réponds.

— Je les appellerai plus tard.

Je fais taire le téléphone et nous sortons de la voiture, mais le téléphone de Sean sonne.

Nous nous regardons tous les deux en avançant dans la neige pour grimper sur le porche. Il baisse les yeux.

— C'est ton père.

— Pourquoi t'appellerait-il ?

— Je n'en ai aucune idée. Je vais répondre.

— D'accord.

C'est clairement important si ma mère m'a appelée plusieurs fois et que mon père essaie de le joindre.

Il glisse son doigt sur le téléphone pour répondre.

— Allô ?

Je le regarde se diriger vers la porte.

— Oui. OK.

Il arrête de bouger et se crispe soudain.

— Où ?

Je me rapproche de lui pour essayer d'entendre, mais Sean se dirige de l'autre côté du porche.

— Il y a combien de temps ?

L'effroi commence à m'envahir tandis qu'il s'éloigne de moi et évite clairement de regarder dans ma direction.

— On est en chemin.

— Sean ? appelé-je d'une voix tremblante. Que se passe-t-il ?

Quand il se retourne pour me regarder, il y a de la tristesse dans ses yeux et je sais que quelque chose est arrivé. Quelque chose qui l'a terrifié. Mon corps tremble et ça n'a rien à voir avec le froid.

— Il y a eu un accident.

CHAPITRE VINGT-SEPT

Devney

Je ne me souviens pas comment je suis arrivée ici. Je me souviens juste que Sean conduisait et qu'aucun de nous ne parlait. Je sentais qu'il me regardait, je ressentais l'inquiétude dans l'habitacle du pick-up, mais je n'avais conscience de rien d'autre, rien d'autre que le temps qui passait.

Soixante-trois minutes sont passées depuis qu'il a dit ces mots qui m'ont laissée engourdie et terrifiée.

— *Il y a eu un accident.*

Je les entends encore et encore dans ma tête et j'essaie toujours de comprendre le reste.

— *Qui ?*

— *Jasper. La voiture a glissé sur de la glace et a fait plusieurs tonneaux. On doit partir.*

— *Ils vont bien ?*

— *Je ne sais pas. Monte dans la voiture, on arrive dès que possible.*

Et nous y voilà.

— Êtes-vous madame Maxwell ? demande le policier en entrant dans la pièce.

— Oui.

— Je suis l'adjoint Reston. J'étais sur la scène de l'accident.

Mon cœur commence à battre la chamade tandis que je le fixe et que Sean presse une main contre mon dos.

— Que pouvez-vous nous dire ?

L'adjoint regarde Sean pendant une seconde et dit :

— La voiture est tombée sur du verglas, le conducteur a perdu le contrôle du véhicule et les dégâts sont importants. La passagère a été éjectée du véhicule, nous l'avons trouvée à environ trois mètres de la voiture.

Oh putain. Je mets vivement une main sur ma bouche au moment où je sens mes genoux fléchir.

— Et le garçon ? demandé-je, ma voix se brisant à la fin de ma phrase.

— Il était conscient lorsque nous l'avons trouvé. Nous avons pu le dégager, tout en lui parlant et en le calmant. Il a des blessures et est actuellement en chirurgie, mais sa vie n'était pas en danger.

Je suis à peine consciente que les bras de Sean autour de moi sont les seules choses qui me tiennent debout.

— Et Jasper, le chauffeur ?

— Le conducteur et la passagère étaient… … ils étaient dans un état critique lorsque nous sommes arrivés à la voiture. Le conducteur était coincé et nous avons dû le désincarcérer. Je n'en sais pas plus.

Sean me tire vers sa poitrine.

— Je vois, mais le garçon allait bien ?

— Oui, monsieur Arrowood, je lui parlais quand on l'a sorti de la voiture.

Les larmes coulent et je m'appuie contre Sean, ayant plus que jamais besoin de sa force.

— L'accident aurait pu se produire des heures avant qu'un autre automobiliste ne le découvre et puisse appeler à l'aide, mais nous avons fait tout ce que nous pouvions.

Sean me frotte le dos, mon esprit commence à devenir flou et je n'arrive plus à réfléchir.

— Merci.

— Si vous avez besoin de quelque chose… termine l'adjoint.

— Merci beaucoup.

Il part et Sean me guide vers le canapé, sur le côté de la pièce, et s'accroupit en face de moi.

— Ça n'a pas pu arriver il y a des heures de ça, Dev, parce que nous venions juste de rentrer à la maison.

Je hoche la tête.

— Bien.

— C'est une bonne chose. Sois positive.

— Bien sûr.

Le doigt de Sean essuie une larme.

— Je vais voir s'il y a des nouvelles. Je t'aime.

— Je t'aime.

Je n'arrive pas à réfléchir. Tout me semble trop lourd. Mon frère et ma belle-sœur se battent pour leur vie et je ne peux rien faire. Je donnerais tout pour que ce ne soit qu'un mauvais rêve. Je m'assieds, me sentant si seule dans ma terreur. Je ne peux pas les perdre. Ils sont tout pour moi. Et j'ai tant de choses à leur dire.

La salle d'attente est froide et silencieuse. Il y a une télévision dans un coin, mais je n'ai aucune idée de ce qui y passe. Je ferme les yeux et fais quelque chose que je n'ai pas fait depuis longtemps, je prie.

Dieu, si tu m'écoutes, aide ma famille. S'il te plaît, ne me les enlève pas. Je sais que je t'ai déçu. Je n'ai pas fait ce que j'aurais dû, mais si tu peux m'offrir ça, je jure que je ferai mieux. Tu dois les sauver. Ce sont les meilleures personnes qui soient. Jasper doit être là pour voir Austin grandir. Hazel doit le serrer plus fort dans ses bras. S'il te plaît. S'il te plaît. Je t'en prie, ne les laisse pas mourir. Pas parce que je ne voulais pas rester à l'hôtel. Pas parce que j'ai été égoïste.

— Ma chérie.

Sean prend ma main dans la sienne et je fais de mon mieux pour me concentrer sur lui.

— Tu trembles.

Je n'avais pas remarqué. Je ne ressens pas grand-chose, à part de la peur. Je ne peux pas les perdre. Je ne peux pas… vivre ça.

— Les infirmières ont-elles dit quelque chose ?

— Non. Rien de nouveau. Ils sont en chirurgie, pas de nouvelles à leur sujet. Les médecins seront là dès qu'ils pourront.

Il me tire contre lui, frottant mon bras de haut en bas pour essayer de me réchauffer. Je prononce les mots qui m'accompagnent depuis ces dernières heures :

— C'est de ma faute.

— Quoi ?

Mon estomac se retourne et la bile monte dans ma gorge.

— J'ai insisté pour reprendre la route. Tu voulais rester pour la nuit et je n'ai pas voulu. Je voulais qu'on parle, j'ai été égoïste.

— Devney, non.

— Si. S'il leur arrive quelque chose…

Il se déplace pour s'accroupir en face de moi.

— Tu n'es pas responsable. C'était du verglas. Les routes semblaient dégagées et ton frère et moi avons tous les deux pris des décisions. Ne te mets pas ça sur le dos.

Je ne vois pas comment je peux faire autrement. Je me sens responsable. Jasper nous aurait suivis jusqu'à l'hôtel, mais je ne voulais pas y aller, alors il a accepté de reprendre la route.

Sean repousse les cheveux qui me tombent sur le visage.

— Quoi qu'il arrive, ce n'était pas ta faute et, quand ils s'en sortiront, ils te diront la même chose.

J'aimerais avoir autant la foi que lui.

— Devney ! lance fortement ma mère quand elle se précipite à l'intérieur. Tu as eu des nouvelles ?

Je secoue la tête.

— Rien pour le moment. Ils sont tous en chirurgie. Austin n'est pas en danger de mort, mais Jasper et Hazel si. À part ça, on attend.

— Oh, comment ça a pu arriver ?

Elle papillonne dans la pièce, toute sa nervosité s'écoulant d'elle par vagues.

— Pourquoi ? Pourquoi est-ce que ça arrive ?

Je me lève et la serre contre moi. Je ne peux pas imaginer ce qu'elle doit ressentir. Peu importe les problèmes que nous avons, je ne veux pas qu'elle souffre.

— Je suis désolée, Maman. On doit juste être forts.

Elle s'essuie les yeux.

— Je sais, ma chérie. Je suis désolée. J'ai juste… il n'aurait jamais dû aller à ce stupide tournoi. Le baseball !

Elle agite les mains en l'air.

— Tout ça à cause du baseball. Je te jure, je pourrais crier. C'est mon fils. C'est… c'est mon… Je ne peux pas les perdre à cause d'un match !

Moi non plus, mais le besoin de défendre Jasper monte en moi.

— Jasper et les autres pensaient que les routes étaient dégagées.

Elle s'enfonce dans le fauteuil.

— Si c'était vrai, on ne serait pas ici.

— Je sais.

Sean me fait un doux sourire, puis se tourne vers ma mère.

— Madame Maxwell, que puis-je vous servir ? Vous avez soif ?

— Tu es si gentil, mais je ne veux rien. J'ai juste besoin que mon fils, ma belle-fille et mon petit-fils aillent bien. C'est tout.

— Je vais vous apporter du thé et vous pourrez rester là à discuter, toutes les deux.

Sa voix est apaisante, ce qui fait l'affaire.

— Ça doit être incroyablement difficile pour vous.

Maman s'installe à côté de moi et prend ma main dans la sienne.

— Ils vont s'en sortir, n'est-ce pas ?

Je lève les yeux vers elle, mes larmes floutant son visage.

— Il le faut.

Un moment de compréhension passe entre nous et les bagarres, les piques et la colère disparaissent. C'est à nouveau ma mère. La femme qui me tenait dans ses bras quand j'avais peur, qui me lisait des histoires chaque soir et qui m'a aidée à apprendre à aimer.

— Maman...

Elle me tire vers sa poitrine.

— Chut, ça va aller, Devney. Ça va aller. On est fortes, on va s'en sortir. Ils vont avoir besoin d'aide, mais on peut s'en sortir.

Ma mère me berce tandis que je fonds en sanglots. Je pleure pour mon frère, sa femme et Austin. Je pense à la longue route qui les attend et à quel point j'ai besoin d'eux. Ils sont ma famille et ils m'ont sauvée lorsque j'étais en train de craquer.

À travers toutes ces épreuves, Hazel et Jasper ont été ceux qui ont réussi à me maintenir à flot. Leur amour, leur compréhension et leur amitié sont la raison pour laquelle je reste à Sugarloaf. Je leur dois plus que je ne pourrais jamais leur rendre.

Sean revient avec une tasse de café pour moi et du thé pour ma mère. Quelques minutes passent encore et mon père entre.

— Des nouvelles ?

Nous secouons tous la tête.

— Rien pour le moment.

Papa vient vers moi me déposer un baiser sur le sommet du crâne, s'assied pour pouvoir tenir la main de ma mère, et nous parlons alors de l'accident.

Sean transmet l'information clairement et avec beaucoup plus d'autorité que je ne le pourrais jamais. Je serais par terre en larmes s'il n'avait pas serré son bras autour de moi.

— Ça va aller, me répète-t-il.

— Tu n'en sais rien.

Il soulève mon menton pour ancrer ses yeux aux miens.

— Quoi qu'il arrive, tout ira bien. Je serai là et je t'aimerai jusqu'au bout.

J'ouvre la bouche pour lui dire le secret que j'ai gardé. Il a besoin de savoir, maintenant plus que jamais.

Au moment où je m'apprête à lui dire, ma mère s'agrippe à ma jambe en se levant. Je me tourne pour voir ce qui a attiré son attention, puis nous sommes tous debout lorsqu'un chirurgien entre dans la pièce.

Nous attendons tous les quatre, retenant nos respirations collectives quand il s'approche.

— Êtes-vous la famille Maxwell ?

— Oui, dit mon père en s'avançant.

— Je suis le docteur Eacker, fait le chirurgien. J'ai opéré Austin. Tout d'abord, je tiens à dire que l'opération s'est bien passée. Ses blessures n'étaient pas critiques, mais nous avons dû réparer immédiatement la fracture de sa jambe. Ça a nécessité des broches, qu'il faudra retirer, mais ça aurait pu être bien pire. Il aura besoin de rééducation mais je m'attends à un rétablissement complet. Ses autres blessures sont mineures. Il y a quelques coupures et contusions, mais il a eu beaucoup de chance. Vous pourrez le voir dès qu'il sera réveillé.

Je pourrais tomber à genoux de gratitude.

— Merci mon Dieu.

— Des nouvelles de mon fils ou de ma belle-fille ? demande maman.

— La dernière fois que j'ai vérifié, ils étaient encore en chirurgie. Je vais voir si je peux avoir plus de nouvelles.

Mon père nous prend dans ses bras, ma mère et moi. Je peux sentir un léger soulagement dans la pièce. Austin va s'en sortir.

Il va se rétablir. Maintenant, nous avons juste besoin d'entendre de bonnes nouvelles de Jasper et Hazel.

Les minutes défilent, mais personne ne vient. Je regarde la porte, anxieuse, trop à l'étroit dans mon propre corps. Le goût métallique dans ma bouche augmente, tout comme la peur.

Vingt minutes passent.

Trente minutes.

Puis une heure et toujours pas de nouvelles.

— Qu'est-ce qui prend autant de temps ? demandé-je à l'adresse du vide.

— Je suis sûr qu'ils opèrent et ne peuvent pas venir nous donner de nouvelles, suggère papa en regardant à nouveau vers la porte.

Maman prend ma main dans la sienne.

— Pas de nouvelles, bonnes nouvelles.

Peut-être, ou alors une horrible nouvelle est sur le point d'arriver. Dans tous les cas, mon esprit s'égare dans un million de possibilités, de « et si ? ». Chaque fois que je commence à perdre la tête, j'essaie de me recentrer sur le fait qu'Austin va bien et que ça signifie peut-être qu'il n'a pas fallu longtemps pour qu'on retrouve leur voiture. Je sais que chaque minute compte, et je dois espérer que le temps était de notre côté.

Mon père fait les cent pas tandis que je semble rétrécir en moi-même à chaque seconde qui passe et que je regarde s'écouler sur l'horloge. Il y a quelque chose d'apaisant à regarder l'aiguille sauter de seconde en seconde.

Toutes les soixante secondes, elle bougera.

Toutes les soixante minutes, la petite aiguille suivra.

C'est la seule chose concrète dans cette pièce en ce moment.

Nous n'avons aucune idée de la gravité des blessures de mon frère et de ma belle-sœur ni s'ils survivront. Nous ne savons pas s'ils se battent ou s'ils abandonnent, mais je dois croire que, pour Austin, ils ne cesseront jamais de lutter. Ils l'aiment plus que leur propre vie.

La grosse aiguille bouge à nouveau, et je compte.

Un. Deux. Trois…

Quand j'arrive à la cinquante-sixième seconde, deux chirurgiens entrent dans la salle d'attente. Leurs yeux sont baissés, la fatigue se lit clairement sur leurs épaules affaissées. L'effroi m'envahit tellement que je ne peux rester debout.

Leur regard croise les nôtres, des perles de sueur sur leurs fronts, ils ont tous les deux l'air dépité.

Tout semble aller au ralenti. Ils se tiennent devant nous, la tête tremblant d'avant en arrière, et l'un des médecins pose une main sur l'épaule de mon père. Je vois les jambes de ma mère se dérober sous elle, mon père la tire vers lui tandis qu'elle éclate en sanglots. Je remarque la façon dont la lèvre du médecin frémit légèrement alors que son regret sature chaque molécule de la pièce.

Je peux entendre le bruit de la porte automatique qui s'ouvre et se ferme lorsque les gens sortent.

Tout ça se grave dans mon esprit.

Chaque détail devient plus clair au fur et à mesure que mon monde s'y adapte.

— Nous avons essayé, dit le premier médecin. Ils étaient en très mauvais état, nous avons fait tout ce que nous pouvions.

Le suivant essaie de consoler ma mère.

— Ils avaient perdu beaucoup trop de sang et les dommages à la rate de Jasper étaient trop importants pour être réparés. Les dommages cérébraux qu'Hazel a subis quand elle s'est fait éjecter du véhicule étaient trop graves.

Mon père continue de s'écrouler mentalement au moment où je m'assieds, incapable de bouger ou de parler.

Les sanglots de maman sont étouffés contre sa poitrine tandis qu'elle s'accroche à lui.

Le pire est arrivé.

Mon frère est mort.

Ma belle-sœur est morte.

Ils sont partis.

Et puis, la seule chose qui pouvait me faire sortir de ma torpeur se précipite vers moi.

— Austin ! crié-je.

Sean est sur ses pieds, il essaie de m'atteindre alors que je me précipite hors de la pièce.

— Devney, arrête.

— Il a besoin de moi ! dis-je alors que les larmes que je pensais avoir séchées reviennent en force. Il a besoin que je sois là. Il ne peut pas rester seul. Il ne peut pas se réveiller seul !

Il prend mon visage dans ses mains.

— D'accord. On va y aller, mais…

— Non, il ne peut pas. Il doit l'entendre de notre bouche. Il va avoir si peur.

Les larmes roulent comme de la pluie.

— Très bien, respire, trésor. Je te promets, on sera là.

— Oh, mon Dieu !

Je pleure si fort que je peux à peine respirer quand Sean me tire contre lui.

Mon frère était un homme formidable, l'un de mes meilleurs amis, et maintenant il n'est plus là. Je n'aurai plus jamais l'occasion de parler à ma belle-sœur, mais il y a beaucoup de choses que je voulais lui dire. Je ferme les yeux, laissant la tristesse m'envahir.

— Doucement, mon amour, je suis juste là, murmure Sean à mon oreille.

Je m'accroche à lui comme s'il était la seule chose qui me maintenait en vie.

— J'ai besoin de toi.

— Je suis là.

Mes yeux continuent de se remplir de larmes qui débordent avant que je puisse les arrêter. J'en essuie d'autres et me tourne vers le médecin.

— J'ai besoin de voir Austin.

— Devney, m'appelle maman. S'il te plaît.

Je refoule toute l'émotion qui menace de m'envahir et me force à rester forte. Austin a besoin de moi. Il doit l'entendre et il doit savoir qu'il a des gens autour de lui qui seront forts pour lui. C'est juste un garçon sur le point de découvrir qu'il a perdu ses parents.

Jasper, Hazel et moi avons discuté de cette possibilité, comme la plupart des parents le font quand ils font leur testament.

Je suis maintenant sa tutrice.

— Ça doit être moi, Maman.

Des larmes coulent sur son visage et elle hoche la tête. Nous savons toutes les deux pourquoi.

— Bien sûr, il devrait se réveiller très vite, dit le médecin.

Mon cœur bat la chamade et ma gorge se serre. Je ne sais pas comment je vais pouvoir lui annoncer. Ça ne devait pas arriver, mais c'est arrivé, et je dois tenir la promesse faite à mon frère.

Sean me tire vers lui, m'offrant sa chaleur.

— Dis-moi tout ce dont tu as besoin, Devney, je suis là.

Il dit ça sans savoir que ma vie entière vient de changer en quelques heures. Je dois lui faire comprendre que je ne suis plus libre. Austin est tout ce qui compte.

— Sean…

— Tu n'as pas à dire quoi que ce soit.

— Si. Je dois t'expliquer. Lorsque Jasper et Hazel ont rédigé leur testament, ils m'ont désignée comme la seule tutrice d'Austin si quelque chose devait leur arriver.

Il lâche un soupir, puis me touche le menton.

— J'y ai pensé. Je suis aussi celui de Hadley et de Bethanne. Je comprends ce que ça signifie.

— Non.

Je soupire et recule.

— Tu ne comprends pas. Tu vois, mais tu ne comprends pas.

La panique s'empare de moi alors que l'énormité de la situation s'impose à moi en haute définition.

— Tu ne peux pas comprendre parce que tu ne sais pas pourquoi ils m'ont choisie.

— Bien sûr que si. Tu es sa tante.

Je fixe ses yeux verts, ma vision est floue à cause des larmes et la vérité éclate alors :

— Je suis sa mère biologique.

CHAPITRE VINGT-HUIT

Devney

Il n'a pas dit un mot depuis que je lui ai dit la vérité il y a quelques minutes. Juste après que je l'ai annoncé, le médecin nous a guidés dans la chambre d'Austin. Maintenant, nous nous tenons dans l'embrasure de la porte, écoutant le bip des machines tout en regardant dormir le petit garçon à l'air frêle dans le lit.

La jambe d'Austin est plâtrée, placée dans une attelle et surélevée. La rééducation sera difficile, mais je ferai tout ce que je peux pour lui faciliter cette tâche.

D'abord, je vais devoir lui briser le cœur et prier pour que mon amour soit assez fort pour l'aider à guérir.

— Tu y vas ? demande Sean.

Le ton de sa voix me fait presque reculer.

Il y avait un million de façons dont cette journée aurait pu se terminer. Mon frère aurait pu rester à l'hôtel, vivre, et la vérité serait sorties de la meilleure des façons lorsque j'aurais parlé à Sean de mon... mon fils.

Mais ça n'est pas arrivé. Au lieu de ça, j'ai peut-être tout gâché.

Je lève les yeux vers lui, ses cils épais encadrant ces incroyables yeux vert émeraude si distants.

— Je ne voulais pas que...

— Pas maintenant. Pas quand il a besoin de toi.

Nous nous tournons vers l'endroit où se trouve Austin.

— On va devoir parler, cependant.

Il acquiesce.

— Oui, mais pour l'instant, il y a des choses plus importantes que ce que toi et moi allons devoir résoudre.

Je sais que je l'ai blessé. Je peux sentir la tension grandir entre nous. Je lui ai caché ça pendant dix ans et je ne peux qu'espérer qu'il comprendra quand il connaîtra toute l'histoire.

D'abord, je dois gérer la situation actuelle.

— Il devrait bientôt se réveiller, dit doucement l'infirmière en s'approchant. Si vous voulez être à ses côtés, ça pourrait l'aider de voir un visage familier.

Sean me touche le dos et je le laisse me guider dans la pièce. Comme la mer qui se serait séparée, nous nous tenons de chaque côté de lui. J'ai mal à la poitrine en regardant ce petit garçon que j'aime plus que ma propre vie.

— Il ne mérite pas tout ça. Il devrait être en train de monter sur son cheval dans la neige, de jouer au baseball avec son père et de fomenter des moyens de s'attirer des ennuis, fait Sean en repoussant les cheveux d'Austin.

— Non, il ne mérite pas tout ça.

Son bonheur et sa chance d'avoir une bonne vie sont les raisons pour lesquelles j'ai enduré tout ça. Ce que je pouvais lui donner à vingt ans n'était rien comparé à la vie que Jasper et Hazel lui ont offerte. Ils ont pu subvenir à ses besoins et l'élever de la façon dont je souhaitais qu'il soit élevé.

Il n'y a jamais eu de discorde ou de malheur pour lui. Austin a été aimé et pris en charge dans tous les sens du terme.

J'ai eu de la chance, car perdre mon fils voulait dire gagner un neveu qu'Hazel et Jasper ont aimé comme leur propre fils. Ils voulaient que je l'aime. Ils m'ont supplié de revenir à Sugarloaf, d'être sa tante et de le voir grandir.

Même si c'était difficile, je m'y suis résignée. Et c'est le plus beau cadeau qu'ils m'aient jamais fait.

— Austin.

Je prononce son nom avec toute la tendresse que je possède.

— Ça va aller, mon petit garçon.

Je passe mes mains dans ses cheveux, puis je les fais glisser sur son doux visage.

Même si j'ai envie de voir ses yeux, ça ne se produit pas. Quand il se réveillera, il aura des questions, et les réponses ne sont pas celles que j'ai envie de lui donner.

Il n'y a pas de manière facile d'annoncer une telle nouvelle à quelqu'un. Ça doit être fait très soigneusement.

Je regarde Sean et croise son regard.

— Il ne sait pas, et on ne peut pas lui dire.

Il respire par le nez, puis baisse les yeux.

— Je ne dirais rien. Je suis juste là pour te soutenir.

Je me demande combien un cœur peut se briser avant d'abandonner. Je vais subir plus de pertes que je ne peux en supporter aujourd'hui.

— Je suis désolée, Sean.

Avant qu'il ne soit trop tard et que tout devienne trop confus, je le lui dis.

— Je sais.

— Vraiment ?

Sean acquiesce.

— Sais-tu que je t'aime ? demandé-je, et ma voix se bloque à la fin de ma phrase.

Il tend la main vers l'endroit où ma main repose sur l'épaule d'Austin et enlace nos doigts ensemble.

— Je le sais aussi.

J'espère que c'est suffisant. J'ai besoin de lui, et ces prochains mois vont être une épreuve à laquelle aucun de nous n'est prêt. Aucun couple qui commence sa vie ensemble ne devrait vivre une telle tragédie.

Nous sommes forts, mais je ne sais pas si nous le serons assez.

Il y a tellement de choses que nous devons régler.

Austin bouge un peu et nos deux regards se posent sur son visage. Il émet un petit gémissement et je prends sa main dans la mienne.

— C'est bon, mon petit.

Après quelques secondes supplémentaires, il ouvre les yeux, d'un brun nuancé de jaune, et croise mon regard.

— Tatie ?

Des larmes coulent sur mon visage tandis que je suis engloutie par le soulagement de le voir réveillé.

— Salut, mon petit garçon.

Je porte sa petite main à mes lèvres. Il va bien. Je sais que tout ce qui nous entoure est horrible mais, à cette seconde même, je m'autorise à ressentir de la joie à l'idée qu'Austin ne soit pas parti lui aussi.

Il regarde Sean.

— Eh, petit homme.

Le sourire d'Austin en voyant Sean me serre la poitrine.

— Où sont maman et papa ?

Sean lui touche le sommet du crâne.

— De quoi te souviens-tu ?

Il regarde autour de lui.

— J'étais sur mon téléphone et puis…

Austin étouffe un cri et je serre sa main plus fort.

— C'est bon, Austin.

— L'accident. On est partis en l'air. Je me souviens… Je me souviens de papa qui criait et puis il y a eu des hurlements.

Le corps d'Austin se met à trembler.

— Chut, essayé-je de le calmer. Tu n'as pas besoin de dire quoi que ce soit, respire juste.

— Maman ? Papa ?

Une larme coule sur ma joue et j'utilise toutes les forces dont je dispose pour me retenir.

— C'était un accident grave. Je suis désolée, Austin. Je suis vraiment désolée. Ils ont essayé, mais ils…

— Non ! hurle-t-il en essayant de retirer sa main de la mienne. Non ! J'ai besoin de les voir ! Papa allait bien. Il me parlait.

Un sanglot s'échappe de sa gorge et j'ai envie de crier et de pleurer, mais je tiens sa main plus fermement.

— Et il s'est battu si fort.

J'essuie les larmes qui continuent de couler.

— Je sais que c'est dur, fait Sean à travers ses propres larmes. Je sais à quel point tu as envie que ça s'arrête, et on aimerait que ça cesse, nous aussi. Tes parents t'aimaient tellement.

Austin sanglote plus fort, ses doigts serrent les miens plus étroitement.

— Je sais que tu as mal, c'est normal de pleurer et d'être en colère, lui dis-je. Je suis là. Sean est là. Mamie et papi sont là. On t'aime tellement et on fera tout ce qu'on peut.

Il ne dit rien, sanglote, tourne la tête d'un côté à l'autre.

— Papa parlait… Il disait que tout irait bien…

— Et il voulait que ça le soit, répond Sean.

— Il a dit que je devais me battre. Que je devais être fort. Il a dit qu'une fois l'aide arrivée, tout irait bien. Pourquoi ? Pourquoi est-ce qu'il ne va pas bien ?

Mon menton tremble, je me sens si vide.

— Je ne sais pas. Je ne sais pas, et j'aimerais que tout aille bien. J'aimerais qu'il soit ici avec nous, à te dire combien il avait raison.

Mon frère a dû se battre jusqu'à la fin. Il n'aurait jamais permis à Austin de se sentir seul ou effrayé s'il avait pu l'aider. J'imagine mon frère et Austin coincés dans la voiture écrasée. Lui ne pouvant pas bouger, mais lui disant combien il est courageux et qu'il doit rester fort. Jasper aurait dit ou fait n'importe quoi pour empêcher Austin de perdre espoir.

Ce dernier pleure et s'agrippe à sa jambe.

— Tu as mal ? demande Sean.

Il acquiesce, alors j'appuie sur le bouton pour appeler l'infirmière. Elle vient rapidement avec des médicaments contre la douleur après que nous avons expliqué ce qui ne va pas.

— Dans quelques secondes, ça va te soulager.

Son regard croise les nôtres, la sympathie se lit sur son visage.

Peu importe la souffrance physique qu'il subit, la douleur émotionnelle est bien plus grande.

Je dépose un baiser sur le sommet du crâne d'Austin et lui murmure à l'oreille à quel point il est fort et comment on va s'en sortir.

Il pleure.

Je pleure.

Et puis, après quelques minutes de plus, ses yeux se ferment et il s'endort.

Sean s'avance vers la fenêtre, sa main essuie son visage pendant qu'il regarde dehors.

— Ce gamin ne sera plus jamais le même, dit-il sans se tourner vers moi.

— Non, comme aucun de nous.

— J'ai perdu ma mère à son âge et ça a changé le cours de ma vie. Tout change quand on perd un parent. *Tout.*

Tout va changer pour nous tous. Je me dirige vers lui, j'ai besoin de le toucher, d'être prise dans ses bras, de ressentir le réconfort qu'il me procure mais, avant que je puisse l'atteindre, on frappe à la porte.

Nous nous retournons pour voir mes parents.

— Il s'est réveillé ? demande papa.

— Oui. On lui a dit.

Maman met les mains sur sa bouche, mais je peux encore entendre son cri étouffé.

— On aimerait rester un peu avec lui, m'explique-t-il.

— Bien sûr.

Sean et moi sortons dans le hall, car nous savons que nous ne pouvons rien faire dans cette pièce tant qu'Austin dort. Je peux sentir la tension qui se dégage de lui et mon petit ami très affectueux semble avoir disparu à des kilomètres de là. Je sais qu'il est blessé et il a le droit de l'être, mais j'ai fait ce que je devais faire pour protéger ma famille et, maintenant, je dois le faire à nouveau.

CHAPITRE VINGT-NEUF

Sean

Est-ce que je la touche ? Est-ce que je lui tiens la main ? Veut-elle que je sois près d'elle ? Je me pose un million de questions alors que nous retournons dans la salle d'attente. Jusqu'à il y a une heure, ce n'était pas des questions que je me posais. Je le savais, tout simplement.

Je la connaissais.

Je connaissais notre relation.

Et maintenant, rien n'a de sens.

— *Je suis sa mère biologique.*

Elle ne peut pas être sa mère. Ce n'est pas… Jasper et Hazel…

Nous trouvons une pièce vide et nous nous asseyons.

Ses yeux bruns, qui ressemblent à ceux d'Austin, me fixent. Je ne l'avais jamais remarqué auparavant. Je ne cherchais pas à voir les subtiles similitudes dans la forme ou la couleur de leurs yeux. Quand nous étions là-dedans, j'ai commencé à chercher d'autres choses qui m'avaient échappé. Son nez est presque de la même forme et la couleur de leurs cheveux est proche.

— S'il te plaît, dit Devney d'une voix implorante. Dis quelque chose. Je sais que tu es bouleversé. Je sais que c'est un choc et je…

— C'est ton fils ? demandé-je, juste au cas où j'aurais mal compris.

— Oui.

Elle se lève et s'avance vers moi, me suppliant des yeux que je comprenne.

— C'est mon fils biologique et en même temps non, car ce n'est pas mon fils. C'était celui de Jasper et Hazel.

— Je vois.

La douleur m'envahit. Vous pouvez dire que c'est égoïste. Que c'est ridicule, mais c'est là. La femme que j'aime, à qui j'ai confié mes secrets, n'a pas fait de même. Elle ne m'a pas fait confiance et je suis blessé. Il n'y a pas un seul secret au monde qu'elle aurait pu me dire au point que je l'en aime moins, pas même ça. Mais elle ne me l'a dit que lorsqu'elle n'avait plus le choix.

Je ressens un sentiment de trahison que je n'ai pas le droit d'éprouver. Devney se rapproche encore plus.

— Je suis désolée. C'est de ça que je voulais parler ce soir. Je prévoyais de t'expliquer. Je sais que je te l'ai caché et il y a eu tellement de fois où j'ai tout simplement voulu t'en parler, mais pour protéger tout le monde, je ne pouvais pas.

— Je t'ai tout dit.

Ma voix est un peu plus saccadée que je ne le voudrais. Je suis en colère, mais pas pour la raison qu'elle pense probablement. C'est plutôt parce que je croyais qu'une fois que je lui avais parlé de l'accident, il n'y aurait plus de secrets entre nous. Rien de cet acabit.

— Je sais. J'aurais dû te le dire, mais je devais d'abord parler à Jasper. Il ne s'agissait pas seulement de moi ou de toi. Je n'ai jamais voulu que tu le découvres de cette façon.

La douleur dans ses yeux est trop dure à supporter. Pourtant, j'ai besoin d'entendre ça.

Je garde ma voix égale et prends sa main dans la mienne. Je ne sais pas si j'essaie de la réconforter ou de me réconforter moi-même, mais je la connais depuis plus de vingt ans et je l'aime du plus profond de mon âme. Je ne peux pas la regarder pleurer, pas quand je la vois essayer de se montrer courageuse.

— Je suis juste confuse, Dev. Comment as-tu pu porter un bébé pendant neuf mois et ne jamais me le dire ? Comment as-tu pu me cacher ça ?

— Ce n'était pas facile. C'était en fait la chose la plus difficile que j'aie jamais faite. Il y a eu tellement de nuits où j'ai décroché le téléphone pour t'appeler. Je n'ai réussi à te joindre qu'une seule fois, mais j'étais tellement bouleversée que je me suis dégonflée et j'ai dû mentir sur la raison pour laquelle j'étais si au fond du trou. Tu te souviens ?

Je reviens en arrière, essayant de me souvenir d'un moment où elle était au bout du rouleau, il y a dix ans.

— C'était quand tu as dit que tu voulais que je m'enfuie avec toi ?

Elle acquiesce.

— Je t'ai supplié. J'étais tellement au fond. Je voulais juste que quelqu'un puisse arranger les choses, alors je t'ai appelé.

Putain. J'étais un tel connard à l'époque. Je pensais qu'elle avait juste le mal du pays et je me souviens avoir essayé de l'apaiser.

— Je ne savais pas…

— Normal. C'est la nuit où j'ai décidé que je devais le confier à mon frère. J'étais… Je ne sais pas, je ne pouvais pas gérer toutes ces émotions.

Et pour elle, je dois faire face aux miennes, maintenant. Elle est en train de s'effondrer, de se perdre dans une mer de douleur et d'incertitude, et je ne serai pas la raison pour laquelle elle sombre encore plus. Je la désire plus que tout au monde et je veux qu'elle me fasse confiance.

— Tu vas tout me dire ?

Des larmes coulent sur ses joues et elle se précipite dans mes bras. Je la serre fort, je dépose un baiser sur le sommet du crâne et je respire son odeur, ce qui la caractérise.

Je ne sais pas combien de temps nous restons comme ça, mais quand elle s'éloigne, je sais que ce n'était pas assez long. Elle prend mes mains dans les siennes, puis respire profondément.

— Quand j'étais avec Christopher, on avait des règles. On ne se voyait qu'à mon appartement ou à l'hôtel, on n'allait nulle part, ce qui était logique à l'époque puisque notre relation était interdite. Mais après environ sept mois, les choses étaient… différentes. Je n'avais pas le droit de l'appeler certains jours ou alors il annulait nos projets à la dernière minute. Ce n'était que des petites choses qui me mettaient mal à l'aise. Puis il a changé de numéro de téléphone sans raison, et j'ai eu un pressentiment qui ne voulait pas se calmer, je le ressentais jusque dans mes tripes. Donc je l'ai suivi, et c'est là que je l'ai vue. Sa femme. Elle se tenait sur le seuil de leur porte, à lui sourire, et il l'a attrapée par la taille et l'a embrassée de la même façon qu'il le faisait quand il me voyait.

La rage me brûle en imaginant Devney assise dans sa voiture en train de découvrir ça. Une jeune femme, assez innocente et naïve pour penser qu'une relation avec son professeur pouvait fonctionner, qui a dû voir de ses propres yeux à quel point certains hommes peuvent être sournois.

— Continue, je t'en prie.

— J'étais… eh bien, j'étais anéantie. Tout ce temps où je pensais qu'il m'aimait était un mensonge. Chaque contact que l'on avait eu me paraissait sale. Chaque baiser était entaché par le fait qu'il trompait sa femme et que j'étais sa maîtresse. Je voulais mourir, Sean. Je voulais… J'ai pensé à… Je n'ai pas pu supporter tout ça. Il est venu le lendemain matin et je lui ai dit que je savais tout. Il était furieux que je l'aie suivi.

Elle éclate légèrement de rire.

— Oui, il m'en voulait de l'avoir suivi, mais pas du fait qu'il avait menti à tout le monde. Je me souviens avoir pensé que tout ça était insensé. On s'est disputé et je lui ai reproché tous ses mensonges. Il n'arrêtait pas de dire que j'étais folle et que je ne comprenais pas, mais je savais que j'avais raison.

— Il ne te méritait pas, Devney.

— Ça n'avait aucune importance. Je l'aimais et, pendant quelques instants, même après l'avoir découvert, j'ai espéré qu'il me choisirait peut-être. C'est la partie la plus horrible dans tout ça. J'étais tellement dépendante de mon amour pour lui que j'ai eu envie de briser sa famille, même si ce n'a été que durant quelques instants. J'ai pleuré et menacé de me tuer.

Elle lève les yeux vers moi, les lèvres tremblantes et le regard brillant. Mon estomac se tord à l'idée qu'elle puisse même y penser.

— Tu étais jeune.

— J'étais stupide et égoïste, et assez âgée pour le savoir. Mais ça n'avait aucune importance, parce qu'il n'aurait jamais foutu sa carrière en l'air pour son second choix, et je pense que je le savais depuis le début.

Je n'ai jamais voulu revenir en arrière. Mon passé et les choses que j'ai endurées étaient horribles et appartiennent au passé, mais maintenant, je voudrais faire les choses bien pour elle. J'aurais dû être là. J'aurais dû voir quand elle était distante et ne voulait pas parler. En tant que meilleur ami, j'aurais dû voir les signes montrant que quelque chose n'allait pas.

— Bref, trois jours après lui avoir dit que c'était fini, j'ai appris que j'étais enceinte.

Je veux la réconforter, mais elle s'éloigne et reprend :

— Je ne pense pas que tu puisses seulement imaginer le niveau de souffrance que je ressentais. J'étais sous l'emprise des hormones, effrayée, en colère et tout ce qu'il y a entre les deux. J'étais plus que brisée à ce moment-là. Le soir où j'ai fait le test, je lui ai demandé de passer parce que c'était urgent. Rien n'aurait pu me préparer à sa réponse. Il m'a dit que j'avais deux options : élever le bébé comme je le voulais sans son aide ou qu'il paierait pour un avortement.

Si je pensais que j'étais en colère avant, là c'est un tout autre niveau. J'ai envie de le tuer, de lui casser les bras et de l'étouffer jusqu'à ce qu'il meure. Faire ça à n'importe quelle fille est dégoûtant, mais à elle... c'est inadmissible. Devney est tout ce qu'il y a de plus beau dans ce monde et, en tant qu'homme, il aurait dû être là pour elle.

— Dev...

— Non, laisse-moi finir, s'il te plaît, implore-t-elle. Je n'ai pas pu le faire. Pas que je n'y ai pas pensé, pas parce que je désirais un enfant, mais bien parce que je ne voulais pas, pas avec lui et pas comme ça. Deux jours après avoir découvert que j'étais enceinte, Jasper et Hazel ont perdu leur sixième bébé. Six fois, ils avaient essayé de devenir parents et avaient échoué, et moi, je venais d'avoir vingt ans et j'étais enceinte de l'enfant de mon professeur marié dont il ne voulait rien savoir. Mon frère pleurait devant moi. Il était tellement désemparé de ne pas pouvoir donner d'enfant à Hazel. C'était le niveau d'émotion que j'attendais de la part de Christopher. Il aurait dû pleurer parce qu'il m'avait brisé, mais il était avec sa femme.

Devney essuie ses larmes et relâche une autre profonde inspiration.

— Hazel était à l'école d'infirmières dans le Colorado et j'allais lui demander de m'emmener à la clinique pour mettre fin à la grossesse. Au lieu de ça...

Je la fixe, me demandant si elle a la moindre idée de son altruisme.

— Tu leur as confié ton enfant.

Un profond sanglot s'échappe de ses lèvres et je prends son visage dans mes mains.

— Oh, trésor.

— Je ne leur ai pas confié *mon* enfant. Je leur ai confié *leur* fils. Un petit garçon aux yeux marron qui avait besoin de parents pour l'aimer. C'était le jour le plus douloureux et le plus beau de ma vie. Hazel était dans la pièce, à me tenir la main tandis que nous pleurions toutes les deux pour des raisons différentes. C'était ma belle-sœur, qui essayait de ne pas être heureuse parce qu'elle savait que je mourais intérieurement. Elle m'a serrée dans ses bras, m'a remerciée, m'a dit à quel point j'étais altruiste. C'était le bon choix, mais je me sentais si… mal. J'aimais Austin. Je l'aimais tellement et je leur ai confié parce que je savais que je ne pouvais pas lui offrir plus qu'eux. On a convenu qu'ils resteraient dans le Colorado pendant que j'irais dans une nouvelle école pour décrocher mon diplôme et on est tous revenus avec Austin, qui n'était alors que mon neveu, et avec un secret que seules cinq personnes connaissaient.

J'ai de grosses difficultés à respirer.

— Putain. Je ne sais pas quoi dire. Pourquoi tu ne me l'as pas dit avant ?

— Parce que j'avais tellement honte. J'ai toujours pensé que j'étais cette fille dure qui ne laisserait jamais aucun homme la blesser, et puis j'ai découvert ma faiblesse. Je ne voulais pas que tu me voies de cette façon.

— Trésor, je ne ferais jamais ça.

— Je ne le croyais pas moi-même. Je ne voulais pas voir le reproche dans tes yeux. Même si tu dis que tu ne le ferais pas, je n'y croyais pas.

— Tu ne m'as pas fait confiance.

— J'aimerais pouvoir dire que ce n'est pas vrai mais… en effet. Après un certain temps, quand on discutait, je n'arrivais pas à me résoudre à te le révéler. Puis le temps a passé et c'est devenu un secret impossible à dévoiler. Austin grandissait et je devais le protéger.

Je me passe les mains sur le visage.

— J'aurais juste aimé que tu ne me mentes pas ou que tu ne me le caches pas.

— Je ne voulais pas mentir, mais la vérité est que je suis la mère biologique d'Austin. Ce secret nous a hantés, ma famille et moi, pendant un certain temps.

Elle regarde vers la chaise que sa mère occupait plus tôt.

— Ta mère ?

— Oui. Elle était tellement déchirée à ce sujet… mais Jasper et Hazel avaient besoin d'Austin, et j'avais besoin d'eux.

— C'est pour ça que vous vous disputez autant ?

Elle soupire et hausse les épaules.

— C'était un péché sur toute la ligne. Elle voulait que je le garde et que j'en prenne la responsabilité. Le fait même que j'ai envisagé d'avorter était impardonnable à ses yeux.

— Et Austin ne sait rien du tout ?

— Non. Jasper, Hazel et moi avons convenu que je serais exactement ce que je suis, sa tante. J'ai pu le voir grandir, l'aimer et être là pour lui d'une manière que la plupart des gens qui abandonnent leur enfant ne font jamais. C'était la chose la plus difficile et la plus importante que je pouvais faire. À partir de ce jour, j'ai décidé de le considérer comme mon neveu. Je ne me suis jamais, pas une seule fois, permis de prononcer le mot *fils*. C'était la meilleure chose à faire pour mon propre bien-être et pour celui d'Austin.

— Et maintenant ?

C'est sa mère, mais Austin ne le sait pas. C'est sa mère et elle doit maintenant faire face à une situation toute nouvelle.

Elle penche la tête vers le bas et frotte ma main avec son pouce.

— Je ne sais pas. Quand Austin avait trois mois, ils ont rédigé un testament. Un testament qui précisait ce qu'ils désiraient qu'il arrive. Ils veulent qu'Austin soit confié à mes soins et que je l'élève comme je l'entends, même si je suis seule et incertaine de ce que ça signifie.

— Tu n'es pas seule.

Elle éclate d'un unique rire.

— Je suis complètement seule, Sean.

Je sais qu'elle se noie dans le chagrin, mais c'est loin d'être la vérité.

— Je suis là.

Devney croise mon regard.

— Tu l'as toujours été, mais là, c'est différent.

— Pourquoi ? Parce que tu veux que ce soit différent ?

— C'est une situation toute nouvelle. On n'a aucune idée de ce qui va se passer, si ce n'est que je vais maintenant élever un enfant. Tu ne peux pas me dire que ça ne change pas tout !

Devney laisse échapper quelques respirations courtes. Je me passe les doigts dans les cheveux et recule.

— Pas forcément.

Elle secoue la tête d'avant en arrière en me fixant.

— Tu veux avoir un enfant dans ta vie, là, maintenant, tout de suite ? En plus de ça, comment peux-tu imaginer que je puisse quitter Sugarloaf maintenant ?

— Je ne sais pas. Je sais juste que je ne peux pas te perdre.

C'est la seule chose que je ne peux pas permettre. Je ne peux pas retourner en Floride et vivre comme si je n'avais jamais su ce que c'était que de l'aimer. Aucune autre femme ne pourra jamais combler le vide qu'elle laisserait. Devney est parfaite pour moi. Je suis parfait pour elle, et la perdre n'est pas une option. Je trouverai un moyen, il le faut.

Elle essuie une larme.

— Les choses ont changé pour nous. En un instant, c'est une toute nouvelle vie qui s'offre à nous. Je ne peux pas ignorer ça et tu ne peux pas prétendre que tu ne devras pas partir.

— Je peux prendre des congés.

— Et ruiner ta carrière ? Allons, Sean. Je ne peux pas te laisser faire ça, pas plus que tu ne peux me demander de changer les choses de mon côté.

— Alors c'est ça ? demandé-je, sentant la panique monter. Tu baisses les bras maintenant ? Alors qu'on a encore des mois pour trouver une solution.

— Je suis réaliste. Je suis… Je ne sais pas.

Je prends ses mains dans les miennes, les tirant vers ma poitrine.

— Rien n'est décidé maintenant, Dev. Tu as promis qu'on attendrait jusqu'à trois semaines avant que je parte.

Je m'accroche à cette lueur d'espoir. Si elle peut s'y tenir, alors j'ai du temps pour trouver un plan.

— Je ne sais pas ce qui va changer d'ici là…

— Peut-être rien. Peut-être tout. Tout ce que je sais, c'est que je t'aime, et peu importe comment notre relation évolue, je veux être là pour toi maintenant. Est-ce que tu m'y autoriseras ?

J'attends, mon cœur bat la chamade et je respire par à-coups.

— Tant que tu me promets que, quel que soit le résultat final, tu l'accepteras.

— Je l'accepterai.

Je mens, parce qu'il n'y a qu'un seul résultat final acceptable, c'est celui où elle et moi finissons ensemble. Je lui dis ce qu'elle a besoin d'entendre et me promets de trouver un moyen pour que ça se passe comme je le souhaite.

Je ne la perdrai pas. Ni maintenant ni jamais.

CHAPITRE TRENTE

Sean

J'ai l'impression que mon cœur est vide. C'est tout ce que je peux dire au moment où je suis assis au bout de l'allée, sachant que je vais me rendre dans une maison vide.

J'ai dû laisser Devney à l'hôpital pour pouvoir rentrer, prendre des affaires et les lui ramener. Là tout de suite, je regarde le panneau au-dessus, je déteste le nom et cet endroit.

Je suis revenu parce que je le devais. Je partirai parce que je n'ai pas le choix et je regretterai une fois de plus le jour où j'ai remis les pieds à Sugarloaf.

— J'emmerde les flèches. J'emmerde tout ce qui est important à leur propos.

J'agrippe le volant, traversé par la colère.

— Voilà la vérité, Maman. Je vais perdre la seule personne qui vaut la peine d'être aimée à cause de cette putain de vie que ton connard de mari a créée pour tes garçons.

En fonçant dans l'allée, je faillis percuter les deux voitures garées devant la maison.

Mes putains de frères fouineurs.

N'étant pas d'humeur à traiter avec l'un ou l'autre, j'ouvre la portière de la voiture et les dépasse.

— Sean, arrête ! me lance Declan, et je lui fais un doigt d'honneur.

— Eh, sérieusement, qu'est-ce qui se passe ?

Je me tourne pour les fixer tous les deux. Les choses sont horribles. Les choses ne pourraient pas être pires après avoir été si incroyablement géniales.

— Tout s'écroule !

— On est venus voir comment vous alliez avec Devney. Sydney était au téléphone avec elle et j'ai pensé que tu pourrais avoir besoin d'un ami.

— Alors maintenant tu es mon ami ? demandé-je sur un ton acide.

— J'aimerais me considérer comme plus puisque je suis ton putain de frère.

Declan croise ses bras sur sa poitrine et attend.

— Je suis énervé.

— On voit ça.

— Je suis vraiment bouleversé, bordel. Non, putain ! Je suis… J'en ai ma claque !

Connor se rapproche.

— J'imagine qu'il n'y a pas que Jasper et Hazel qui sont morts. Tu as l'air d'une épave, et c'est mieux de nous parler, de délester la colère que tu as dans la tête sur nous.

Quand mon petit frère est-il devenu comme ça ? Si je n'étais pas sur le point de perdre la tête, je pourrais être impressionné.

Je ne suis pas sûr de ce que je dois dire. Je ne sais pas ce que Devney a confié à qui que ce soit et je ne veux pas la trahir. Donc, je vais expliquer les faits et laisser de côté la partie sur le fils caché.

— Devney va être la tutrice légale d'Austin. On avait… des projets.

— Quels projets ? demande Dec en s'asseyant.

Fini l'attitude de connard, place à l'inquiétude.

— On devait retourner en Floride ensemble. Du moins, c'était le but. Elle et moi étions heureux. Tellement heureux que c'était comme si le monde entier avait un sens et, maintenant, plus rien n'en a.

— Rien n'est aussi sombre, mon frère.

Je regarde Declan et soupire.

— Ah oui ? Mais quel autre choix a-t-elle ? Elle ne peut pas me dire : « Désolée, je sais que ta vie est ici, ta famille, tes amis et les restes de tes parents, mais j'aime ce type, alors on déménage. »

Connor acquiesce.

— Tu dois penser à ce qui est le mieux pour lui maintenant.

— Je sais.

— Je ne dis pas que tu ne le fais pas, Sean. N'interprète pas ce que je dis dans le mauvais sens.

Connor me pose vivement une main sur l'épaule.

— Je compatis. Quand Ellie... enfin, quand les choses sont arrivées, c'était la même chose pour moi. Tout d'un coup, j'avais cette petite fille dont j'étais responsable. Hadley avait besoin d'un héros, et Austin aussi.

C'est là que réside le problème.

— Je ne suis pas un putain de héros.

Declan secoue la tête.

— Qu'est-ce que tu racontes ? Tu as plus l'étoffe d'un héros que n'importe lequel d'entre nous... bon, peut-être pas plus que le vrai héros de guerre ici, mais quand même. Tu sais combien d'enfants t'admirent ? *Surtout* un enfant comme Austin. Tu es sur les posters de leurs murs et sur les cartes qu'ils s'échangent.

C'est peut-être le cas, mais je suis aussi le type qui ne veut rien d'autre que mettre Devney dans les bagages et l'enlever. Ce n'est pas l'homme qu'il doit admirer.

— Je ne suis pas... commencé-je, mais je ne peux pas le dire.

La vérité est que, oui, je veux l'emmener loin et la garder près de moi, mais je ne le ferais jamais si ça signifie la blesser ou blesser Austin de cette façon. La dernière chose que je souhaite, c'est lui causer un chagrin d'amour.

Je veux être son salut, pas l'outil de sa destruction.

— Tu ne l'es pas ? insiste Dec.

— Je ne suis même pas sûr de ce qu'il faut faire.

Connor relâche une lourde respiration.

— Tu fais du mieux que tu peux. Tu donnes à cet enfant de la stabilité et un exutoire. Tu continues d'aimer Devney durant toute cette épreuve.

Ils passent à côté de l'essentiel. Je peux faire tout ça, mais la conclusion sera toujours la même. Je ne peux pas réécrire l'histoire. Nous savons tous comment ça va se passer et il n'y a pas de « ils finirent heureux pour toujours » ici. C'est une putain de tragédie.

— Et ensuite je repars ? Putain, comment ça peut avoir le moindre sens ? Je l'aime. Elle m'aime. Je fonds pour un gamin qui n'a rien fait de mal, puis je prends un avion et je rentre en Floride ? Ça va arranger les choses ?

Mes deux frères me fixent, puis se regardent l'un l'autre. C'est Declan qui prend la parole en premier :

— Tu sais, rien ne dit qu'elle ne viendra pas avec toi à la fin. Tu as quoi ? Un peu moins de trois mois pour être l'homme dont elle et Austin ont besoin.

Je me pince l'arête du nez et le poids qui repose sur mes épaules devient plus lourd encore.

— Je suis content que vous ayez tous les deux confiance en moi, car je ne le suis pas. J'aime Devney et les trois prochains mois ne feront que rendre notre séparation plus difficile. Et vous ne me convaincrez pas sur le fait qu'elle me préférera un jour au bien-être d'Austin.

Declan s'énerve.

— Et tu lui demanderais de choisir ?

— Putain, non !

— Exactement ! Alors, ne me dis pas que tu es soudainement conscient de ce qu'elle va faire. Tu ne lis pas dans les pensées, tu es un gars, et un gars assez stupide en plus.

Je lui fais un doigt d'honneur, puis Connor reprend :

— Écoute, je pensais avoir toutes les réponses avec Ellie. J'étais tellement sûr de ce qui allait se passer et de ce que je ferais si ça arrivait, mais la vérité, c'est qu'on n'en sait rien.

Declan ne sait définitivement rien du tout. Je suis d'accord sur ce point.

— Ce que je veux dire, c'est qu'en ce moment, vous traversez un truc énorme. Son frère et sa belle-sœur sont morts, elle est maintenant la tutrice d'un enfant de neuf ans qui sera sûrement bouleversé d'avoir perdu ses parents et coupable à mort parce qu'il a survécu alors qu'eux non.

— Coupable ?

Connor éclate d'un bref rire.

— Tu ne te souviens pas de ce qu'on a ressenti quand maman est morte ?

Declan émet un faible gémissement et se lève.

— On était tellement sûrs de l'avoir tuée.

J'essaie de me souvenir de cette époque, mais c'est comme marcher dans le brouillard. Il y a tellement de choses de mon enfance que je me suis battu pour oublier. Qui voudrait se souvenir d'avoir perdu sa mère et d'avoir été battu par son père ? Personne.

Les seuls souvenirs que je m'autorisais étaient ceux avec maman.

La façon dont elle sentait les pommes et la cannelle. Les fleurs fraîches qu'elle mettait toujours sur la table et la manière dont sa voix s'adoucissait quand elle souriait.

— Je ne me souviens pas de ça, admets-je.

— Eh bien, moi si, dit Declan avec une pointe de tristesse dans la voix. J'étais convaincu que c'était quelque chose qu'on avait fait. Parce que les anges n'attrapent pas le cancer, ils ne tombent pas malades, et papa nous traitait toujours de petits démons avant d'y croire vraiment. J'ai pensé que c'était notre faute, que nous étions mauvais, donc que c'était nous qui l'avions rendue malade.

Je me penche en arrière tandis que des morceaux de cette époque me reviennent.

— On n'a pas rendu maman malade.

Dec s'assied à côté de moi.

— Sans déconner, mais à onze ans, je n'arrivais pas à le comprendre. Imagine comment Austin va se sentir. C'est de son tournoi qu'ils rentraient. Il va se sentir coupable, et il va avoir besoin de quelqu'un qui puisse comprendre ce sentiment.

— Aussi, intervient Connor, Devney est au bout du rouleau pour le moment. Elle vient de perdre son frère et sa vie entière a basculé. Il ne faudra pas prendre à cœur tout ce qu'elle dit pendant la semaine à venir. Laissez-la travailler sur ses émotions et ensuite vous pourrez réfléchir à un plan.

Il a raison. Je le sais, mais vu la façon dont elle parlait à l'hôpital, il était assez clair qu'elle avait déjà décidé que c'était la fin de notre relation. La peur peut vous faire penser et dire certaines choses, mais elle n'est pas du genre à changer d'avis une fois qu'elle s'est décidée. C'est ce qui m'inquiète le plus.

CHAPITRE TRENTE-ET-UN

Devney

— Où vas-tu l'emmener ? s'enquiert Maman alors que nous attendons devant la chambre d'Austin.

— Qu'est-ce que tu veux dire ?

— Chez lui ou chez Sean ?

Je n'ai pas réfléchi aussi loin. Sydney est passée plus tôt et a rassemblé tous les papiers que je devais signer, me confiant la garde complète d'Austin. Je me suis assise là, à le regarder, en essayant de lire à travers lui malgré mes larmes, puis j'ai écrit mon nom sur la ligne. Ça semblait si impersonnel et si définitif.

Me voici parente de l'enfant que j'ai abandonné.

Je continue d'attendre que tout ça prenne du sens, mais ça n'arrive pas.

Austin va vivre avec moi, mais je n'ai pas de maison. Je vais devoir être sa mère — ou plutôt, sa tante qui est en fait sa mère, mais il ne le sait pas.

Pourquoi tout ça doit-il être si compliqué ?

— Alors ? insiste maman.

— Je ne sais pas.

— Devney, tu dois prendre cette décision.

Je lâche une lourde respiration et me frotte les tempes.

— Je sais. Je voulais voir les papiers pour connaître les volontés de

Jasper et Hazel, mais tout ce que ça disait c'est que je saurais faire les bons choix et ils n'avaient aucune demande particulière. Donc je ne sais pas où il voudra aller. S'il veut retourner chez lui, j'emménagerai là-bas. S'il veut aller chez Sean et ne pas être entouré de toutes leurs affaires, je le suivrai.

Elle regarde vers la fenêtre où les stores sont à peine ouverts.

— Il a besoin de stabilité.

— Je suis au courant.

— Il peut venir chez nous. Je sais pourquoi tu es celle qu'ils ont choisie, mais ton père et moi pouvons lui donner plus.

Je ne vais pas faire ça.

— Maman. Arrête.

Elle croise mon regard.

— Je ne pense qu'à lui.

— Moi aussi.

— Il devrait rentrer chez lui, dit-elle en guise de dernier avertissement.

Normalement, je répliquerais jusqu'à ce que l'une de nous cède, mais je n'ai pas l'énergie pour ça. Aucune de nous ne l'a. Maman prend ma main dans la sienne.

— Je suis désolée, Devney. Je ne veux pas me montrer sèche avec toi. C'est juste que je perds les pédales. Ça fait quatre jours que j'ai perdu mon fils et je ne me contrôle plus.

Ses larmes coulent et la douleur dans sa voix me brise le cœur.

— Je suis vraiment désolée, Maman.

— Je veux juste… Je veux aider. Je dois *faire* quelque chose ou je vais perdre la tête. J'ai tellement mal, et tout est hors de contrôle. Je ne peux pas arranger ça, et…

Je lui serre légèrement la main.

— Je sais. Tu aides en étant ici. Austin a besoin de toi, de moi et de tout son entourage dans sa vie. Je dois prendre les choses au jour le jour et faire ce qui est le mieux pour lui. Je me bats, moi aussi.

Elle relâche sa prise.

— Il a souri quand j'ai dit que Sean venait cet après-midi.

Mon cœur s'emballe à l'entente de son nom. Nous nous sommes vus tous les jours. Il vient à l'hôpital tous les matins, nous apporte à manger, reste un peu, puis va faire des courses ou autres choses. Après le dîner, il revient généralement avec un sac de choses dont je pourrais avoir besoin avant que lui et Austin ne parlent baseball.

Je ne veux rien de plus que me précipiter dans ses bras et qu'il me serre contre lui, mais je me retiens toujours un peu plus à chaque fois.

Rien ne changera.

Il faut qu'on arrête de croire que nous aurons plus que ces six mois. Il va retourner en Floride et je vais élever Austin à Sugarloaf.

— Sean se comporte parfaitement bien avec lui.

— Et avec vous ?

Je hoche la tête.

— Exagérément bien.

Maman se tait pendant un moment, puis sa voix change un peu.

— Je sais que j'ai été dure avec toi. J'ai rendu les choses difficiles et pour ça, je ne me pardonnerai jamais, mais je dois te dire que si tu laisses filer ce que tu as, tu es une idiote.

— Je ne veux pas le laisser tomber.

Elle croise mon regard et je vois la tension dans sa mâchoire.

— Alors, ne le fais pas.

— Ce n'est pas si simple.

— C'est là que tu te trompes. C'est aussi simple que ça. Tu l'aimes, il t'aime. Il vient rendre visite à ton neveu chaque jour. Il lui apporte des livres, lui parle de sport et donne à ce petit garçon un sentiment de normalité. Il fait tout ça en plus de prendre soin de toi.

J'ai un net geste de recul.

— Prendre soin de moi ?

Ma mère lève les yeux au ciel.

— Sérieusement, Devney, tu n'as pas idée. Combien d'hommes riches et célèbres se comporteraient comme lui, à ton avis ? Bon sang, combien d'hommes en général ? Retire les autres adjectifs. Pas beaucoup. Sean Arrowood a toujours été ton pilier, ne le jette pas dans la rivière.

— Je ne suis pas en train de faire ça.

— Alors, laisse-le prendre soin de toi. Laisse Sean te montrer le genre de mari qu'il serait. C'est l'occasion parfaite pour lui de s'esquiver et de fuir s'il le veut, mais tout ce que j'ai vu jusqu'ici, c'est un homme qui veut aider. Tu n'as aucune idée de la difficulté d'être parent, mais choisir de l'être seul… eh bien, je ne peux pas imaginer. C'est pourquoi j'ai été si dure avec toi. J'avais tort. Je pensais que si tu avais élevé Austin, ça t'aurait fait du bien.

Elle me balance ça, mais ses actions démentent tout. En ce moment, je ne suis pas d'humeur à me disputer avec elle. C'est plus facile de laisser tomber et de prier pour que cette version plus gentille de ma mère soit là pour durer.

— Et pourtant, je suis là, à élever Austin toute seule. C'est ironique, hein ?

Les yeux de ma mère se remplissent de larmes.

— Non, c'est triste, et après tout ce que tu as traversé pour lui donner ce que tu ne pouvais pas, c'est… injuste. Et pourtant, je ne peux pas m'empêcher de me demander si ce n'était pas comme ça que ça aurait dû se passer.

— Que je doive l'élever ?

Elle acquiesce et renifle.

— Je sais que c'est terrible, mais je ne peux m'empêcher de me demander si ce n'était pas le plan.

Si elle envisage, même de loin, que je devais m'occuper d'Austin et que c'est pour ça que mon frère et ma belle-sœur sont morts, je risque de hurler.

— Maman…

— Non, écoute, je pense que le fait que tu aies abandonné Austin était le bon choix, le seul choix possible. Tu n'étais pas prête, et Hazel et Jasper avaient besoin d'un enfant à aimer. C'était le plan. C'était impossible, difficile et juste. Mais le fait que tu sois là pour lui maintenant l'est aussi. Sean et toi pouvez l'aider à traverser cette épreuve d'une manière que ton père et moi ne pourrions pas faire.

— On ne devrait pas avoir à le faire. Ça n'aurait jamais dû se passer comme ça.

Elle acquiesce et jette un coup d'œil à travers les stores.

— Je ne devrais pas avoir à enterrer mon fils.

Maman se tourne vers moi en souriant doucement puis reprend :

— Et je suis heureuse que tu n'aies pas à savoir ce que c'est que de le faire non plus. Fais confiance à ton cœur, Devney.

Elle m'embrasse sur la joue et se dirige vers le bureau des infirmières. Je reste debout, abasourdie et incapable de bouger parce que nous venons d'avoir une conversation qui ne s'est pas terminée par une dispute et qu'elle a défendu Sean.

Je sais qu'il se comporte bien avec moi, mais ça a toujours été le cas.

Je n'ai jamais eu à m'inquiéter qu'il soit dans les parages parce que Sean… est adorable.

Ça ne signifie pas que les choses seront possibles pour nous maintenant. Plus que jamais, je dois prendre le temps d'envisager l'avenir. Nous ne pouvons pas prendre des décisions qui changent la vie quand rien n'est sûr dans la nôtre.

L'infirmière sort.

— Il va bien. Il sera prêt à sortir tôt, demain.

— Merci.

Mon estomac se contracte, j'ai la gorge nouée. Demain, nous devons rentrer à la maison et commencer ce nouveau voyage, et je ne sais pas comment m'y prendre. Austin et moi avons eu la relation la plus incroyable qui soit parce que ma place dans sa vie a toujours été claire pour lui. J'étais sa tante. J'étais amusante, je l'emmenais partout, je lui achetais des choses et j'étais un réconfort pour lui. Maintenant, je prends le rôle de parent.

Jasper disait toujours en plaisantant que j'étais du bon côté de l'affaire, et c'est vrai. J'ai fait partie de sa vie de la meilleure façon qui soit. La dynamique doit changer et j'aimerais qu'il soit là pour me dire quoi faire.

Mais il est parti et je dois trouver une solution. Je ne suis plus une petite fille et ils m'ont fait confiance pour l'élever en cas de disparition.

Je pousse la porte et Austin lève les yeux.

— Tu te sens bien ? demandé-je.

— Ça fait mal.

— Ça va passer.

Ses yeux se remplissent de larmes.

— Ils me manquent.

— Moi aussi, dis-je en prenant son visage dans ma paume. Ils me manquent tellement.

— Le médecin a dit que je pouvais rentrer chez moi demain.

— Oui, est-ce que tu… sais où tu veux aller ? dis-je d'une voix tremblante. Je peux m'installer chez toi pour que tu n'aies pas à déménager.

Il secoue rapidement la tête.

— Je ne veux pas y aller.

— Pourquoi ?

Austin s'essuie le visage.

— Parce qu'ils ne sont pas là.

Oh, mon cœur ne peut pas se briser plus qu'en cet instant.

— Tu veux aller chez Sean ?

Il se tourne vers moi, les yeux pleins de larmes et d'espoir pour la première fois depuis son réveil de l'opération.

— On peut ?

— Bien sûr que tu peux, la voix de Sean remplit la pièce de son autorité.

Je me tourne pour le fixer tandis qu'il s'approche de nous.

— Si ta tante est d'accord.

Les yeux d'Austin s'illuminent.

— Je préférerais vraiment aller chez lui.

Je pense aussi que ça aurait été la réponse appropriée si je lui avais demandé il y a deux semaines. Pourtant, j'entends dans ma tête les paroles de ma mère qui me disent de faire confiance à mon cœur.

— D'accord, mais on va devoir y retourner à un moment donné, quand Sean retournera en Floride.

— Je sais.

Sean pose une main sur mon épaule et la serre.

— On va trouver une solution, ensemble.

J'essaie de ne pas me laisser envahir par les émotions, mais il m'est impossible de les ignorer, alors j'appuie ma tête contre sa poitrine et laisse sa force m'envahir.

Il me tient et il ne me lâchera pas.

Je lisse ma robe noire d'une main et m'essuie les yeux. Mascara waterproof, mon cul. Le nombre de larmes que j'ai versées pourrait remplir l'océan.

— Je ne reverrai jamais mes parents, fait Austin en regardant les cercueils disposés au-dessus des trous.

Traverser tout ça, c'est juste trop. Je ne peux pas faire disparaître sa douleur. Tout ce que je peux faire, c'est lui tenir la main et essayer de l'aider à vivre cette épreuve. La nuit dernière, il s'est endormi dans mes bras, mouillant ma chemise en pleurant la mort de mon frère. Je ne pouvais rien faire d'autre que le garder dans mes bras et sangloter avec lui. À un moment donné, Sean est entré, a déplacé Austin et m'a porté dans notre lit.

Nous savions tous que la journée serait difficile, mais ça a été une véritable agonie.

Je rabats les cheveux brun foncé d'Austin en arrière.

— Ils t'aimaient. Tellement.

Il acquiesce.

— Je veux juste qu'ils reviennent, mais ils sont partis.

— Je sais que c'est difficile en ce moment, mais on ne se laissera jamais oublier à quel point ils étaient merveilleux, d'accord ? On se rappellera combien on s'est amusés et combien on a eu de la chance de les aimer et d'être aimés d'eux.

Austin renifle.

— Je ne veux pas retourner à la maison, mais je m'inquiète pour les animaux.

Sean s'accroupit pour qu'ils soient les yeux dans les yeux.

— Tu veux faire venir ton cheval dans notre grange ? Il serait avec celui de Hadley et on pourrait le surveiller plus correctement ?

— Oui. J'ai besoin qu'il sache qu'il n'est pas seul.

Il y a tellement de douleur dans chaque syllabe que ça met en évidence son message sous-jacent. Il se sent seul.

Je m'apprête à dire quelque chose, mais Sean me dépasse :

— Personne n'est seul dans cette affaire, mon petit. Tu as ta tante Devney, tes grands-parents, Hadley, moi et mes frères. On est tous là pour toi, d'accord ?

Austin me regarde avec des larmes plein les yeux.

— On peut rentrer à la maison maintenant ?

— Oui, allez.

Austin ne voulait pas utiliser ses béquilles, alors Sean a proposé d'être ses jambes pour la journée. Je vous jure, quand je pense que je ne peux pas aimer cet homme plus que je ne l'aime, il fait quelque chose comme prendre Austin dans ses bras.

— Tu veux passer aujourd'hui ? demande maman quand nous arrivons à la voiture.

— Non merci, Grand-mère.

— D'accord, mais tu viendras me voir bientôt ?

Ses yeux sont gonflés et son nez est rouge. Ça a été une journée difficile pour elle. Jasper était son fils aîné et maintenant il n'est plus là. Je réponds pour lui.

— On sera à la maison pour Noël, Maman. Comme toujours.

Je vois ses lèvres trembler et elle acquiesce, s'effondrant dans les bras de mon père.

— On se voit là-bas alors, répond-il.

Alors que nous nous dirigeons vers la maison d'Austin, Sean me tient la main tandis qu'Austin et lui parlent un peu de baseball. Toute la journée, il a trouvé le moyen d'être mon phare dans la nuit. Il me prenait la main, passait son bras autour de moi ou pressait sa paume dans le bas de mon dos. Je n'avais jamais à m'inquiéter car il était là. Une fois garé, il m'a doucement serré dans ses bras et s'est tourné vers Austin.

— Que dirais-tu d'aller voir les chevaux et de prendre quelques affaires ?

Austin regarde par la fenêtre et soupire.

— OK.

— Dev, tu peux aller chercher tout ce dont Austin a besoin pour quelques jours pendant que je l'accompagne à l'écurie ?

Je souris, reconnaissant qu'il l'emmène plus loin pour que je puisse récupérer ce dont nous avons besoin.

Les garçons se dirigent vers la grange et j'entre dans la maison. C'est drôle de voir à quel point une maison est un foyer grâce aux gens qui y habitent. L'endroit où nous vivons est défini par ceux avec qui nous partageons l'espace et, pour l'instant, cet endroit est vide.

Jasper et Hazel sont partis, emportant avec eux la chaleur et l'amour qui vivaient ici.

Je me déplace à travers la maison, attrapant les assiettes qui ont été laissées sur le comptoir et les rangeant dans le placard. Certaines choses avaient été laissées de côté, le courrier dans leur support dédié, le sac à dos d'Austin d'avant les vacances d'hiver dans son casier.

Je l'attrape, le serre contre ma poitrine, et m'écroule sur le sol. Tant de choses auxquelles je n'ai jamais pensé. Il aura école et je n'ai aucune idée de sa date de la rentrée. Je ne connais pas le nom de sa professeure ni comment la contacter.

Sur le mur en face de moi, il y a une photo de famille de ces trois personnes. Ma belle-sœur sourit et je jure qu'on dirait qu'elle me regarde.

— Je ne suis pas du tout préparée à ça, lui dis-je. Je sais que tu pensais que j'étais la bonne personne, mais je te l'ai confié. Je n'avais pas prévu d'avoir à faire ça, Hazel, et tu ne m'y as pas préparée. Mon rôle était clair et… qu'est-ce que je fais maintenant ? Est-ce que je lui dis qui je suis ? L'as-tu préparé à ce qu'il découvre ça un jour ? Ce n'était pas censé arriver.

Sauf que c'est le cas.

Austin est la seule chose qui m'a poussé à rester ici et, maintenant, c'est à moi de faire ce qu'il faut pour lui.

Je regarde Jasper dans les yeux, en espérant que, s'il peut m'entendre, il me croira.

— Je ferai tout ce que je peux pour vous rendre fiers tous les deux. Je sais que vous me pensiez plus forte que je ne l'ai jamais été, mais Austin n'aura jamais à se demander s'il est aimé.

Après un autre moment, je me lève et vais dans sa chambre pour prendre les vêtements et les affaires dont il aura besoin pour la semaine prochaine. Je ne sais pas combien de temps nous allons rester tous les deux avec Sean, mais il ne semble pas pressé de se débarrasser de nous.

Je jette deux sacs remplis de divers vêtements dans la voiture et me dirige vers la grange.

— Tu crois au paradis ? s'enquiert Austin.

Je m'arrête, ne cherchant pas à écouter aux portes, mais en même temps, ne voulant pas briser ce moment.

— Je ne sais pas. Je pense que ma mère est là-haut.

— Tu crois qu'elle connaît ma mère et mon père ?

Ma main se serre contre ma gorge alors que j'attends sa réponse.

— Tu sais, dit Sean avec une voix plus aiguë, je pense que ma mère est allée les trouver, puisqu'elle connaissait ton père. Je parie qu'elle les aide à comprendre à quel point tu leur manques.

Austin reste silencieux pendant une seconde.

— Parce que tu lui manques ?

— Je suis sûr que oui. Mais je pense que nos mamans réussissent à nous surveiller et s'assurer que nous allons bien. Il y a probablement des moments où elles sont là avec nous, même si on ne peut pas les voir.

— Je parie que nos deux mamans sont ici maintenant.

— Ah oui ? Pourquoi tu dis ça ?

— Parce qu'elles se sont assurées que tante Devney soit là.

Une larme coule sur ma joue.

— Elle est plutôt géniale et je pense que tu as raison. Elles savaient que, sans elles, on aurait besoin de quelqu'un qui nous aime tous les deux.

Je m'appuie contre le mur de la grange et lutte contre l'assaut des larmes. Ils ne savent pas à quel point je les aime. Combien je veux bien faire pour eux et combien je suis absolument terrifiée à l'idée de perdre l'un ou l'autre.

— Tu sais, Austin, je pense que nos mères savaient que l'on aurait besoin l'un de l'autre, fait Sean d'une voix est douce et pleine d'émotion. Tu vois, quand j'ai perdu ma mère, j'étais si triste, mais j'avais mes frères. Declan, Jacob et Connor m'ont aidé quand j'étais triste ou quand les choses allaient mal.

— Est-ce que tante Devney t'a aidé aussi ?

— Oui. Elle a toujours été là pour moi, tout comme elle sera toujours là pour toi. Tout comme je serai toujours là pour toi. Si tu as besoin de parler, de pleurer ou de t'entraîner au baseball parce que tu seras tellement en colère que tu n'en pourras plus, je serai là. Je suis ton ami et les amis restent toujours ensemble. Il y aura des jours où ça fera mal et d'autres où ce ne sera pas si terrible. N'aie jamais peur de me parler ou de parler à ta tante si tu en as besoin, d'accord ?

— Je suis content que tu sois mon ami.

Sean glousse.

— Je suis ravi aussi.

Et je suis tellement amoureuse de cet homme que je n'ai aucune idée de ce que je vais faire quand il partira.

CHAPITRE TRENTE-DEUX

— Tu viens manger ? demandé-je à Austin alors qu'il s'assied sur le canapé.

— Je n'ai pas faim.

Je regarde le bol de spaghettis.

— C'est dommage. J'ai cuisiné et je suis le maître dans l'art de faire ce plat.

Il détourne le regard de la télévision.

— Qu'est-ce que c'est ?

— Des spaghettis.

— Même moi, je peux faire des pâtes.

Je hausse les épaules.

— Écoute, je suis compétent en pâtes, sandwichs et nuggets de poulet.

Austin sourit.

— J'aime les nuggets.

— Je ferai ça demain.

Devney est au travail pour la première fois depuis l'accident. J'ai insisté pour qu'elle reprenne une vie normale, pour tous les deux. Ça fait une semaine que nous nous terrons, que nous travaillons sur ses sentiments et que nous évitons tout ce qui est trop lourd.

Austin est en train de guérir. Chaque partie de lui reste légèrement blessée et je fais de mon mieux pour être là pour lui.

J'apporte un bol et m'assieds à côté de lui.

— Alors, qu'est-ce que tu regardes ?

— Je ne sais pas.

Je regarde l'écran et y découvre un groupe de gars qui travaillent sur des voitures. J'ai le cœur brisé parce que je suis sûr que c'était quelque chose qu'il faisait avec son père.

— Ça te dérange si je regarde avec toi ?

— Non.

Je fais tourner les spaghettis et prends une bouchée pendant que le mécanicien arrache le siège arrière et le jette.

— Qu'est-ce qu'il va faire maintenant ?

— Ils reconstruisent toute la voiture. Ils la démontent entièrement et y mettent tous les gadgets possibles.

— Cool. J'ai eu une voiture customisée une fois.

Il lève les yeux vers moi.

— Vraiment ?

— Ouaip. Elle était magnifique. Il y avait tout ce que je désirais et c'est celle que j'ai préféré acheter.

Austin acquiesce.

— J'allais acheter ma première voiture et papa a dit qu'il la réparerait.

— Je parie que ça aurait été amusant de faire ça avec lui.

— Oui.

Je prends une autre bouchée et Austin me regarde.

— Tu en veux ?

Il attrape l'autre bol et en mange un peu. Nous restons assis en silence en regardant l'émission. Au bout de quelques minutes, nous avons fini de manger et il pose le bol vide. Le spectacle continue et je dois admettre que c'est vraiment cool. Je ne suis pas un grand amateur de voitures, pas comme Jasper, mais les choses qu'ils font à la voiture sont incroyables.

— Tu crois qu'ils vont mettre l'ordinateur portable dans la console ? m'enquiers-je.

— Ils font toujours les trucs les plus cool qui soient.

Il n'a pas tort.

Une fois l'émission terminée, nous discutons de nos moments préférés. C'est amusant de parler avec lui et de voir son moral s'améliorer un peu.

— J'aimerais que tu puisses voir l'épisode où ils mettent un écran de projection dans le coffre.

Je ris.

— Pour toutes les fois où j'en ai eu besoin ?

— Papa a dit qu'il le ferait pour qu'on puisse regarder un film où on veut. Il avait l'habitude d'emmener maman dans sa décapotable pour regarder les étoiles.

— Je ne les connaissais pas très bien car ils étaient beaucoup plus âgés que moi, mais ils avaient l'air vraiment heureux.

Il hoche une fois la tête.

— En effet. Ils riaient beaucoup et dansaient tout le temps. C'était dégoûtant.

Je le pousse doucement.

— C'est ce que font les mecs quand ils aiment une fille.

L'humeur retombe un peu quand il baisse les yeux.

— Tu m'as entendu hier soir ?

Chaque nuit, Austin nous réveille en hurlant. Ses cauchemars sont horribles et c'est le même rêve à chaque fois. C'est la première fois qu'il m'en parle.

— Oui, mais... pas de jugement ici. J'ai fait des cauchemars pendant des années après la mort de ma mère.

— Tante Devney m'a dit ça.

Évidemment.

— Elle aime savoir qu'elle sait quelque chose que je n'ai jamais dit à personne.

Je hoche la tête et lui fais un petit sourire avant de continuer :

— J'ai essayé de les arrêter. Je pensais que si je pouvais m'endormir plus tard ou plus tôt ou dormir avec un objet que j'aimais, ça s'arrêterait, mais ça n'a pas été le cas. Pas tout de suite.

— Je revois l'accident.

— Ah oui ?

— Les sons sont si forts, et j'ai l'impression que c'est en train de se reproduire.

Ce gamin a besoin de faire une pause. Je déteste qu'il doive faire face à tant de choses à un si jeune âge.

— Je veux te rassurer en te disant que tout ira bien et que l'accident n'aura pas lieu, mais tu le sais déjà. Ce que tu as peut-être besoin d'entendre, c'est que ça va s'arrêter. Un jour, tu n'auras plus ces cauchemars et tu ne seras plus triste. Je sais que tu as l'impression que ça n'arrivera jamais, mais le temps guérit vraiment les choses. Tu marcheras à nouveau. Tu auras une nouvelle routine et les choses seront… différentes, mais stables. On sera là pour t'aider.

— Mais tu vas bientôt partir.

Mon estomac se noue violemment et le nouveau territoire sur lequel je pensais pouvoir m'avancer se remplit d'obstacles que je ne peux éviter.

— La saison commence bientôt, et je dois m'entraîner mais ça fait partie du jeu.

— Où va-t-on aller ?

— Toi et ta tante êtes les bienvenues ici. Personne ne va vous mettre dehors quand je partirai. Sans compter que…

Je veux vraiment que vous veniez toutes les deux avec moi.

— On a encore le temps.

Austin bouge un peu la jambe en grimaçant.

— J'imagine.

— On trouvera une solution. Ça fait vingt ans que je suis avec ta tante et elle n'a pas encore réussi à se débarrasser de moi, ne t'inquiète pas.

Je prononce ce qui aurait pu être mes derniers mots parce que tous les signes extérieurs montrent qu'elle me désire, mais toutes les sonnettes d'alarme dans ma tête se déclenchent.

Il sourit et attrape la télécommande.

— On regarde un autre épisode ?

Je me force à lui rendre son sourire.

— Oui, faisons ça.

— Tu as toujours l'intention de venir pour le matin de Noël ? demande Ellie en posant un gâteau sur la table.

— Je n'en sais strictement rien.

Elle lève les yeux au ciel.

— Je ne te demandais pas ton avis.

Elle se tourne vers Devney. Celle-ci hausse les épaules.

— C'était le plan, mais maintenant avec Austin et mes parents qui ont vraiment besoin d'être près de lui, je ne suis pas sûre.

— Je comprends. Tu n'es pas obligée d'arriver à une heure précise, mais si tu peux, on serait ravi de t'accueillir.

Nous sommes venus pour faire sortir Austin de la maison et le forcer à traîner avec quelqu'un d'autre que nous. Depuis l'accident, il n'est pas retourné à l'école et comme les vacances de Noël commencent demain, Devney n'a pas eu envie d'insister.

Hadley a ramené ses devoirs à la maison et a pris sur elle pour lui apprendre tout ce qu'il a manqué. Ma nièce est la distraction parfaite pour lui.

— Merci, on va y réfléchir, fait Devney avec douceur.

Connor entre dans la pièce.

— Il a l'air d'aller bien. Il utilise des béquilles maintenant ?

— Oui. Il y arrive.

— On s'est cassé assez d'os pour savoir qu'il faut du temps et la patience qu'aucun enfant n'a pour guérir.

Il ne pourrait pas avoir plus raison. Declan s'est cassé le bras quand nous étions enfants et j'ai cassé à peu près tous les doigts de mes mains parce que j'ai fait l'idiot de nombreuses fois, me montrant totalement à côté de la plaque.

— Oui, Austin a besoin de beaucoup de soins, et on le sait aussi.

— Comme nous tous, dit tranquillement Devney.

J'enroule ma main autour de la sienne et la serre.

— Je sais, ma chérie.

— Je suis désolée.

Elle retire sa main et ajuste sa chemise.

— Je ne devrais pas agir comme ça. Aujourd'hui, c'est juste… un jour bizarre. Je ne sais pas. C'est comme si ça me frappait tout à coup. C'est bientôt Noël et… je dois faire toutes ces choses. On n'a pas de sapin ni de cadeaux à mettre sous le sapin. Je dois m'occuper de tout ça.

Elle ne sait pas que je lui ai déjà acheté quelques cadeaux spéciaux. Avant que je puisse dire quoi que ce soit, ma belle-sœur prend le relais. Ellie s'assied à côté d'elle.

— Je peux t'aider. Je ferai tout ce dont tu as besoin. Connor va aller te chercher un sapin et je peux l'envoyer faire des courses si tu veux. Il peut tout faire pendant qu'on s'occupera du reste.

— Heiiin, murmure Connor. Hein ?

— Oui, Connor, tu peux t'en occuper. Tu es doué pour faire les courses et tout ça, ajouté-je, comme le frère serviable que je suis.

— Mais qu'est-ce que tu fais ? C'est ta petite amie.

— Et ta femme veut que tu l'aides.

— Je veux que tu te taises, souffle-t-il.

Ellie le regarde en arquant un sourcil.

— Tu veux dire que tu ne vas pas aider ton frère et Devney ?

— Bien sûr que si ! dit-il si rapidement que c'en est comique.

— Alors pourquoi tu te plains ?

Je suis assis là, avec un sourire stupide sur le visage.

— Oui, Connor, pourquoi tu te plains ?

Il pose sa main sur le dossier de ma chaise avant de me donner une pichenette quand ils détournent le regard.

— Aïe !

— Qu'est-ce qui ne va pas, Sean ? Tu t'es cogné l'orteil ?

— Je vais cogner autre chose.

Devney lève les yeux au ciel et détourne le regard.

— Bande d'idiots !

— Tu as bien raison, fait Ellie sans faire de pause.

— Oui, eh bien, vous êtes toutes les deux les idiotes qui sont tombées amoureuses de nous, alors qu'est-ce que ça fait de vous ? demande Connor.

Devney répond en premier :

— Des idiotes encore pire que vous.

— Au moins, elles en ont conscience, lui dis-je.

— C'est vrai. Si elles étaient dans le déni, je serais inquiet.

Elles retournent à leur conversation et je suis mon frère dehors.

— Je suis vraiment stupide, repris-je alors que l'air froid nous frappe.

— Pourquoi ?

— Je n'ai pas pensé à aller chercher un sapin ou à faire de Noël… quelque chose de plus. J'étais tellement inquiet pour Devney et Austin que ça m'a échappé.

Il me tape sur l'épaule.

— Eh bien, il te reste trois jours, tu ferais mieux de les utiliser à bon escient.

CHAPITRE TRENTE-TROIS

— Et celui-là ? demandé-je, en désignant un bel arbre bien gonflé dans la nouvelle rangée dans laquelle nous devions passer.

Devney penche la tête, l'observe, puis hausse les épaules.

— Je ne sais pas, ça ne ressemble pas à notre arbre.

— À quoi *ressemble* notre arbre, bon sang ?

— Je ne sais pas, mais ce n'est pas le bon.

Je jure qu'elle essaie de me tuer. Non seulement nous sommes restés dehors dans le froid glacial pendant une heure, mais en plus elle n'a aucune idée du type d'arbre qu'elle aime.

— Dev, c'est un arbre.

Austin rit depuis sa position très confortable sur le quad. Nous avons mis la remorque à l'arrière et lui avons installé ce qui ressemble à un lit à l'arrière. Sa jambe est bien fixée, et il est enveloppé dans des couvertures.

— Austin, l'arbre n'est-il pas la chose la plus importante qui soit ?

Il me regarde, puis repose son attention vers elle.

— Tu es sûr ?

— Tu vois ? crié-je. Le gamin s'en fiche. Est-ce que cet arbre a l'air bien ?

Il hausse les épaules.

— J'imagine.

Devney me tape sur la poitrine.

— Tu vois ? Il ne l'aime pas. Il essaie juste d'être gentil. Maintenant, partons à la recherche de l'arbre parfait.

— L'arbre parfait sera celui de notre salon.

Elle s'énerve.

— C'est important.

— Tout comme moi qui ai envie de garder tous mes orteils !

Dev lève les yeux au ciel.

— Comme tu es dramatique.

Je vais lui en donner du dramatique.

— Trésor, on est deux jours avant Noël et tous les arbres parfaits ont été coupés il y a trois semaines. Maintenant, il y a un arbre parfaitement adéquat juste ici et puisque j'ai encore assez de sensations dans mes mains pour l'abattre, nous devrions le prendre.

Elle se dirige vers le quad et grimpe dessus.

— Pas le bon.

Je gémis en regardant le ciel.

— Tu es en train de me tuer.

— Tu t'en remettras.

Je relâche un soupir, provoquant un nuage de condensation autour de moi qui l'empêche de voir mon visage tandis que je me résigne au fait que je vais rester ici aussi longtemps qu'elle le voudra parce que c'est ce que les idiots font pour la fille qu'ils aiment. Ils passent des heures dans une ferme d'arbres dénudés parce qu'elle doit s'assurer qu'Austin a l'arbre qu'elle souhaite qu'il ait.

La réalité, c'est que je ne vais pas discuter avec elle.

Je monte sur le quad en face d'elle et jure que je peux sentir son sourire derrière moi. Quelle adorable gamine.

Nous roulons pendant encore dix minutes jusqu'à ce qu'elle me tape sur l'épaule. Je m'arrête et essaie de m'essuyer le nez, mais c'est douloureux. Je me demande si la morve peut geler. Si oui, la mienne l'a fait.

— Oui, mon amour ? m'enquiers-je avec une bonne dose de sarcasme.

— Celui-là.

Elle désigne un arbre qui penche un peu sur la gauche.

— C'est l'arbre parfait ?

Il n'y a pas moyen que ce soit celui qu'elle veuille vraiment.

— Oui.

OK, il semble que ça soit le cas.

— Dev, cet arbre penche.

— Je sais !

Elle sourit et bondit vers lui.

— Il est un peu bancal et personne n'en voudrait, c'est pour ça qu'on doit le prendre.

Je ne suis… pas vraiment sûr de ce que je dois dire.

— Comment penses-tu, je te prie, qu'on puisse le mettre sur un socle ?

— Je ne sais pas, mais il a besoin d'une maison.

— Et on va lui en donner une ?

Elle acquiesce.

— Qu'en penses-tu, Austin ?

— Il penche.

— Oui, en convins-je. Il l'est. Et tu sais ce que les arbres qui ont besoin de décorations et de lumières ne devraient pas être ? Penché.

Il éclate de rire.

— Tante Devney, je pense qu'on devrait en acheter un qui ne penche pas.

Un enfant intelligent.

— Tu vois, même lui a compris.

Elle agite sa main et fait glisser le bout de ses doigts sur les branches.

— C'est un arbre solide. Il a de bonnes racines.

— Mais son tronc a des problèmes.

Je l'aime, mais je suis tellement perdue. Nous avons cherché l'arbre parfait et elle veut en ramener un à la maison que je vais devoir faire sécuriser par Connor parce que je n'ai pas la moindre idée de la façon dont on doit faire ça.

— Je le veux, dit-elle sans détour.

J'ai trop froid pour m'en soucier suffisamment pour discuter avec elle. Je suis gelé, mes bourses sont remontées dans mon estomac et nous baladons un enfant blessé pendant que sa tante insensée cherche un arbre.

Elle veut celui-là, elle l'aura.

Après avoir soufflé sur mes doigts pendant deux bonnes minutes, je démarre la tronçonneuse et coupe l'arbre décrépit. Nous enroulons une bâche autour des branches, puis accrochons le tronc à l'arrière pour pouvoir le transporter jusqu'à la maison.

Quand nous rentrons, j'aide Austin à entrer avant d'allumer un feu dans la cheminée pendant que Devney prépare du chocolat chaud.

Maintenant, je dois m'attaquer à l'arbre.

J'essaie. J'essaie vraiment. Je mets l'arbre dans son socle, où il reste pendant trois secondes avant de basculer sur la gauche. Ça se produit trois fois de plus pendant qu'Austin éclate de rire sans s'arrêter. Au moins, je peux le divertir.

— Peut-être que si on coupe un peu plus le bas, ça marchera ?

Devney offre son conseil très peu utile.

— Trésor, on doit en couper la moitié si tu veux que ça marche.

Elle soupire et reste là, les bras croisés sur sa poitrine, à le regarder.

— Peut-être qu'on peut construire un socle spécial qui s'inclinerait dans le sens inverse.

— C'est ça, dis-je avec exaspération.

Je ne suis pas bricoleur. Je ne peux pas lui construire un support spécial. Elle est sur le point d'avoir la meilleure option… ma version d'un socle spécial.

Je me dirige vers la grange, prends le bidon d'eau et l'apporte à l'intérieur. Devney s'est installée sur le canapé à côté d'Austin, et ils me regardent avec un mélange d'amusement et de peur.

J'ai mis le seau dans le coin et glisse l'arbre dedans. Il s'appuie contre le mur, le côté courbé vers l'extérieur.

— C'est le mieux que je puisse faire.

Devney se lève, un sourire sur les lèvres en enroulant ses mains autour de mon bras.

— J'adore.

— Ah oui ?

— Oui. C'est parfait. Il est là, debout, l'arbre parfait.

Je croise son regard, me demandant si des extraterrestres lui ont fait un lavage de cerveau, mais je ne vois que de l'amour. Elle pense vraiment que c'est génial.

— On peut le décorer ? demande Austin.

— Bien sûr, on s'occupera juste de la face avant.

Devney m'embrasse sur la joue, puis se dirige vers les boîtes de décorations, dont certaines proviennent du grenier et d'autres de la maison d'Austin. Elle soulève le couvercle de celle qu'on a prise chez Jasper et Hazel et tend une décoration à Austin.

Ses yeux se remplissent de larmes, mais il y a un léger sourire sur ses lèvres.

— C'est moi qui ai fait celle-là.

Elle acquiesce.

— Je me souviens.

Je me crée un peu d'espace entre eux et me glisse pour voir la décoration qu'il tient dans ses mains. Les bleus et les éraflures ont commencé à guérir et à s'estomper. Il ressemble davantage au petit garçon qu'il était avant l'accident d'il y a deux semaines.

— Je peux voir ?

Il me la tend et j'examine la photo de lui, Jasper, Hazel et Devney au milieu, entourée de papier vert froissé.

— C'est un peu comme la photo que j'ai, hein ?

— Tu crois que je peux garder celle-là comme toi tu fais ?

Ses yeux bruns s'agrandissent et ses lèvres s'ouvrent.

— Comme celle que Sean a comme porte-bonheur ?

Il acquiesce. Je sors la photo qui reflète celle que je garde avec moi. Celle où il y a tous ces gens qui comptent dans ma vie.

— Tu vois, tu es toujours avec moi. Toujours.

Elle laisse ses cheveux tomber devant son visage, me cachant ce qui, je suis sûr, sont des larmes.

— C'est tellement mignon.

Austin fait un bruit d'étranglement.

— Ce n'est pas mignon, c'est un porte-bonheur.

— Eh bien, je pense que c'est les deux, dit-elle en riant et en levant à nouveau les yeux vers nous. Tu veux que cette photo devienne ton porte-bonheur ?

Austin fait une pause, regarde l'arbre, puis secoue la tête.

— Non, pas celle-là.

— Pourquoi pas ? demandé-je.

— Il s'agit de personnes disparues.

Nous le regardons tous les deux. C'est le groupe de personnes qui compte.

— Qui veux-tu dans ta photo ? l'interroge Dev.

— Sean.

À ce moment-là, je sais que Devney n'est pas la seule dont je ne veux pas me passer, mais bien ces deux-là.

Hier, nous avons terminé les achats de dernière minute et j'ai commencé à préparer la vraie surprise pour Devney. Pour l'instant, je veux profiter de notre premier matin de Noël ensemble.

Je me retourne et enroule mon corps autour de celui de Devney, la serrant contre moi. L'horloge indique qu'il est quatre heures du matin. Je dois me lever et m'assurer que les derniers cadeaux sont sous le sapin, et que le sapin est encore debout après tout le travail que j'ai fait cette nuit.

Plus tôt hier soir, je l'ai portée au lit après qu'elle se soit endormie dans le lit d'Austin en le couchant. Le pauvre enfant a fait les pires cauchemars qui soient ces trois dernières nuits. Il gémit dans son sommeil et Devney est hors d'elle car ça semble s'aggraver. Ça m'a cependant permis de travailler sans craindre qu'elle ne s'aperçoive de mon absence.

Elle se blottit contre moi, frottant ses fesses contre ma verge et je dois lutter contre l'envie de lui faire l'amour.

J'ai été patient, j'ai suivi les conseils de mes frères et je l'ai laissée s'ouvrir à moi, mais elle me manque. J'ai besoin d'être à nouveau proche d'elle, de lui donner toutes les raisons qui soient pour qu'elle veuille poursuivre notre relation, mais j'ai peur qu'elle continue à me filer entre les doigts.

— Sean.

Sa voix est tout endormie, mais ce son rauque me fait durcir.

— Joyeux Noël.

— Joyeux Noël, trésor.

Elle se retourne pour poser ses mains sur ma poitrine et se penche pour m'embrasser.

— Je t'aime.

C'est la seule chose qui, je le sais, n'a pas changé. Elle me regarde avec un peu plus d'amour chaque jour. Je vois à quel point c'est difficile pour elle. Peut-être que la bonne chose à faire est d'éliminer le stress supplémentaire lié à cette décision et de la laisser partir, mais je ne peux pas. J'ai vécu une vie sans elle et je ne peux pas laisser ça se reproduire.

Pendant des années, j'ai respecté le pacte de célibat et, maintenant que je l'ai brisé, pas moyen de revenir en arrière.

Elle a rempli mon monde de couleurs que je n'avais jamais vues auparavant et les tons neutres ne sont plus ce dont je veux m'entourer.

— Je t'aime, dis-je.

— Fais-moi l'amour, supplie Devney, ses mains descendant sur ma poitrine. S'il te plaît, j'ai besoin de toi.

Je prends son visage dans mes mains et l'embrasse doucement. Nos langues bougent ensemble dans un rythme parfait, prenant et donnant quand l'autre se déplace. Mes mains glissent sur sa peau lisse, traçant chaque courbe, les mémorisant. J'aime ce qu'elle ressent, cette façon dont son corps s'adapte au mien si facilement.

Je dépose plein de petits baisers sur sa gorge alors qu'elle lève la tête pour me donner un meilleur accès. Elle a le goût du soleil et l'odeur de la vanille. En remontant jusqu'à ses lèvres, je capte le gémissement qui s'échappe lorsque je caresse ses seins.

— Tu me rends fou, lui dis-je. J'ai envie de toi chaque seconde de chaque jour.

Ses doigts glissent dans mes cheveux avant de former un poing et elle tire mon visage en arrière pour me regarder.

— Tu n'as pas idée à quel point je te désire.

— Montre-moi.

Devney me pousse en arrière et je me laisse facilement aller, la laissant prendre les devants. Elle me chevauche et presse son sexe chaud contre ma queue. Ses lèvres s'approchent des miennes tandis que ses mains se déplacent contre ma poitrine. Elle se baisse lentement, embrasse mon corps et fait glisser mes sous-vêtements pour pouvoir enrouler sa main autour de ma verge.

— J'aime chaque partie de toi.

Sa voix est douce comme de la soie.

— J'aime ce que tu me fais ressentir, la manière dont tu me regardes. Tout est mieux avec toi.

Mes doigts se déplacent dans ses mèches brunes et soyeuses et j'agrippe son cuir chevelu.

— Ce que je souhaite, c'est te donner tout ce que tu veux.

Elle sourit.

— Tout comme moi. Maintenant, reste tranquille et ne réveille pas Austin.

Elle baisse la tête, les yeux fixés sur les miens au moment où elle me prend en bouche. Sa langue chaude et humide glisse sur moi et je dois retenir un gémissement. Elle bouge de haut en bas, utilisant sa main en même temps que ses lèvres. Sa langue qui se déplace en même temps sous ma queue me fait taper du poing sur les draps. Bordel, elle est incroyable !

J'ai besoin d'elle. Je dois faire quelque chose avant de perdre ma putain de tête.

J'attrape ses hanches, la tire vers mon visage et arrache sa culotte.

Elle gémit alors que ma verge est toujours dans sa bouche, envoyant des impulsions électriques à travers mon corps.

Pour m'empêcher de jouir trop tôt, je pense à tout autre chose qu'aux sensations incroyables de sa bouche.

Ma solution est d'attirer son entrejambe à moi, de respirer son odeur musquée et de voir à quel point elle est excitée.

— Je vais te faire jouir, la préviens-je.

Ma langue glisse contre son sexe, puis remonte jusqu'à son clitoris. Je la maintiens là où je le souhaite, ne lui permettant pas de bouger les hanches tandis que je lui fais perdre la tête. Comme elle me suce encore, elle gémit et enfonce encore plus ma queue en elle. Alors je me concentre sur elle, pas sur les sensations intenses qui me traversent à chaque fois que je touche le fond de sa gorge.

Ça devient une bataille pour savoir qui conduira l'autre au bord du gouffre le plus vite, et je travaille dur pour la remporter.

Non pas qu'il y ait des perdants ici.

Pourtant, je veux qu'elle jouisse. Je veux la goûter quand je l'emmènerai au bord du précipice.

Devney essaie d'éloigner ses hanches de moi, alors je la tiens encore plus fermement en lui donnant de petits coups de langue et en la suçant jusqu'à ce qu'elle lève la tête et explose.

Je continue, prenant tout ce qu'elle me donne tandis que ses jambes se dérobent et qu'elle s'appuie sur ma jambe.

Puis je la retourne, fixant ses yeux bruns et rassasiés.

— On n'a pas fini.

Elle sourit.

— J'espère que non.

Ses jambes s'ouvrent et je m'enfonce en elle.

Nous restons connectés, tant dans nos regards que nos cœurs, et je jure qu'elle possède mon âme. La lutte frénétique que nous venons d'avoir a disparu et je bouge à un rythme régulier, ne voulant pas que ce lien se brise. Ici même, elle est à moi autant que je suis à elle. Nos secrets sont dévoilés et je veux qu'elle sache que je ferai tout ce dont elle a besoin.

Je vais me battre.

Je vais me rendre.

Je ferai tout pour ne pas la perdre.

— Je ne peux pas te perdre, dit-elle alors que des larmes s'échappent de ses beaux yeux.

— Ça n'arrivera pas.

Sa main effleure la barbe sur ma joue.

— Je t'aime tellement, Sean.

Je ferme les yeux et la pénètre plus profondément. J'ai besoin qu'elle me sente, qu'elle sente à quel point nous faisons partie l'un de l'autre.

— Tu ne vas pas me perdre.

Je veux de tout mon cœur que ces mots soient vrais.

Elle lève la tête, m'embrasse doucement, et ce seul contact est trop puissant. Je ne peux pas me retenir. Je n'ai plus aucun contrôle et je jouis plus fort que jamais.

Pendant de longues minutes après ça, nous restons allongés, haletants, à nous serrer l'un contre l'autre.

C'est le premier Noël en dix ans où je ne me sens pas apathique par rapport à cette fête. J'ai passé les deux dernières semaines à acheter des cadeaux, à payer ma belle-sœur pour les emballer et à faire en sorte que cette fête soit parfaite pour Austin et Devney.

J'espère vraiment qu'elle aimera ce que je leur ai acheté.

— Allons nous assurer que tout est prêt, fait Devney en se levant.

Je la suis, enfile mon short et lui attrape les fesses quand elle passe devant moi en robe de chambre.

Nous arrivons dans le salon et elle étouffe un cri.

— Sean, tu as fait ça ?

Lorsqu'elle est allée se coucher hier soir, l'arbre était décoré de façon minimale depuis nos tentatives de l'autre soir et, bien que nous ayons essayé de rendre le salon un peu plus festif, il n'y avait pas grand-chose à faire avec ce que nous avions.

Alors, j'ai recruté des gens pour m'aider.

Je la serre contre mon flanc en regardant le pays des merveilles hivernales devant nous.

— J'ai eu un peu d'aide.

Maintenant, le salon est rempli de décorations. Des chaussettes sont accrochées devant la cheminée, des lumières sont accrochées autour des fenêtres, des poinsettias rouges sont posées sur les tables basses et le sapin se tient maintenant debout, grâce à Connor.

— L'arbre ! s'écrie-t-elle. Comment as-tu…

— Connor.

Elle sourit.

— Il a construit ça ?

— À contrecœur, mais oui. Il a travaillé dessus et me l'a apporté la nuit dernière. Tous mes frères m'ont aidé à faire ça pour toi.

— Tu rends la tâche incroyablement difficile.

Je me tourne pour qu'elle soit dans mes bras et je prends son visage dans mes paumes.

— C'est le but final. Je t'ai dit que je ne te laisserais pas partir sans me battre. Je t'ai dit que je ferais en sorte que ta seule option soit de rester avec moi.

— Et que se passe-t-il si je ne peux pas partir d'ici ?

Je frotte mon pouce contre sa peau lisse.

— Alors on montera un nouveau plan mais, de toute façon, on va vivre beaucoup de matins de Noël ensemble.

Elle se met sur la pointe des pieds et nos lèvres se rencontrent.

— Je savais que tu serais un problème dès notre première rencontre.

— Heureusement, tu as couru tout droit dans les problèmes.

— Et regarde-moi maintenant.

Je l'embrasse à nouveau.

— Tu as été attrapée par un homme qui n'a pas l'intention de te laisser partir.

— Peut-être que j'aime me faire attraper.

— Peut-être que j'aime t'attraper.

— Peut-être qu'on était destinés à nous attraper l'un l'autre.

Je lui souris.

— Je suis content que ça soit finalement arrivé.

— Moi aussi.

— Joyeux Noël, trésor.

Elle pose sa tête contre ma poitrine.

— Tu es le meilleur cadeau de Noël que j'ai jamais eu.

CHAPITRE TRENTE-QUATRE

Devney

— Tiens, ouvre celui-là ! lancé-je à Austin qui sourit sans tristesse pour la première fois.

Il attrape le cadeau et en déchire l'emballage.

— Ouah !

La joie dans sa voix me donne l'espoir d'un meilleur futur pour nous.

— Tu m'as acheté un nouveau gant.

Je regarde Sean avec un sourire en coin.

— Pas n'importe quel gant. On l'a fait faire pour toi.

— Vraiment ?

Sean acquiesce et le prend pour le lui montrer.

— Tu vois ici, il y a un rembourrage supplémentaire qui t'aidera à récupérer plus rapidement la balle dans le gant. Et ça... continue-t-il en lui montrant une autre zone. C'est là que tu pourras le régler pour les prochaines années.

— C'est trop cool !

Ils discutent encore un peu des subtilités de ce gant ridiculement cher et je me carre dans mon siège avec mon café. Cette matinée a été incroyable. Je me suis réveillée dans les bras de Sean, j'ai fait l'amour avec lui, j'ai eu la meilleure des surprises en sortant et je me suis blottie dans le salon près du feu de cheminée.

Bien sûr, mon frère et Hazel me manquent, mais j'essaie de m'autoriser une petite part de bonheur. Austin est mon fils. En dépit du fait qu'il a toujours été mon neveu, j'ai déjà vécu ces moments où j'ai pensé… que ma mère avait peut-être raison.

Austin et moi partageons le premier matin de Noël où nous nous sommes réveillés en famille.

Le sentiment que tout est juste me comble, mais j'éprouve aussi la culpabilité parce que mon frère est parti et que c'est la raison pour laquelle je vis ça.

— Tante Devney ?

Je lève les yeux de ma tasse.

— Oui ?

— Tu vas bien ?

Cet enfant est le plus doux de tous.

— Oui, je pensais juste au cadeau que j'ai trouvé pour Sean et que je veux offrir ensuite.

— Oh ! s'écrie-t-il.

Je me lève et vais à la fenêtre, m'assurant que le cadeau est arrivé. Jasper travaillait dessus depuis quelques semaines et, heureusement, quelques-uns de ses amis sont intervenus lorsque nous l'avons perdu. Je l'avais oublié jusqu'à ce qu'ils m'appellent il y a deux nuits pour me dire que c'était fait. La nuit dernière, ses frères ont proposé de s'assurer qu'elle arrive ici sans que Sean ne le sache.

Je plonge sous le sapin en prenant soin de ne pas trop le toucher au cas où le support fait maison ne tiendrait pas. Je saisis le petit paquet et la nervosité m'assaille. Lui offrir des cadeaux a toujours été facile, mais je me suis creusé la tête pour savoir quoi lui offrir cette fois-ci. J'ai cherché pendant des heures pour savoir s'il y avait quelque chose capable de lui faire passer toutes les choses que je souhaite lui dire.

Je t'aime.

Tu représentes le monde pour moi.

Je ne sais pas ce que je ferai quand tu partiras.

Bien sûr, rien ne semblait adéquat, alors j'ai opté pour quelque chose qui, selon moi, pourrait guérir quelque chose d'autre.

— Qu'est-ce que c'est ? demande Sean.

— Ouvre-le.

Il retire l'emballage et le regarde.

— Une clé ?

Mon Dieu, j'espère que ça ne va pas se retourner contre nous.

— Oui, et sache que si tu détestes, je ne serai pas fâchée. J'ai juste… eh bien, j'ai pensé que tu voudrais peut-être quelque chose qui… eh bien, comme je l'ai dit, si tu n'aimes pas, c'est *tout à fait* normal.

Je divague, mais je m'en fiche. Je veux qu'il sache que je ne serai pas offensée.

— D'accord… lâche-t-il.

Je prends sa main et l'entraîne vers la fenêtre. Une Chevrolet Camaro noire de 1973 est là.

— Ce n'est pas la même. Je ne voulais pas réparer celle que tu avais parce que… Je ne pensais pas que tu en voudrais. Mais celle-ci… poursuivis-je en la regardant, elle était en bon état quand on l'a trouvée. Un vieil homme vivant à quelques heures de là l'avait dans son garage et comme la tienne a été spoliée… Jasper a presque pleuré quand on est allés la chercher. Le gars à qui on l'a acheté voulait juste que quelqu'un l'aime comme lui. On a fait quelques modifications mécaniques parce qu'elle n'a pas beaucoup été conduite. Pas de projet ou d'ordinateur portable parce que… eh bien… tu sais.

J'essaie de plaisanter tandis que mon corps frémit à l'idée de sa réaction.

Il la fixe, sans parler, ni cligner des yeux, ni bouger et je me ronge la lèvre inférieure. Je ne sais pas s'il est heureux ou s'il a envie de jeter quelque chose. Je regarde Austin, qui est tout aussi nerveux que moi, mais il ne sait pas pourquoi.

— Je voulais que tu aies quelque chose qui t'a été enlevé, expliqué-je, en espérant qu'il ne soit pas contrarié.

Après une autre minute de silence, je commence à paniquer.

— Sean ? Je suis désolée. Je n'aurais pas dû… J'ai juste…

— Stop.

Sa voix est douce mais ferme.

Mon cœur s'emballe et je me retiens de pleurer. J'ai été stupide. J'aurais dû le savoir, mais quand j'ai parlé à Connor, Jacob et Declan, ils ont tous pensé que c'était vraiment une idée géniale. Ce n'était pas la voiture, c'en était une nouvelle. C'était prendre une chose horrible et lui rendre le passé que leur père abusif leur avait volé.

Je ne sais pas pourquoi je n'ai pas pris cette stupide carte de base-ball qui n'aurait présenté aucun risque.

Rien dans notre relation n'a jamais été sans risque et je voulais que notre premier, et peut-être unique, Noël soit spécial.

L'air se libère de ma poitrine et je fais un pas en arrière. La main de Sean s'élance pour saisir la mienne, enlaçant nos doigts ensemble.

— Je ne suis pas en colère, dit-il en regardant toujours la voiture. Je suis… abasourdi. Personne d'autre ne comprendrait ce que ça signifie, mais toi oui.

Mes yeux rencontrent les siens, ses iris verts débordants de larmes non versées.

— C'était censé te faire sourire.

Il secoue lentement la tête et se retourne pour me faire complètement face.

— Je souris tout au fond de moi… Je ne peux pas le faire là maintenant, car je ne sais pas comment me contrôler.

— Tu es heureux ?

Sean me serre dans ses bras, très fort, et m'embrasse sur le sommet du crâne.

— Tu n'as pas idée.

— On peut lui donner notre cadeau maintenant ? crie Austin.

Il me relâche, mais se penche et me donne un doux baiser avant de dire :

— Merci, Devney. Juste… merci.

Le soulagement de ne pas avoir totalement merdé inonde mes veines et je souris.

— Maintenant, fait Sean d'une voix légère, celle à laquelle je suis habituée, c'est un gros cadeau. Donc tu dois t'asseoir.

— Vraiment ? Je dois m'asseoir ?

Ils hochent tous les deux la tête.

— On ne voudrait pas que tu tombes, explique Austin.

— Comme c'est gentil.

Austin continue comme si je n'avais pas parlé.

— On en a beaucoup parlé. Sean voulait t'offrir autre chose, mais je me suis vraiment dit que c'était le meilleur cadeau.

Sean reprend la parole :

— Il n'est pas si facile de te trouver un cadeau, trésor. Tu balançais beaucoup d'indices par la fenêtre.

J'éclate d'un unique rire et prends mon café.

— Vraiment ? Je pense que la liste que j'ai donnée était plutôt simple.

Ils se regardent et sourient.

— Qui a besoin d'une liste ?

Oh, mon Dieu. Ça va être un sacré merdier.

— Oui, qui fait ses courses à partir d'une liste en essayant de récupérer ce que l'autre personne veut ? Oh, je sais, le Père Noël ?

Je prends une gorgée de cette bonne caféine. Austin lève les yeux au ciel.

— Vraiment, tante Devney, je n'ai pas six ans. Je sais que le père Noël n'existe pas.

Je m'étouffe avec mon café.

— Je suis désolée. Je ne savais pas…

Sean rit avant de nous ramener au sujet.

— Bref, on s'est creusés la tête pour savoir quoi t'offrir, mais on a finalement décidé qu'il fallait faire les choses en grand ou renoncer à Noël.

— Eh bien, maintenant je suis intriguée.

Je me redresse un peu et pose le mug.

— Qu'est-ce que c'est ? Un avion ? Un bateau ? Oh, peut-être que c'est le nouveau jeu vidéo que je voulais ?

Austin roule des yeux.

— Un avion ?

— Eh bien, on peut toujours rêver.

Ils gloussent.

— Bah, un avion, c'est proche de l'idée.

Je les regarde tous les deux.

— Qu'est-ce que vous avez fait ?

Sean prend Austin dans ses bras et le porte jusqu'à moi.

— Donne-lui, petit homme.

Austin me tend une enveloppe.

— Tiens.

Mon cœur bat un peu plus fort quand je la récupère. Je n'ai aucune idée de ce que ça peut être, mais ils semblent tous deux extrêmement excités.

Je défais la lèvre scellée en y allant lentement et en faisant durer leur attente évidente.

— Je me demande ce que c'est.

Austin soupire.

— Déchire-la !

Je ris et m'exécute. Il y a une carte avec Mickey sur le devant.

Quand je l'ai ouvert, j'y trouve trois pass pour Disney à l'intérieur.

— On va en Floride ! hurle Austin en m'attrapant les mains. On va à Disney, puis à Universal et ensuite on va voir la plage !

On dirait qu'il pourrait sortir de son propre corps.

— C'est trop.

Sean secoue la tête.

— On a tous besoin de soleil. Tu ne crois pas ?

Je regarde le sol gelé couvert de neige et souris.

— Je pense que oui.

— Bien, dit Sean avant de me tirer sur mes pieds. Fais tes bagages, on part ce soir.

— Quoi ? m'écrié-je. Ce soir ?

Austin éclate de rire.

— Sean et moi avons fait nos bagages il y a deux jours.

— Et si je disais non ?

Sean et Austin échangent un regard.

— Toi ? Tu ne peux pas nous dire non à tous les deux ? On est irrésistibles.

Oh, maintenant j'aurais tout entendu.

— Oui, on va voir ça.

— Trop tard pour discuter, notre vol part à vingt et une heures et on ira à l'aéroport juste après être passé chez Connor.

Je me lève et l'embrasse.

— Merci.

— Pas besoin de me remercier, trésor. Il n'y a rien que je ne ferais pas pour te voir sourire.

— C'est tellement romantique, dit Syd en joignant ses mains sur sa poitrine.

— Connor et moi ne sommes allés nulle part. On n'a même pas eu de lune de miel.

Je regarde Ellie en levant un sourcil.

— Tu étais enceinte.

— Ça ne veut pas dire que je ne voulais pas partir en voyage.

Je ris et enfourne un autre cookie dans ma bouche. Syd hausse les épaules.

— Je n'en ai pas eu non plus. Mais on s'est mariés à la mairie sans que personne ne le sache. Et, vraiment, j'étais déjà enflée et mal à l'aise.

— Eh bien, ce n'est pas une lune de miel, leur rappelé-je.

C'est un voyage. Des vacances avec une arrière-pensée, mais… Je ne vais pas faire la fine bouche.

— Ça pourrait l'être…

Je lance un regard furieux à Syd.

— Ce n'est pas le cas. C'est…

— C'est Noël, fait Ellie en me donnant un coup de coude. Des choses magiques se produisent à cette époque de l'année. Je sais que tu luttes contre ça, mais peux-tu honnêtement dire que tu ne veux pas trouver une solution ?

De tous les gens de cette ville, je pensais qu'elle serait de mon côté.

— Si tu avais un enfant qui a à peu près le même âge qu'Austin, comment le gérerais-tu ?

Ellie soulève un peu plus haut Bethanne dans ses bras et lui tapote les fesses.

— Je suivrais mon cœur.

Oui, c'est très facile à faire.

— Mon cœur ne risque pas d'offrir de la stabilité à Austin.

— Il a aussi besoin d'amour, ajoute-t-elle.

— Je l'aime.

Syd pose une main sur mon bras.

— Personne ne dit que tu ne l'aimes pas. Tu aimes aussi Sean, et Sean vous aime, toi et Austin. Il n'y a pas de rupture dans la chaîne. Je ne te dis pas de t'installer là-bas, je te dis juste de réfléchir à ce que tu risques de perdre si tu ne le fais pas.

Je me penche en arrière, attrape un autre cookie et l'enfonce dans ma bouche. Tout ça est si dur. J'ai l'impression de sacrifier la sécurité d'Austin juste pour être heureuse à nouveau.

Il ne saura peut-être jamais que je suis sa mère biologique et je l'ai accepté, mais je ne veux pas qu'il remette en question ma dévotion envers lui.

Ellie s'éclaircit la gorge.

— Bref, parlons de ce qui se passe actuellement. Pas besoin d'aller trop vite en besogne.

La porte du porche s'ouvre.

— Eh bien, si ce n'est pas le plus joli groupe de femmes jamais réuni.

— Jacob ! crie Syd en se précipitant vers lui. Tu as pu venir ! J'étais si inquiète.

— S'il te plaît, tu n'as pas à t'inquiéter pour moi, je suis un super-héros.

Je me lève.

— Ou un super idiot.

Il sourit.

— Ça aussi.

Le vol de Jacob a été retardé, et nous n'étions pas sûrs qu'il arriverait, mais je suis si heureuse que ce soit le cas. Il me tire vers sa poitrine et me serre contre lui.

— Je suis tellement désolé pour ton frère, Crevette. Je ne connaissais pas très bien Jasper, mais après ce qu'on m'a dit sur lui, je le respectais.

Je le serre un peu plus fort.

— Merci, Jacob.

— Pas de quoi.

Il me libère et prend toutes les autres filles dans ses bras. Ce Noël est maintenant complet. Tous les frères sont réunis et la famille est sous le même toit. Je sais que ce n'est pas ma vraie famille, mais ça a pourtant toujours été le cas. Nos vies se sont entremêlées dès le plus jeune âge et comme tout le monde a presque le même âge, nous sommes comme une meute.

Ma meute m'a manqué.

— Maintenant, je veux voir mes neveux et nièces, les gâter et m'assurer que je suis le préféré.

Et certaines choses ne changent jamais.

CHAPITRE TRENTE-CINQ

— **D**onc tu vas aller en Floride, mais je dois quand même dormir dans cette putain de petite cabane dans les bois ?

Declan rit et lève sa bouteille vers moi.

— C'est maintenant un rite de passage.

— C'est de la merde.

— Tu es censé être un grand et fort super-héros. Tu ne peux pas supporter de vivre dans une boîte avec très peu de chauffage ? demandé-je.

Jacob me fait un doigt d'honneur.

— Tu ne seras pas à la maison !

— Ça ne veut pas dire que je veux que tu envahisses mon espace.

Il souffle et cherche de l'aide auprès de Connor, qui se contente de hausser les épaules.

— Sérieusement ? Même toi, tu ne serais pas de mon côté. Attendez ! applaudit Jacob. Connor n'a jamais eu à dormir dedans.

— Mais j'ai dû réparer la demeure, qui était cent fois pire que la minimaison quand je suis arrivé. Donc, oui, le luxe dont vous profitez, bande de cons, c'est grâce à moi.

Connor n'a pas tort.

— Peu importe, c'est des conneries.

— Sois en colère, mon frère, mais tu ne viendras pas loger avec

Sydney et moi, ajoute Dec pour enfoncer un peu plus le couteau dans la plaie.

— J'ai un nouveau-né et une femme dont l'humeur change très rapidement, sourit Connor.

— Et je ne veux pas de toi dans la maison.

Je n'ai vraiment aucune bonne raison de faire ça, à part celle de l'énerver. Jacob s'écroule sur le canapé.

— Je vous déteste tous.

Ellie entre dans la pièce en tenant Bethanne dans les bras.

— Allez-vous aider à préparer le dîner ou laisser les femmes qui vous entourent tout faire ?

— J'ai proposé mon aide mais Connor a dit que vous n'en aviez pas besoin, dis-je parle en premier.

Si les regards pouvaient tuer, mon frère me ferait découper en filets comme un poisson.

— Eh bien, dit-elle en le fixant. Tu peux finir de cuisiner pour nous.

Il se lève et l'embrasse sur la joue.

— Tu sais que je ne dirais jamais ça.

Elle lui sourit.

— Oui, mais tu vas quand même m'aider.

Ils échangent un regard qui me fait mal au cœur. Ils s'aiment tellement que rien ne pourra jamais se mettre entre eux — ni la distance, ni le temps, ni une autre personne, ni un obstacle. Ils s'aiment suffisamment pour trouver des solutions, même quand elles semblent insurmontables.

C'est ce que je ressens.

Je me battrais contre cent hommes s'il le fallait pour garder Devney. Ellie me touche le bras.

— Qu'est-ce qu'il y a ?

— Rien.

Je secoue la tête, en essayant de ne pas penser aux possibilités de l'avenir.

— Sean, allez, parle-moi. Je suis ta sœur.

— J'en ai gagné quelques-unes l'année dernière.

Elle rit.

— Oui, sans aucun doute. J'aime à penser que tu es très excité à ce sujet.

— Clairement.

Je les aime toutes les deux. Ellie est le complément parfait de

Connor et Syd a toujours été le contrepoids de Declan.

— Alors, parle-moi, l'encourage-t-elle.

— Oui, dis-nous tout ce que tu ressens pour qu'on puisse y remédier, ajoute Jacob.

— Fais pas le malin, fait-elle en le montrant du doigt. Je dois aussi te parler de quelque chose.

— Oh, s'il te plaît, parle à Jacob, insisté-je.

Elle me sourit et se tourne ensuite vers lui. J'aime vraiment ma nouvelle belle-sœur.

— Il y a un nouvel élève à l'école qui traverse une période difficile. Son père était SEAL, il a été tué au combat.

Jacob me jette un coup d'œil. Il n'a pas besoin de le dire, je sais ce qu'il pense… c'est ce que nous craignions qu'il arrive à Connor. Chaque fois que le téléphone sonnait pendant qu'il était déployé, une partie de moi avait envie de vomir. Nous trois, on détestait la peur.

— Je suis désolé d'entendre ça.

Ellie lui tend la main.

— Je sais que tu es très gentil avec tes fans et il se trouve que c'est ton plus grand fan. Sa mère a pris le nouveau poste de conseillère d'orientation à l'école et quand elle a découvert que j'étais une Arrowood, elle a demandé si peut-être tu pourrais venir rencontrer Sebastian. Je ne lui ai rien promis.

Jacob lève son autre main.

— Ne dis rien de plus. Quoi que tu veuilles que je fasse, je le ferai. Je serais heureux d'aider un enfant dont le père est un héros.

Elle se lève et dépose un baiser sur sa joue.

— Tu es quelqu'un de bien, Jacob Arrowood.

Il la prend dans ses bras.

— Mieux que ces idiots réunis.

— Oui, c'est ça, dit Devney en entrant dans la pièce. Tu es un charmeur beau parleur, mais tu ne trompes personne.

Je passe mon bras sur ses épaules, la rapprochant de moi. Pile là où je veux qu'elle soit.

— Bordel, je t'aime.

Elle me répond en souriant.

— Je t'aime aussi.

— Et… Je vais vomir.

Jacob fait un bruit de haut-le-cœur.

— Attends, Jacob. Un jour, tu rencontreras une fille qui te fera tourner la tête et j'ai hâte de voir ça, rétorque Ellie avant de faire un signe de tête à Devney.

— Et quand ça arrivera, dis-je sans quitter Devney des yeux, j'espère que tu auras moitié autant de chance que moi.

Elle pose sa tête sur mon épaule et je prie pour pouvoir la serrer assez fort pour la garder près de moi.

— C'est le meilleur lendemain de Noël de tous les temps ! s'écrie Austin, et j'aimerais pouvoir voir le parc à travers ses yeux.

En tant qu'enfants, nous n'avions pas de vacances en famille ou même la simple idée de venir à Disney. Nous voyagions dans les pâturages pour camper, ce qui nous convenait, mais quand j'ai quitté Sugarloaf, j'ai eu envie de tout essayer.

Le lendemain de mon déménagement en Floride, je suis venu à Disney pour la première fois.

— Je suis content que tu sois excité, dis-je en touchant le sommet de sa tête.

— Tu es le meilleur, Sean.

— J'essaie vraiment.

Il sourit.

— Je peux aller dans la boutique ?

Devney acquiesce.

— Ne va pas trop loin, d'accord ?

Austin, qui est devenu un pro avec le fauteuil roulant que j'ai loué pour le voyage, s'en va jeter un œil sans même répondre. Depuis notre arrivée, il est redevenu le gamin plein d'entrain que j'avais rencontré il y a quelques mois. Il sourit, parle sans arrêt et il y a un sentiment d'excitation chez lui qui avait disparu.

— Merci, dit Devney en le regardant.

— Pour ?

— Tout ça.

Son sourire vaut chaque centime dépensé.

— Tu n'as pas à me remercier.

— Je pense que si. Même si tout ça est… extravagant.

La voix de Devney est douce tandis qu'elle regarde autour d'elle.

— Non, c'est Noël. Je voulais qu'on ait tout ce dont on pouvait rêver.

Elle se rapproche de moi.

— Tout ce que je voulais, c'était nous.

— Tu l'as.

Je peux voir l'hésitation dans ses yeux.

— Et pour sa jambe ? Je veux dire, ça va être compliqué.

— Tout va bien se passer, ma chérie. J'ai parlé à son équipe de physiothérapie et il connaît ses limites. On a pris le fauteuil roulant et comme ça on pourra monter sur les manèges sans avoir à attendre !

J'ai appelé les médecins avant de faire cette réservation pour m'assurer qu'il pouvait faire certaines choses et que ce n'était pas comme faire miroiter des bonbons à un diabétique. Il m'a dit que tant qu'Austin portait son attelle, qu'il utilisait des béquilles ou un fauteuil roulant, tout irait bien.

Les montagnes russes sont à proscrire, mais tout le reste devrait aller. Heureusement, cet enfant n'aime même pas les montagnes russes, donc il ne manque rien.

De plus, Austin sait que plus il ira doucement avec son corps pour que celui-ci guérisse, plus vite il sera de retour sur le terrain. Pour un enfant qui veut juste jouer au baseball, lui dire d'y aller doucement peut avoir deux conséquences. Soit il va trop vite, soit il y va vraiment doucement. Austin semble être sur la dernière voie, ce qui est une bonne chose. On peut pousser quelqu'un à en faire plus, mais essayer de le faire revenir en arrière est souvent un défi.

— Je sais, et il est génial, mais… je ne sais pas. On aurait pu se contenter d'un vol normal ou d'une chambre normale, et on n'avait pas besoin de tous ces… avantages.

Je hausse les épaules en attirant ses hanches vers les miennes.

— Je préfère te gâcher la vie.

— Je sais ce que tu es en train de faire.

— Et qu'est-ce que c'est ?

Elle arque un sourcil.

— Tu essaies de me faire aimer la Floride autant que je t'aime pour que j'accepte de déménager.

Elle aurait raison.

— Est-ce que ça marche ?

— Je suis ici depuis moins de vingt-quatre heures.

— Mais cette courte période n'a-t-elle pas été spectaculaire ?

Devney joue avec la ficelle de mon sweat à capuche.

— Tu es spectaculaire.

— On le sait déjà.

Son rire est sans effort.

— Tu es insupportable.

— Oui, eh bien… c'est ce qui rend les choses intéressantes.

Austin revient sur ses pas au moment où ils commencent à ouvrir les portes. Devney pousse son fauteuil pour qu'il puisse se concentrer sur son environnement. Aucun de nous ne manque la façon dont ses yeux s'illuminent et c'est cette expression qui fait que tout ça en vaut la peine.

Nous ne sommes pas stressés par quoi que ce soit et nous pouvons simplement profiter de notre temps libre.

Quand nous reviendrons, les problèmes seront toujours là et nous devrons toujours les gérer, mais pour l'instant, rien de tout ça n'a d'importance.

— C'est trop cool ! Maman adorerait aller sur…

Austin s'arrête, l'excitation dans sa voix s'estompe.

Devney pose ses mains sur ses épaules et je me déplace pour que nos yeux soient au même niveau. Je me souviens de ce sentiment. Quand on a envie que notre mère soit là, mais qu'elle est partie. J'ai marqué une telle pause tellement de fois que j'avais envie de crier, de pleurer ou de frapper quelqu'un. Elle aurait dû être là quand j'ai eu un A à un examen. Je voulais qu'elle me sourie quand je faisais un *homerun*. Mais elle était partie et je ne pouvais pas la récupérer.

— Ta mère aimerait aller sur quoi ?

— Aucune importance.

J'attends qu'Austin lève les yeux vers moi.

— Si. Ça compte toujours et tu ne peux pas laisser son souvenir s'envoler. Ce qui va t'aider à traverser cette épreuve, c'est de te souvenir d'elle, de ce qu'elle a dit et de ce qu'elle a fait. C'est difficile et il y aura des jours où se souvenir fera tellement mal que tu voudras juste oublier, mais elle t'aimait et aurait voulu que tu penses à elle.

Devney s'approche et dépose un baiser sur le sommet du crâne d'Austin.

— Ne les oublie jamais, Austin. Je ne les oublierai pas. Jasper aurait aimé voir tout ça. Il aimait les voitures, construire des choses et il aimait sa famille. Imagine toutes les choses qu'il dirait s'il pouvait voir ce château.

Austin lève les yeux vers elle.

— Il se demanderait s'ils ont utilisé les bons clous.

On rit tous les deux et Devney lui prend la main.

— Oui et il demanderait s'ils n'ont pas préconstruit quelque chose.

— Il était bizarre, fait Austin, ses pensées à des millions de kilomètres de là.

— Oui, mais je l'aimais beaucoup.

Austin lui rend son regard.

— Moi aussi. Ils me manquent, tante Devney.

— Ils me manquent aussi.

Il l'entoure de ses bras et elle dépose un baiser sur chacune de ses joues.

— Je t'aime de tout mon cœur, lui dit-elle.

— Je t'aime aussi.

Il lève les yeux vers moi.

— Je t'aime aussi, Sean.

Ma gorge se serre tandis que l'émotion commence à m'étouffer. Il fait partie d'elle. C'est son enfant et l'aimer elle signifie l'aimer lui aussi. Je ne sais pas quand c'est arrivé, mais il n'y a aucun doute dans mon esprit sur ce que je ressens pour Austin. Je veux être là et faire partie non seulement de sa vie à elle mais aussi de la sienne à lui. Il y aura des sacrifices à faire, mais je ferai chacun d'entre eux si ça signifie que je peux être là.

Je le prends dans mes bras en souhaitant pouvoir lui dire tout ce que j'ai sur le cœur. Au lieu de ça, je dis la seule chose qui signifie tout pour moi.

— Je suis là pour toi, Austin.

— Qu'est-ce que ça veut dire ?

J'entends Devney hoqueter et je vois les larmes couler sur ses joues pendant qu'elle lui explique :

— Ça veut dire que peu importe le moment, peu importe le sujet, il sera toujours là.

— Donc c'est comme dire je t'aime ?

Elle acquiesce et me touche la joue.

— Oui.

Je prends sa main dans la mienne, puis celle d'Austin dans l'autre.

— Quand on était enfants, ce n'était pas cool de dire je t'aime à une fille, alors je lui ai dit que je ne la lâcherai, que la rattraperai toujours, que je m'assurerais qu'elle était en sécurité et que si elle avait besoin de moi, je serais là. Ça veut dire que je t'aime et que tu n'as pas à t'inquiéter.

Austin sourit.

— Alors moi aussi je ne te lâcherai pas.

— Oui, mon petit, c'est sûr.

CHAPITRE TRENTE-SIX

Devney

Qui aurait cru que les vacances étaient si épuisantes ?

Je n'en suis pas sûre.

Orlando était très amusant et nous avons pu visiter tous les parcs et faire du shopping. Maintenant, nous sommes à Tampa.

Pas n'importe où à Tampa.

Nous sommes au terrain de baseball. Je suis presque certaine qu'Austin est sur le point de se faire dessus, mais il essaie de rester cool.

— Alors, il y a quelqu'un ici ? demande-t-il alors que Sean l'aide à s'installer sur sa chaise.

— Pas sûr.

Il sait.

Il a demandé à un groupe d'amis de nous rejoindre ici et Austin va devenir fou. Je suis à la fois excitée et nerveuse. Je n'ai rencontré aucun de ses amis à part Tyler Shaw. Il était l'un de ces joueurs inoubliables. Sean l'admirait et ils étaient dans une équipe de stars du baseball ensemble. Apparemment, Tyler était un lanceur de merde et Sean était heureux d'être derrière le marbre au lieu d'être devant, à essayer de frapper ce type. Je ne pouvais pas le quitter des yeux, ce qui irritait Sean, mais c'était un avantage à l'époque.

— Eh bien, de toute façon, je m'en fiche. Je vais fouler un vrai terrain de ligue majeure !

La première chose qui me vient à l'esprit est que j'aimerais que son père puisse voir ça.

Jasper a rêvé de ce moment. Il s'est démené pour donner à Austin tout ce dont il avait besoin. Le baseball n'était pas seulement pour son fils, c'était ce qui les liait tous les deux. Quand il est devenu évident qu'Austin était passionné par ce sport, Jasper a passé des mois à l'apprendre. Ils regardaient des matchs, parlaient de statistiques et avaient pour projet de visiter tous les terrains des États-Unis. Ça n'arrivera jamais pour eux.

Au lieu de ça, Austin va faire ça sans lui. Sean me prend la main.

— Tu vas bien ?

Je ravale ma tristesse et fais ce que je peux pour me concentrer sur la joie qui rayonne de mon… fils.

— Oui.

— Il va flipper.

— Oui.

Nous sourions en suivant Austin à travers la porte principale.

Sean nous explique tout pendant que nous traversons les couloirs. Comme c'est la basse saison, l'endroit est calme, mais il y a quelque chose d'oppressant autour de nous, comme si les espoirs et les rêves des gens vivaient ici et n'attendaient que d'être découverts.

— Ouah ! dit Austin alors que Sean arrête le fauteuil roulant devant une porte. C'est ton vestiaire ?

— Oui.

— On peut entrer ?

Il rit.

— Bien sûr.

L'intérieur ressemble à peu près à ce à quoi je m'attendais, sauf que les casiers qui bordent les murs sont tous presque vides. Il s'arrête devant le troisième sur la gauche.

— C'est le mien. D'habitude, on a des uniformes ici, et c'est… odorant.

Austin glousse.

— Mais c'est l'endroit le plus cool qui soit.

— Je me souviens de la première fois que je suis entré ici. Je ressentais la même chose que toi en ce moment.

Ils partagent tous les deux un bref moment de connivence, puis Sean montre du doigt.

— Par là, il y a le terrain. Tu es prêt à y aller ?

— J'étais prêt avant ma naissance.

Je jure que les garçons sont tous les mêmes.

— Eh bah, allons-y alors.

L'excitation est presque trop forte lorsque nous entrons dans le tunnel qui nous mènera directement sur le terrain. Au moment où nous émergeons, c'est comme si la lumière nous illuminait depuis les cieux. Pas étonnant que les petits garçons en rêvent. C'est comme dans les films… mais en vrai.

Deux types courent vers nous et j'entends la respiration laborieuse d'Austin.

— Oh mon Dieu. C'est Jack Carter et Knox Gentry !

La voix d'Austin se brise sur le dernier nom. Sean sourit.

— Ce sont mes amis, ils voulaient venir te rencontrer.

Il a soudain les larmes aux yeux, mais il ne les laisse pas couler. Sean fait les présentations et nous avançons sur le terrain.

— Oh, ouah !

La voix d'Austin devient plus aiguë.

— Tu es ami avec Easton Wylder ?

— Oui, lui et moi nous sommes entraînés ensemble. Il se croit meilleur que moi, mais tu sais…

Sean fait un clin d'œil et Austin se remet à regarder le terrain.

— C'est Chase Stern ?

— Oui.

— C'est le meilleur arrêt-court de toute la ligue !

— Il ne faut surtout pas que Knox t'entende…

Austin couvre sa bouche et regarde autour de lui.

— C'est le plus beau jour de ma vie.

À la suite de la plus horrible des tragédies, Sean a pu lui offrir un miracle. Au lieu qu'Austin se renferme sur lui-même, qu'il reste coincé à l'intérieur et qu'il se souvienne de tout ce qu'il a perdu, il a reçu un cadeau. Un moment où tout le monde pourrait aller bien à nouveau.

Sean le prend dans ses bras.

— Je suis content, mon petit. Je le suis vraiment. Maintenant, allons donner du fil à retordre à ces gars.

Il s'en va, courant vers la base, et les larmes qui n'ont pas coulé des yeux d'Austin roulent sur mes joues. À ce moment-là, je sais que mon cœur ne sera plus jamais le même.

— Tu es prêt à voir où je vis ? demande Sean en garant la voiture dans le garage souterrain.

— Oui ! répond Austin. C'est trop cool. Je vais aller chez Sean Arrowood et voir où il vit, dort et rêve de baseball.

Et Sean est redevenu un héros et un dieu du baseball, même s'il n'a jamais vraiment perdu ce statut. Au contraire, il a probablement atteint le statut de divinité. Austin et Sean sont comme deux pois dans une cosse. Ils parlent la même langue et c'est incroyablement touchant à regarder.

— Pas de conneries, on est amis, lui dit Sean avant de se garer. Aussi, pas de photos sur Snapchat ou Instagram ou quoi que ce soit que vous faites, vous les enfants. C'est une zone interdite aux réseaux sociaux.

— Il n'a pas de réseaux sociaux, dis-je avant de me tourner vers lui, soudainement moins confiante. Et toi ?

Il rit.

— Papa a dit que je n'avais pas le droit avant mes quarante ans.

— Bon plan, en convint Sean.

Nous entrons tous les trois dans l'ascenseur où il tape un code.

— Si tu veux entrer ou sortir de l'appartement, tu as besoin du code, d'accord ?

— Mon anniversaire ? lui demandé-je.

Il n'a pas l'air du tout embarrassé.

— C'est un rendez-vous que je n'oublierai jamais.

— Parce que tu as volé mon dernier cupcake ?

Sean sourit et me donne un bref baiser.

— Je vais voler beaucoup plus que ça.

Il l'a déjà volé, mais je ne lui dis pas.

Nous montons au dernier étage et, quand les portes s'ouvrent, nous sortons et entrons directement dans son appartement.

Ouah.

J'essaie de prendre la mesure de ce que je vois. Cet endroit est magnifique. Les sols sont en marbre blanc avec des tapis par endroits pour délimiter les espaces. Il y a une énorme télévision au mur et un canapé convertible qui semble avoir été conçu pour cet endroit.

Sean s'enfonce dans l'appartement et je le suis. La cuisine lui ressemble à cent pour cent avec ses placards gris foncé et ses comptoirs blancs qui la rendent masculine et douce à la fois.

— Tu veux quelque chose à manger ?

Il ouvre un placard et attrape un paquet de chips qu'il tient en l'air.

— Je le veux ! crie Austin.

Il le lui tend et lui indique ensuite le coin salon.

— Il y a trois consoles de jeu là-dedans, va donc jouer, je vais faire visiter à Devney.

— As-tu le nouveau jeu de baseball ?

Sean sourit.

— Celui qui n'est pas encore sorti ?

Austin acquiesce.

— Il est déjà dans la PlayStation.

Austin s'enfuit, se déplaçant en fauteuil roulant avec un sourire sur le visage.

— Cet endroit est incroyable.

Il hausse les épaules.

— J'ai demandé à une designer qui vit dans l'immeuble de le faire. Tu sais que ma version aurait été une table pour jouer aux cartes et un fauteuil inclinable.

— Eh bah, elle a été incroyable.

Sean regarde autour de lui et hausse les épaules.

— Nicole est géniale. Elle m'a compris et n'a pas posé beaucoup de questions, elle a juste fait ça comme ça.

— Nicole ? demandé-je avec un peu de jalousie.

— Elle s'appelle Nicole Dupree et c'est ma designer, tout à fait mariée et maman.

Il me tire vers lui et enroule ses bras autour de ma taille.

— Tu es la seule femme dans ma vie.

— Tu dis ça, mais…

— Mais rien. Je le pense vraiment.

Mon Dieu, tout ça… c'est trop. Cette semaine, j'ai passé un excellent moment. Nous avons ri et passé tellement de temps de qualité ensemble. Sean et Austin ont traîné ensemble et j'ai pu voir un lien se former entre eux. Il ne me reste qu'une semaine avant de lui donner ma réponse et je ne sais pas quoi faire.

J'ai envie de dire que je vais juste faire mes valises et déménager, mais la principale chose qui me retient est que je ne pense pas qu'Austin puisse supporter de déménager ici. Pas quand la saison va bientôt commencer et qu'il sera parti. Nous serons là, dans cette ville, seuls.

Je ne suis pas sûr qu'Austin puisse s'adapter. Je me sens comme une idiote. J'aurais dû le protéger. Une mère aurait su le faire, ce qui montre encore plus à quel point je suis nulle.

Sean me prend la main.

— Viens, laisse-moi te montrer le reste de l'appartement.

Appartement mon cul. Nous nous promenons et il devient clair que c'est une vraie maison au sommet de son immeuble. C'est immense. Il y a quatre chambres, quatre salles de bain et nous arrivons à l'entrée de sa chambre.

Mon Dieu. C'est plus grand que le salon et la salle à manger.

— Euh, c'est...

— C'est assez impressionnant, mais ce n'est rien comparé à la vue.

Il se dirige vers les fenêtres et appuie sur un bouton. Les stores se lèvent et mes jambes bougent d'elles-mêmes pour que je puisse avoir une meilleure vue.

— C'est...

— Magnifique.

Je me tourne pour le regarder, mais il ne regarde pas la fenêtre. Ses yeux sont fixés sur moi. Je sens la chaleur envahir mes joues et me détourne.

Je l'ai connu toute ma vie et je ne pensais pas qu'il me regarderait un jour de cette façon. Une vague de tristesse me frappe parce que ce n'est pas juste. Je l'aime. Il m'aime. Nous pourrions être si heureux. Nous avons toutes les bases d'une bonne relation et il est parfait pour moi. Je peux voir la vie que nous partagerions. La façon dont nous serions une famille parce qu'Austin aime Sean et que Sean l'adore. Nous pourrions être plus, mais comment ?

Nous emménagerions ici juste pour que Sean commence la saison de baseball. C'est trop.

— Pourquoi ça n'aurait pas pu être une autre fois ?

— Qu'est-ce que tu veux dire ? demande-t-il en levant la main pour dégager les cheveux de mon visage.

— Quand il n'y avait pas de complications. Rien qui ne vienne brouiller les choses et se démener pour nous séparer. Si l'accident...

— N'avait pas eu lieu, alors tu n'aurais pas Austin.

— Je veux vous avoir tous les deux.

J'ai mal à la poitrine parce que je sais déjà que mon cœur peut vouloir Sean, mais que ma tête choisira toujours Austin. Je ne peux pas venir ici en tant que petite amie et profiter de son argent. Je dois être financièrement stable et ce n'est pas le cas, même avec l'assurance qu'il pourrait m'aider à trouver un emploi.

Sans compter que toute la famille d'Austin est à Sugarloaf. Hazel était une enfant unique qui a perdu ses deux parents à cause d'un cancer, donc tout ce qui lui restait, c'était mes parents et moi.

— Dev, pourquoi est-ce que ça doit être l'un ou l'autre ?

— Parce que je ne sais pas comment avoir les deux.

— Il me reste encore quelques jours pour te montrer comment tu pourrais faire ça, s'il te plaît ne prends pas encore de décision.

Je pose la tête contre sa poitrine, écoutant les battements de son cœur.

— J'espère que tu trouveras une solution qui fonctionne.

Il me caresse le dos.

— Moi aussi.

CHAPITRE TRENTE-SEPT

Ce soir, c'est notre dernière nuit à Tampa. Ma toute dernière chance de lui faire voir ce que la vie pourrait être ici. J'ai essayé de penser à tout ce qu'il faudrait et je n'ai vraiment rien d'autre, rien que mon cœur et la vérité.

Nous finissons un film et allons ensuite à Riverwalk.

L'humeur est tendue aujourd'hui. C'est comme si nous savions que, demain, la réalité reviendra. Austin reprendra l'école, Devney retournera au travail et je prévoirai de revenir ici.

Le temps que je croyais éternel est passé en un clin d'œil.

Six mois, ça ne peut pas être tout ce que j'ai.

Ce n'est pas possible.

Le film se termine et Devney se décale.

— Tu veux toujours sortir ?

Je regarde Austin.

— Qu'est-ce que tu en penses ?

— Je veux rester ici.

À ce stade, les deux options me vont.

— OK. On peut rester ici. Notre vol ne partira pas avant le milieu de l'après-midi, mais on a peut-être besoin de se reposer un peu.

Il secoue la tête.

— Non, je veux dire ici. Je veux rester en Floride.

Je garde ma gratitude à l'intérieur car je connais suffisamment Devney pour comprendre que ça n'arrangera pas mon cas. Cependant, je ne vais pas non plus le dissuader. S'il veut s'installer ici et si je veux qu'ils s'installent ici, alors elle sera la seule à nous retenir.

Devney me regarde, mais je ne fais que hausser les sourcils. Aucune chance.

— Austin, on a passé de bons moments ici, mais chez nous, c'est à Sugarloaf.

— Non, *c'était* à Sugarloaf. Là tout de suite, je n'ai pas de maison.

— Ce n'est pas vrai. On a la maison dans laquelle tu as grandi ou on pourrait aller chez grand-mère et grand-père quand Sean sera parti. Ou je pourrais trouver un nouvel endroit pour nous. C'est dur et les choses sont… difficiles, mais tu as un foyer… avec moi.

Austin croise ses bras sur sa poitrine et regarde ailleurs.

— Je veux rester ici. Je me plais ici.

Je peux pratiquement sentir le désespoir qui émane d'elle. Elle essaie tellement de faire ce qu'il faut et, peu importe à quel point je veux gagner et la faire déménager en Floride, je ne serai jamais le méchant de son histoire. Elle a besoin d'un partenaire, quelqu'un qui la soutiendra, et ce sera toujours moi.

— Je sais que tu veux rester ici et j'aime t'avoir, mais on n'a pas besoin de faire ce choix maintenant. Dans tous les cas, on doit retourner à Sugarloaf demain.

Sa lèvre tremble et il se déplace vers son fauteuil roulant.

— J'aimerais ne jamais avoir à retourner dans cette ville stupide.

— Austin…

Il regarde Devney, mais je ne vois que le reflet de l'enfant effrayé que j'étais.

— Non ! Je déteste ça. Je déteste ne pas pouvoir rentrer à la maison. Je ne peux pas jouer au baseball. Je ne peux *rien* faire ! Je ne veux pas retourner à l'école et dire à tout le monde comment mon père et ma mère ont été tués. Je ne veux pas parler de l'accident. Personne ici ne le sait. Je suis heureux ici et je ne pleure pas.

— Pour l'instant, tu es limité, dis-je gentiment. Chaque fois qu'on est blessé, on doit guérir. Tu t'en es bien sorti, et la semaine prochaine tu passeras aux béquilles. Après ça, tu remarcheras. Après ça, tu courras. Il s'agit de faire de petits pas et c'est la même chose quand on fait face au deuil.

Une larme coule sur son visage alors qu'il s'installe dans son fauteuil.

— Je veux juste aller me coucher.

Devney lâche un gros soupir.

— Je suis désolée que tu souffres, mon petit. Il n'y a rien que je ne donnerais pas pour être capable de faire disparaître ta douleur.

Il la regarde en s'éloignant.

— Tu pourrais nous autoriser à vivre ici, mais tu ne le fais pas

Elle s'apprête à se lever, mais je lui prends la main.

— Laisse-le partir.

— Il est tellement en colère. Je ne l'ai jamais vu comme ça.

J'enroule mes bras autour d'elle et la serre contre moi.

— Il a tous les droits d'être en colère.

Sa tête repose sur mon épaule.

— Je voulais lui dire « oui ». Je voulais lui dire qu'on resterait ici pour toujours et que ça marcherait.

Mes muscles se tendent parce que je sais qu'il y a un « mais » qui arrive.

— Et ?

— Je ne peux pas.

— Ne peut pas ou ne veut pas ?

Elle se redresse et recule un peu, mais pas assez pour ne pas pouvoir enlacer nos doigts.

— Je ne peux pas. Mon Dieu, j'en ai envie. S'il n'y avait que moi, je paierais quelqu'un pour emballer mes affaires et me les envoyer par la Poste, mais il n'y a pas que moi. Austin est peut-être en colère, mais réfléchis, Sean. Qu'aurais-tu fait si ton père avait fait vos cartons pour partir ?

— Il serait venu avec nous ?

Elle secoue la tête.

— Ce que je veux dire, c'est que tu avais besoin de moi. Declan avait besoin de Sydney. Connor avait besoin de toi et de Jacob. Jacob avait besoin d'être à Sugarloaf. C'était le seul endroit où il avait l'impression de sentir la présence de ta mère. Cette ferme t'a sauvé autant qu'elle t'a envoyé en enfer.

Mon enfer n'avait rien à voir avec la ferme et tout à voir avec le diable qui m'élevait.

— Putain, oui. Je détestais cette ville. Si j'avais eu la possibilité de t'emmener avec moi, je serais allé n'importe où pour m'échapper. Tu ne le protèges pas en le forçant à rester là-bas pour être plus proche de Jasper et Hazel.

Son souffle s'échappe lorsqu'elle se lève.

— Tu penses que j'ai envie de ça ? Que je veux laisser partir l'homme que j'aime plus que tout au monde ? Rien de tout ça n'était censé arriver. J'avais enfin ma chance en amour. On était… Bordel, j'allais partir avec toi. Il y a un mois, il n'était pas question que je ne sois pas assise à côté de toi dans l'avion. J'aurais trouvé une solution, mais tout a changé maintenant ! Je dois penser à Austin.

— Et qu'en est-il de ce qu'il veut ?

— Il a dix ans ! Bien sûr qu'il a envie d'être avec toi ! Qui ne le voudrait pas ? Tu es incroyable, drôle, gentil, fantastique dans tous les sens du terme et tu joues au baseball. Tu es comme un rêve, Sean. Tu es le genre d'homme que les femmes prient de trouver.

— Pourtant, tu es prête à te réveiller ? Tu n'as pas besoin de ne m'avoir qu'en rêve, Devney. Je suis la réalité et je suis prêt à tout te donner.

Sa tête retombe en arrière et elle regarde le plafond.

— Je ne peux pas faire ça.

Puis elle se lève et s'en va, retournant dans la chambre. Je ne voulais pas me battre, mais je ne peux pas laisser tomber. Il faut que l'on en parle. Tout doit être mis sur la table pour que nous puissions travailler dessus. Abandonner maintenant semble si stupide.

Je la suis en fermant la porte derrière moi.

— On doit terminer cette conversation. Tu ne peux pas t'en aller comme ça.

— Rien ne va changer, Sean ! Je vais toujours retourner à Sugarloaf. Je ne vais pas déménager ici. Je ne peux pas faire ça !

— Pourquoi ?

— Parce que !

Je m'approche.

— Pourquoi, Devney ? De quoi as-tu si peur ?

— *Toi !* crie-t-elle en levant les mains en l'air. Je suis terrifiée à l'idée de venir ici et de ce qui va se passer ensuite.

— On va trouver une solution !

Elle renverse la tête en arrière, et elle gémit.

— C'est tellement facile pour toi, hein ? Et qu'en est-il de moi, Sean ? Qu'est-ce que je fais ?

Aucune de ses questions n'a de sens.

— Qu'est-ce que ça veut dire ?

— Ça veut dire que si je déménage ici, j'enlève Austin à la seule famille qu'il n'ait jamais connue, et quoi ? Comment va-t-on nous adapter à tout ça ? Je ne peux pas gérer tous ces changements en un mois. Tu me demandes de venir ici et de mettre nos vies sens dessus dessous.

C'est des conneries.

— Ta vie est déjà sens dessus dessous ! Je suis là, prêt à t'aider à te remettre sur pieds. Je te demande d'emménager avec moi et de *m'épouser* ! Je veux tout, Devney, et je le veux avec toi. Je n'essaie pas de rendre les choses plus difficiles ! J'essaie de rendre les choses plus faciles. Je peux te donner tout ce que tu désires, mais tu ne l'accepteras pas.

Elle recule comme si elle avait été frappée.

— Qu'est-ce que tu as dit ?

— J'ai envie de tout ça. Je te veux et je veux Austin. J'aime cet enfant. Je ne ferais jamais rien pour le blesser.

— Avant ça.

— Quoi ?

Elle respire rapidement et s'approche de moi.

— Tu as dit que tu voulais que j'emménage avec toi et…

Je n'hésite pas.

— Que tu m'épouses.

— Tu dois plaisanter, hein ? Tu ne viens pas de profiter de cette dispute pour me demander en mariage ? Ce n'est pas… Tu es sûrement juste en colère ou effrayé.

C'est sorti et je n'ai pas réfléchi, mais c'est la vérité. Je veux qu'elle soit ma femme. Je veux qu'on construise une vie et une famille ensemble. Mais ce n'est pas comme ça que je voulais le dire. Pourtant, je ne vais pas mentir. Je ne peux pas me retenir, pas si elle est déterminée à s'éloigner de nous.

— Non, j'éprouve effectivement ces deux sentiments, mais ce n'est pas quelque chose qui m'est venu comme par magie. Je veux me marier avec toi. Je pense que je l'ai su toute ma vie, mais j'ai refusé de l'envisager. Ce n'était pas juste un truc de six mois pour chacun de nous, c'était pour toujours. On ne s'éloigne pas de la personne avec qui on est censé passer sa vie. Je veux t'épouser et je me mettrai à genoux tout de suite si c'est ce qu'il faut.

Elle recule mais j'avance vers elle, sans laisser de distance s'insinuer entre nous.

— Je ne veux pas que tu m'épouses parce que tu as peur de me perdre.

— Si tu penses que c'est pour ça, tu n'as pas fait attention.

Je me dirige dans sa direction, les yeux fixés sur elle alors qu'ils posent un million de questions.

— Je veux t'épouser parce que je t'aime plus qu'aucun homme n'a jamais aimé une autre femme. Je veux t'épouser parce que je veux me réveiller chaque jour à tes côtés. Je te rendrai heureuse, je te donnerai la lune. Je serai à tes côtés quand tu faibliras et quand tu réussiras. Il n'y aura pas un jour où tu seras seule car je serai toujours là.

— Tu dis ça, mais ton travail t'éloigne de chez toi plus des trois quarts de l'année. Je serai là, seule avec Austin, pendant que tu voyageras dans tout le pays pour jouer au baseball. Tu ne comprends pas ? J'ai besoin d'aide et de ma famille plus que jamais. Mes parents, Syd, Ellie, tes frères sont tous là, mais pas toi. Tu me demandes de tout abandonner pour toi, et qu'est-ce que tu perds toi ? Rien.

Au fond de moi, au plus profond de mon âme, je sais qu'elle a raison. Je lui demande de venir ici et, ensuite, la saison commencera. Je m'entraînerai dix heures par jour, puis la pré-saison débutera. Quand ce sera la saison proprement dite… Je serai absent tout le temps. La vie ne sera pas facile avec moi, je le sais, mais elle ne voit que ce qu'elle va abandonner et est aveugle à tout ce qu'elle va gagner.

Beaucoup de gars de la ligue majeure ont des familles. Ils font en sorte que ça marche, tout comme nous.

— Il y a des sacrifices à faire dans chaque relation, Dev. On doit tous s'adapter, mais je ne te demande pas d'abandonner quoi que ce soit, dis-je en serrant les dents. Je veux te donner tant de choses.

Devney souffle et recule. Cette fois, je la laisse faire.

— Tu penses ça, ça montre que tu ne vois pas les choses de la même façon que moi.

— Oui, je me fais des illusions parce que je vous aime, Austin et toi.

— Non, j'aime Austin. J'ai aimé ce bébé depuis la minute où il est né. Je l'ai tellement aimé que je l'ai abandonné. Je lui ai donné une maison avec des parents qui pourraient faire mieux que moi.

Des larmes coulent sur ses joues et un sanglot s'échappe de sa gorge.

— J'ai dû l'abandonner quand il était nourrisson et je n'ai pas à le refaire maintenant. Je ne vais pas faire un choix qui ne fera que le blesser.

— Et en quoi lui mentir est la meilleure option ?

Je sais que c'est un coup bas, mais si c'est ma dernière chance de tout dire, alors je vais frapper fort et prier pour que ça passe.

— Qu'est-ce que tu viens de dire ?

— Tu lui mens. C'est *ton* fils, Devney.

— Je suis bien conscient de qui il est pour moi.

— Alors pourquoi ne prends-tu pas ses désirs en considération ? Il ne connaît pas toute l'histoire et il est perdu car il pense avoir perdu sa mère alors que ce n'est pas le cas.

— Il a perdu sa mère, dit-elle d'une voix basse et pleine de rage. Il a perdu la seule mère qu'il n'ait jamais connue. Je lui ai peut-être donné naissance, mais j'ai toujours su quelle était ma place dans sa vie. N'essaie pas d'utiliser ça contre moi.

Elle a raison. Je suis un vrai con.

— Je suis désolé.

Je me rapproche d'elle, avec l'envie d'effacer tout ce que j'ai dit.

— Je suis juste… Je ne peux pas te perdre, mais j'ai l'impression que tu as déjà abandonné, que tu ne veux même pas essayer. Comment peux-tu ne pas t'effondrer à l'idée de mettre fin à notre relation ? Comment ça peut être si facile pour toi ?

Son regard se pose sur le sol et elle secoue la tête.

— Rien de tout ça n'est facile, mais j'essaie de faire ce qui est juste.

— Et j'essaie juste de te montrer que tu n'as pas à choisir entre Austin et moi.

Elle lève les yeux, ils sont remplis de tristesse et de regret.

— On sait tous les deux que ce n'est pas vrai.

— Alors c'est tout ?

— Je n'ai pas envie que ça le soit.

— Eh bien, il est clair que tu ne vas pas changer d'avis, alors maintenant quoi ? demandé-je, sachant que nous n'avons plus le temps.

Elle s'est résolue à rester à Sugarloaf, ce qui est la fin de tout ce que nous avons.

— Maintenant, on va rentrer à la maison demain et je déménagerai.

Les larmes effleurent la peau de ses joues en un flot continu alors qu'elle se dirige vers la porte.

— Je dois aller le voir et…

— Ne fais pas ça.

— Je n'ai pas le choix.

Je m'avance et pose ma main sur la porte pour qu'elle ne puisse pas l'ouvrir.

— On a toujours un choix. Qu'on le veuille ou non, on a des options. Je t'aime. Je t'aime et je ferai tout ce qu'il faut pour que tu sois heureuse ici, mais il faut que tu sois prête à prendre ce risque.

La main de Devney se déplace vers ma poitrine.

— J'ai fait mon choix, maintenant tu dois l'accepter.

Avec ça, mon bras retombe le long de mon corps et elle ouvre la porte. Je ressens cette perte même si je ne la regarde pas partir.

Les minutes passent et je me sens vide, sachant que ce que nous avons eu, nous ne le retrouverons jamais. Le rire, l'amitié et la connexion que j'ai seulement espéré pouvoir connaître sont partis. Je reste debout, sans bouger et en essayant de trouver d'autres solutions.

Je ne sais pas comment la laisser partir.

Je ne sais pas comment abandonner.

Je ne peux pas bouger tant que je n'ai pas trouvé de solution, et il doit y en avoir une.

— Sean ! *Sean !* crie Dev avec tellement de peur dans sa voix que mon cœur s'accélère et que je me mets à courir.

CHAPITRE TRENTE-HUIT

Devney

— Qu'est-ce qui ne va pas ?

Sean franchit la porte en toute hâte et ma respiration est si laborieuse que je peux à peine parler.

— Il… il… il n'est plus là !

J'arrive enfin à sortir les mots alors que la panique me saisit.

Je pensais connaître la peur quand il est né et l'accident m'a appris que c'était un mensonge. Ça m'a montré que je n'avais jamais vraiment su ce qu'était la peur avant ce moment.

— Comment ça, il n'est plus là ?

Sean regarde autour de lui.

— Austin ? l'appelle-t-il, mais personne ne lui répond. Austin !

Nous nous précipitons tous les deux hors de la pièce, mais j'ai déjà fouillé le salon, la cuisine et la salle de bain et il n'y avait aucun signe de lui ou de ses béquilles.

— Austin ! crié-je alors que mes mains tremblent et que j'essaie de déplacer sa valise et ses couvertures, en espérant qu'il est juste… caché.

Mais au fond de moi, quelque chose me dit qu'il ne l'est pas.

Il était en colère quand il est allé se coucher et je prie Dieu qu'il ne nous ait pas entendus nous disputer.

La voix de Sean continue de résonner dans l'appartement alors que nous cherchons tous les deux. Je me précipite vers la cuisine où il se tient debout.

— Quelque chose ?

Je secoue la tête.

— Où a-t-il pu aller ?

— Je ne sais pas. Peut-être qu'il est juste descendu. Il n'aurait pas pu aller bien loin avec des béquilles.

— On ne sait même pas quand il est parti ! Mon Dieu ! Il pourrait être perdu !

Mon cœur bat la chamade et la terreur s'accroît. C'était une telle erreur. Je n'aurais jamais dû laisser Austin aller dans la chambre sans lui parler. Il souffre et je l'ai laissé tomber.

— On va le retrouver.

Je suis contente qu'il en soit si sûr. Je me retourne, attrape mon téléphone portable et compose le numéro d'Austin, pour entendre la sonnerie qui retentit depuis le canapé.

Bien sûr, il n'a pas pris son téléphone. S'il l'avait fait, j'aurais au moins pu le tracer ou faire quelque chose.

— Sean…

Je ne sais pas ce que je veux lui demander, mais j'ai tellement peur, et c'est la seule personne qui pourrait arranger les choses.

Il s'approche de moi, les mains sur mes épaules.

— Très bien, réfléchis, on est à Tampa depuis quelques jours. Il y a deux endroits qu'il aimait, le terrain de baseball et la plage. Je dis qu'on vérifie d'abord le terrain.

Je regarde par la fenêtre du salon, d'où l'on voit le terrain de jeu. C'est le plus logique et, s'il est à pied, c'est la meilleure option.

— Allons-y, dis-je et je commence à me diriger vers l'ascenseur.

— L'un de nous devrait rester ici au cas où il reviendrait.

Je ne peux pas faire ça.

— Pas moyen que je puisse rester assise ici à attendre. Je ne peux pas !

Il prend mon visage dans ses mains, me maintenant pour que nos yeux soient au même niveau.

— Je vais le retrouver. S'il revient, appelle-moi. Je te le jure, Devney. S'il est dans la nature, je le ramènerai.

J'ai la gorge serrée et la peur est de plus en plus forte.

— Ce n'est qu'un petit garçon…

— Je sais, je vais le ramener. Reste ici et appelle-moi s'il arrive quelque chose, d'accord ?

J'acquiesce. Sean rapproche ses lèvres des miennes.

— Je t'aime.

C'est quelque chose qui ne changera jamais, peu importe les choix que je dois faire.

— Je t'aime.

Il prend ses clés, son téléphone, son portefeuille et sort. Je me dirige vers le canapé et m'y enfonce en m'agrippant à la couverture et en pleurant plus fort que je ne l'ai jamais fait auparavant.

Vingt minutes plus tard, mon téléphone sonne. Je me redresse, la tête battant la chamade alors que j'essuie les larmes de mon visage.

— Allô ?

— Il n'est pas là. Je vais à la plage maintenant, dit Sean rapidement et légèrement essoufflé. J'ai demandé au personnel ici de le chercher et, s'ils le voient, ils appelleront l'un de nous. Je pense que tu devrais appeler la police.

Mon espoir se dissipe comme un brouillard matinal alors que je regarde par la fenêtre. Il est perdu. Il est seul et probablement effrayé sans aucune idée d'où aller. Je ne connais même pas l'adresse de cet endroit, donc je doute qu'Austin la connaisse.

Dieu, s'il vous plaît, protégez mon bébé.

— S'il te plaît, trouve-le, le supplié-je.

— J'essaie. Je vais vérifier à la plage et continuer à chercher. Je suis à pied car je ne sais pas comment il aurait pu se déplacer autrement. Je t'appelle bientôt. Appelle la police, on a besoin de toute l'aide possible pour le retrouver.

Je raccroche et appelle immédiatement le service de police. On m'explique qu'il va envoyer une voiture.

Mon corps tremble et je commence à faire les cent pas. Je n'ai aucune idée de ce qu'il faut faire ou penser. Je me sens si impuissante. Je songe à appeler ma mère, mais je m'y refuse. Je ne veux pas l'inquiéter ou lui donner une raison de me détester ou, Dieu m'en garde, lui donner une raison d'essayer de m'enlever Austin. Jusqu'à ce que j'aie des nouvelles, je vais éviter ça.

Au lieu de ça, j'appelle la voix de la raison.

— Devney ?

La voix de Syd me donne l'impression de l'avoir réveillée.

— Syd...

— Tout va bien ?

— Je suis désolée si je t'ai réveillée.

— Non, ne t'en fais pas, ça va. J'ai dû m'endormir après avoir nourri Deacon.

— Je l'ai perdu, dis-je en commençant à pleurer.

— Perdu qui ? Sean ?

— Oui, mais ce n'est pas ce que je veux dire.

Elle s'éclaircit la gorge.

— Je ne comprends pas ce que tu me dis. Qui as-tu perdu, si on ne parle pas de Sean ?

Je baisse la tête, ressentant tellement de honte et de tristesse.

— Austin. Il s'est enfui ou égaré. Je ne sais pas.

— Oh, mon Dieu. Quand est-il parti ?

Je lui raconte les événements de la nuit et ceux qui ont conduit à mon coup de fil.

Je lui raconte tout. Je lui avoue qu'Austin est vraiment mon fils, que j'ai menti à tout le monde et que je suis absolument terrifiée à l'idée qu'il l'ait découvert parce qu'il nous aurait entendus nous disputer.

— Je suis vraiment désolée de ne pas te l'avoir dit, terminé-je entre deux sanglots.

— Tu n'as pas à être désolée, Devney. Ce que tu as fait… je ne peux pas l'imaginer, mais tu ne dois d'explication à personne. Ce garçon est incroyablement chanceux de vous avoir comme mères, toi et Hazel.

J'éclate d'un bref rire.

— S'il te plaît. Hazel ne l'a jamais perdu.

— Tu ne l'as pas perdu, chérie. Il était en colère et est parti. Tu ne sais pas du tout s'il a entendu la vérité sur le fait que tu es sa mère ou s'il était en colère parce qu'il veut rester à Tampa. Je sais que tu te bats et, si j'étais là, je viendrais te serrer dans mes bras et faire tout ce que je peux pour t'aider.

Je sais qu'elle le ferait. Sydney a toujours été l'une des meilleures amies que l'on puisse souhaiter avoir. Elle donne de son temps et ses conseils quoi qu'il arrive et elle le fait toujours avec gentillesse.

— Nous devons le retrouver, Syd. Je ne sais pas ce que je ferais si quelque chose lui arrivait à lui aussi.

— Sean n'abandonnera pas. Il aime ce garçon autant que toi.

— Je me suis disputé avec lui, avoué-je. Je lui ai dit que je ne pouvais pas déménager ici et que je ne pouvais pas emmener Austin loin de chez lui, puis il a dit qu'il voulait m'épouser.

Je secoue la tête et j'ai l'impression que tout s'effondre, que je suis à deux doigts de m'étouffer. Nous avons passé les meilleures vacances qui soient, et elles se sont terminées par un échec monumental.

— Vous allez tous les deux vous en remettre et garder la tête froide. Les émotions sont fortes et le timing n'est jamais le bon, sauf quand il s'agit de travail. Quand Austin reviendra, soyez-là l'un pour l'autre. Vous trois, vous êtes une sacrée équipe, plus que vous ne le pensez. Reposez-vous les uns sur les autres.

La sonnerie près de la porte retentit.

— Je dois y aller.

— Je t'aime, Dev.

— Je t'aime aussi.

Je raccroche et appuie sur le bouton que je pense être celui de l'interphone.

— Allô ? Ici l'officier Covey de la police de Tampa. Nous avons reçu un appel concernant un enfant disparu.

— Oui, je suis Devney Maxwell. Je vous ouvre la porte. Du moins, je vais essayer.

Après quelques tentatives, je réussis à entrer le code et deux officiers de police entrent. L'un d'eux doit être l'officier Covey, car c'est la seule femme. Elle est plus petite que moi, blonde et très jolie. L'homme qui l'accompagne est immense.

— Bonjour Devney, je suis Heather, et voici mon partenaire, Brody. Pouvez-vous nous dire ce qui s'est passé ?

Je les conduis dans la cuisine et nous nous asseyons à la table pendant que je passe tout en revue. Elle prend des notes pendant que son partenaire communique par radio la description d'Austin. Je fais de mon mieux pour garder mon calme, mais chaque minute qui passe me semble être une éternité. Je suis terrifiée à l'idée que quelque chose lui soit arrivé ou que nous ne le retrouvions jamais.

Elle pose son bloc-notes et me fait un doux sourire.

— Je peux imaginer à quel point vous avez l'impression de perdre la tête, mais tout le département est à l'affût.

Je hoche la tête, ravalant mes larmes.

— J'aurais dû… Je ne sais pas.

— C'est facile de jouer à ce jeu-là, mais nous ferons tout ce que nous pouvons pour le retrouver. Je n'ai pas d'enfants, mais je suis tante, et je sais ce que je ressentirais si c'était l'un d'entre eux.

Je croise son regard et les larmes débordent.

— C'est mon neveu, enfin, il l'est, mais c'est aussi mon fils. Je ne suis pas logique et c'est compliqué, mais ce garçon représente mon univers tout entier. J'ai besoin qu'il revienne.

— Avez-vous quelqu'un qui peut attendre avec vous ?

La seule personne que je veux est Sean, mais il est dehors maintenant.

— Non, mon petit ami est dehors, parti à sa recherche aussi. Je suis restée là au cas où il reviendrait.

— Y a-t-il un endroit où vous pensez qu'il pourrait être ?

— Sean est allé au terrain de baseball, mais il a appelé et a dit qu'Austin n'était pas là. Il se dirige vers la plage maintenant. Nous ne sommes à Tampa que depuis quelques jours et nous ne sommes pas vraiment allés dans beaucoup d'endroits. Je… Il n'aurait jamais dû partir ! Il le sait très bien. C'est un enfant intelligent et ça ne lui ressemble pas.

Heather prend ma main dans la sienne.

— Que dites-vous de ça… Je reste ici avec vous, on parle, on réfléchit et Brody va aller faire un tour dans le coin ?

Elle n'a aucune idée de ce que ça représente pour moi. Rester assise ici, inquiète et incapable d'aller quelque part pour le chercher, a été si difficile. Je veux juste des réponses. Je veux faire quelque chose, aider d'une manière ou d'une autre, mais je ne peux pas.

Tout ce que je peux faire, c'est imaginer les pires scénarios et chacun d'eux me donne la nausée.

— Merci.

Elle presse doucement ma main.

— Nous ferons tout ce qui est en notre pouvoir pour le retrouver.

Elle ne fait pas de promesses qu'elle ne peut pas tenir et j'entends l'appréhension sous-jacente dans sa voix.

Il y a une chance qu'ils ne le retrouvent pas.

Il y a une chance qu'il soit parti.

Et c'est ce qui me terrifie.

CHAPITRE TRENTE-NEUF

Sean

Putain.

Putain, il faut que je le retrouve. Je cours à nouveau le long de la plage, en espérant le repérer, mais rien. Il y a un trou dans mon estomac qui devient de plus en plus profond à chaque seconde. J'ai appelé tous les gars qui sont venus sur le terrain hier et ils sont dehors à le chercher également.

Quelqu'un a dû le voir et appeler la police. Je pense à aller sur mes réseaux sociaux et à lancer un appel à l'aide, mais ça ne ferait qu'empirer les choses. Dieu seul a les réponses et le jugement qui surviendrait ensuite. Si je pensais que ça pourrait aider et que les gens se comporteraient vraiment bien, je le ferais, mais ensuite, je sais que Devney en serait bouleversé.

Donc je m'en tiens au plan et réfléchis.

Personne n'a appelé pour dire qu'il l'avait vu au terrain de base-ball, mais mon instinct me dit qu'il y est.

C'est là que j'allais quand les choses allaient mal.

Et s'il avait entendu quelque chose, il devrait se sentir perdu et il saurait que c'est là qu'on pourrait le retrouver.

Je prends une grande inspiration et commence à faire demi-tour, me basant uniquement sur mon intuition.

Le terrain est immense et il y a beaucoup d'endroits où il pourrait se cacher. Je dois continuer à bouger et à en fouiller chaque recoin.

Alors que je fais mon jogging là-bas, mon téléphone sonne. Je réponds sans même regarder le numéro.

— Allô ?

Je m'arrête de courir, m'efforçant de réguler ma respiration.

— Eh, c'est Zach ! J'appelais juste pour voir comment ça se passe avec le cheval.

— Je ne peux pas parler maintenant, on est en plein situation de crise et…

— Oh, qu'est-ce qui se passe ? Est-ce que tout va bien ?

Je me passe la main sur mon visage et je continue à marcher. Non, rien ne va. Tout s'écroule, et c'est moi qui suis à blâmer.

Je lui donne la version courte de tout ce qui a changé depuis qu'il était là. Pas de fioritures, juste des détails.

— Donc je sors avec une mère célibataire.

— Je comprends. C'est dur ce genre de situation.

— Ce n'est pas ça la crise cependant. Austin s'est enfui. On était chez moi et Devney et moi nous sommes disputés… Il veut rester vivre ici et elle n'est pas d'accord. Je ne sais pas… C'est vraiment la merde. J'ai dit des conneries et on n'est pas sûrs qu'il ait entendu…

— Je suis passé par là. Littéralement. Exactement là où vous en êtes. Prends juste une grande respiration.

Je fais ce qu'il dit, puis je regarde autour de moi.

— Je ne sais pas quoi faire. J'aime cet enfant, j'aime sa mère, et maintenant il est ici parce qu'il est bouleversé.

— Je comprends. Quand Presley est revenue il y a quelques mois, un des garçons s'est perdu. C'était l'enfer. On était dans les bois, à le chercher pendant des heures. Puis, quelques mois plus tard, Logan a entendu quelque chose qu'il n'aurait pas dû. C'est difficile, mais soyez honnêtes et parlez-en. Les enfants sont résistants, je te le promets. Je pense qu'il est allé quelque part pour se retrouver lui-même…

Zach et moi parlons de baseball, tout comme Austin.

— Il doit être sur un terrain quelque part.

— Essaie de voir dans ceux qu'il connaît, puis cherche un parc dans le coin ou un match en cours. Je ne sais pas, c'est juste ce que je ferais si j'étais lui

— Pareil. Merci, Zach.

— Appelle-moi et dis-moi savoir quand vous l'aurez retrouvé.

J'accepte et raccroche en courant vers le terrain.

Quand j'y arrive, je demande à nouveau si quelqu'un l'a vu. Je n'ai pas la réponse que j'espérais, mais je poursuis quand même ma route.

Je me précipite par le même chemin que j'ai pris lorsque je les ai amenés ici l'autre jour et émerge par le banc des joueurs. Je parcours le terrain sans le voir.

— Austin, où es-tu, bon sang ?

Je me retourne pour m'en aller et c'est là que je vois quelque chose qui ne devrait pas être là. Tout au bout du banc, il y a une silhouette.

Mon cœur commence à battre la chamade, alors je cours vers lui et le retrouve assis là, les bras serrés autour de son ventre, la tête basse.

Une partie de moi a envie de crier, mais je ne le fais pas. J'ai déjà été à sa place, brisé, triste, seul et ne sachant pas quoi faire. À l'époque, il y avait une petite fille qui venait s'asseoir à côté de moi. Elle ne disait rien, elle me faisait juste savoir qu'elle était là et c'était suffisant pour que je comprenne que tout irait bien.

Donc je vais suivre son exemple.

J'envoie un message rapide à Devney avant de m'approcher.

Moi : *Je l'ai trouvé. Il va bien. Je le ramène bientôt à la maison.*

Deux secondes plus tard, je reçois une réponse.

Devney : *Dieu merci. Dépêchez-vous s'il vous plaît. Je vais prévenir la police.*

Je remets mon téléphone dans ma poche et m'assieds à côté d'Austin. Il regarde vers moi, les yeux bouffis de larmes, puis il repose sa tête. Je me penche en arrière, croisant les jambes, et le laisse reprendre ses esprits.

Après quelques minutes et beaucoup de coups d'œil vers moi, il prend la parole :

— Tu es en colère.

— Je suis en colère, oui. J'étais terrifié à l'idée que quelque chose t'arrive.

Il s'essuie le visage.

— Tante Devney est-elle en colère ?

— Non, pas du tout. Elle est soulagée que tu ailles bien et probablement bouleversée, mais je ne pense pas qu'elle soit en colère.

Austin soupire et ajuste sa jambe.

— Où sont tes béquilles ? demandé-je.

— Je les ai laissés à l'extérieur du parc. Je ne pouvais pas entrer avec elles.

Je m'exhorte à ne pas me mettre en colère pour ça.

— Tu es blessé ?

Il secoue la tête.

Au moins, c'est rassurant. Je dois quand même aller au fond des choses et le ramener à la maison.

— Pourquoi t'es-tu enfui ?

Son regard va vers le marbre, puis revient vers moi.

— Je ne veux pas retourner à Sugarloaf.

— Pourquoi ?

— Parce que tout est triste là-bas.

Je me souviens avoir ressenti la même chose. De mauvaises choses sont arrivées là-bas. Des gens y sont morts. Des pères sont devenus des connards violents et ont ruiné la vie d'enfants. C'était l'endroit où les rêves se brisaient et où les mères disparaissaient.

Dire à Austin qu'il a tort ou que ça ira mieux ne changera rien au fait que, pour lui, c'est la réalité de sa vie aujourd'hui.

— Tante Devney et moi ne sommes pas tristes.

Il me jette un coup d'œil.

— J'ai entendu la vérité.

La terreur me serre l'estomac et je fais tout pour qu'il le dise. S'il a entendu la vérité sur les raisons du fait qu'il n'emménagera pas ici, alors je ne serai pas celui qui lui dira que Devney est vraiment sa mère.

— Laquelle ?

— Que tante Devney n'est pas ma tante.

J'avais peur de ça. Pourtant, je ne lui mentirai pas, mais ce n'est pas à moi d'avoir cette conversation avec lui. Alors je vais lui dire ce que je ressens à propos de tout ça et peut-être qu'il pourra comprendre.

— La vie est dure. Quand on est un adulte, on doit décider de ce qui est bien ou mal à certains moments. Quand on est enfant, on ressent et on fait les choses sans en connaître les conséquences.

— Comme s'enfuir ?

— Oui. Et même quand on grandit, on prend toujours de mauvaises décisions et, parfois, quand on fuit ses problèmes, on ne peut jamais vraiment s'arrêter. Ça m'est arrivé, quand j'étais à l'université, quelque chose s'est produit et, au lieu de faire ce que j'aurais dû, j'ai fait un choix différent et j'ai fui. Il m'a fallu beaucoup de temps pour être enfin capable de m'arrêter.

— C'est moi que tu fuyais ? Tu es mon père ? demande-t-il.

— Non, mais j'aimerais l'être, cependant.

— Ah oui ?

Je hoche la tête.

— Tu es un enfant génial et j'aime beaucoup Devney. Cependant, si tu étais mon fils, on aurait fait un choix différent. Tu n'aurais peut-être jamais eu ta mère et ton père dans ta vie comme ça l'a été. Je pense que tu devrais parler à ta tante. Laisse-la t'expliquer et peut-être que vous pourrez trouver un moyen de vous comprendre, mais fuir n'est jamais la bonne solution.

— Je suis désolé.

Sa lèvre frémit et mon cœur se brise un peu plus.

— Je sais que tu l'es, mon petit. Et si on rentrait et qu'on laissait Devney s'occuper de toi ?

— Elle va être si contrariée.

— Probablement, mais si elle ne t'aimait pas autant, elle n'aurait pas su que tu étais parti ou ne serait pas aussi inquiète qu'elle l'est maintenant.

Je le prends dans mes bras et le porte jusqu'à l'endroit où il a laissé ses béquilles. Je ne sais pas comment il a fait pour venir jusqu'ici sans elles et, pour l'instant, je ne veux pas le savoir. Il est en sécurité, et je n'ai pas eu à briser ma promesse envers Devney.

Pour le reste, on trouvera une solution.

⬚

Lorsque la porte de l'appartement s'ouvre, Devney se jette sur lui et l'attire dans ses bras. Tous deux fondent en sanglot et elle continue de lui toucher le visage.

— Tu vas bien ? Tu n'es pas blessé ?

— Je vais bien.

— Tu es sûr ? Tu l'as examiné ? me demande-t-elle.

— Oui. Il allait bien. Il est bouleversé, mais ça va aller.

L'officier de police s'avance vers nous.

— Je suis content que tu sois en sécurité, jeune homme. Je dois retourner sur le terrain.

Devney lève les yeux vers elle et sourit doucement.

— Merci pour tout. Merci de ne pas avoir abandonné et d'être restée ici avec moi.

— Pas de problème.

Elle regarde de nouveau Austin.

— Ne t'enfuis pas à nouveau, d'accord ?

— Je vous le promets.

— Bien. Beaucoup de gens t'aiment ici.

— Oui, Madame.

Elle me fait un signe de tête et s'en va, ce qui nous laisse tous les trois avec l'éléphant dans la pièce. Devney s'essuie le visage des deux mains et laisse échapper un profond soupir.

— Je ne sais pas quoi faire de tout ça, Austin. Je ne sais pas si je dois te crier dessus, pleurer, te punir, te supplier de ne plus jamais me faire ça ou… je ne sais pas.

Il lève les yeux vers elle, la honte remplissant ces yeux bruns, les mêmes qu'elle.

— Je ne voulais pas partir d'ici, c'est tout.

— Ce n'est pas une excuse pour s'enfuir.

— Je sais, mais je t'ai entendu… Je voulais juste te poser une question et… je…

Elle lève les yeux vers moi et j'acquiesce, lui faisant comprendre que c'est ce qu'elle craignait.

— Tu as entendu que j'étais ta mère biologique.

Austin renifle alors qu'elle lui caresse la joue.

— Comment tu as pu me mentir tout ce temps ?

— Je vais aller dans l'autre pièce pour que vous puissiez parler toutes les deux, proposé-je, mais elle m'attrape par la main.

— Non. Reste. S'il te plaît.

— Si c'est ce que tu souhaites.

Je m'assieds à la table, incertain de la façon dont ça va se passer. Quand j'avais son âge, j'étais une tornade et personne ne savait si j'allais exploser ou non, ni quand.

Elle prend un siège, le déplaçant pour que nous soyons tous les deux en face d'elle.

— Je ne voulais pas que tu le découvres comme ça, Austin. Jamais. C'est honnêtement quelque chose que je n'aurais jamais pensé que tu aurais besoin de savoir, mais les choses ont changé pour nous tous après l'accident.

— Tu m'as promis que tu ne mentirais jamais. Tu as juré que je pourrais toujours compter sur toi !

— Et je n'ai pas menti. Je t'ai dit que je t'aimais. Je t'ai dit que je serais toujours là pour toi et que, quoi qu'il arrive, tu étais le garçon le plus précieux de ma vie. J'ai tenu cette promesse, Austin. Du moins, j'ai toujours essayé.

Elle essaie de prendre sa main, mais il ne la laisse pas faire.

— Si tu m'aimais, tu m'aurais gardé ! Tu ne m'aurais jamais laissé aller vivre avec quelqu'un d'autre.

Je reste là, détestant la douleur que je lis dans les yeux de Devney et sachant combien ça doit être dur pour elle. La honte et la tristesse qu'elle a ressenties à cause de sa décision ne doivent pas être faciles à vivre.

— Non, je t'aime tellement que je t'ai confié à mon frère et à ma belle-sœur, les deux personnes qui, je le savais, t'aimeraient autant que moi et seraient capables de te donner tout ce que je ne pouvais pas. J'étais jeune, stupide et plus triste que jamais. Ton père biologique et moi n'avons pas reparlé depuis le jour où je lui ai dit que j'étais enceinte. J'ai fait la chose la plus impossible et la plus difficile au monde quand je t'ai confié à eux. J'ai pleuré mais je savais, au fond de mon âme, que c'était la chose à faire. Si je t'avais gardé, ça aurait été parce que je n'étais pas assez forte ou que je ne t'aimais pas assez pour faire ce qui était bon pour toi.

Il claque sa main sur la table et sanglote.

— Arrête de dire ça !

Il me fait tellement penser à moi quand j'étais jeune que c'est difficile à regarder. La colère que je ressentais contre la vie qui ne se déroulait pas comme je le voulais était parfois trop dure à supporter. Maintenant, il a un exutoire, et c'est Devney.

Elle repousse ses cheveux bruns derrière son oreille et pousse un profond soupir.

— Je sais que tu es en colère, et tu as tous les droits de l'être. Mais je veux aussi que tu saches que je suis restée à Sugarloaf parce que j'avais besoin d'être proche de toi. J'ai eu la chance de faire partie de ta vie, d'assister à tes matchs, de te serrer dans mes bras, de t'apprendre à monter à cheval et toutes les autres choses que l'on a partagées. Tu as été mon univers depuis la minute où j'ai su que j'étais enceinte, mais faire ce qu'il faut pour la personne que tu aimes le plus, c'est aussi la laisser aller là où c'est le mieux pour elle.

Ses mots me frappèrent en pleine poitrine avec la force d'un rocher. C'est ce qu'elle m'a demandé et je n'ai pas été capable de le faire. Elle ne peut pas déménager ici à cause de lui et je ne peux pas lui demander de le faire parce que je l'aime plus que tout.

Elle doit le faire passer en premier, tout comme je dois le faire avec elle.

Je la regarde, alors que les larmes coulent librement sur ses joues.

— L'amour est un sacrifice que l'on fait au détriment de nos propres désirs. On pense aux besoins de l'autre avant les nôtres et nous agissons en sachant que, même si ça nous fait mal, c'est ce que nous devons faire.

La lèvre de Devney tremble et je me concentre à nouveau sur Austin.

— Si elle ne t'aimait pas comme elle l'a fait, elle aurait fait des choix différents et tu n'aurais peut-être jamais joué au baseball. Peut-être que tu serais resté au Colorado et qui sait où vous seriez tous les deux. Je sais que tu souffres, mais tu as le plus beau des cadeaux. Tu as eu deux parents qui t'ont aimé comme si tu étais leur fils et tu as ta mère ici, qui va t'aimer de tout son cœur.

— Tout était un mensonge. Tout le monde m'a menti. Ils n'étaient pas mes parents.

Je me penche pour que nous soyons yeux dans les yeux.

— Ce qui fait un parent, ce n'est pas seulement d'où tu viens, Austin. J'ai eu la mère la plus extraordinaire qui soit et le pire père que l'on puisse imaginer. Il était cruel et nous frappait, mes frères et moi, parce qu'il était très en colère et qu'il se détestait. J'aurais donné n'importe quoi pour avoir un père comme Jasper.

— Tu ne m'aurais pas frappé, dit-il en fixant Devney.

— Non, en convint celle-ci, mais je n'aurais pas pu te donner quelque chose un tant soit peu proche que ce que tes parents ont pu t'offrir et c'est ce qu'ils ont fait, Austin. C'était ta mère et ton père. Je sais que c'est difficile à comprendre, et je suis désolé que tu l'apprennes comme ça, mais je sais que tu sais que je t'aime et qu'ils t'aimaient aussi.

Il baisse les yeux et acquiesce.

— Oui.

— Et dans ton cœur, tu sais que je serai toujours là pour toi.

Il secoue encore la tête.

— Je ne comprends pas et je suis... triste.

Elle met un doigt sous son menton et le soulève.

— Et ce n'est pas grave. Il y a encore des fois où je ne comprends pas certaines choses, et pourtant je suis une adulte. Il y a des jours où j'ai lutté si fort contre moi-même au moment de te déposer chez toi, mais ensuite je me souvenais que tu étais dans le meilleur endroit qui soit. Tu étais tellement aimé, heureux, et je pouvais passer du temps avec toi quand je le souhaitais. Ton père et ta mère ne m'ont jamais dit non quand il s'agissait de te voir. Tout ce qu'on fait, on l'a fait parce que tous les trois nous t'aimions énormément et on t'a toujours fait passer en premier. Sais-tu à quel point tu as eu de la chance de les avoir aussi ?

— Tu me l'aurais dit ?

Les épaules de Devney s'affaissent un peu.

— Je ne sais pas... J'aime à penser que je l'aurais fait, et j'y ai pensé. C'était ton septième anniversaire et tu étais si malade que tu ne pouvais pas sortir du lit, tu t'en souviens ?

— Oui.

— Tu as dû aller à l'hôpital, et ils ne laissaient entrer personne d'autre que les parents. C'était la première fois que je détestais ne pouvoir dire à personne que j'étais aussi ta parente, mais je savais que c'était une réaction égoïste. Ta mère et moi avons réfléchi à te le dire à un certain âge, mais... Je ne sais pas, Austin. Je te l'aurais peut-être dit, mais on ne l'aurait peut-être jamais fait non plus. Si ton père et ta mère étaient encore en vie, on n'aurait certainement pas cette conversation, mais une partie de moi est heureuse que tu le saches. Tu es mon fils. Tu es mon univers tout entier et il n'y a rien que je n'abandonnerai pas pour toi.

Moi y compris.

Elle est sa mère, comme elle l'a toujours été, préférant le bien-être de son enfant au sien.

C'est ce que ma mère aurait fait.

Austin se retourne vers Devney et s'essuie le nez sur son bras.

— Je suis désolé de m'être enfui, tante Devney.

— Je suis désolé d'avoir blessé.

Ils sont tous les deux assis là, à se regarder l'un l'autre. Comment n'ai-je jamais vu leur ressemblance avant ? Ça me dépasse. On dirait un miroir en cet instant. Tous deux brisés, effrayés, terrorisés à l'idée de faire confiance à ce qui pourrait être.

— Austin, dis-je, espérant apaiser les tensions, il n'y a rien que je n'aurais pas donné pour avoir quelqu'un qui m'aime comme une mère après avoir perdu la mienne. Tu as un cadeau juste en face de toi. Quelqu'un qui t'aime, qui a été là pour toi et qui le sera toujours. Tu peux être en colère et blessé, mais tu peux également savoir que tes parents t'aimaient tellement que, s'ils devaient disparaître, ils souhaitaient que tu sois avec Devney. Tu peux choisir de laisser ça détruire le caractère spécial de votre lien ou voir ce que vous pouvez en faire de plus.

Il me fixe de ses yeux bruns et, bien qu'ils soient lourds de tristesse, il y a aussi une étincelle d'espoir en eux. Il aime sa tante. Il l'a toujours aimée et maintenant il y a une nouvelle dynamique entre eux, une dynamique qui est plus compliquée que le simple chagrin. Ça prendra du temps, mais ils réussiront à traverser cette épreuve ensemble.

Il s'élance dans ses bras et elle l'écrase contre sa poitrine. Ils pleurent tous les deux, se tenant l'un à l'autre. Quelque chose d'humide coule sur ma propre joue.

Elle lève les yeux vers moi et prononce silencieusement le mot : *Merci.*

C'est moi qui devrais la remercier, pour m'avoir apporté de l'espoir, pour m'avoir donné de l'amour et pour m'avoir offert les meilleurs mois que j'ai jamais vécus, même si ça veut dire que c'est fini.

CHAPITRE QUARANTE

— Il dort ? demande Sean quand j'entre dans la chambre.

Il est assis, le dos contre la tête de lit, à lire sur son téléphone. J'essaie de ne pas remarquer à quel point il est incroyablement sexy, mais j'échoue. Il est toujours comme ça. Pas de chemise, une barbe de trois jours sur le visage et les cheveux ébouriffés à force d'y passer les doigts. Mais ce sont ses yeux qui m'attirent. Ils sont verts avec des taches jaunes sur les bords et un rebord noir foncé qui me donne l'impression de pouvoir lire dans son âme.

— Oui.

— Bien. Vous avez continué de parler ?

Je hoche la tête et me dirige vers le lit. Je ne suis pas sûr de ce que je suis censé faire. Notre dispute de tout à l'heure avait tourné court. Je ne me souviens pas d'un moment où je n'ai plus su quoi dire pour arranger les choses entre nous.

Sean soupire et tapote le lit.

— Je ne veux pas rendre cette soirée plus difficile pour nous.

— Moi non plus.

— Alors, laisse-moi t'aimer, Devney.

Mon Dieu, ça me donne envie.

— J'ai besoin que tu ne me lâches pas, lui dis-je.

Il pose le téléphone sur la table à côté de lui et soulève les couvertures. Je n'hésite pas à m'y glisser. Mon corps gravite vers lui comme un aimant, car j'ai besoin de la personne qui est ma moitié. Je m'allonge sur sa poitrine, écoutant le son de son cœur tandis que sa main parcourt ma colonne vertébrale de haut en bas.

Les mots ne sont pas nécessaires pour que nous sachions ce que l'autre ressent. Je sens le soulagement et aussi la tristesse liés à tout ce qui s'est passé et tout ce qui reste à venir.

— Sean ?

— Oui ?

Je passe ma main sur son ventre et me serre encore plus fort contre lui.

— Merci de l'avoir retrouvé et ramené.

— J'aurais fouillé le monde entier si c'était nécessaire.

Il n'y a rien que cet homme ne ferait pas pour moi et je suis folle ne serait-ce que de penser à le laisser partir.

— On peut ressasser tout ça en rentrant à Sugarloaf et avoir cette soirée pour nous ?

Sean se déplace et je suis obligée de le regarder dans les yeux.

— Pas un mot de plus, Dev. Je ne te lâcherai pas ce soir. Fais-moi confiance.

Je lui confierais ma vie.

Ses mains se dirigent vers mon visage, me prenant comme si j'étais fragile. La tendresse dont il fait preuve me réchauffe jusqu'au bout des orteils. Sean ne me ferait jamais de mal. Il se briserait en deux avant de me laisser être sa victime.

Je regarde la myriade d'émotions danser dans ses yeux. L'amour, l'espoir, la tristesse, la peur, et puis le désir.

Oh, le désir est le plus fort d'entre tous, et il me tire contre lui au moment même où je vais vers lui. Le désirer n'a jamais été un problème.

C'est le fait de rester avec lui.

Je ne laisserai pas mes pensées vagabonder sur ce chemin-là, car il est à moi maintenant et je serai toujours à lui.

Les lèvres de Sean se rapprochent des miennes dans le plus doux des baisers. Il y a du chagrin et de la nostalgie mélangés à de l'amour et je m'accroche à ce dernier sentiment. Ce soir, je vais l'aimer comme s'il n'y avait pas de lendemain, comme si les jours comme celui-ci étaient éternels et que nous n'avions pas à nous dire au revoir.

Nous nous embrassons lentement, laissant nos langues glisser l'une contre l'autre alors que nous enchaînons les baisers. Il passe sa main dans mes cheveux, m'incline la tête pour avoir un meilleur angle. L'embrasser, c'est comme la première bouffée d'air du matin. Il est rempli de l'espoir que la journée peut être incroyable et ouvre la voie à un sentiment de paix qui peut vous envahir. Je veux l'embrasser pour toujours, m'autoriser la sérénité que procure le fait d'être dans ses bras.

— Je t'aime, murmure-t-il contre ma joue. Je t'aime et je vais te faire l'amour ce soir.

Je penche la tête en arrière et laisse échapper un doux gémissement lorsque ses lèvres se posent sur mon cou.

— Tu es si belle. Je ne pourrais rien faire d'autre que te regarder toute la journée et trouver une nouvelle chose que je trouverai parfaite chez toi.

— Je ne suis pas parfaite.

— Tu es faite pour moi.

Sa bouche couvre la mienne, arrêtant les mots qui allaient s'échapper de mes lèvres. C'est lui qui est parfait.

Je ne mentais pas quand je disais qu'il était comme un rêve, parce que c'est le cas.

Il se déplace, cale son corps au-dessus du mien et me retire ma chemise avant d'enlever mon soutien-gorge. Quand Sean me regarde, ses yeux sont comme un feu liquide qui menace de me faire fondre.

— Parfaite.

Sa voix est rauque. Puis il bouge sa tête pour me lécher le téton. Je glisse mes doigts dans ses cheveux, lui tenant la tête tandis qu'il en prend un en bouche. Il le suce, le lèche et joue avec avant de passer à l'autre.

— Sean.

Je gémis son nom quand il recommence.

— Dis-moi ce que tu veux, Devney.

— Toi.

Il glousse.

— C'est une bonne chose, trésor, parce que tu vas m'avoir. Tu veux que je te fasse jouir ?

C'est vraiment une question ?

Sean ne me laisse pas le temps de répondre avant de remettre sa bouche sur ma poitrine.

— Tu veux ? demande-t-il encore avant de passer de l'autre côté.

Il descend une main vers mon pantalon et la glisse à l'intérieur.

— Alors tu mouilles pour moi ? Tu veux que je te touche ici, trésor ?

— Oui.

Je veux tout. Je suis tellement submergée et dans le besoin que j'ai l'impression que c'est trop. La réflexion me dépasse quand il descend son doigt vers mon clitoris.

— Est-ce que ça te fait du bien ?

J'ondule des hanches et hoche la tête.

— Mon Dieu, oui.

Il fait grimper la pression en bougeant plus vite et dans un mouvement circulaire plus régulier. Je sens que le point culminant arrive rapidement, j'ai envie de courir vers le bord de la falaise, de m'envoler par-delà le rebord et de tomber en chute libre. Mais, juste au moment où j'arrive au sommet, il arrête de bouger.

La chute libre en arrière est si rapide que mes yeux s'ouvrent et que je lutte pour respirer.

— Sean ?

— Oui, trésor ?

— Pourquoi t'es-tu arrêté ?

Je regarde autour de moi pour voir s'il y a une raison, comme mon fils de neuf ans dans la pièce ou autre. Son nez court le long de ma gorge.

— Parce que je vais faire durer ça aussi longtemps que je peux.

— S'il te plaît, bébé, gémis-je, j'ai besoin qu'il me touche à nouveau.

Il m'enlève mon short et m'embrasse jusqu'en bas.

— Redresse-toi, ordonne-t-il. Appuie-toi sur tes coudes et regarde-moi.

Je fais ce qu'il dit, m'asseyant à demi pendant qu'il me soulève les genoux.

— Ne me quitte pas des yeux ou je m'arrête. Compris ?

Je hoche la tête.

Sean fait disparaître la gêne et la timidité. Je ne me sens pas gênée quand nous sommes ensemble. Je me sens puissante et belle… comme si j'étais la seule femme au monde qu'il désirait.

Ses mains puissantes m'écartent les genoux et je regarde sa langue lécher mon clitoris. J'ai envie de fermer les yeux, non pas parce que ce n'est pas incroyablement excitant à regarder, mais parce que je suis envahie par le plaisir.

Le besoin de le voir continuer m'empêche de le faire.

Il me regarde l'observer et il fait si chaud que je pourrais mettre le feu à la maison.

Mes dents mordent ma lèvre inférieure alors qu'il me ramène en haut de la falaise. Il me propulse plus haut qu'avant, m'éloignant du sommet encore plus qu'auparavant. Chaque coup de langue me projette vers le haut. Mon Dieu, je peux le voir.

Je gémis, gardant les yeux sur lui, le regardant m'aimer avec sa bouche. Et puis c'est trop, et je ne peux plus me retenir. Chaque glorieuse seconde est comme un paradis et je ne veux jamais en redescendre.

La tête sur l'oreiller, je halète quand je le sens me pénétrer d'un seul coup.

Mes yeux s'ouvrent, désirant en mémoriser chaque seconde.

— Je t'aime, lui dis-je.

— Dis-le encore.

— Je t'aime.

Il s'enfonce plus profondément.

— Encore, demande Sean.

— Je t'aime. Je t'aime. J'ai besoin de toi. Je suis à toi !

Je prononce les mots avec toute l'intensité de mon émotion. C'est tout à fait vrai. Je l'aime plus que tout. J'ai tellement besoin de lui que j'ai peur de le perdre. Je suis à lui, et je le serai toujours. Peu importe ce qui se passe, ça ne changera jamais.

Ses mains encadrent mon visage et ses yeux verts sont suppliants.

— Reste avec moi.

Le conflit me déchire si fort qu'il me fait mal. Ma tête est en guerre avec mon cœur. J'ai envie rester. Je le veux pour toujours. Notre vie pourrait être si belle, mais la peur me crie dessus, m'exhortant à me taire.

Je me bats pour trouver les mots… ceux que mon âme veut absolument que je prononce. Pour lui dire que je resterai à ses côtés et qu'on trouvera une solution.

Il me pénètre plus fort, plus profondément, comme s'il savait qu'il devait me les arracher. C'est la connexion la plus forte que j'ai jamais eue avec une autre personne. C'est comme si nos corps parlaient alors que nos bouches ne le peuvent pas.

Sean entrelace nos doigts, puis s'étire pour que ma main soit coincée sur l'oreiller au-dessus de ma tête. Nous nous touchons du bout des doigts jusqu'au bout des orteils. Pas une partie de moi n'est pas à lui en ce moment.

Il donne un nouveau coup de reins et je sens qu'il me supplie de lui donner la réponse. Il se bat pour moi, pour la vie que nous désirons.

J'ouvre la bouche pour le dire, mais rien ne vient, et je le sens exploser. Il hurle en jouissant, puis je le sens me quitter.

CHAPITRE QUARANTE-ET-UN

Sean

— Eh bien, c'est le dernier, dit Devney en tenant le carton dans ses bras. Austin est dans la voiture, sa ceinture bouclée et prêt à retourner chez lui.

— On dirait bien.

Elle donne un coup de pied dans la terre et lâche un lourd soupir.

— Est-ce que tu passeras ?

Je déplacerais le monde entier si je pensais que ça changerait les choses, mais ça ne servirait à rien. C'est égoïste de ma part de lui demander de déménager en Floride et je ne le ferai pas. Nous pourrions essayer de nous lancer dans une relation à distance, mais nous savons que ça ne marchera pas. Ce sera déjà assez dur pour elle d'essayer d'aider Austin à s'installer ici. Je ne peux pas lui demander de voyager du tout, et mon emploi du temps est inflexible.

— J'aimerais bien, mais je ne sais pas…

— Si on doit le faire ?

Sa voix qui se brise me déchire l'âme.

— Je ne voulais pas dire ça comme ça. Je ne veux pas rendre les choses plus difficiles pour toi.

— Je ne pense pas que ce soit possible. C'est une torture absolue en ce moment.

— Ce n'est pas facile pour moi non plus.

Elle regarde la voiture et repose les yeux sur moi.

— Tu es mon meilleur ami, Sean. S'il te plaît, dis-moi qu'on n'a pas détruit vingt ans d'histoire en quelques mois. Je ne peux pas… Je ne peux pas te perdre et tu as promis que je ne te perdrais pas.

Je m'avance vers elle et ma main se déplace vers sa joue pour que je puisse caresser sa peau douce avec mon pouce.

— Tu ne me perdras jamais, mais je vais devoir trouver un moyen d'arrêter de t'aimer comme ça.

— Je ne sais pas si j'y arriverais un jour, admet-elle.

— Moi non plus.

Une larme roule sur son visage, je l'essuie.

— Ne pleure pas, trésor. C'est ce qu'il fallait faire, peu importe à quel point ça fait mal. Tu dois penser à Austin et je ferai toujours ce qui est le mieux pour toi.

Ses beaux yeux se sont fermés, provoquant d'autres larmes.

— Tout ce que je veux, c'est laisser tomber ce carton et me fondre en toi. Je veux te supplier de rester même si je sais que tu ne peux pas.

Je bouge, laissant tomber ma main alors que mon cœur bat sans relâche.

— Je peux arrêter de jouer.

— Non.

Elle secoue la tête.

— Absolument pas, Sean Arrowood. Le baseball, c'est comme ton enfant. Je ne te demanderai pas d'arrêter de jouer pour les mêmes raisons que tu ne me demanderais pas de laisser Austin derrière moi.

— Le baseball n'est pas tout.

— Non, mais tu n'es pas prêt à l'abandonner.

— Je le ferais pour toi.

— Je ne te laisserai pas faire.

Et c'est là que commence et finit mon dernier Ave Maria. Sans compter que si je rompais mon contrat, ça me coûterait des millions de dollars de pénalités. Tout ça est tellement merdique.

Mon frère s'approche et lui prend le carton des mains.

— Je vais aller parler à Austin pendant que vous vous dites au revoir.

Elle lève les yeux vers lui avec tant de douleur que Jacob grimace avant de déposer un baiser sur sa tempe.

— Prends ton temps.

Nous n'avons pas le temps. C'est ça le putain de problème. Il ne me reste que quelques semaines ici avant que mon temps ne soit écoulé, comme tout ce qui compte dans ma vie. Je vais devoir m'en aller et j'ai l'impression que mon cœur se déchire.

Je l'aime. Elle est tout ce qui est bon dans mon monde et elle s'en va. Mon univers ne sera plus jamais le même.

— Je ne sais pas comment te dire au revoir.

Il n'y a pas de barrière entre nous, je m'approche, l'attirant contre ma poitrine. Je la tiens fermement, respirant le doux parfum de son shampoing.

— On ne se dit jamais au revoir.

Ses doigts se resserrent et elle s'accroche à moi.

— Merci.

— Pour quoi ?

Lentement, son regard rencontre le mien.

— Pour m'avoir aimée.

— Je t'aimerai toujours.

— Et tu seras toujours là pour moi.

J'acquiesce et relâche ma prise. Je dois être celui qui fait ce qui est juste. L'un de nous doit être fort, même si je déteste que ce soit moi.

— Tu devrais y aller. Dieu seul sait ce que Jacob enseigne à Austin.

Son sourire est douloureux, mais elle acquiesce. Ses lèvres s'écartent comme s'il y avait quelque chose qu'elle voulait dire, mais je fais un pas en arrière.

Il n'y a rien qui rendrait ça facile et rien que nous n'ayons déjà dit.

Nous nous aimons, nous nous désirons, nous avons besoin l'un de l'autre et pourtant, nous ne pouvons pas être ensemble.

Quand nous avons atterri hier, nous savions que c'était la fin et, maintenant, je dois la regarder s'en aller.

Devney arrive à la portière, l'ouvre et se retourne vers moi une dernière fois. Elle lève la main pour me faire un signe, se couvre la bouche et disparaît.

Je n'ai pas entendu ou remarqué que mon frère se dirigeait vers moi. Je reste là, à regarder les feux arrière de sa voiture disparaître dans l'allée.

Sa main se pose sur mon épaule.

— Je suis désolé, Sean.

— Ça n'allait jamais fonctionner.

— Ne dis pas ça.

— C'est pour ça que je ne me suis jamais battu pour l'avoir avant ça. C'est pour ça que j'ai menti et refusé de laisser mes sentiments devenir plus que de l'amitié. Putain ! Je savais que c'était une mauvaise idée.

Je dégage sa main et sors sous le porche. Je m'assieds là, en espérant que la voiture réapparaîtra.

Il est assis à côté de moi dans le rocking-chair, silencieux et tellement fort en même temps. Chaque fois qu'il me regarde, je peux sentir sa déception.

— Quoi ? craqué-je après l'avoir surpris en train de me regarder à nouveau.

— Tu es sûr que c'est fini ? Il n'y a aucun moyen d'arranger ça ?

— Ouaip. C'est fini.

— Je ne comprends pas.

Je relâche une lourde respiration par le nez et fixe la saleté qui tente de se réinstaller par terre.

— Moi non plus.

En fait, je n'ai rien dans la vie. La mort de ma mère a été horrible. Et puis il y a eu notre salaud de père qui nous battait, qui a tué deux personnes et qui a presque détruit nos vies. Je veux dire, pourquoi ne pas perdre la fille que j'aime ? Qu'est-ce qu'une chose de plus à ce stade ?

— Elle est partie parce qu'Austin est son fils ? Je ne comprends pas.

— C'est compliqué.

Jacob et moi avons toujours été proches. Je lui ai tout dit et il a été un livre ouvert pour moi. Je ne sais pas si c'est parce que Declan semblait toujours beaucoup plus âgé, mais quand j'étais avec lui, j'essayais d'être plus cool et plus mature. Quand j'étais avec Jacob, j'étais moi-même. Je pouvais être calme, drôle et simplement rire de la vie. Connor était le plus jeune et il nous respectait, alors on lui donnait des ordres.

Et même si c'est celui dont je suis le plus proche, je ne veux rien lui dire. J'ai envie de crier, de jeter des choses et de quitter cette ville de merde.

— Alors, simplifie-le.

— Eh bien, pourquoi n'y ai-je pas pensé ? demandé-je sarcastiquement. Je veux dire… c'est juste putain de brillant. Je devrais y aller et rendre les choses plus faciles pour Dev et moi parce que tu m'en fais la remarque. Maintenant, comment prendre la situation et la rendre meilleure ? Des idées, génie ?

— Pour commencer, tu pourrais arrêter d'être un connard et grandir.

Je l'ignore et m'appuie contre le dossier du rocking-chair, me balançant au rythme de mon cœur brisé. La douleur est mon amie de toujours. Elle me rappelle que c'était réel et que je dois traverser ça.

Après quelques minutes de silence, Jacob reprend la parole :

— Austin était bouleversé.

— Moi aussi.

— Quand on était dans la voiture, il n'arrêtait pas de demander pourquoi tu ne pouvais pas être son père.

Je souffle un grand coup.

— Parce que je ne mérite pas cet enfant.

— Tu ne mérites pas non plus Devney, à l'heure actuelle. En fait, la seule chose que tu devrais recevoir, c'est un coup de poing dans la figure.

— Essaie donc, le nargué-je.

Il rit en secouant la tête.

— Oui, c'est ça, beau gosse. On sait tous que tu n'es pas un grand guerrier. Revenons à la question de savoir pourquoi tu es un putain d'idiot.

Je gémis, souhaitant avoir le caractère de Declan ou le crochet droit de Connor.

— Tu veux m'expliquer pourquoi tu l'as laissée partir ? s'enquiert Jacob avec un peu d'agacement dans la voix.

— Je ne l'ai pas *laissée* faire quoi que ce soit. J'ai essayé de la sauver, mais elle avait l'intention de partir.

— Bien, acquiesce-t-il. Je vois. C'est tout à fait logique. Quand elle était là à pleurer, on aurait dit qu'elle était vraiment excitée par tout ça. J'espère que je serai dans le même état en quittant la ville.

Il ne comprend rien, je pourrais le tuer.

— Au moins, maintenant, quand tu reviendras dans quelques semaines, tu pourras rester vivre dans la maison. Bon sang, va chercher tes affaires maintenant parce que je ne peux pas rester ici.

La présence de Devney est trop forte et j'ai eu assez de peines de cœur. Elle est partout dans cette maison. L'odeur de son shampoing flotte dans la douche, son rire résonne dans la cuisine et sa chaleur est partout dans la chambre. Seulement, c'est juste mon imagination parce que, même pas vingt-quatre heures après notre retour de Tampa, elle est partie.

C'est comme si tout ce que nous partagions avait disparu avec la poussière de ses pneus.

— Tu n'es pas un lâche, Sean. Toutes les épreuves qui sont tombées sur ton chemin, tu as trouvé un moyen de les traverser.

— Je ne peux pas la forcer à m'aimer.

Il hausse les épaules.

— Je ne pense pas que ce soit son problème.

Je me cale dans le rocking-chair sans me soucier du fait qu'il gèle dehors, je ne ressens rien. L'engourdissement est le bienvenu.

— Elle est partie et c'était son choix.

Elle m'a demandé d'accepter sa décision et c'est ce que je fais.

— Ce n'est pas comme si tu ne savais pas où elle va.

— Alors quoi ? Tu veux que je débarque là-bas et que je la supplie ? J'ai un peu de fierté.

Une idée me traverse l'esprit, mais je suis assez rapide pour le repousser.

— C'est quoi ce bordel ?

— Tu as besoin de quelque chose qui te remette les idées en place, espèce d'abruti.

— Ce n'est pas de ma faute.

— Peut-être pas, acquiesce Jacob. Je pense toujours que vous êtes tous les deux idiots. Tu l'aimes. Elle t'aime. Elle a un enfant qui t'aime et je suis presque sûr que tu aimes cet enfant. Alors, quel est le problème ? Épouse-la.

Oh, quelle déclaration frappante !

— Je lui ai dit que c'est ce que je voulais ! Elle est quand même partie ! Tu l'as vu s'en aller toi aussi. Tu ne crois pas que je suis en train de mourir intérieurement ? Je l'aime plus que tout et elle est partie.

— Tu lui as dit que tu voulais l'épouser ?

Je lance un regard furieux à mon frère, qui est vraiment une merde.

— Tu étais censé être le plus intelligent.

— OK, connard, laisse-moi reformuler ça. Tu lui as demandé de t'épouser ou tu lui as juste fait comprendre que tu voulais que ça arrive ?

— Je lui ai dit.

— Pas la même chose. Je pensais que tu étais censé être le gentil frère tout romantique ? Il s'avère que c'est moi, finalement.

Je lève les yeux au ciel et m'énerve.

— Jacob, d'habitude, je suis capable de gérer ça, mais pour aujourd'hui… j'en ai fini.

— Écoute, je n'essaie pas de t'emmerder, je dis juste que c'est très différent de dire à une fille que tu veux l'épouser et de lui demander de t'épouser.

Je ne sais pas comment il pense que je lui ai demandé ça alors que sa réponse était claire.

— Ça ferait de moi un idiot si je lui redemandais.

— Qu'est-ce que ça veut dire ? Tu es un idiot là tout de suite !

— Elle ne voulait pas m'épouser. Devney s'est décidée une fois qu'elle a eu la garde d'Austin. On savait tous les deux comment ça allait se terminer. Bien sûr, je voulais croire que j'avais une chance de la faire changer d'avis, mais ce n'était pas le cas. J'ai été stupide de penser que je devais lui demander ça, je n'ai pas le droit d'insister.

D'une certaine façon, je ne lui en veux pas. Elle est en territoire inconnu et a besoin de soutien. Je serais souvent parti, mais j'aurais fait ce que j'aurais pu.

— Tu sais ? Je pense qu'elle a raison, dis-je à Jacob avec une voix défaitiste.

— Quoi ?

— Elle a été intelligente de s'en aller. Tout ce que je peux lui offrir, c'est une belle maison sans moi à l'intérieur. Je serais parti tout le temps et, elle, elle serait à Tampa, à élever Austin toute seule. Ça n'allait jamais marcher. Peu importe à quel point on aurait aimé que ça marche, on partait avec un désavantage.

Jacob reste silencieux pendant une minute, à m'évaluer.

— Quelque chose me dit que même toi, tu ne crois pas à ces conneries.

— L'entraînement de printemps commence bientôt et je dois commencer à m'y préparer. On aurait eu quelques mois, si ce n'est plus, avant que je sois absent tout le temps. C'est mieux comme ça.

— Oui, totalement mieux, en convint Jacob. Je veux dire, pourquoi voudrais-tu l'emmener là-bas ? Je vois ce que tu veux dire quand tu dis que rompre maintenant est le mieux. C'est intelligent, mec. Laisse-la partir. Tu sais, je serai ici pendant les six prochains mois, je m'occuperai d'elle.

Je me déplace, prêt à bondir, mais ce connard sourit.

— Va te faire foutre.

— Oui, eh bien, réveille-toi, Sean. Tu es un idiot si tu penses que c'est le bon choix. J'ai toujours été de ton côté. C'est toi qui m'as aidé à surmonter toutes les difficultés après l'accident et je te suis redevable, alors voilà comment je te le rends. Va la chercher. Épouse-la. Assieds-toi sur le pas de sa porte jusqu'à ce qu'elle te laisse entrer. Campe là-bas si c'est ce qu'il faut. Si tu l'aimes, trouve une solution. Personne au monde ne te connaît comme Devney Maxwell, elle est celle qu'il te faut.

— Je le sais.

Dans chaque fibre de mon être, je sais que c'est la seule fille que je n'aimerai jamais. Peu importe les personnes que je pourrais rencontrer, elles seront bien pâles en comparaison. Ce serait cruel de ma part d'essayer, alors je resterai comme j'ai toujours été. Aucune autre femme ne touchera jamais mon cœur, elles ne peuvent pas de toute façon parce qu'elle l'a pris avec elle.

— Alors, arrête tes conneries.

Je souffle un grand coup, la condensation remplissant l'air autour de moi.

— Et comment je règle le problème ?

— Lequel ?

— Le fait qu'elle n'ira pas en Floride et que je ne peux pas rester ici. Je suis en plein contrat et je ne peux pas l'interrompre. Alors, s'il te plaît, dis-moi comment je peux arranger ça, Jacob. Parce que, pour l'instant, je ne vois pas. Si tu peux trouver une solution, je serai tout à fait d'accord parce que je ne sais pas comment vivre comme ça. Elle est mon putain de monde.

Il hausse les épaules tout en se penchant en arrière avec un sourire arrogant.

— Enfin, tu poses la question importante. Tu sais, c'est dommage que tu n'aies pas un agent pour t'aider à changer d'équipe et à aller dans une autre ville comme Philadelphie ou New York, hein ?

CHAPITRE QUARANTE-DEUX

Devney

— Il part dans quelques jours, me rappelle Ellie comme si je n'en étais pas déjà incroyablement consciente.

Je ne voulais pas venir à ce rendez-vous. Je savais que ça allait être une embuscade à la seconde où Hadley m'a appelé pour me demander de venir traîner avec elle. Je ne peux pas dire non à cette petite fille et Ellie le sait.

— Au fait, le fait que ta fille ait organisé tout ça, c'était bien joué.

Ellie ne prend pas la peine d'avoir l'air de s'excuser.

— On fait ce qu'il faut. Pour en revenir à ce que je disais… Sean part bientôt.

— Oui, je sais.

— Et tu vas le laisser partir ?

Je ne *laisse* rien se produire, je… j'existe à peine. Je suis perdue, à la dérive. Et il me manque tellement. Je ne sais pas comment vivre comme ça et peut-être que je fais une énorme erreur. Ellie doit me comprendre dans une certaine mesure.

— Je peux te demander quelque chose ?

Elle sourit doucement.

— Est-ce que j'y serais allée si c'était Connor ?

Je hoche la tête.

— J'ai envie de mentir et de te dire non, confesse-t-elle. Mais je ne peux pas le faire. J'ai le pouvoir du recul et je sais que la vie sans Connor n'est pas celle que je veux. Grâce à lui, j'ai une famille et un amour que je croyais réservé aux filles qui ne sont pas brisées. Donc, si tu me demandes maintenant que j'ai deux enfants et une maison, la réponse est oui. Mais si tu m'avais demandé ça quand je vivais avec un homme violent qui me faisait croire que je n'étais pas digne d'être aimée, alors la réponse aurait probablement été non.

Son honnêteté me stupéfie. Je croyais que la réponse que j'allais obtenir serait toute douce et directe, mais elle m'a donné deux réponses de points de vue opposés.

Ça fait deux semaines que je vis sans Sean et je suis vide.

Mon cœur souffre. Je me retourne la nuit, des larmes sur mon oreiller, cherchant des bras qui ne sont pas là pour me serrer.

Et je vis dans la maison de mon frère, ce qui est plus difficile que je ne l'avais imaginé. Il est partout où je regarde et je peux voir la douleur et le manque dans les yeux d'Austin. Tout ça craint et Sean nous manque.

— Je ne sais pas comment réparer ça, Ellie. Je ne le sais vraiment pas. Austin a besoin de la stabilité que Sugarloaf peut lui apporter. Déménager serait une énorme erreur. Bien sûr, il pense qu'il veut être avec Sean, on le souhaite tous les deux, mais Sean n'est pas juste un gars normal avec une vie normale.

— Non, en effet.

— Et ça signifie que même si on va là-bas, on sera tout aussi éloignés de lui que si on restait ici.

Elle regarde dans le salon où les enfants jouent, puis revient vers moi.

— C'est juste, et tu ne veux pas essayer une relation longue distance ?

— Le ferais-tu ?

Ellie secoue doucement la tête

— Non, je ne le ferais pas. Si je ne pouvais pas avoir Connor tout entier…

— Il vaudrait mieux apprendre à vivre sans lui, finis-je pour elle.

— J'imagine.

Je relâche une profonde inspiration par le nez et me détourne. Je ne veux pas me remettre à pleurer. Ça fait trop mal. L'idée de ne pas avoir Sean dans ma vie, c'est comme me couper un bras. Il a été ma constante, et tout ce que je craignais en tombant amoureuse de lui est en train de se réaliser.

Fini l'amitié facile qui a été mon compagnon dans les moments sombres. Il m'a pris ma lumière quand il a volé mon cœur et rien ne sera plus pareil.

Mon meilleur ami me manque.

L'homme qui connaissait mes pensées rien qu'en regardant mon visage me manque.

J'ai l'impression de tomber sans filet et c'est effrayant.

— Le pire, c'est que Sean était ma personne. Il était l'autre moitié, celui qui me faisait me sentir en sécurité, dis-je sans la regarder. J'avais peur de perdre ça, mais j'ai quand même pris le risque et regarde où j'en suis maintenant.

Ellie se lève et fait le tour de la table, sa main couvrant la mienne.

— Tu n'es pas seule. Je sais que nous ne sommes pas Sean, mais nous sommes là pour toi, Devney.

— Je sais, je sais, mais Sean est devenu tellement plus que ça.

— Il est devenu ton autre moitié, dit-elle avec une totale compréhension.

— Oui.

— Alors, en tant que personne qui a merdé plus de fois qu'elle ne peut le compter, je peux te dire que tu ne dois pas perdre ça. Le chemin à parcourir est difficile, mais si vous le voulez tous les deux, vous pouvez trouver un moyen de faire en sorte que ça fonctionne. Connor et moi n'avons pas eu la vie facile. Dieu sait que ce n'était pas le cas de Declan et Sydney. Sean et toi êtes différents, cependant. Il n'y a rien sur votre chemin à part vous-mêmes.

Je regarde le petit garçon dans l'autre pièce, les bras croisés sur sa poitrine alors qu'Hadley essaie de lui donner un de ses jouets — avec force. Il est la raison pour laquelle je ne peux pas y aller et je suis d'accord avec ça. Austin est mon fils et il n'y a rien que je ne ferai pas pour le protéger d'une douleur supplémentaire.

— Peut-être que tu le vois comme ça, mais ce gamin a vécu beaucoup de choses ces derniers mois. Il a perdu ses deux parents, a été opéré et a découvert que sa tante est en réalité sa mère. Je ne vais pas en rajouter en plus de ça.

Elle acquiesce.

— Je me souviens avoir pensé de la même façon. Je pensais qu'Hadley ne pouvait pas supporter plus de changements. Elle avait vu sa mère… vivre l'enfer, c'est sûr. Je me suis convaincue que, pour elle, je devais refuser ma relation avec Connor.

— On n'est pas pareil.

— Je sais. Je veux juste que tu saches que, quelle que soit ta décision, Connor et moi sommes là pour toi. Tu n'es pas seule et si tu as besoin de quoi que ce soit, n'hésite pas à demander.

— Merci, Ellie.

— Ne me remercie pas.

Nous restons là et parlons encore un peu. Elle explique à Austin certaines choses de l'école avec lesquelles j'avais du mal. Nous avons essayé de mettre en place une routine, mais c'est difficile. Il est en colère et ne veut pas faire ses devoirs. Sans parler du fait qu'il ne peut pas jouer au baseball et qu'il est contrarié de ne pas avoir été là lorsque son équipe a gagné le dernier tournoi.

Ça a été difficile et je voudrais que ça aille mieux, mais je ne sais pas comment.

— Sean !

J'entends de la joie dans la voix d'Austin pour la première fois depuis quelques jours.

— Eh, petit bonhomme !

Il y a un bruit de pression et je découvre Austin les bras enroulés autour de son cou.

Je détourne rapidement les yeux. J'étais là, à espérer le voir et à penser à quel point il me manque, mais maintenant qu'il est là, je ne suis pas prête.

Je n'ai pas vu ou entendu sa voix depuis que je suis partie. Aucun d'entre nous ne s'est manifesté et je ne peux pas lui en vouloir.

Rien que le son de sa voix me fait mal.

Ellie me regarde et se lève, elle hoche la tête en allant vers la porte.

— Hey, Sean.

— Ellie.

Il lui embrasse la joue.

— Désolée de faire irruption…

— Tout va bien. Je pensais juste que tu passerais plus tard, c'est tout.

Puis il se tourne vers moi et je me lève. L'attraction qu'il exerce sur moi est trop forte. Nos yeux se croisent et deux semaines de douleur, de désir et de tristesse me submergent en quelques secondes.

Il me fait un sourire en coin et se dirige vers moi.

— Dev, ça me fait plaisir de te voir.

Le nœud dans ma poitrine se resserre, je me retiens de pleurer. Je ne pleurerai pas, pas quand c'est moi qui suis partie.

— Moi aussi, ça me fait plaisir.

Il s'arrête juste assez près pour que je capte une note de son eau de Cologne musquée.

— Tu vas bien ?

— Oui, on… on est juste passés pour qu'Hadley et Austin puissent passer du temps ensemble.

— Je vois ça.

— Ça se passe bien votre petite visite ?

J'aimerais venir te rendre visite. Je me languis de toi chaque nuit. S'il te plaît, trouve un moyen pour que ça fonctionne entre nous, car je suis morte à l'intérieur sans toi.

— Oui, ça m'a fait plaisir de voir des amis, dis-je en espérant qu'il comprenne la petite pique.

C'est mon ami et je ne l'ai pas revu. Deux semaines à regarder par-dessus mon épaule, à me demander si la sonnerie de mon téléphone serait enfin lui qui m'appelle et à me demander si je le verrais quelque part en ville.

Une partie de moi était convaincue qu'il avait disparu sans dire au revoir. Ça aurait été plus facile s'il l'avait fait.

— J'en suis sûr.

Il y a un sentiment de culpabilité qui traverse son visage. Il sait que je parlais de lui.

Bien.

— J'avais des réunions.

Les yeux d'Ellie passent de l'un à l'autre tandis que nous reprenons la conversation.

— Tes réunions se sont-elles déroulées comme tu l'espérais ? demande-t-elle.

Le regard qui passe entre eux m'intrigue.

— Elles ont été productives.

Ellie s'éclaircit la gorge.

— Je vais emmener les enfants dans la grange. Ça vous donnera une chance d'avoir cette conversation gênante sans que les murs aient des oreilles.

— Merci, Ellie.

Elle lui tapote le bras et me fait un clin d'œil.

— Je ferais n'importe quoi pour vous deux.

Une fois que nous sommes seuls, j'ai le vertige et je dois lutter contre l'envie de me jeter dans ses bras et de refuser de le laisser partir.

Au lieu de ça, je reste immobile et fixe l'homme que j'aime.

Le temps n'a rien fait pour diminuer mon désir pour lui. Je ne sais pas si un million d'années pourraient atténuer les sentiments que j'éprouve.

Non, ce que nous partageons est quelque chose qui ne changera jamais.

Je le sais. Ici et maintenant, je ne peux pas le regarder partir à nouveau. D'une manière ou d'une autre, je dois l'avoir. Je l'aime assez pour trouver un moyen de l'avoir par tous les moyens possible.

— Comment vas-tu ? demandé-je enfin.

Sean fait un pas de plus.

— Je suis malheureux. Esseulé. Et la seule personne qui compte dans ma vie me manque. Et toi ?

J'ai un mouvement de recul, je ne m'attendais pas à ce qu'il soit honnête.

— Sean…

— Non. Je ne vais pas te mentir. Je suis malheureux. Tu me manques et je t'aime. Si ça fait de moi un connard, alors c'est ce que je suis. Je savais que tu étais ici, alors je suis venu. Tu veux savoir pourquoi ?

Je lève les yeux vers lui, j'ai l'impression que les murs se referment sur moi.

— Je peux le deviner.

— Tu peux ?

Je hoche la tête. S'il se sent à moitié aussi mal que moi, je sais pourquoi il est venu. Il ne pouvait pas s'en empêcher.

— Je déteste ça. Et maintenant ? m'enquiers-je, me sentant nerveuse.

— Maintenant, on parle.

J'ai envie de tomber par terre et de pleurer.

— Parler ne changera rien, Sean. On a parlé et on en revient au même point à chaque fois.

— Alors tu écoutes et je parlerai.

Il écarte quelques mèches folles de mon visage et je résiste à l'envie de poser mes doigts sur sa forte poitrine. J'ai envie de sentir les muscles sous cette chemise, la force de ses bras et le bouclier qu'il m'offre.

Il n'y a rien chez lui que je ne veuille pas et dont je n'ai pas besoin, je déteste juste qu'il vive là-bas alors que je suis coincée ici.

— Ça ne te fait pas mal ? demandé-je. Il doit y avoir un moyen d'arrêter ça, non ?

— Tu n'as aucune idée de la douleur que j'éprouve sans toi, Devney. Tu n'imagines pas à quel point tu me manques, mais on va parler. Je ne vais pas répéter ce qu'on a déjà dit.

L'espoir fleurit dans ma poitrine, mais il s'évanouit quand je me rappelle qu'il n'y a rien dont nous n'ayons pas déjà parlé. La situation est la même qu'il y a deux semaines, sauf que, maintenant, le fait de devoir rester là et de le regarder me coupe le cœur en deux.

Pourtant, je suis incapable de le repousser. J'accueillerai les cicatrices parce qu'il vaut la peine de souffrir.

Il tend la main vers la table, je m'assieds. Il n'y a aucune chance que je puisse le distancer si j'essayais, et je ne vais pas laisser passer l'occasion de le regarder.

Ses épais cheveux châtain foncé sont en désordre et ses yeux verts semblent fatigués, mais il y a un mélange d'espoir là-dedans. Les poils de sa barbe sont un peu plus longs, mais pas moins sexy. Sean est encore plus beau… parce qu'il est là.

— OK, je vais t'écouter.

Il s'assied à côté de moi et prend ma main dans la sienne. La sensation de sa peau contre la mienne est un baume qui guérit une partie endommagée de moi. C'est triste que ce simple geste puisse à la fois me briser et me réparer. Je suis une putain d'épave.

— Pendant longtemps, je t'ai aimée. Je t'ai aimée plus que la fille qui m'a acheté une batte et fait des tartes à la boue. Peut-être que c'était parce que tu as fait ça. Pourtant, j'ai lutté contre tout ça. J'ai trouvé excuse sur excuse pour résister aux sentiments que j'avais pour toi. Je suis sorti avec des filles qui te ressemblaient, je me suis dit que c'était juste une coïncidence et je t'ai enfermée dans une boîte dans mon cœur. Je ne pouvais pas l'ouvrir, je ne pouvais même pas penser à la toucher parce que je savais que si je le faisais, ce serait fini.

Son pouce effleure le dessus de ma main et je lutte contre les larmes une fois de plus.

— Tu ne l'as pas seulement ouvert, Devney, tu l'as déchirée, jetée et tu as élu domicile dans toute ma putain de vie. Il n'y a pas une seule partie de moi qui ne t'appartient pas. Donc je ne peux pas faire ça sans toi. Je ne peux pas revenir en arrière parce que cette vie n'existe plus. On ne peut plus lutter contre tout ça.

Les larmes coulent et il me prend dans ses bras.

— Ne pleure pas, trésor.

— Ne me force pas à t'aimer plus que je ne t'aime, car je ne peux pas. Mon cœur ne peut pas t'aimer plus. Il ne peut pas le contenir et tu me tues. Je trouverai un moyen de gérer une relation longue distance ou autre chose, mais j'ai besoin de toi.

Il prend mon visage dans ses mains et me regarde fixement. Ces yeux verts pénètrent mon âme et mes mains sont le miroir des siennes. Je le tiens, car j'ai besoin de le voir, de le voir vraiment. Je n'ai jamais pensé qu'un amour comme celui-ci était possible pour moi, et maintenant je suis là.

— Je comprends ce dont tu as besoin. Je sais pourquoi tu ne peux pas venir en Floride, et honnêtement, je serais le pire connard qui soit si je te le demandais.

— Mais…

— Tu dois faire ce qui est le mieux pour Austin.

Il m'a dit qu'il n'allait pas ressasser de vieux sujets, et maintenant, on est assis dans la cuisine d'Ellie et je suis sur ses genoux en train de pleurer.

Mes mains retombent.

— Encore une fois, Sean. Encore une fois, on est de retour au même point.

— Non. Écoute-moi, ce n'est pas le cas.

Il se penche, embrasse mes larmes, puis mes lèvres.

— Je t'aime, Devney Maxwell. Je t'aime plus que tu ne le sauras jamais et c'est pourquoi je ne joue plus pour Tampa.

J'ai le souffle coupé, mon estomac se serre et j'ai envie de vomir. Il n'a pas fait ça. S'il vous plaît, dites-moi qu'il n'a pas démissionné ou fait quelque chose de stupide. Pas pour moi. Pas quand c'est son rêve depuis qu'il a l'âge d'Austin. J'ai eu à vivre une vie que je n'ai jamais voulu avoir. Je ne peux pas le regarder faire ça.

— Sean, tu ne peux pas !

— Je peux et je l'ai fait.

Sean me sourit, mais tout ce que je peux ressentir, c'est le regret qui m'envahit. Il n'a aucune idée de ce qu'il a fait, à quel point il va le regretter.

— Je ne veux pas être la raison pour laquelle tu abandonnes ton rêve.

— C'est toi qui as dit que je devais choisir l'un ou l'autre, Devney, et je te choisis. À chaque fois. Tous les jours et deux fois le dimanche.

— Je ne te laisserai pas faire ça !

Il sourit juste plus fort et se penche en avant pour poser son front sur le mien.

— C'est déjà fait.

Je ferme les yeux et inspire profondément en frottant mon nez contre le sien.

— Pourquoi ? Pourquoi voudrais-tu faire ça ?

— Parce que tu es celle qu'il me faut, Devney Maxwell, et que je ne vivrai pas sans toi.

— Tu vas me détester. Peut-être pas aujourd'hui ou demain, mais un jour, tu me verras comme la fille qui a volé tes rêves au lieu de ton cœur.

— Jamais, trésor. Impossible. D'ailleurs, tu n'as pas posé la bonne question.

Je me recule, ne sachant pas trop où il veut en venir.

— Quelle question ?

— Comment ai-je fait ?

Mes yeux se plissent légèrement tandis que la confusion m'envahit.

— Faire quoi ?

— Je peux te garder près de moi, ne pas t'obliger à déménager avec Austin en Floride et continuer à jouer au baseball.

L'air remplit mes poumons et j'ai l'impression de pouvoir respirer pour la première fois.

— Comment ?

— J'ai demandé à passer dans l'équipe de Philadelphie.

CHAPITRE QUARANTE-TROIS

Sean

J'attends qu'elle dise quelque chose, mais elle se contente de me regarder, la tête penchée sur le côté.

— Tu reviens… en Pennsylvanie ?

Je hausse les épaules comme si ce n'était pas grave, parce qu'en vérité, ça ne l'est pas. Ce n'était même pas une question. Dès que Jacob l'a dit, c'est devenu ma seule option.

Déménage ici.

Sois avec elle.

Sois heureux.

Qui se soucie que cette ville me donne la chair de poule et que les souvenirs de mon père soient partout ? J'ai besoin d'elle.

Devney est tout ce qui compte et tant que je l'ai, je peux vivre ici… où elle est.

Ça m'a peut-être coûté beaucoup de stress et de disputes avec mon agent, mais nous l'avons fait. Je gagnerai beaucoup moins d'argent, mais tout ça n'a aucune importance tant que c'est une solution au problème que l'on a.

— Oui. Je dois emballer mes affaires à Tampa, vendre mon appartement et ensuite… Je ne sais pas… Il me faut un endroit où vivre. Tu as des idées ?

Son sourire illumine la pièce.

— Tu vas t'installer ici ?

— C'est le plan.

— Pour combien de temps ?

— Pour toujours.

Elle se jette dans mes bras, ce qui nous renverse tous les deux au sol. Ses lèvres sont sur les miennes une seconde plus tard et je l'écrase contre ma poitrine.

— Tu es sérieux ? demande-t-elle entre deux baisers.

— Complètement.

Je nous fais rouler pour que je puisse être au-dessus et la regarde.

— Il n'y a rien que je ne ferais pas pour toi, Dev. Quand j'ai dit que je ne te lâcherais pas, ça n'impliquait pas juste que je le fasse tant que c'était pratique pour moi.

Elle me touche la joue en souriant.

— J'essayais de me convaincre d'y aller avec toi. D'une manière ou d'une autre, je savais que je devais être avec toi. C'est juste que… ça semblait si impossible.

— Ce ne sera pas toujours facile. Je vais devoir voyager, mais quand je serai à la maison, je serai là.

— Je peux gérer les difficultés. Seulement, je ne peux pas gérer le fait de ne pas t'avoir du tout.

Je rapproche à nouveau mes lèvres des siennes, j'ai besoin de l'embrasser. Pendant deux semaines, je suis resté loin d'elle et, maintenant que je suis là, c'est comme si j'ouvrais les yeux pour la première fois. La lumière est claire et pure, il y a un sentiment d'espoir dans l'air.

— Eh bien, Dieu merci, tu n'es pas ma femme, lance Connor depuis la porte.

Je regarde par-dessus mon épaule.

— Ça te dérange ?

— Vu que tu es dans ma maison, sur mon sol ? Oui, ça me dérange un peu.

Les joues de Devney rougissent et elle me repousse, puis je l'aide à se relever.

— Désolé, Poulet.

Il lève les yeux au ciel.

— C'est bon, Crevette.

Et ensuite, elle fait de même.

— Je déteste ce surnom.

— Oui, je n'aime pas trop le mien non plus, plaisante-t-il.

— J'aime le mien.

Ils se tournent tous les deux vers moi, leur expression mécontente comme si c'était moi qui avais créé les surnoms à la place de Declan. Je suis le seul que mon connard de frère a épargné. Je ne sais pas pourquoi et je n'ai jamais été assez stupide pour le lui demander.

— C'est pourquoi personne ne l'utilise, fait Connor, les bras croisés sur sa poitrine.

— Dis-le.

— Non.

Je fais un sourire à mon frère.

— Allez, tu sais que tu en as envie.

Il me fait un doigt d'honneur.

— Dev ?

— Aucune chance.

Je soupire dramatiquement.

— C'est bon. Je vais le dire moi-même... l'étalon. Je suis l'étalon. Je suis un étalon, un homme, et le gars dont toutes les filles ne peuvent s'empêcher de tomber amoureuses.

— Oh putain de merde. Il voulait dire que tu étais un putain de mètre étalon qu'on a oublié dans un mur.

Je hausse les épaules.

— Si tu préfères le voir comme ça...

— De toute façon, si tu veux embrasser Devney, fais-le dans un endroit où mes enfants ne verront pas ça.

Je la tire vers moi et dépose un baiser sur sa tempe.

— Je suis d'accord.

Sa tête tremble avant qu'elle ne la pose sur mon épaule.

— Il est stupide.

— Oui, autant qu'un mètre étalon oublié.

— Tu penses que tu pourrais surveiller Austin pour moi ? demande Devney à Connor. Juste quelques heures.

— Bien sûr... tout va bien ?

Elle lève les yeux vers moi, un sourire espiègle sur les lèvres.

— Oui, j'ai juste un étalon dont je dois m'occuper.

Et c'est pourquoi je l'aime. Pour ça et beaucoup d'autres raisons.

— Alors tu emménages ici ? Où est-ce que je vais loger, putain ? Je retourne dans cette foutue cabane ? demande Jacob en se frottant les mains au-dessus du feu de joie.

Nous sommes à nouveau tous les quatre ensemble. Nous vivons

tous dans la même ville, au même moment, alors que nous avions juré que ça n'arriverait jamais.

— Devney a vendu la maison de Jasper et Hazel et on a voté pour savoir si on pouvait rester dans la maison jusqu'à ce qu'on décide si on veut construire sur le terrain.

— Je n'ai pas voté, putain.

Connor rit.

— C'est parce que tu ne comptes pas.

Declan acquiesce.

— Tu étais à Hollywood, ça s'est fait en personne.

Jacob gémit et s'affale sur sa chaise.

— Je vous déteste, bande de connards.

— C'est réciproque.

En l'espace d'une semaine, elle a pu inscrire et vendre la propriété à une nouvelle famille qui vivait dans une maison temporaire pendant qu'elle cherchait un logement. Le père, Luke Allen, a été tué à l'étranger lors de ce qui aurait dû être une mission de routine et sa femme, Brenna, a déménagé ici pour que les enfants puissent être près de leur famille.

Luke était un bon gars, j'ai joué au baseball avec lui dans l'équipe du lycée. Quand nous avons appris ce qui s'était passé, nous avons mis un point d'honneur à essayer de les aider. Connor a aidé à mettre à retaper la maison de Jasper pendant que je m'occupais de reloger tous les animaux. Jacob a pu obtenir pour les enfants des objets avec des autographes que personne n'avait demandés et Declan a tiré quelques ficelles pour que Brenna obtienne la maison sans payer de frais supplémentaires.

Tout ce que je sais, c'est que Devney a pris l'argent et maintenant Austin a un fond de côté pour l'université.

— Eh bien, si je dois rester sur la terre des Arrowood, alors je resterai chez Declan.

— C'est ça.

— Tu as quatre chambres !

Il hausse les épaules.

— Je n'ai pas assez de place pour ton ego.

— Oh, s'il te plaît.

— Je suis d'accord avec lui, ajouté-je. Il ne fait que gonfler depuis que tu as signé pour ce film.

— Écoute, le gamin qui te trouve génial est le fils de Brenna Allen, explique Connor en prenant un verre.

Jacob se frotte les mains devant le feu.

— Le gamin dont Ellie m'a parlé ? C'est le fils de Luke ?

— Le seul et l'unique, affirme Dec.

Apparemment, le plus jeune fils de Brenna, Sebastian, est un grand fan de Jacob. Son seul souhait était de le rencontrer et nous avons tous aidé à faire en sorte que ça se produise, mais Jacob a un grand cœur et veut faire plus.

— Ouah. Je n'avais pas réalisé. Connor, as-tu été à l'armée avec lui ?

Connor secoue la tête.

— Je ne savais pas qu'il était dans la Marine. Apparemment, il était pilote de chasse et son avion s'est écrasé pendant une mission d'entraînement.

— C'est fou, dis-je, sentant l'humeur baisser un peu.

— Oui, je compatis avec le gamin. J'espère passer du temps avec lui et rendre les choses un peu plus faciles pour lui.

— Rien de tel que d'avoir un faux super-héros comme nouveau meilleur ami, fait Declan en levant son verre.

— Au lieu d'un vieux schnock avec le syndrome du héros ? réplique Jacob.

Ça va s'envenimer, et vite.

Mais je ne suis pas du genre à m'immiscer dans leurs affaires, alors je me penche en arrière, laissant le feu me réchauffer pendant que les deux s'échangent des piques.

Ce soir, nous devions boire de la bière, faire des blagues sur les femmes de notre vie, se moquer de Jacob, le dernier frère célibataire, et passer du temps ensemble. Vous savez de qui venait l'idée ? Des femmes de nos vies.

Elles sont sous l'emprise d'une notion erronée selon laquelle nous devrions passer plus de temps en tant qu'unité familiale puisque les neuf dernières années ont été un merdier sans nom à différents degrés.

— Combien de temps avant que Declan ne le frappe ? demande Connor, en se penchant.

— Peut-être cinq autres insultes.

— Vingt dollars qu'il tient jusqu'à dix.

Je souris à mon frère.

— Pari tenu.

— Alors, quand vas-tu demander Devney en mariage ?

Je tourne vivement la tête parce que je n'ai parlé à personne de la bague que j'ai achetée ce matin.

— Comment as-tu su ?

Il sourit en haussant les épaules.

— J'ai deviné. Mais fais-toi une faveur et n'attends pas. Profite de chaque moment que tu peux passer avec elle. Je pense beaucoup à papa ces derniers temps. Je pense qu'il a gaspillé son temps en pensant qu'elle serait toujours là, et c'est pour ça qu'il a craqué.

Je me fous de savoir pourquoi il a craqué, mais la seule chose qu'on n'a jamais pu dire sur ce bâtard, c'est qu'il n'aimait pas notre mère. Quand elle est morte, il est parti aussi. Je pense à ce que je ressentirais si c'était Devney et pour la première fois de ma vie d'adulte, je peux compatir à cette perte.

Je serais brisé.

Declan se lève et gonfle sa poitrine.

Connor se penche et je fais de même.

— Je vais gagner, murmuré-je.

— Juste un de plus, Dec… raille-t-il.

Allez, Jacob, vise la jugulaire.

— Tu es juste jaloux du fait que maman m'aimait plus que toi, que je suis plus beau et que je n'ai pas passé huit ans à me languir d'une fille que je n'arrivais pas à retrouver parce que j'étais une trop grosse poule mouillée pour ça ! hurle Jacob en enfonçant son doigt dans la poitrine de Declan.

Et puis… ce dernier craque et je tends la main pour recevoir mes vingt dollars.

Rien de tel que de passer du temps avec les Arrowood.

CHAPITRE QUARANTE-QUATRE

Devney

— Où est-ce que tu m'emmènes maintenant ? m'enquiers-je à Sean alors que je suis dans sa voiture avec un bandeau sur les yeux.

— Tu verras quand on y sera. Pas de coup d'œil !

Demain aurait été le jour où Sean aurait dû retourner en Floride. Je ne peux pas m'empêcher d'y penser ou de me demander comment je me sentirais s'il était vraiment parti. Je suis reconnaissante qu'il ne l'ait pas fait.

— Je veux juste un indice.

Il prend ma main dans la sienne et glousse.

— On va partir pendant onze jours.

— Onze jours ? crié-je, en jetant mon bandeau.

— Devney !

— Quoi ? Tu n'as rien dit à propos du nombre de *jours* ! Tu as fait comme si on allait à un rendez-vous !

Il grogne dans sa barbe.

— Super surprise !

— Et Austin ?

— Austin ? Quoi ? Il ne peut pas se nourrir tout seul ?

Je le regarde fixement, mais il m'ignore.

— Je suis sérieux.

— Fais-moi confiance, ma belle. Je l'ai déposé chez tes parents, qui savent exactement où on va. Austin est aussi au courant, alors calme-toi.

Je me carre dans mon siège, indignée par le fait que je n'ai vraiment aucune raison de m'énerver. Il a pensé à tout, comme d'habitude.

— Je suis calme.

— Et tu as gâché la surprise.

— Tu as roulé jusqu'à l'endroit où on va pendant onze jours ?

Il s'énerve.

— Non.

— Ensuite, je n'ai pas vraiment gâché quoi que ce soit puisque, même avec le bandeau sur les yeux, je savais que j'étais dans une voiture.

Sean continue de rouler sur l'autoroute sans répondre. Nous entrons dans le petit aéroport, et l'excitation me gagne. Où que nous allons, ça implique un autre voyage en jet privé. Je vais vraiment avoir du mal à reprendre un vol commercial s'il continue comme ça.

Je me creuse la tête pour essayer de savoir si j'ai déjà mentionné un endroit où j'aimerais aller, mais il y a tellement de rêves que nous partageons. Par exemple, je sais que l'un des endroits de sa liste de choses à faire est d'aller en Irlande pour voir où sa grand-mère est née. Et aux Maldives, qui sont à peu près sur la liste de tout le monde. Je sais que nous ne ferons ni l'un ni l'autre vu la durée du vol, alors il faut que ce soit un endroit raisonnable.

Après avoir ouvert le coffre, il se dirige vers mon côté de la voiture, ouvre ma portière et me tend la main.

— Mon amour.

Je souris et place ma paume dans la sienne.

— Bien sûr, Monsieur.

Quand je me redresse, il m'offre un doux baiser.

— Tu pourras m'appeler « monsieur » plus tard.

— Si tu le mérites.

— Oh, je pense que je vais plus que le mériter.

— Ah oui ? me moqué-je.

— Oh, oui.

Je lui tape sur le nez et lui fais un clin d'œil.

— On verra bien.

Nous montons dans l'avion et nous nous envolons sans que je sache où nous allons. Une partie de moi s'en moque, car nous partons en voyage, seuls. Je m'en foutrais si nous tournions en rond dans le ciel. Sean me tire vers le canapé de sorte que mon dos soit contre sa poitrine et que ses bras m'enserrent. Il est silencieux, comme perdu dans ses pensées.

Aucun de nous ne parle, nous profitons juste du silence. C'est l'une des choses que j'aime le plus chez nous. Il n'y a pas besoin de combler le vide parce que nous juste bien ensemble.

Un des pilotes sort du cockpit et se dirige vers nous. Je souris en le reconnaissant, grâce à la dernière fois où j'étais dans cet avion.

— Nous amorcerons notre descente dans environ trente minutes.

— Super, Sam, merci.

— Tout le plaisir est pour moi.

— Sam ? l'appelé-je.

— Oui, madame Maxwell ?

— Où est-ce qu'on arrive exactement ?

Il sourit, regarde Sean, puis hausse les épaules.

— Je ne suis pas sûr, madame, je ne suis que le co-pilote.

— Traître.

Sean rit.

— Trésor, je savais que tu essaierais de demander à l'équipage, alors je leur ai donné un pourboire pour que tu ne saches rien.

Je grommelle dans ma barbe et je déteste le fait qu'il fasse nuit et que je ne puisse pas regarder par la fenêtre pour essayer de deviner où nous sommes.

Encore quelques minutes et je saurais.

Nous atterrissons et, quand nous débarquons, l'air chaud qui me frappe fait naître un sourire sur mes lèvres.

— Il fait chaud ici.

Il acquiesce.

— Oui.

— Et je sens l'océan.

— Rien ne t'échappe.

Je lui donne une tape sur la poitrine.

— Connard.

Le rire de Sean est rauque quand il me prend par la main.

— Viens.

Nous commençons à nous avancer vers la limousine qui nous

attend. Je peux entendre les palmiers qui se balancent dans le vent chaud. C'est le paradis et je commence à réaliser où il m'a amené.

Ma main s'accroche au biceps de Sean et je lutte contre l'envie de le serrer. Je n'arrive pas à croire qu'il m'ait emmenée sur une île sans que je le sache.

— Tu sais, c'est un cadeau assez extravagant avant la Saint-Valentin.

Il glousse.

— Ce n'est pas un cadeau.

— Non ? Comment appellerais-tu ça ?

Les lèvres de Sean se posent sur le haut de ma tête.

— J'appellerais ça le début.

Je n'ai aucune idée du début de quoi, mais c'est définitivement un bon début. Si tous les débuts sont comme ça, comptez sur moi pour être là.

Ensuite, je repense à la façon dont notre relation s'est déroulée et je réalise que ça a toujours été comme ça. Quand nous étions petits, nous avons instantanément été meilleurs amis. Peu importait que je sois une fille stupide ou qu'il soit un garçon idiot, nous étions juste Sean et Devney. En grandissant, nous n'avons pas laissé les autres interférer dans notre relation, il était ma priorité et j'étais la sienne. S'il sortait avec quelqu'un que je détestais, il la larguait. Je n'ai jamais pu sortir avec quelqu'un à cause de ce connard surprotecteur mais je sais, au fond de moi, que j'aurais fait la même chose.

Sean et moi n'avons jamais vraiment lutté l'un contre l'autre. Nous sommes tous les deux aventureux, aimons rire et n'avons aucune réserve l'un envers l'autre. C'est probablement pourquoi j'ai bataillé contre mon amour pour lui, qui était plus que de l'amitié.

Je savais que nous en arriverions là, que nous tomberions si fort, si vite et si profondément amoureux qu'il n'y aurait pas de retour en arrière.

Et maintenant, nous voilà… sur une île… ensemble.

Nous nous approchons d'un chauffeur, qui nous ouvre la portière.

— Monsieur Arrowood, je m'appelle Dennis et je serai votre chauffeur jusqu'à la station.

— Merci, Dennis. Voici madame Maxwell.

Il embrasse le dessus de ma main.

— Madame Maxwell, permettez-moi d'être le premier à vous souhaiter la bienvenue à Sainte-Lucie.

Mon cœur bat plus vite.

— Sainte-Lucie ?

Le monde semble s'évanouir autour de moi tandis que je le regarde fixement, attendant de voir si c'est une blague. Sean me fait un doux sourire qui dit que ce n'est pas une blague et qu'en fait, c'était très calculé.

— Il y a douze ans, ma meilleure amie m'a écrit une lettre à propos de ses rêves, tu te souviens ?

Je hoche la tête, les larmes aux yeux.

— Oui.

— Tu te souviens de ce que tu as écrit ?

— Que je voulais avoir un mariage à l'étranger.

— Où ?

— Ici, chuchoté-je, en espérant que le vent l'emportera dans l'univers pour rendre tout ça réel.

Il s'est souvenu. Il m'a amenée à l'endroit où je souhaitais me tenir dans le sable pour prononcer les mots qui me lieraient à celui que je devais côtoyer toute ma vie.

Il lève la main, remettant mes cheveux en arrière.

— Oui, ici.

— Sean, on ne…

— Non, en effet, mais j'espère vraiment que ça arrivera.

Mon cœur bat dans ma poitrine alors qu'il fouille dans sa poche.

— Je n'avais pas prévu de faire ça ici.

Il regarde autour de lui dans l'aéroport.

— J'avais tout un plan, mais je ne devrais pas non plus être surpris parce qu'on est tous les deux nuls en planification.

Je ris parce que c'est vrai.

Quand sa main émerge, il y a une énorme bague entre son pouce et son index.

— Devney Maxwell, tu es la seule femme à qui je ne pourrais jamais offrir de bague. Tu étais là au début, au milieu et j'espère que tu seras là jusqu'à la fin. Je veux t'aimer, élever des enfants avec toi et passer chaque jour à te rendre heureuse. Me feras-tu l'incroyable honneur de me laisser être ton mari ?

Une larme roule sur ma joue alors que je profite de ce moment. Je veux m'en souvenir pour toujours, car c'est à ce moment-là que l'univers a enfin pris tout son sens.

— Oui. Oui ! Je vais t'épouser ! Ici même ! Aujourd'hui ?

Sean me prend dans ses bras, me pousse contre la voiture et fusionne ses lèvres avec les miennes. Après ce qui pourrait être des minutes ou même des heures, il s'arrête et me regarde.

— Pas aujourd'hui, ma chérie, mais nos familles arriveront dans cinq jours et alors, oui, tu seras ma femme.

Je prends son visage dans mes mains et l'embrasse à nouveau.

— Je t'aime.

— Je t'aime. Maintenant, monte dans la voiture que je t'emmène dans notre chambre.

Je souris et lui tapote le nez.

— Oui, *Monsieur*.

ÉPILOGUE

— **V**ous allez vous marier. Bon sang, vous êtes tous idiots, dit Jacob en arrangeant mon nœud papillon.

— Tu dis que nous sommes idiots, moi je dis que c'est toi l'idiot.

— Peut-être, mais… Je ne sais pas, mec.

Il n'y a aucun doute dans mon esprit que c'est la chose à faire. Elle est la bonne. La seule. Je n'ai jamais été aussi heureux ou aussi sûr de quelque chose dans ma vie. Enfin, à part le baseball. Mes frères, leurs familles, les parents de Devney et Austin sont arrivés hier soir. Nous avons eu un dîner très bruyant et très turbulent et nous nous sommes préparés pour aujourd'hui.

Ce sera un petit mariage, mais tous ceux qui comptent sont là.

Ellie et Sydney sont avec Devney et les garçons et moi sommes tous là, à attendre que l'organisateur du mariage nous dise que c'est le moment.

Sydney sera son témoin et Jacob le mien. Choisir entre mes frères n'a pas été facile, mais Jacob m'a semblé être l'homme parfait. En plus, il n'approchera peut-être jamais plus que ça d'un autel.

— Tu ne te poseras pas de questions si c'est la bonne fille, tu sais ? demandé-je.

— Peut-être. Je ne l'ai pas encore rencontrée, c'est tout.

— Non, mais tu pourrais.

Il éclate de rire.

— Je suis très occupé. Je mène une vie assez étrange. Quelle femme a envie que sa journée soit envahie par des caméras quand elle va à l'épicerie ? Ce n'est tout simplement pas ce pour quoi je m'engagerais.

— Tu as signé pour ça.

— Oui, ouais. Mais je ne suis pas une femme. Ce sont des créatures bizarres qui veulent des choses bizarres.

Parfois, je pense qu'il veut juste être seul.

— Comme l'amour, la sécurité et la famille ?

Jacob hausse les épaules.

— Exactement, toutes les merdes que je ne peux pas fournir.

Il a tort, mais ça ne vaut pas la peine de le lui dire.

— Tu t'es installé dans la minimaison ? m'enquiers-je.

— Oui, quelle merde ! Je ne sais pas pourquoi je ne peux pas rester chez toi.

— Premièrement, je suis sur le point de me marier et je n'ai pas besoin de mon frère casse-pieds chez moi. Deuxièmement, parce qu'on devait tous le faire, et troisièmement, je ne t'aime pas assez pour me soucier de ton malheur.

— Peu importe.

C'est un sacré bébé.

— Que comptes-tu faire à Sugarloaf pendant que tu y seras ?

— Je ne sais pas. J'ai rencontré Brenna Allen il y a deux jours.

Je ne sais pas du tout où il veut en venir.

— La femme de Luke ?

Il acquiesce.

— Elle est passée à la ferme l'autre jour, elle cherchait Ellie, sans savoir qui vivait sur quelle parcelle de terrain et où se trouvait leur maison. Bref, elle est très gentille et m'a parlé de son fils et d'une pièce de théâtre.

Je lève un sourcil.

— Et ça l'a rendue gentille à tes yeux ?

Jacob s'affale sur la chaise.

— Non, elle était agréable à regarder.

— Jacob, le préviens-je.

Il lève les mains en l'air.

— Je sais. Je ne vais pas sur ce terrain-là. Je fais juste une déclaration. Ça fait longtemps que je n'ai pas vu une fille qui m'a littéralement coupé le souffle. En tout cas, elle est excitée par les projets que j'ai pour Sebastian.

Jacob ne fait pas que des déclarations.

— Je ne veux pas que tu sois blessé.

— Moi ?

Je hoche la tête.

— Oui, toi. La dernière fois que tu es tombé amoureux, j'ai dû prendre l'avion parce que tu ne voulais pas sortir du lit.

Entre lui et une autre actrice, c'était assez sérieux. Bien sûr, il ne l'a dit à personne d'autre que moi puisque Declan et Connor n'auraient jamais compris. Avec moi, c'était différent, je le comprends. Quand nous avons perdu notre mère, Jacob l'a très mal vécu. De l'extérieur, c'était un enfant solide, beau, populaire, qui prenait tout en main. La vérité était une histoire très différente. C'était une épave. Il ne voulait pas manger et cherchait des moyens d'énerver mon père pour recevoir les coups qu'il pensait mériter. Ça s'est amélioré avec l'âge, mais sa douleur était toujours là.

Quand l'accident s'est produit, Jacob a régressé.

Ce n'est que lorsqu'il a rencontré cette actrice qu'il a commencé à changer de vie. Elle était belle, drôle et elle lui donnait l'illusion de l'amour dont il avait besoin. Quand elle l'a quitté pour le réalisateur, ça l'a brisé.

— C'était il y a longtemps.

— Pas si longtemps que ça, Jacob.

Il soupire.

— Je ne suis pas amoureux de cette fille. Je ne la connais pas et j'ai eu une seule conversation avec elle à propos de ses enfants. Tout ce que j'ai dit, c'est qu'elle était magnifique, et elle l'est. Elle a des cheveux roux flamboyants et des yeux bleu foncé. Je dis juste qu'elle est naturellement jolie. Mais je ne suis pas amoureux d'elle. Elle est veuve et s'occupe de ses enfants.

— D'accord, si tu le dis.

Ça fait des années qu'il n'a pas mentionné de femme du tout et le fait qu'il le fasse me dit que ce n'est pas aussi innocent qu'il le prétend.

— Oui, maintenant, parlons de la façon dont mon frère se marie avec la femme de ses rêves. En six mois, tu as réussi à faire en sorte que la fille tombe non seulement amoureuse de toi, mais aussi qu'elle t'épouse. Je pense que tu es certainement le plus doué de nous tous.

Je ris.

— Ce n'était pas un jeu, tu sais.

Il me tape sur l'épaule.

— Je sais. Je suis heureux pour toi.

On frappe à la porte et personne n'attend notre approbation pour entrer. Ils débarquent tout simplement. Le reste de mes frères et Austin sont là. Ce dernier porte un smoking avec un pantalon ajusté autour de sa veste.

— Tu es classe, bonhomme.

Il tend son poing et je lui fais un check.

— Toi aussi.

— Tu es prêt à être mon autre témoin ?

Il acquiesce.

— Je vais super bien me débrouiller, je le promets.

— Tu seras bien mieux que cet abruti.

Je me retourne pour voir Jacob qui me regarde fixement et qui hausse les épaules comme s'il savait aussi que c'était vrai.

— Tu es sûr que ça ne te dérange pas que j'épouse ta…

— Ma mère ?

Je hoche la tête, incertain de savoir s'il est vraiment d'accord pour penser à elle de cette façon. Ces dernières semaines ont été difficiles, mais ils font de leur mieux. Elle lui a dit qu'il n'était pas obligé de l'appeler ainsi, mais il a répondu que c'était la vérité et qu'il l'aimait. Donc, parfois, il l'appelle maman, mais d'autres jours, c'est tante Devney. Quoi qu'il en soit, nous faisons tous des efforts.

— J'en suis heureux. Elle t'aime vraiment.

— Je l'aime vraiment. Je t'aime aussi, Austin. Je vais être tout ce que tu veux que je sois. Ton ami, ton coach et, peut-être qu'un jour, tu me verras aussi comme un père. Je n'essaierai jamais de prendre la place de ton père, mais je serai toujours là en tant que tel pour toi.

Les bras d'Austin s'enroulent autour de ma taille et je le serre contre moi. Cet enfant a vécu l'enfer, mais il n'aura pas à s'inquiéter avec Devney et moi à ses côtés. Nous ferons ce qu'il faut pour lui et nous lui donnerons l'amour qu'il avait avec ses parents et un foyer sûr. Quelque chose que je n'ai jamais eu.

— Merci, Sean.

— Tu n'as pas à me remercier d'être si facile à aimer.

Il rit.

— Ça veut dire que je dois être gentil avec Hadley ?

Connor et moi éclatâmes de rire.

- Je vais te raconter l'histoire d'une fille et d'un garçon qui ressemblaient beaucoup à Hadley et toi…

Je m'accroupis pour que nos yeux soient au même niveau et je tiens ses épaules pendant que je lui raconte comment j'ai rencontré sa mère et pourquoi avoir une meilleure amie est la meilleure chose au monde.

Declan s'approche, se raclant la gorge.

— C'est l'heure.

Chacun de mes frères m'embrasse et s'en va. C'est surréaliste de penser que, dans quelques minutes, Devney sera ma femme et qu'Austin sera comme un fils pour moi.

— Prêt ? lui demandé-je.

— Je suis prêt.

Je lui fais un clin d'œil, et nous nous dirigeons vers la plage. Une fois sur le sable, je me penche et le prends dans mes bras. Nous arrivons au bout de l'allée, la mère de Devney est là.

— Votre futur gendre et petit-fils peuvent-ils vous accompagner à votre place ?

Sa lèvre tremble comme elle essuie ses larmes.

— Ce sable continue de se faufiler dans mes yeux.

— Je comprends. Je suis sûr que j'en aurai un peu dans les miens aussi.

Elle prend mon coude et nous l'amenons jusqu'à sa place. Quand je m'arrête, elle ne relâche pas son emprise.

— Tu es exactement la personne que j'espérais voir épouser ma fille.

— Je ne sais pas s'il y avait une chance pour que ça se passe autrement.

Elle me tapote bras.

— Le hasard fait de drôle de chose, c'est pourquoi il vaut mieux ne jamais s'en remettre à ça. Il faut chérir chaque instant car tout est éphémère. Promets-moi que tu t'en souviendras toujours.

— Promis.

Elle se penche et m'embrasse sur la joue.

— Rendez-vous heureux les uns les autres.

Je me dirige vers ma place et attends. Austin et Jacob se tiennent derrière moi, Jacob le prenant dans ses bras pour qu'il n'ait pas à essayer de tenir en équilibre sur ses béquilles.

— C'est le grand moment, dit Jacob.

— Oui.

Puis je la vois. Elle porte une longue robe rose qu'Ellie et Sydney ont trouvée à sa taille. C'était le gros point d'interrogation que j'avais, mais Devney n'a jamais été quelqu'un de traditionnel. Quand elle a écrit sa lettre sur ce mariage, elle a dit qu'elle voulait être sur la plage de Sainte-Lucie, portant une longue robe qui se prendrait dans le vent. Elle voulait que seuls sa famille et ses amis proches soient présents et un gâteau au chocolat.

Donc c'est ce qu'elle a eu.

J'ai été très précis sur la forme de la robe et ils ont respecté ça.

Alors qu'elle s'avance vers moi, le vent se prend dans ses jupons, agissant comme une voile qui la guide là où elle doit être : à côté de moi.

Des larmes roulent sur son visage parfait, mais son sourire me dit qu'elle est heureuse. Je la regarde, avançant avec grâce, et vois tout son amour briller dans ses yeux bruns.

Son père l'arrête, lui dépose un baiser sur chaque joue, puis place sa main dans la mienne.

— Eh.

Elle sourit.

— Eh.

— Tu es magnifique.

— Tu me rends si heureuse.

— Ce n'est que le début, Devney Maxwell.

Elle penche la tête sur le côté, les lèvres s'incurvant en un sourire timide.

— Je préfère de loin Devney Arrowood. Épouse-moi pour que je puisse être celle dont j'ai toujours rêvé d'être.

Je me fiche des traditions, des règles et de tout le reste. Je l'attire dans mes bras et pose mes lèvres sur les siennes. Il y a des huées et des rires autour de nous au moment où j'embrasse ma femme, prêt à le faire pour le reste de ma vie.

Merci d'avoir lu l'histoire de Sean et Devney. J'espère que vous les

avez aimés autant que moi, ainsi que les autres frères Arrowood. L'histoire de Brenna arrive ensuite, tout en chaleur et en émotion !

Pour être informés de mes prochaines parutions, inscrivez-vous ici à ma newsletter :
https://geni.us/CMFrenchNL

DU MÊME AUTEUR

En français :

Je reviendrai:

La nuit est à nous (Je reviendrai #1)

Encore une fois (Je reviendrai #2)

Je t'attendais (Je reviendrai #3)

Si seulement (Je reviendrai #4)

Consolation Duet:

Saving Her (Consolation Duet #1)

Saving Us (Consolation Duet #2)

Return to Me:

Dis-moi que tu resteras (Return to Me #1)

Dis-moi que tu me veux (Return to Me #2)

À paraître en français:

Les Frères Arrowood:

tome 1 : Reviens vers moi

tome 2 : Bats-toi pour moi

tome 3 : Pense à moi

tome 4 : Reste avec moi

Cliquez ici pour découvrir tous les titres disponibles en français :

https://corinnemichaels.com/country/france/

Pour rester informés des futures parutions de Corinne Michaels en français, inscrivez-vous ici :

https://geni.us/CMFrenchNL

Si vous êtes blogueur ou bookstgrammeur et souhaitez participer aux nouvelles parutions en français, n'hésitez pas à vous inscrire ici :

https://forms.gle/gPmcmZRf3cUePH3f9

Suivez-moi sur Facebook: https://geni.us/CMFBFrench

Suivez-moi sur Instagram: https://geni.us/CMInsta

À PROPOS DE L'AUTEURE

Corinne Michaels est une auteure de romances, best-sellers aux classements du *New York Times*, de *USA Today* et du *Wall Street Journal*. Ses histoires sont pleines d'émotions, d'humour et d'amour passionné. Elle aime faire subir à ses personnages d'intenses chagrins d'amour avant de trouver un moyen de les guérir au travers de leurs épreuves.

Corinne est l'heureuse épouse d'un ancien soldat de la Navy, l'homme de ses rêves. Elle a commencé sa carrière d'auteure après avoir passé des mois loin de son mari durant ses déploiements – la lecture et l'écriture lui permettaient d'échapper à la solitude. Aujourd'hui, cette mère émotive, drôle, sarcastique et boute-en-train habite en Virginie avec son mari et ses deux beaux enfants.